suhrkamp taschenbuch 377

Milan Kundera, 1929 in Brno/Tschechoslowakei geboren, trat kurz nach Kriegsende in die Kommunistische Partei ein, die ihn nach den Umsturzereignissen des Jahres 1948 ausschloß. Der damalige Student war daraufhin in verschiedenen Berufen tätig, als Arbeiter, Musiker, bis er zur Literatur und zum Film gelangte und als Professor am Prager Institut für Filmwissenschaft Anhänger der »neuen Welle«, darunter Miloš Forman, als Schüler hatte. 1970 wurde er seines Postens enthoben; seine Bücher verschwanden aus den öffentlichen Bibliotheken. Seit 1975 lebt Kundera in Frankreich.

Als das Buch 1973 in Frankreich erstveröffentlicht wurde, stimmte die Pariser Presse überein: »Ein großes Buch, das stärkste des literarischen Jahres.« Aus dem Tschechischen übersetzt, erhielt es den Prix Médicis als bestes ausländisches Buch. Der Roman ist die Geschichte des einzigen Sohnes einer Prager Bürgerstochter, die, von ihrem Mann enttäuscht, vom Sohn Jaromil Entschädigung verlangt: er soll der apollinisch vollkommene Dichter werden. Die von ihm geforderten Großtaten, seine geschickt nachempfundenen Versuche in Lyrik und Malerei, bewundert nur die ihm längst verhaßte Mutter, der er in seiner Schwäche ausgeliefert ist. Der Partnerin seiner ersten sexuellen Erfolge, eines armseligen Geschöpfs, entledigt er sich durch Denunziation, nachdem er auf einer grotesken Dichterlesung eine anziehende Filmregisseurin kennengelernt hat. Doch sein nur aus Zwängen, Verrat, Selbstbetrug aufgebautes Leben hat ihn aufgezehrt. Sein Ende ist ebenso blamabel und unpoetisch wie sein verpfuschtes Leben als Pseudorebell. – In der Form eines realistischen Romans, den Kundera mit surrealistischen Einschüben kunstvoll auflockert, verfremdet und überhöht, schafft er eine trotz sprachlicher Geschmeidigkeit und Anmut ungemein scharfe Satire. »In Jaromil verkörpert sich ein tschechisches Schicksal der Mitte des 20. Jahrhunderts. Im Hintergrund scheinen die markanten historischen Ereignisse der Jahre 1938 und 1968 auf.«

Berner Tagblatt

Milan Kundera
Das Leben ist anderswo

Roman

Suhrkamp

Titel der Originalausgabe: *Život je jinde*
© Milan Kundera 1973
Aus dem Tschechischen von Franz Peter Künzel

suhrkamp taschenbuch 377
Erste Auflage 1977
© dieser Ausgabe beim Suhrkamp Verlag
Frankfurt am Main 1974
Suhrkamp Taschenbuch Verlag
Druck: Nomos Verlagsgesellschaft, Baden-Baden
Printed in Germany
Umschlag nach Entwürfen von
Willy Fleckhaus und Rolf Staudt

7 8 – 88 87

ERSTER TEIL

oder

DER DICHTER WIRD GEBOREN

Wenn die Mutter des Dichters darüber nachdachte, wo der Dichter seinen Anfang genommen haben könnte, ergaben sich nur drei Möglichkeiten: entweder auf der Bank im abendlichen Park oder eines Nachmittags in der Wohnung eines Kollegen oder eines Vormittags in der romantischen Gegend ein Stückchen hinter Prag.

Wenn sich der Vater des Dichters dieselbe Frage stellte, kam er zu dem Schluß, daß der Dichter in der Wohnung seines Kollegen gemacht worden sein mußte, denn an jenem Tag hatte er nichts als Pech gehabt. Die Mutter des Dichters hatte nicht in die Wohnung seines Kollegen gehen wollen, sie hatten sich zweimal gestritten und zweimal versöhnt, und als sie mitten in der Liebe gewesen waren, hatte in der Nachbarwohnung jemand den Schlüssel herumgedreht, die Mutter des Dichters war erschrocken, sie hatten die Liebe unterbrochen, der Rest hatte dann in beiderseitiger Nervosität stattgefunden, und eben dieser maß der Vater die Schuld am Anfang des Dichters zu.

Die Mutter des Dichters freilich wollte die Möglichkeit, der Dichter habe in der geliehenen Wohnung seinen Anfang genommen (diese war junggesellenmäßig unaufgeräumt gewesen, und die Mutter hatte sich vor dem ungemachten Bett mit dem zerknitterten fremden Pyjama auf dem Leintuch geekelt), nicht einräumen, desgleichen verwarf sie die Möglichkeit, er könnte im Park auf der Bank seinen Anfang genommen haben, wo sie sich nur ungern und gegen ihren Geschmack zur Liebe hatte bewegen lassen, da doch gerade auf diesen Parkbänken der Liebe mit Dirnen gepflogen wurde. Es war ihr darum völlig klar, daß der Anfang des Dichters einzig an dem sonnigen Sommervormittag hinter dem Felsblock stattgefunden haben konnte, der gleich anderen Felsblöcken pathetisch im Tal emporragte, wohin die Prager ihre sonntäglichen Spaziergänge unternahmen.

Diese Szenerie eignete sich aus mehreren Gründen als des Dichters Anfangsstätte: von der Mittagssonne beschienen, war es eine Szenerie der Helle, nicht der Finsternis, des Tages, nicht der Nacht; es war ein Ort inmitten einer offenen Landschaft, also ein Ort der Flügel und des Höhenfluges; und schließlich war es eine romantische, wenngleich von den letzten Wohnsilos der Stadt nicht sonderlich weit entfernte Gegend, voller Felsblöcke, die aus wildmodelliertem Boden ragten. All dies schien ihr ein beredtes Bild dessen zu sein, was sie damals durchlebt hatte. Denn war ihre große Liebe zum Vater des Dichters kein romantischer Aufstand gegen das Prosaische und die Ordentlichkeit ihrer Eltern gewesen? War der Mut, mit dem sie, die Tochter eines reichen Kaufmannes, den eben fertigstudierenden armen Ingenieur erwählt hatte, nicht jener ungebändigten Landschaft vergleichbar gewesen?

Die Mutter des Dichters hatte dort ihre große Liebe erlebt, und daran konnte auch die Enttäuschung nichts ändern, die ein paar Wochen nach dem schönen Vormittag hinterm Felsblock folgte. Nämlich als sie ihrem Geliebten freudig erregt mitteilte, daß seit einigen Tagen die intime Indisposition ausbleibe, die ihr allmonatlich das Leben vergälle, worauf der Ingenieur mit aufreizender Gleichgültigkeit (uns scheint sie eher vorgeschützt und unsicher) erwiderte, es handle sich um eine bedeutungslose Störung des körperlichen Zyklus, der seinen segensreichen Rhythmus gewiß wiedererlangen werde. Die Mama erfühlte, daß der Geliebte sich weigerte, ihre Hoffnungen und Freuden zu teilen, sie war beleidigt und sprach bis zu dem Zeitpunkt nicht mehr mit ihm, da ihr der Arzt eröffnete, daß sie schwanger sei. Der Vater des Dichters meinte dazu, er kenne einen Gynäkologen, der sie diskret ihrer Sorgen entledigen werde. Daraufhin brach die Mama in Tränen aus.

Rührendes Ende eines Aufstandes! Zuerst hatte sie sich im Namen des jungen Ingenieurs gegen die Eltern erhoben, und dann flüchtete sie sich zu diesen, Hilfe gegen jenen zu suchen. Und die Eltern bereiteten ihr keine Enttäuschung; sie trafen sich mit dem jungen Mann, redeten ihm ins Gewissen, und der Ingenieur, der die Vergeblichkeit zu entkommen einsah, willigte in eine prunkvolle Hochzeit ein und nahm widerspruchslos die beträchtliche Mitgift an, die ihm erlaubte, ein eigenes Bauunternehmen zu gründen; seinen persönlichen Besitz, der in zwei Koffern Platz hatte, verfrachtete er in die Villa, wo seine Jungangetraute mit ihren Eltern bereits seit ihrer Geburt lebte.

Die bereitwillige Kapitulation des Ingenieurs täuschte die Mutter des Dichters jedoch nicht darüber hinweg, daß das, worein sie sich mit herrlicher Kopflosigkeit gestürzt hatte, nicht die beiderseitige große Liebe gewesen war, auf die sie, wie sie fest glaubte, ein volles Anrecht hatte. Ihr Vater besaß zwei florierende Prager Drogerien, und die Tochter bekannte sich zur Moral der beglichenen Rechnungen; da sie selber alles in die Liebe investiert hatte (schließlich war sie bereit gewesen, die eigenen Eltern und deren stilles Haus zu verraten!), erwartete sie, daß der Partner den gleichen Betrag an Gefühlen in die gemeinsame Kasse einzahlte. In dem Bestreben, das Unrecht zu tilgen, wollte sie nun der Gefühlskasse wieder entnehmen, was sie hineingetan hatte, und darum begegnete sie ihrem Mann seit der Hochzeit mit stolzer und strenger Miene.

Aus der Familienvilla war kurz zuvor die Schwester der Mutter des Dichters ausgezogen (sie hatte geheiratet und in der Stadtmitte eine Wohnung gemietet), so daß der alte Kaufmann mit seiner Frau in den ebenerdigen Zimmern bleiben und der Ingenieur mit der Tochter des Hauses die drei Räume darüber beziehen konnte, zwei größere, einen kleineren, die noch genau so eingerichtet waren, wie es der Vater vor zwanzig Jahren beim Villenbau bestimmt hatte. Dem Ingenieur war es bis zu einem gewissen Grade recht, daß er ein Heim mit Interieur erhielt, weil er ja außer dem Inhalt der zwei Koffer nichts besaß; er erbot sich jedoch, durch kleine Herrichtungen das Aussehen der Zimmer zu verändern. Aber die Mutter des Dichters gedachte nicht zuzulassen, daß jener, der sie hatte unters Gynäkologenmesser bringen wollen, störend auf die alte Anordnung des Interieurs einwirkte, in welcher der Geist ihrer Eltern wohnte, zwanzig Jahre süßer Gewohnheit, Vertrautheit und Sicherheit.

Der junge Ingenieur gab auch diesmal kampflos auf und erlaubte sich nur einen einzigen kleinen Protest, der zu registrieren ist: Im Zimmer, wo sich die Eheleute zur Nachtruhe niederlegten, stand ein Tischchen; auf dessen einem breiten Bein ruhte eine schwere graue Marmorplatte und darauf die Statuette eines nackten Mannes; der Mann hielt mit der linken Hand eine Lyra, die er auf die sich wölbende Hüfte stützte; seine rechte Hand holte aus, als hätten deren Finger eben die Saiten angeschlagen; der rechte Fuß war zurückgestellt und der Kopf leicht nach hinten geneigt, so daß die Augen emporblickten. Nachgetragen sei noch, daß des Mannes Antlitz über die Maßen schön war, daß er gelocktes Haar hatte und daß ihm das Weiß des Alabasters, aus dem er hergestellt war, etwas zart Mädchenhaftes beziehungsweise göttlich Panisches verlieh; übrigens fällt das Wort ›göttlich‹ keineswegs zufällig: gemäß der in den Statuettensockel eingeritzten Inschrift war der Mann mit der Lyra der griechische Gott Apollon.

Selten allerdings konnte die Dichtermutter den Mann mit der Lyra anschauen, ohne sich ärgern zu müssen. Meist bot er dem Zimmer das Hinterteil dar, manchmal diente er dem Ingenieur als Hutständer, mitunter war über seinen feinen Kopf ein Schuh gestülpt, und nicht selten hatte er eine Socke übergezogen, was eine besondere Entweihung des Anführers der Musen darstellte, denn die Socke roch.

Wenn die Mutter des Dichters dies mit einer gewissen Ungehaltenheit hinnahm, so war daran kaum ihr schwacher Sinn für Humor schuld; sie erwitterte vielmehr völlig richtig, daß der Gatte ihr mit der Socke überm Leib des Apollon übel scherzend mitteilte, was er aus Gründen der Höflichkeit unausgesprochen ließ: er lehne ihre Welt ab und kapituliere nur vorläufig.

Dergestalt wurde der Alabastergegenstand zum wirklichen antiken Gott, zum Wesen der außermenschlichen Welt, das in die menschliche Welt eingreift, deren Begebenheiten verknotet und deren Heimlichkeiten verrät. Die Jungvermählte sah ihn als Verbündeten an, und ihre träumerische Weiblichkeit machte aus ihm ein Lebewesen, dessen Augen zeitweise die Farbillusion der Regenbogenhaut aufwiesen und dessen Mund zeitweise zu atmen schien. Sie gewann den nackten jungen Mann lieb, der an ihrer statt und ihretwegen herabgewürdigt wurde. Oft betrachtete sie sein liebliches Antlitz und begann sich zu wünschen, ihm, dem schönen Feind ihres Gatten, möge das in ihrem Leib wachsende Kind gleichen. Schließlich wollte sie, es möge ihm so weit gleichen, daß sie glauben konnte, nicht der Gatte, sondern dieser junge Mann sei ihr Befruchter gewesen; sie bat ihn, mit einem Zauber ihr unseliges Beginnen zu korrigieren, es umzuprägen, es zu übermalen, wie einst der große Tizian sein Bild auf die verdorbene Leinwand eines Pfuschers gemalt hatte.

Sie sah auch unbewußt ein Vorbild in der Jungfrau Maria, die ohne einen menschlichen Befruchter Mutter geworden war und solchermaßen ein Ideal der Mutterliebe geschaffen hatte, in die sich der Vater nicht einmischte und in der er nicht störte, und so überkam sie das provokative Verlangen, ihrem Kind den Namen Apollon zu geben, was für sie so viel bedeutet hätte, als hieße er *Der ohne Menschenvater*. Freilich wußte sie, daß ihr Sohn mit solch hochmögendem Namen ein schweres Leben haben und jedermann sie und ihn auslachen würde. Sie suchte darum einen tschechischen Namen, der eines jugendlichen griechischen Gottes würdig wäre, und da fiel ihr der Name Jaromil ein (was *Der den Frühling Liebende* oder *Der vom Frühling Geliebte* heißt); damit waren alle einverstanden.

Übrigens war gerade Frühling, und der Flieder blühte, als man sie in die Klinik fuhr; dort entschlüpfte ihr nach einigen Schmerzensstunden der junge Dichter auf das verunreinigte Leintuch der Welt.

2

Dann stellte man den Dichter in einem kleinen Bettchen an
ihr Lager, und sie lauschte dem süßen Gekreisch; ihr schmer-
zender Körper war stolzerfüllt. Er mußte darum nicht be-
neidet werden; viel Stolz hatte er bislang nicht genossen,
obschon er recht hübsch war: ihm waren zwar ein etwas aus-
druckloses Hinterteil und ziemlich kurze Beine gegeben, dafür aber ein außergewöhnlich frischer Busen und unterm
feinen Haar (es war so fein, daß es sich nur schwer zu einer
Frisur legen ließ) ein zwar nicht blendendes, aber doch unauffällig reizendes Gesicht.

Die Mutter des Dichters war sich immer eher ihrer Unauf-
fälligkeit als ihres Reizes bewußt gewesen, zumal sie von
Kind auf unterm Eindruck der älteren Schwester gelebt
hatte, die ausgezeichnet tanzte, beim besten Schneider Prags
nähen ließ und, mit einem Tennisschläger bewaffnet, mühelos
Eingang in die Welt eleganter Männer fand. Dabei wandte
die Schwester ihrem Elternhaus bedenkenlos den Rücken.
Durch die schwesterliche nach Effekt haschende Gier hatte
sich die Mutter des Dichters in ihrer trotzigen Bescheidenheit
bestätigt gefühlt, und aus Protest war sie Liebhaberin des
sentimentalen Ernstes von Musik und Buch geworden.

Vor dem Ingenieur war mit ihr zwar schon ein Bursch gegangen, ein Medizinstudent, Sohn einer befreundeten Familie, aber diese Bekanntschaft hatte ihren Körper nicht mit
wesentlicherem Selbstbewußtsein anzufüllen vermocht. Am
Tag, nachdem sie mit ihm auf einer Hütte die erste körperliche Liebe kennengelernt hatte, trennte sie sich in der melancholischen Gewißheit von ihm, weder ihren Gefühlen noch
ihren Sinnen sei große Liebe gegeben. Und weil sie damals
gerade das Abitur ablegte, hatte sie Gelegenheit zu verkünden, ihr Lebensziel in der Arbeit sehen zu wollen und sich
entschieden zu haben (trotz der Bedenken ihres praktischen
Vaters), an der Universität Philosophie zu belegen.

Als ihr enttäuschter Körper ungefähr den fünften Monat in der breiten Bank des Universitätsauditoriums saß, begegnete er auf der Straße einem frechen jungen Ingenieur, der ihn ansprach und sich seiner nach drei Stelldicheins bemächtigte. Und weil der Körper diesmal (überraschenderweise) sehr zufrieden war, vergaß die Seele schnell Ehrgeiz und Karriere und kam (wie es sich für eine rechte Seele gehört) dem Körper eilends zu Hilfe: sie bejahte bereitwillig des Ingenieurs Ansichten, seine heitere Achtlosigkeit und allerliebste Verantwortungslosigkeit. Obgleich sie wußte, daß es ihrem Elternhaus fremde Eigenschaften waren, identifizierte sie sich damit, weil in deren Gegenwart ihr traurig bescheidener Körper das Mißtrauen zu sich verlor und Freude an sich gewann.

War Mama also endlich glücklich? Nicht ganz: sie wurde zwischen Zweifel und Glauben hin- und hergerissen; entblößte sie sich vor dem Spiegel, dann sah sie sich ganz mit seinen Augen und kam sich einmal erregend, ein andermal fade vor. Sie hatte ihren Körper fremden Augen unterworfen – und darin lag große Unsicherheit.

Doch wie stark auch immer sie zwischen Hoffnungen und Unglauben schwanken mochte, ihrer vormaligen Resignation war sie ledig; der Schwester Tennisracket deprimierte sie nicht mehr; ihr Körper lebte endlich wie ein Körper, und die Mama begriff, wie schön es war, so zu leben. Sie hoffte inniglich, das neue Leben wäre nicht arglistige Verheißung, sondern immerwährende Wahrheit; sie hoffte, der Ingenieur werde sie aus der Fakultätsbank und dem Elternhaus herausführen und die Liebesgeschichte in eine Lebensgeschichte verwandeln. Deshalb begrüßte sie die Schwangerschaft mit Begeisterung: sie sah sich, sah den Ingenieur und sah ihr Kind, und es schien ihr, diese Dreifaltigkeit rage bis zu den Sternen empor und erfülle das All.

Im vorhergehenden Kapitel war bereits erzählt worden: Die Mama hatte bald begriffen, daß jener, der die Liebesgeschichte wünschte, leider die Lebensgeschichte fürchtete und kein Verlangen danach verspürte, sich gemeinsam mit ihr in eine Statuengruppe zu verwandeln, die bis zu den Sternen emporragte. Und es war dabei klar geworden: Diesmal war ihr Selbstbewußtsein nicht unterm Druck der Kühle ihres Geliebten zusammengebrochen. Etwas sehr Wichtiges war nämlich hinzugekommen. Mamas Körper, kurz vorher noch auf Gedeih und Verderb den Augen des Geliebten ausgeliefert, war in die weitere Phase seiner Geschichte eingetreten: er hatte aufgehört, Körper für fremde Augen zu sein, und war Körper für jemanden geworden, der einstweilen noch keine Augen hatte. Die Oberfläche des Körpers war nun nicht mehr wichtig; der Körper berührte mit seiner inneren, von niemandem je gesehenen Wand einen anderen Körper. Die Augen der äußeren Welt konnten an ihm nur das unwesentliche Äußere wahrnehmen, und nicht einmal die Meinung des Ingenieurs bedeutete ihm fortan etwas, weil sie das große Schicksal des Körpers nicht mehr zu beeinflussen vermochte; jetzt war er völlig selbständig und autark geworden; sein mächtiger und häßlicher werdender Bauch war ihm wachsendes Reservoir an Stolz.

Nach der Niederkunft ging Mamas Körper in die nächste Phase ein. Als sie des Sohnes umherirrenden Mund zum erstenmal an ihrer Brust saugen spürte, verstärkte sich das süße Vibrieren darin und strahlte in den ganzen Körper aus; es ähnelte den Zärtlichkeiten des Geliebten, nur daß da noch etwas mehr war: ein großes ruhiges Glück, eine große glückliche Ruhe. Das hatte sie vordem nie empfunden; hatte der Geliebte ihre Brust geküßt, war das eine Sekunde gewesen, die Stunden des Zweifels und des Mißtrauens einlösen sollte; nunmehr aber wußte sie, daß der Mund als Beweis unaufhörlicher Ergebenheit, derer sie sich sicher sein konnte, an ihre Brust gedrückt war.

Und noch eines war anders geworden: hatte der Geliebte ihren entblößten Körper berührt, dann hatte sie sich stets geschämt; die gegenseitige Annäherung war stets Überwindung der Fremdheit, und die Weile des Angenähertseins war berauschend gewesen, eben weil sie nur die Weile währte. Die Scham war nie eingeschlafen, sie hatte die Liebe erregend gemacht, jedoch gleichzeitig den Körper bewacht, damit der sich nicht ganz und gar ergab. Jetzt war die Scham verschwunden; es gab sie nicht mehr. Die beiden Körper öffneten sich einer dem anderen, sie hatten nichts mehr, was sie vor dem anderen hätten verbergen müssen.

Niemals hatte sie sich einem anderen Körper derart ergeben, und niemals hatte sich ein Körper derart ihr ergeben. Der Geliebte hatte ihren Schoß benützen können, aber er hatte nie darin gewohnt, er hatte ihre Brust berühren dürfen, aber er hatte nie daraus getrunken. Ach, das Stillen! Liebevoll beobachtete sie die Fischbewegungen des zahnlosen Mundes, und sie malte sich aus, wie mit ihrer Milch auch ihre Gedanken, Vorstellungen und Träume in den anderen Körper einflossen.

Es war ein *paradiesischer* Zustand: ihre Körper durften voll Körper sein und brauchten sich mit keinem Feigenblatt zu bedecken; sie waren ins Unabsehbare einer ruhigen Zeit getaucht; sie lebten miteinander, wie Adam und Eva, bevor sie vom Baum der Erkenntnis gegessen hatten; sie hausten in ihren Körpern jenseits von Gut und Böse; und nicht nur dies: im Paradies werden Schönheit und Häßlichkeit nicht unterschieden, so daß auch ihnen alles, woraus sich der Körper zusammensetzt, nicht als schön oder häßlich, sondern schlechthin als wonnevoll galt; wonnevoll war das Zahnfleisch, obgleich es zahnlos war, wonnevoll waren das Brüstlein und das Nabelchen, wonnevoll waren der auf dem lächerlichen Schädelchen sprießende Flaum, der kleine Hintern und die Gedärme, deren Tätigkeit sorgsam verfolgt wurde. Sie kümmerte sich eingehend um des Sohnes Speierchen, Lullerchen und Kackerchen, und zwar nicht aus pflegerischer Besorgtheit um die Gesundheit des Kindes, nein, sie kümmerte sich aus *Leidenschaft* um sämtliche Abläufe in seinem Körperchen.

Das war etwas völlig Neues, weil die Mama seit ihrer Kindheit eine hochgradige Abscheu vor fremder, mehr allerdings noch vor eigener Körperlichkeit gehabt hatte; sie war sich selbst zuwider gewesen, wenn sie auf dem Klo hatte Platz nehmen müssen (wenigstens nicht sehen hatte man sie sollen, wenn sie hineinging), ja sie hatte sogar eine Zeit gehabt, wo sie sich schämte, vor Leuten zu essen, weil Kauen und Schlucken ihr ekelhaft vorkamen. Die über jegliche Häßlichkeit erhabene Körperlichkeit des Sohnes reinigte und rechtfertigte wunderbarerweise auch ihren eigenen Körper. Der zeitweise auf ihrer runzeligen Brustwarze sich bildende Milchtropfen erschien ihr poesievoll wie ein Tautropfen; ab und zu nahm sie ihre Brust und drückte sie leicht zusammen, um den Zaubertropfen zu sehen; sie tupfte einen Tropfen auf den Zeigefinger und kostete davon; sie sagte sich, daß sie den Geschmack des Tranks kennen müsse, mit welchem sie ihren Sohn nährte, vielmehr aber wollte sie den eigenen Körpergeschmack kennenlernen; und da ihre Milch süß schmeckte, versöhnte dieser Eigengeschmack sie auch mit ihren übrigen Säften und Ausscheidungen; sie begann sich selbst als appetitlich zu empfinden, ihr Körper war ihr angenehm, bejahenswürdig und selbstverständlich wie jedes Ding der Natur, wie Bäume, Sträucher oder Wasser.

Leider vernachlässigte die Mama vor lauter Körperglück ihren Körper; eines Tages wurde ihr klar, daß es bereits zu spät war und daß auf ihrem Bauch die Orangenhaut mit den weißlichen Rissen im Unterhautzellgewebe bleiben würde, eine lose Hautschicht, die nicht wie ein fester Körperbestandteil wirkte, sondern wie eine locker aufgenähte Hülle. Überraschenderweise ließ diese Feststellung sie nicht verzweifeln. Trotz des orangenhäutigen Bauches war Mamas Körper glücklich, weil er Körper für Augen war, die bis dahin die Welt nur in verschwommenen Konturen aufnahmen und (es waren schließlich Paradiesaugen!) nicht wußten, daß eine grausame Welt existierte, wo Körper in häßliche und schöne unterteilt wurden.

Sahen es auch die Augen des Kindes nicht, so sahen es doch die Augen des Gatten, der sich nach Jaromils Geburt mit Mama zu versöhnen suchte. Nach langer Zeit pflegten sie wieder der Liebe; aber es war anders als einst: sie legten für ihre körperliche Liebe unauffällige und versteckte Momente fest, liebten einander im Halbdunkel und zurückhaltend.

Dies kam Mama gerade recht: denn sie wurde sich jedesmal ihres verunstalteten Körpers bewußt und hätte bei allzu leidenschaftlicher und offener Liebe fürchten müssen, rasch den wonnevollen, vom Sohn gegebenen inneren Frieden zu verlieren.

Nein, nein, sie würde nimmermehr vergessen, daß ihr der Gatte Erregung voller Unsicherheit geschenkt hatte, der Sohn hingegen Ruhe voller Glück; deshalb flüchtete sie sich weiterhin zum letzteren (er krabbelte schon, ging schon, sprach schon) wie zu einer Tröstung. Einmal wurde er schwer krank, und Mama bekam vierzehn Tage kaum ein Auge zu und war ununterbrochen mit seinem heißen Körperchen beschäftigt, das sich vor Schmerzen wand; auch diese Zeit durchlebte sie in Verzückung; als die Krankheit wieder gewichen war, vermeinte sie, mit dem Körper des Sohnes in den Armen das Totenreich durchschritten zu haben und wiedergekehrt zu sein; sie vermeinte, nach diesem gemeinsamen Erlebnis könnte es nie und nirgends mehr eine Trennung geben.

Der Körper des Gatten, in Anzug oder Pyjama gehüllt, ein diskreter und verschlossener Körper, wurde ihr immer fremder und verlor von Tag zu Tag an Vertrautheit, wogegen der Körper des Sohnes beständig auf sie angewiesen war; sie stillte ihn zwar nicht mehr, lehrte ihn aber die Benutzung des Klos, zog ihn an und aus, bestimmte seine Frisur und Kleidung, berührte ihn innerlich mittels der Speisen, die sie mit Liebe für ihn zubereitete. Als er im vierten Lebensjahr an Appetitlosigkeit zu leiden begann, wurde sie streng; sie zwang ihn zu essen und spürte zum erstenmal, daß sie nicht nur Freundin, sondern auch *Beherrscherin* dieses Körpers war; er wehrte sich, mochte nicht schlucken, wurde jedoch gezwungen; mit sonderbarem Gefallen beobachtete sie den vergeblichen Widerstand und die Unterwerfung, betrachtete den schmächtigen Hals, auf dem sich der Weg des ungewollten Bissens abzeichnete.

Ach, der Körper des Sohnes, ihr Heim und Paradies, ihr Königreich ...

3

Und die Seele des Sohnes? War die nicht ihr Königreich? Oh, doch! Als Jaromil zum erstenmal ein Wort aussprach und dieses *Mama* lautete, war Mama wahnsinnig glücklich; sie sagte sich, daß sie des Sohnes Denken, wenngleich es vorerst aus einem einzigen Begriff bestand, voll ausfüllte, und daß sie auch in der Folgezeit, wenn sich sein Denken entwickeln, verästeln, zur Krone auswachsen würde, immer seine Wurzel bleiben müßte. Auf angenehme Weise dazu angeregt, verfolgte sie aufmerksam die weiteren Versuche des Sohnes mit Wörtern, und weil sie ahnte, daß das Gedächtnis kurz und das Leben lang ist, kaufte sie ein dunkelrot eingebundenes Tagebuch und notierte darin alles, was aus dem Mund des Sohnes kam.

Mit Hilfe von Mamas Tagebuch wird feststellbar, daß auf das Wort Mama bald weitere Wörter folgten, wobei das Wort Papa erst an siebenter Stelle nach Oma, Opa, mam, tütü, wau, lullu vermerkt war. Nach diesen einfachen Wörtern (in Mamas Tagebuch stehen daneben jeweils ein kurzer Kommentar und das Datum) finden sich die ersten Versuche mit Sätzen; man erfährt, daß der Sohn lange vor seinem zweiten Geburtstag verkündete: *Mama ist brav.* Einige Wochen später sagte er: *Mama ist böse.* Für diesen Ausspruch, den er tat, weil Mama abgelehnt hatte, ihm vor dem Mittagessen Himbeersaft zu geben, kriegte er ein paar aufs Hinterteil, worauf er weinend schrie: *Ich such mir eine andre Mama!* Dafür bereitete er eine Woche danach der Mama große Freude, indem er sprach: *Meine Mama ist die hübscheste.* Ein andermal sagte er: *Mama, ich geb dir ein gelecktes Bussi,* worunter zu verstehen ist, daß er die Zunge herausreckte und Mama das Gesicht ableckte.

Überspringt man einige Seiten, gelangt man zu Aussprüchen, die durch ihre rhythmische Form fesseln. Die Großmutter hatte Jaromil ein Nußbutterbrot versprochen, dann aber ihr Versprechen vergessen und das Brot selber gegessen; damals fühlte sich Jaromil betrogen, er war sehr wütend geworden und hatte mehrmals wiederholt: *Die gräßliche Großmutter nimmt mir die Nußbutter.* In gewissem Sinn ließ sich dies neben Jaromils zuvor zitierten Gedanken stellen: Mama ist böse, jedoch mit dem Unterschied, daß er diesmal nicht ein paar aufs Hinterteil kriegte, sondern daß alle lachten, auch die Großmutter, die den Nußbutterausspruch oftmals belustigt zitierte (was dem wachen Jaromil nicht entging). Jaromil dürfte nicht begriffen haben, warum er mit dem metrischen Ausspruch so erfolgreich war, aber wir wissen, daß ihm der Reim eine Tracht Prügel erspart und die Poesie auf diese Weise ihre magische Kraft zu erkennen gegeben hatte.

Gereimte Aussprüche sind in Mamas Tagebuch auf den nachfolgenden Seiten einige zu finden, und aus Mamas Kommentaren wird ersichtlich, daß er dem ganzen Haus damit Freude und Vergnügen bereitete. So schuf er zum Beispiel das nachstehende verdichtete Porträt des Dienstmädchens Anka: *Unser Ankalein ist wie ein Rehlein fein.* Ein Stück weiter erfährt man: *Wir gehn in den Wald und jubeln gar bald.* Mama nahm an, Jaromils reimerische Betätigung entspringe außer aus seinem zutiefst ursprünglichen Talent jenen Kinderreimen, die sie ihm in solchen Mengen vorlas, daß er hätte leicht dem Eindruck erliegen können, die tschechische Sprache bestehe überhaupt nur aus Metrik; doch Mama muß korrigiert werden: eine größere Rolle als Talent und literarische Vorbilder spiegelte der Großvater, nüchterner Praktiker und flammender Feind von Gedichten, der die dümmsten Zweizeiler ersann und dem Enkel heimlich beibrachte.

Jaromil merkte bald, daß seine Wörter mit großer Aufmerksamkeit festgehalten wurden, und er begann dementsprechend zu handeln; hatte er die Sprache bis dahin zur Verständigung benutzt, redete er jetzt, um Zustimmung, Bewunderung und Lachen zu ernten. Er freute sich bereits im vorhinein darauf, wie die anderen auf seine Wörter reagieren würden, doch weil das gewünschte Echo immer wieder ausblieb, versuchte er es mit Ungeheuerlichkeiten. Das zahlte sich einmal nicht aus; als er zu Papa und Mama sagte: *Ihr zwei seid Pimmel* (er hatte das Wort von einem Jungen im Nachbargarten gehört, der dafür von den anderen Jungen mit Lachern bedacht worden war), gab ihm Papa eine Ohrfeige.

Aufnahmebereit, merkte er sich seither, was die Erwachsenen an seinen Wörtern schätzten, mit welchen sie einverstanden waren, mit welchen nicht und welche sie konsternierten; dies ermöglichte ihm einmal – er stand mit Mama im Garten –, einen mit Großmutters melancholischen Lamentationen getränkten Satz vorzubringen: *Mama, das Leben ist eigentlich wie das Unkraut.*

Schwer zu sagen, was er sich dabei gedacht hatte; gewiß ist, daß er nicht die flinke Wertlosigkeit und wertlose Flinkheit im Sinn gehabt hatte, die Eigenschaften des Unkrautes sind; wahrscheinlich hatte er die ziemlich unbestimmte Vorstellung umschreiben wollen, daß das Leben traurig und eitel sei. Obwohl er also etwas anderes als das Beabsichtigte gesagt hatte, war der Effekt grandios gewesen: Mama verstummte, streichelte sein Haar und sah ihm mit tränenverschleiertem Blick in die Augen. Von diesem Blick voll gerührten Lobes war Jaromil so berauscht, daß er ihn noch einmal sehen wollte. Er trat während eines Spaziergangs absichtlich einen Stein und sagte dann zur Mama: *Mama, ich habe einen Stein getreten, und jetzt tut er mir so leid, daß ich ihn streicheln möchte* – und in der Tat, er bückte sich und streichelte ihn.

Mama war überzeugt, ihr Sohn sei nicht nur begabt (er konnte mit fünf bereits lesen), sondern auch außergewöhnlich empfindsam und anders als die übrigen Kinder. Sie äußerte diese Meinung nicht selten gegenüber Großvater und Großmutter, was Jaromil, der still mit Soldaten oder mit dem Pferdchen spielte und nicht auffiel, ungemein interessierte. Er schaute künftig allen Gästen in die Augen und glaubte – von sich selbst verzaubert –, daß ihn diese Augen als außergewöhnliches und besonderes Kind sahen, das vielleicht gar kein Kind sei.

Als sein sechster Geburtstag nahte und er einige Monate später in die Schule kommen sollte, wünschte die Familie, daß er ein eigenes Zimmer bekomme und allein schlafe. Mama tat es um die Zeit leid, die sie von ihm getrennt sein würde, aber sie erklärte sich einverstanden. Sie kam mit dem Gatten überein, dem Sohn als Geburtstagsgeschenk das dritte, kleinste Zimmer im Oberstock zu geben und eine Couch sowie für ein Kinderzimmer geeignete Möbelstücke zu kaufen: einen kleinen Bücherschrank, einen Spiegel, der den Sohn zu Reinlichkeit und Adrettheit anhalten sollte, dazu einen kleinen Arbeitstisch.

Papa erbot sich, das Zimmer mit Jaromils eigenen Zeichnungen auszuschmücken, und er begann sogleich die kindlich gekritzelten Äpfel und Gärten in Passepartouts zu kleben. Da trat die Mutter des Dichters zum Vater des Dichters und sagte: »Ich möchte etwas von dir . . .« Er musterte sie, während ihre Stimme, scheu und doch entschlossen, fortfuhr: »Ich möchte einige Bogen Papier und farbige Tusche.« Am Tisch in ihrem Zimmer breitete sie den ersten Bogen vor sich aus und zeichnete mit Bleistift lange die Buchstaben vor; endlich tauchte sie den Pinsel in rote Tusche und begann den ersten Buchstaben auszumalen, ein großes L. Nach dem L folgte ein E. Allmählich entstand die Aufschrift: *Leben ist wie Unkraut*. Sie betrachtete ihr Werklein und war zufrieden: die Buchstaben standen gerade und hatten die gleiche Höhe; dennoch nahm sie ein neues Blatt und zeichnete erneut die Buchstaben vor und malte sie diesmal mit dunkelblauer Tusche aus, weil ihr diese Farbe der unendlichen Traurigkeit des Jaromilschen Gedankens angemessener schien.

Danach wandte sie sich Jaromils Äußerung *Die gräßliche Großmutter nimmt mir die Nußbutter* zu und begann – ein glückliches Lächeln auf den Lippen – zu schreiben (mit leuchtend roter Tusche): *Unsere teuere Großmutter liebt so sehr die Nußbutter*. Sie erinnerte sich – mit innerem Lächeln – an

Ihr zwei seid Pimmel, doch diese Äußerung zeichnete sie nicht, dafür (in Grün) *Wir gehn in den Wald und jubeln gar bald*, anschließend (in Violett) *Unser Ankalein ist wie ein Rehlein fein*. Sodann sah sie vor sich, wie Jaromil den Stein streichelte, und nach einiger Überlegung schrieb sie (in Hellblau) *Ich könnte keinem Stein etwas zuleide tun*, und zum Schluß malte sie leicht verschämt, nichtsdestoweniger sehr gern (in Orange) *Mama, ich gebe dir ein gelecktes Bussi* sowie zuallerletzt (in Gold) *Meine Mama ist von allen die hübscheste*.

Am Vorabend des Geburtstages schickten die Eltern den aufgeregten Jaromil zur Großmutter schlafen und rückten Möbel und behängten Wände. Als sie am nächsten Morgen das Kind ins veränderte Zimmer holten, war Mama ganz aufgeregt, und Jaromil tat nichts, ihre Bedenken zu zerstreuen; er stand verdutzt und sagte kein Wort; am ehesten noch galt sein Interesse (er zeigte es unsicher und scheu) dem Arbeitstisch: ein sonderbares Stück Möbel, ähnlich einer Schulbank; die Schreibplatte (schräg und hochklappbar, darunter Platz für Hefte und Bücher) war unten mit der Sitzplatte verbunden.

»Na, was sagst du, freut es dich?« Mama hatte es nicht ausgehalten.

»Ja, ich freue mich«, antwortete das Kind.

»Und was gefällt dir am meisten, sag!« ließ sich Großvater vernehmen, der mit Großmutter im Türrahmen stand und den mit Spannung erwarteten Auftritt beobachtete.

»Die Bank«, sagte das Kind, setzte sich hinein und hob und senkte mehrmals den Deckel.

»Und was sagst du zu den Bildern?« Papa deutete auf die Zeichnungen in den Passepartouts.

Das Kind hob den Kopf und lächelte: »Die kenne ich.«

»Und wie gefallen sie dir, wie sie jetzt so an den Wänden hängen?«

Das Kind blieb in seinem Arbeitstisch sitzen und bedeutete nur durch ein Kopfnicken, daß ihm die Zeichnungen an den Wänden gefielen.

Mamas Herz krampfte sich zusammen, sie wäre am liebsten verschwunden. Aber das ging nicht, zudem konnte sie die Aufschriften an den Wänden nicht mit Schweigen übergehen lassen, weil dieses Schweigen eine Verurteilung gewesen wäre; sie stieß hervor: »Sieh dir die Aufschriften an!«

Das Kind hielt den Kopf gesenkt und blickte in das Tischfach.

»Weißt du, ich wollte«, fuhr die Mutter verwirrt fort, »ich wollte, daß du eine Erinnerung daran hast, wie deine Entwicklung gewesen ist, von der Wiege bis in die Schulbank, denn du bist ein gescheites Kind und hast uns Freude gemacht . . .« Sie brachte es wie eine Entschuldigung vor, wiederholte sich einigemal, wurde ihr Lampenfieber nicht los und verstummte.

Doch sie täuschte sich, wenn sie meinte, Jaromil habe ihr Geschenk nicht gewürdigt. Er hatte zwar nichts zu sagen gewußt, aber er war keineswegs unzufrieden; er war stets stolz auf seine Wörter und Worte gewesen und hatte sie nie bloß in den Wind sprechen wollen; wenn er sie nun sorgfältig mit Tusche abgeschrieben und in Bilder umgewandelt sah, hatte er das Gefühl eines Erfolges, eines so großen und unerwarteten Erfolges sogar, daß er Lampenfieber bekam und nicht zu reagieren vermochte; er begriff, daß er ein *Kind mit bedeutenden Worten* sei, und wußte, daß ein solches Kind in solch einem Augenblick etwas Bedeutendes hervorbringen müßte, doch ihm fiel nichts ein, und deshalb hielt er den Kopf gesenkt. Die eigenen Worte, die er aus den Augenwinkeln an den Wänden sah, versteint, erstarrt, dauerhafter und größer als er selbst, berauschten ihn nachgerade; er glaubte, von sich selbst umgeben zu sein, viel zu sein, das ganze Zimmer, das ganze Haus voll.

4

Noch bevor er in die Schule kam, konnte Jaromil lesen und schreiben, so daß sich Mama dazu entschloß, ihn gleich in die zweite Klasse eintreten zu lassen; sie erlief beim Ministerium die Sondergenehmigung, und Jaromil durfte sich, nachdem er von einer Sonderkommission geprüft worden war, in die Bank zwischen Schüler setzen, die durchweg ein Jahr älter waren als er. Alle in der Schule bewunderten ihn, so daß ihm zunächst das Klassenzimmer als Spiegelbild des Daheim vorkam. Am Muttertag, als die Schüler die Schulfeier mit eigenen Produktionen bestritten, betrat er als letzter das Podium und trug ein rührseliges Gedicht über die Mütter vor, wofür ihn das elterliche Publikum mit viel Beifall belohnte.

Eines Tages jedoch stellte er fest, daß hinter Beifall klatschendem Publikum ein anderes, ihm feindlich gesinntes Publikum lauerte. Er stand im vollen Wartezimmer des Zahnarztes, und mit ihm wartete ein Mitschüler. Sie lehnten nebeneinander am Fensterbrett, und plötzlich gewahrte Jaromil, daß ihnen ein freundlich lächelnder Herr zuhörte. Dies ermunterte ihn, und er fragte (mit einigermaßen erhobener Stimme, auf daß es niemandem entginge) seinen Mitschüler, was er denn tun würde, wenn er Schulminister wäre. Dem Mitschüler fiel nichts Rechtes ein, und so begann Jaromil seine Betrachtungen zu entwickeln, was ihm nicht schwerfiel, weil er nur die Sprüche zu wiederholen brauchte, mit denen ihn Großvater regelmäßig traktierte. Nun, wäre Jaromil Schulminister, gäbe es zwei Monate Unterricht und zehn Monate Ferien, der Lehrer müßte den Kindern gehorchen und ihnen vom Konditor die Vesper bringen, und natürlich würden sich sonst noch wunderlichste Dinge abspielen, die Jaromil breit und laut erörterte.

Die Tür zum Behandlungszimmer öffnete sich, und die Sprechstundenhilfe führte einen Patienten heraus. Eine Frau, die auf ihrem Schoß ein Buch mit hineingestecktem

Finger hielt, wandte sich beinahe weinerlich an die Weißgekleidete: »Ich bitte Sie, tun Sie was mit dem Kind. Es ist ja
schrecklich, wie sich der Knabe hier aufführt!«

Nach Weihnachten rief der Lehrer die Kinder zur Tafel,
damit sie berichteten, was man ihnen unters Bäumchen gelegt
hatte. Jaromil zählte auf: Baukasten, Ski, Schlittschuhe, Bücher, merkte aber bald, daß ihn die Kinder nicht so strahlend
anschauten wie er sie, sondern daß die Blicke einzelner
gleichgültig, ja böse waren; er stutzte und verschwieg die
übrigen Geschenke.

O nein, es soll nicht die tausendmal erzählte Geschichte
vom reichen Söhnchen, das seinen armen Mitschülern zuwider ist, zum tausendundeintenmal erzählt werden; schließlich gab es Jungen aus wohlhabenderen Familien in der
Klasse, die kameradschaftlichsten Umgang mit den anderen
hatten, ohne daß ihnen Reichtum vorgeworfen worden wäre.
Was gefiel den Mitschülern an Jaromil nicht?

Man mag es nicht sagen: Es lag weniger am Reichersein,
es lag vielmehr an der Liebe seiner Mutter. Diese Liebe hin-
terließ auf allem ihre Spuren; sie haftete an seinem Hemd, an
seiner Frisur, an den Wörtern, die er benutzte, an der Schultasche, in die er seine Hefte tat, und an den Büchern, die er
daheim zum Vergnügen las. Alles war für ihn besonders aus-
gewählt und hergerichtet worden. Die Hemden, die seine
sparsame Großmutter ihm genäht, glichen aus unerfindlichen
Gründen eher Mädchenblusen als Jungenhemden. Das lange
Haar mußte ihm über der Stirn mit Mamas Spange zusammengehalten werden, damit es ihm nicht in die Augen fiel.
Wenn es regnete, erwartete ihn Mama mit einem breiten
Regenschirm vor der Schule, während seine Mitschüler die
Schuhe auszogen und durch die Pfützen patschten.

Mutterliebe prägt auf die Stirn kleiner Buben ein Zeichen,
das die Gunst der Kameraden verscheucht. Jaromil lernte
zwar im Lauf der Zeit, dieses Zeichen kunstfertig zu verbergen, doch machte er nach seinem bestaunten Schuleintritt
Bitteres durch (ein, zwei Jahre lang). Die Mitschüler verspot-
teten ihn geradezu leidenschaftlich und verdroschen ihn eini-

gemal zum Spaß. Dennoch hielten ihm auch in schlimmster Zeit einige die Treue, was er ihnen bis ans Lebensende nicht vergaß; es sind aufzuführen:

Kamerad Nummer eins war Papa: der nahm manchmal den Fußball (er hatte als Student Fußball gespielt), stellte Jaromil im Garten zwischen zwei Bäumchen, trat den Ball gegen ihn, und Jaromil glaubte, im Tor zu stehen und für die tschechoslowakische Nationalmannschaft zu halten.

Kamerad Nummer zwei war Großvater: der nahm Jaromil häufig in seine beiden Geschäfte mit; in die Großdrogerie, die von Großvaters anderem Schwiegersohn selbständig geführt wurde, und in die Spezialparfümerie, wo eine anmutige Dame als Verkäuferin arbeitete, die dem Buben höflich zulächelte und ihn an sämtlichen Parfüms riechen ließ, so daß Jaromil die einzelnen Marken nach dem Duft bestimmen lernte. Mitunter schloß er die Augen und zwang den Großvater, ihm die Flakons unter die Nase zu halten und ihn zu prüfen. »Du bist ein Genie des Riechens«, lobte der Großvater, und Jaromil träumte davon, daß er Erfinder neuer Parfüms werden würde.

Kamerad Nummer drei war Alík, ein rappeliges Hündchen: das war erst seit einiger Zeit Mitbewohner der kleinen Villa und zeichnete sich nicht durch Wohlerzogenheit und Gehorsam aus, dennoch verdankte Jaromil ihm die schönsten Träume; er stellte es sich als ergebenen Gefährten vor, der im Gang vorm Klassenzimmer auf ihn wartete und ihn nach dem Unterricht treu nach Hause begleitete, so daß alle Mitschüler ihn beneideten und mitgehen wollten.

Träume von Hunden wurden zur Leidenschaft seiner einsamen Stunden und führten ihn zu einem kuriosen Manichäismus: Hunde galten ihm als Verkörperung des tierisch *Guten*, als die Summe aller Naturtugenden; er stellte sich im Geiste gewaltige Kriege von Hunden gegen Katzen vor (Kriege mit Generalen, Offizieren und all seiner vorher beim Spiel mit Zinnsoldaten geübten Kriegslist), und er stand stets auf der Seite der Hunde, wie der Mensch stets auf der Seite der Gerechtigkeit stehen soll.

Und weil Jaromil in Vaters Zimmer viel Zeit mit Bleistift und Papier verbrachte, wurden Hunde zum Hauptsujet seiner Zeichnungen: eine Unmenge epischer Szenen gab es von ihm, in denen Hunde Generale, Soldaten, Fußballer und Ritter waren. Doch weil sie wegen ihrer Vierbeinergestalt in diesen Menschenrollen nicht recht zu bestehen vermochten, zeichnete Jaromil sie mit Menschenleibern. Das war eine große Erfindung! Nun ja, er hatte Menschen zeichnen wollen, war aber auf eine ernste Schwierigkeit gestoßen: er hatte das Menschengesicht nicht nachzeichnen können; die längliche Form des Hundekopfes mit einem Tintenklecks an der Spitze als Schnauze hingegen gelang ihm ausgezeichnet; somit war aus Traum und Unvermögen eine besondere Welt von Menschen mit Hundekopf entstanden, eine Welt von Gestalten, die einfach und rasch zu zeichnen und mit Fußballspiel, Krieg und Räuberpistole zu verquicken waren: Jaromil zeichnete Geschichten in Fortsetzung und verbrauchte eine Menge Papier.

Erst Kamerad Nummer vier war ein Junge, ein Mitschüler: der hatte den Schuldiener zum Vater, ein galliges Männchen, das sich oft beim Direktor über die Schüler beklagte; die rächten sich dann an seinem Sohn, machten ihn zum Geächteten der Klasse. Von Jaromil waren alle Mitschüler abgerückt, und nur der Schuldienersohn hatte sich als getreuer Bewunderer erwiesen, so daß er eines Tages in die Vorstadtvilla eingeladen wurde; er bekam ein Mittagessen, ein Abendessen, machte mit Jaromil zusammen Baukastenspiele und schließlich die Aufgaben. Am darauffolgenden Sonntag nahm Papa die beiden zu einem Fußballmatch mit; das Spiel war großartig, und großartig war auch der Vater, der sämtliche Spieler namentlich kannte und das Spiel wie ein Eingeweihter kommentierte, so daß der Schuldienersohn den Blick kaum von ihm wenden und Jaromil stolz sein konnte.

Hinsichtlich des Äußeren handelte es sich um eine komische Freundschaft: Jaromil war stets gut gekleidet, der Schuldienersohn hatte zerscheuerte Ellbogen; Jaromil hatte stets gut gemachte Aufgaben, der Schuldienersohn lernte schwerfällig. Jaromil fühlte sich neben dem ergebenen Kameraden wohl, weil der über außergewöhnliche Körperkraft verfügte; als sie im Winter einmal von Mitschülern überfallen wurden, war ihre Antwort gebührend; Jaromil war stolz, weil sie der Übermacht getrotzt hatten, doch der Ruhm erfolgreicher Verteidigung kommt dem Ruhm eines Angriffs nicht gleich.

Irgendwann durchstreiften sie die öden Parzellen der Vorstadt, da begegneten sie einem Jungen, der blitzsauber gewaschen und angezogen war, als ginge er auf einen Kinderball. »Muttersöhnchen«, sagte der Schuldienersohn und trat ihm in den Weg. Sie stellten ihm höhnische Fragen und freuten sich über seine Angst. Plötzlich versuchte der Junge, sie zur Seite zu stoßen. »Was erlaubst du dir? Das kommt dir teuer zu stehen!« rief Jaromil, zutiefst durch die kecke Berührung beleidigt; dies betrachtete der Schuldienersohn als Signal und schlug dem fremden Jungen ins Gesicht.

Intellekt und Körperkraft ergänzen sich bestens. Hegte Byron nicht ergebene Liebe für den Boxer Jackson, der den gebrechlichen Lord aufopfernd in allen möglichen Sportarten trainierte? »Schlag ihn nicht, halte ihn nur!« sagte Jaromil zu seinem Kameraden und ging Brennesseln pflücken; dann zwangen sie den Jungen, sich auszuziehen, und sie peitschten ihn mit den Nesseln von oben bis unten. »Weißt du, wie sehr sich Mamachen über ein so prächtig rotes Söhnchen freuen wird?« sagte Jaromil dabei mehrmals und genoß das große Gefühl der Kameradschaft, das große Gefühl kameradschaftlichen Hasses auf alle Muttersöhnchen.

5

Warum aber blieb Jaromil Einziggeborener? Wollte die Mutter des Dichters kein zweites Kind?

Im Gegenteil: sie wünschte sich sehr, die beseligende Zeit ihrer ersten Mutterjahre zu wiederholen, aber der Gatte führte jedesmal viele Gründe dafür an, die Geburt eines weiteren Kindes zurückzustellen. Die Sehnsucht nach einem zweiten Kind ließ darum in ihr zwar nicht nach, aber sie wagte nicht, weiter in ihn zu dringen, weil sie fürchtete, der Gatte werde ablehnen, und weil sie wußte, daß Ablehnung sie demütigen würde.

Doch je mehr sie es sich verwehren mußte, über ihre Muttersehnsucht zu sprechen, desto mehr mußte sie daran denken; sie dachte daran wie an etwas Unerlaubtes, Geheimes, also Verbotenes; der Gedanke, ihr Gatte werde ihr ein Kind machen, lockte sie schließlich nicht nur wegen des Kindes als solchem, sondern nahm in ihren Vorstellungen auch einen aufreizend unanständigen Zug an; *komm, mach mir ein Töchterchen,* pflegte sie im Geist zu ihrem Gatten zu sagen, und es schien ihr sehr lasziv zu klingen.

Eines Abends, es war schon spät, kehrte das Ehepaar heiter gestimmt von Freunden zurück, der Vater des Dichters lag, nachdem er das Licht gelöscht hatte, neben seiner Frau (hier ist anzumerken, daß er sich ihrer seit der Hochzeit nur noch blind bemächtigte, er ließ sich nicht durch die Augen, sondern durch tastende Griffe zur Lust anreizen), stieß schließlich das Plumeau zur Seite und kopulierte. Die Seltenheit ihrer Liebeskontakte und die vorhergehende Weinseligkeit bewirkten, daß sie ihm in einer Verzückung wie seit langem nicht mehr angehörte. Die Vorstellung, sie würden miteinander *das Kind machen,* erfüllte erneut ihr Sinnen, und sie schrie, als sie ihren Mann dem Höhepunkt der Wollust nahe spürte, er möge seine übliche Vorsicht fahren lassen, nicht von ihr gehen, ihr das Kind doch machen, ihr ein hübsches Töchterchen machen; dabei preßte sie ihren Mann krampfartig an sich, so daß er Gewalt anwenden mußte, um sicher zu gehen, daß ihr Wunsch nicht erfüllt werde.

Als sie dann ermattet nebeneinander lagen, kuschelte sich Mama an ihn und flüsterte ihm ins Ohr, sie sehne sich nach einem zweiten Kind von ihm; nein, sie wollte ihn jetzt nicht drängen, wollte ihm eher entschuldigend erklären, weshalb sie so gewaltsam und unerwartet (und wohl auch unpassend, wie sie zuzugeben bereit gewesen wäre) ihre Sehnsucht nach einem Kind geäußert hatte; sie plapperte, daß diesmal ganz bestimmt ein Töchterchen geboren worden wäre und daß sie sich in diesem hätte genauso sehen können, wie er sich in Jaromil sehe.

Da eröffnete ihr der Ingenieur (er erinnerte sie seit der Hochzeit zum erstenmal daran), daß er von sich aus überhaupt kein Kind mit ihr hätte haben wollen; habe er beim erstenmal nachgeben müssen, so sei mit dem Nachgeben diesmal sie dran; und wenn sie wünsche, im zweiten Kind sich zu sehen, dann könne er ihr versichern, daß sie sich in dem zweiten Kind, das nie auf die Welt komme, am wenigsten verzeichnet sehen werde.

Sie lagen wieder stumm nebeneinander, die Mutter sagte zunächst nichts, nur zu schluchzen begann sie nach einer Weile, sie schluchzte die ganze Nacht, ihr Mann rührte sie nicht mehr an, einzig ein paar beschwichtigende Worte sprach er, die freilich nicht gegen die kleinste ihrer Tränenwellen ankonnten; sie glaubte, endlich alles begriffen zu haben: der Mann, neben dem sie lebte, hatte sie nie geliebt.

Die Traurigkeit, in die sie verfiel, war die tiefste aller Traurigkeiten, in die sie bislang verfallen war. Zum Glück stellte sich ein Trostspender ein: die Geschichte. Ungefähr drei Wochen nach der geschilderten Nacht erhielt der Ehemann bei der Mobilmachung den Gestellungsbefehl, er packte ein kleines Köfferchen und reiste an die Grenze. Der Krieg hing an einem Faden, die Leute kauften Gasmasken und bauten Luftschutzkeller. Wie eine hilfreiche Hand, so ergriff Mama das Unglück ihres Vaterlandes; sie durchlebte es pathetisch, verbrachte lange Stunden mit dem Sohn, dem sie in bunten Farben sämtliche Vorgänge schilderte.

Bald einigten sich die Großmächte in München, und Jaromils Vater kehrte aus einer Kleinfestung heim, die vom deutschen Militär besetzt wurde. Danach saßen Abend für Abend alle in Großvaters Zimmer und gingen die einzelnen Etappen der Geschichte durch, die, wie ihnen schien, bis unlängst geschlafen hatte (oder gelauert, Schlaf vorschützend) und plötzlich aus der Deckung gesprungen war, damit im Schatten ihrer Riesengestalt alles übrige ungesehen bliebe. Oh, wie wohl fühlte sich Mama in diesem Schatten! Scharen von Tschechen flüchteten aus dem Grenzgebiet, Böhmen lag inmitten Europas wie eine geschälte, durch nichts geschützte Orange. Ein halbes Jahr später erschienen in den Prager Straßen deutsche Panzer, und Mama saß noch immer und weiterhin neben einem Soldaten, der sein Vaterland nicht verteidigen durfte, und sie vergaß ganz, daß es jener war, der sie nie geliebt hatte.

Aber auch in Zeiten, wo die Geschichte sich wild umherwälzt, tritt früher oder später der Alltag aus dem Schatten, und das Ehebett erscheint in seiner monumentalen Trivialität und bestürzenden Ausdauer. Eines Abends, als Jaromils Vater wieder die Hand auf den Busen der Mutter legte, wurde ihr bewußt, daß der, der sie anfaßte, identisch mit dem war, der sie gedemütigt hatte. Sie schob seine Hand weg und erinnerte andeutungsweise an die groben Worte, die er seinerzeit gebraucht hatte.

Sie war ihm nicht böse; sie wollte ihm mit dieser Abweisung nur sagen, daß die bescheidenen Geschichten der Herzen durch die großen Geschichten der Völker nicht vergessen gemacht werden können; sie wollte ihrem Mann Gelegenheit geben, seine damaligen Worte zu korrigieren und das, was er erniedrigt hatte, nun wieder anzuheben. Sie glaubte, die nationale Tragödie hätte ihn empfindsamer gemacht, und war bereit, ein kurzes Streicheln als Buße und Beginn eines neuen Kapitels ihrer Liebe dankbar anzunehmen. Doch, wehe: der Gatte, dessen Hand vom Busen der Gattin weggeschoben worden war, drehte sich auf die andere Seite und schlief verhältnismäßig rasch ein.

Nach der großen Studentendemonstration in Prag schlossen die Deutschen alle tschechischen Hochschulen, Mama aber wartete vergeblich, daß ihr der Gatte unter dem Plumeau die Hand auf den Busen legen würde. Der Großvater mußte feststellen, daß ihn die anmutige Verkäuferin in der Parfümerie seit zehn Jahren bestahl, das regte ihn schrecklich auf, er bekam einen Schlaganfall und starb bald darauf. Die tschechischen Studenten wurden in Viehwaggons in Konzentrationslager transportiert, und Mama suchte einen Arzt auf, der ihren schlechten nervlichen Zustand bedauerte und ihr empfahl, in Erholung zu fahren. Er nannte ihr selbst eine Pension am Rand eines Badestädtchens, das von einem Fluß und von Teichen umrahmt war und im Sommer scharenweise Ausflügler anzog, die Wasser, Angeln und Bootsfahrten liebten. Es war früh im Frühjahr, und Mama war bezaubert von der Vorstellung stiller Spaziergänge an den Gewässern. Doch dann erschrak sie vor der fröhlichen Tanzmusik, die, vergessen in der Luft der Gartenrestaurants, rührende Erinnerungen an vergangene Sommer in ihr wecken würde; weil ihre eigene Wehmut ihr diesen gelinden Schrecken eingejagt hatte, entschloß sie sich, nicht allein hinzufahren.

Natürlich, es war ihr sofort klar, mit wem sie fahren würde! Der Qualen wegen, die der Gatte ihr verursachte und ihres Verlangens nach einem zweiten Kind wegen hatte sie ihn fast vergessen. Wie dumm von ihr, wie gegen sich selbst gerichtet! Reumütig beugte sie sich zu ihm nieder: »Jaromil, du bist mein erstes und mein zweites Kind«, und sie drückte ihre Wange an die seine und redete närrisch weiter: »Bist mein drittes, viertes, fünftes, sechstes und zehntes Kind ...« Und sie bedeckte sein ganzes Gesicht mit Küssen.

6

Auf dem Bahnsteig wurde sie von einer hochgewachsenen aufrechten grauhaarigen Frau willkommen geheißen; ein stattlicher Landmann bückte sich nach ihren beiden Koffern und trug sie vors Bahnhofsgebäude, wo bereits ein Vis-à-vis-Wagen mit Pferd wartete; der Mann setzte sich auf den Kutschbock, während Jaromil mit Mama und der hochgewachsenen Frau auf den einander gegenüberliegenden Sitzen Platz nahmen; sie ließen sich durch die Gassen des Städtchens zum Marktplatz kutschieren, der auf der einen Seite von Renaissancearkaden und auf der anderen von einem Eisenzaun gesäumt wurde, hinter dem ein Pärkchen und ein weinumranktes Schlößchen lagen; weiter ging die Fahrt hinab zum Fluß; Jaromil gewahrte eine Reihe gelber Holzkabinen, ein Sprungbrett, weiße Tischchen mit Stühlen und Pappeln, die das jenseitige Ufer säumten, aber der Vis-à-vis-Wagen strebte weiter den Villen zu, die über das diesseitige Ufer verstreut waren.

Bei einer Villa hielt das Pferd, der Mann stieg ab, nahm die beiden Koffer, und Jaromil folgte ihm mit Mama durch den Garten, durch die Halle, über die Treppe in ein Zimmer mit Ehebetten, einem Fenster und einer Fenstertür, die auf einen Balkon führte, von dem man in den Garten und auf den Fluß sah. Mama trat an die Balkonbrüstung und holte mehrmals tief Luft; »ach, göttliche Ruhe herrscht hier«, sagte sie und atmete weiter tief ein und aus; dabei schaute sie in Richtung Fluß, auf dem ein roter, an einen Holzsteg geketteter Kahn schaukelte.

Am gleichen Tag noch, beim Abendessen, das unten im kleinen Salon gereicht wurde, freundete sich Mama mit einem älteren Ehepaar an, das im zweiten Gästezimmer der Pension untergebracht war; allabendlich dann rauschte leise Unterhaltung durch den Raum; Jaromil war allen recht und lieb, und Mama hörte es gern, wenn er kurze Schilderungen,

Einfälle und diskrete Prahlereien von sich gab; jawohl, letztere *diskret:* Jaromil hatte die Frau aus dem Wartezimmer nicht vergessen, und er würde fortan immer einen Schild suchen, der ihm Schutz vor ihrem bösen Blick bot; selbstverständlich, sein Verlangen nach Bewunderung bestand unvermindert, doch er hatte gelernt, dieses mittels knapper, naiv und bescheiden vorgebrachter Sätze zu erlangen.

Die Villa im Garten, der dunkle Fluß mit dem angeketteten Kahn, in dem Träume von langen Schiffsreisen schaukelten, der schwarze Vis-à-vis-Wagen, in dem die hochgewachsene Frau fortfuhr, die den Fürstinnen in Büchern über Burgen und Schlösser glich, das verlassene Schwimmbad, in das man aus dem Vis-à-vis-Wagen umsteigen konnte, wie man aus einem Jahrhundert ins andere, aus einem Traum in den anderen, aus einem Buch in das andere umstieg, der Renaissanceplatz mit dem schmalen Arkadengang, hinter dessen Säulen Ritter fochten – das war die Welt, in der sich Jaromil wie verzaubert bewegte.

Zu dieser Welt gehörte auch der Mann mit dem Hund; zum erstenmal hatten sie ihn am Flußufer stehen und in die Wellen blicken sehen; er hatte einen Ledermantel angehabt, und an seiner Seite hatte ein Wolfshund gesessen; beide hatten in ihrer Reglosigkeit wie Gestalten aus einer anderen Welt gewirkt. Zum zweitenmal waren sie ihm an derselben Stelle begegnet; der Mann (wiederum im Ledermantel) hatte Holzstückchen geworfen, und der Hund hatte sie apportiert. Als sie ihn zum drittenmal trafen (bei gleicher Szenerie: Pappeln und Fluß), verneigte er sich leicht zu Mama hin, und dann blickte er – wie der neugierige Jaromil feststellte – ihnen lange nach. Als sie am nächsten Tag von ihrem Spaziergang zurückkehrten, saß der schwarze Wolfshund vor dem Villeneingang. Sie betraten die Halle, vernahmen aus einem Zimmer Gesprächsfetzen und zweifelten nicht, daß die Männerstimme dem Besitzer des Hundes gehörte; sie waren so neugierig, daß sie in der Halle verweilten, sich etwas anschauten und sich unterhielten, bis aus einem Zimmer endlich die Hausherrin trat.

Die Mutter deutete auf den Hund: »Dessen Herr, wer ist denn das? Wir begegnen ihm immer auf unseren Spaziergängen.« – »Es ist der Zeichenprofessor vom hiesigen Gymnasium.« – Mama erklärte, ihr wäre sehr daran gelegen, mit dem Lehrer zu sprechen, denn Jaromil zeichne gern, und das Urteil eines Fachmannes würde sie interessieren. Die Hausherrin stellte den Mann der Mutter vor, und der Sohn mußte hinauf ins Zimmer laufen, um seinen Zeichenblock zu holen.

Dann saß man zu viert im kleinen Salon, die Hausherrin, Jaromil, der im Block blätternde Hundebesitzer und die ihren Kommentar abgebende Mama: sie erklärte, Jaromil habe immer wieder behauptet, daß ihn weder Landschaften noch Stilleben anzögen, sondern Geschehen; tatsächlich scheine ihr, daß seine kleinen Zeichnungen von bemerkenswerter Lebendigkeit und Beweglichkeit seien, wobei sie allerdings nicht begreife, warum die Gestalten des Geschehens lauter Leute mit Hundeköpfen wären; möglicherweise hätten die Werkchen, würde Jaromil wirkliche Menschengestalten zeichnen, einen gewissen Wert, so aber sei sie sich leider nicht sicher, ob das ganze Beginnen des Jungen einen Sinn habe.

Der Hundebesitzer betrachtete die Zeichnungen mit sichtlichem Vergnügen; dann verkündete er, gerade die Verbindung von Hundeköpfen mit Menschenleibern sei für ihn das Faszinierende daran. Diese phantastische Verbindung nämlich sei keineswegs ein zufälliger Einfall, sondern, wie die Mehrzahl der vom Knaben gezeichneten Szenen beweise, vielmehr zwingende Vorstellung, etwas, das in die unabsehbaren Untiefen seiner Kindheit versenkt sei. Die Mutter möge das Talent ihres Sohnes nicht nach der bloßen Fertigkeit in der Nachahmung äußerer Welt beurteilen; derartige Fertigkeit könne sich manch einer aneignen; das, was ihn als Maler an den Zeichnungen des Jungen anspreche (er gab zu verstehen, daß die Lehrerei für ihn lediglich das notwendige Übel des Broterwerbs sei), bestehe in der originellen inneren Welt, die aus dem Jungen heraus aufs Papier dränge.

Die Mutter hörte nur zu gern das Lob des Fachmannes, die

Hausherrin streichelte Jaromils Haar und behauptete, er habe eine große Zukunft vor sich, und das Söhnchen guckte unter den Tisch und notierte in seinem Gedächtnis alles Vernommene. Der Maler sagte, daß er kommendes Jahr an ein Prager Gymnasium überwechseln und sich freuen würde, wenn ihm die Mutter weitere Zeichnungen ihres Sohnes brächte.

Innere Welt! Ein großes Wort, von Jaromil mit ungeheuerer Genugtuung vernommen. Er hatte nicht vergessen, daß er als Fünfjähriger zum außergewöhnlichen, von den übrigen sich unterscheidenden Kind erklärt worden war; auch das spöttische Benehmen der Mitschüler beim Anblick seiner Schultasche oder seines Hemdes war ihm (wenngleich bittere) Bestätigung für sein Anderssein gewesen. Dennoch hatte die Unterschiedlichkeit bislang für ihn eine gewisse Leere und Unbestimmtheit behalten; nun war ihr Benennung zuteil geworden: originelle innere Welt; und dieser Benennung wiederum war ein bestimmter Inhalt zuteil geworden: Zeichnungen von Menschen mit Hundeköpfen. Dabei wußte Jaromil genau, daß er die bewunderte Entdeckung der Hundemenschen zufällig gemacht hatte, weil er kein menschliches Gesicht zeichnen konnte; dies gab ihm nun den unklaren Gedanken ein, die Unterschiedlichkeit seiner inneren Welt beruhe nicht auf mühseligem Streben, sondern auf all dem, was ihm unwillkürlich und zufällig durch den Kopf ging; sie sei ihm als Geschenk gegeben.

Zukünftig verfolgte er seine Einfälle weit sorgsamer, er begann sie zu bewundern. So fiel ihm beispielsweise ein, die Welt, in der er lebte, werde nach seinem Tode zu existieren aufhören. Dieser Gedanke war ihm früher schon hie und da durch den Kopf geschossen, diesmal aber ließ er, über seine ureigene innere Originalität belehrt, ihn nicht wieder entschwinden, sondern erfaßte und beobachtete ihn sogleich von allen Seiten. Er schritt den Fluß entlang, schloß von Zeit zu Zeit die Augen und fragte sich, ob der Fluß auch existiere, wenn er, Jaromil, die Augen geschlossen hielt. Selbstverständlich floß der Fluß wie vorher, wenn er, Jaromil, die

Augen öffnete; sonderbar jedoch war, daß der Fluß ihm, Jaromil, nicht beweisen konnte, auch zu der Zeit dagewesen zu sein, als er, Jaromil, ihn nicht gesehen hatte. Dies kam ihm ungemein interessant vor, er beschäftigte sich mit dieser Beobachtung zumindest einen halben Tag, und dann erzählte er es der Mutter.

Je näher das Ende ihres Landaufenthaltes kam, desto beseligender waren ihre Gespräche. Sie verließen jetzt nach Einbruch der Dunkelheit ohne Begleitung dritter die Pension, saßen auf einer morschen Uferbank, hielten einander bei der Hand und schauten in die Wellen, wo ein großer Mond schaukelte. »Ach, ist das schön«, pflegte die Mutter ein um das andere Mal seufzend zu sagen, und das Söhnchen blickte auf den erleuchteten Kreis im Wasser und pflegte vom weiten Weg des Flusses zu träumen; da auf einmal mußte Mama an die grauen Tage denken, in die sie bald zurückkehren sollte, und sie sagte: »Junge, in mir ist eine Trauer, die du nie begreifen wirst.« Doch in den Augen des Sohnes gewahrte sie daraufhin etwas, das ihr wie große Liebe und das Verlangen vorkam, sie zu verstehen. Davor erschrak sie; sie durfte dem Kind ihre Frauensorgen nicht anvertrauen! Gleichwohl zogen die begreifenden Augen sie an wie das Laster. Als sie nebeneinander in den Ehebetten lagen, erinnerte sich Mama, daß sie mit Jaromil bis zu seinem sechsten Lebensjahr so gelegen hatte und daß sie damals glücklich gewesen war; sie sagte sich: er ist der einzige Mann, mit dem ich in Ehebetten glücklich bin; selbstredend mußte sie sofort im Geiste darüber lachen, doch als sie erneut seinen zärtlichen Blick gewahrte, gestand sie sich ein, das Kind sei nicht nur fähig, sie von betrüblichen Dingen abzulenken (ihr den *Trost des Vergessens* zu spenden), sondern es sei auch fähig, ihr zuzuhören (ihr den *Trost des Verstehens* zu spenden). »Mein Leben ist, damit du es weißt, ganz und gar nicht von Liebe erfüllt«, meinte sie da; und ein andermal sagte sie sogar zu ihm: »Als Mutter bin ich glücklich, aber eine Mutter ist außer Mutter auch noch Frau.«

Ja, diese nicht zu Ende geführten Vertraulichkeiten zogen

sie an wie die Sünde, und sie war sich dessen bewußt. Als er
ihr einmal unerwartet antwortete: »Mama, ich bin nicht so
klein, ich verstehe dich«, da erschrak sie fast. Der Bub ahnte
natürlich nichts Konkretes, er wollte lediglich andeuten, daß
er fähig sei, mit der Mama jegliche Trauer zu teilen, nichtsdestoweniger war das von ihm vorgebrachte Wort mehrdeu-
tig, und die Mutter blickte hinein wie in einen plötzlich sich
eröffnenden Abgrund: in den Abgrund verbotener Vertrautheit und unerlaubten Einverständnisses.

7

Wie entfaltete sich Jaromils originelle innere Welt in der Folgezeit?

Nicht sonderlich; der Unterrichtsstoff, den der Knabe in der Volksschule leicht bewältigt hatte, war im Gymnasium schwerer geworden, und obendrein verlor sich die Großartigkeit seiner inneren Welt im eintönigen Grau der Schule. Die Lehrerin erwähnte pessimistische Bücher, die in dieser Welt nichts als Leid und Niedergang sähen, und schon war sein Gleichnis vom Leben als Unkraut beinahe beleidigend banal. Er war sich gar nicht mehr sicher, ob denn das, was er je empfunden und gedacht hatte, sein ursprüngliches Besitztum sei, oder ob alle Gedanken seit jeher auf der Welt existierten und von den Menschen nur ausgeliehen wurden wie in einer Leihanstalt. Wer also war er selber? Was bildete den Inhalt seines Inneren? Er neigte sich immer wieder forschend darüber, vermochte aber nichts anderes zu entdecken als das Bild, wie er sich forschend über sein Inneres neigte ...

Ihn verlangte nach dem Mann, der zwei Jahre zuvor als erster von seiner inneren Originalität gesprochen hatte; weil er aus den Zeichenstunden regelmäßig mit Dreiern heimkam (beim Malen mit Wasserfarben lief ihm die Farbe stets über die vorgezeichneten Umrisse hinaus), folgerte die Mutter, daß sie seiner Bitte nachgeben, den Maler aufsuchen und diesen mit voller Berechtigung ersuchen durfte, Jaromil unter privaten Konditionen von den Mängeln zu befreien, die ihm das Schulzeugnis verdarben.

Eines Tages dann betrat Jaromil die Malerwohnung. Sie war in den Dachboden eines Mietshauses gebaut und bestand aus zwei Räumen; im ersten befand sich eine große Bibliothek; der zweite wies anstelle der Fenster zwei ins schräge Dach eingefügte mattierte Riesenscheiben auf, es standen Staffeleien mit angefangenen Bildern herum, auf einem langen Tisch lagen verschiedene Papiersorten und andere Malutensilien, und an der Wand hingen wunderliche schwarze Gesichter, die der Maler als Abgüsse von Negermasken bezeichnete; in der Ecke auf der Couch lag der Hund (jener, den Jaromil schon kannte) und beobachtete reglos den Besucher.

Der Maler setzte Jaromil an den langen Tisch und blätterte im Zeichenblock: »Das ist immer das gleiche«, sagte er schließlich, »das würde zu nichts führen.«

Jaromil wollte einwenden, gerade die Menschen mit den Hundeköpfen hätten dem Maler einst so gefallen, daß er, Jaromil, sie für ihn und seinetwegen gezeichnet habe, aber er brachte vor lauter Enttäuschung und Kummer kein Wort hervor. Der Maler legte einen Bogen weißes Papier vor ihn hin, öffnete ein Tuschfläschchen und gab ihm einen Pinsel in die Hand: »Jetzt, fang an zu zeichnen, einfach, was dir grade einfällt, überleg nicht lang, zeichne . . .« Doch Jaromil war so verschreckt, daß ihm nichts einfiel, was er hätte zeichnen können, und als ihn der Maler erneut aufforderte, nahm er zum Hundekopf auf irgendeinem Körper Zuflucht. Der Maler war unzufrieden, und Jaromil erklärte verlegen, er möchte mit Wasserfarben arbeiten lernen, die er in der Schule immer über die Striche hinausmale.

»Das hab ich schon von deiner Mutter gehört«, sagte der Maler, »aber das vergiß jetzt genauso wie die Hunde.« Dann legte er ein dickes Buch vor den Knaben und schlug es dort auf, wo ein verspielter, ungeübter schwarzer Strich über einen farbigen Untergrund lief und Jaromil an Tausendfüßler, Seesterne, Käfer, Sterne und Monde erinnerte. Der Maler wünschte, daß der Knabe nach eigener Phantasie etwas Ähnliches zeichnete. »Aber *was* soll ich zeichnen?« fragte Jaromil, und der Maler antwortete: »Zeichne einen Strich. Zeichne einen solchen Strich, daß er dir gefällt. Und merke dir, ein Maler ist nicht auf der Welt, um etwas abzuzeichnen, sondern um auf dem Papier die Welt seiner Striche zu schaffen.« Worauf Jaromil Striche zeichnete, die ihm überhaupt nicht gefielen, er zeichnete einige Bogen voll, gab am Ende gemäß mütterlicher Instruktion dem Maler eine Banknote und ging nach Hause.

Dieser Besuch war einigermaßen anders ausgefallen, als er erwartet hatte, ganz bestimmt hatte die Stunde nicht die Wiederfindung seiner verlorenen inneren Welt gebracht, eher im Gegenteil: das einzige, was Jaromil an eigenem gehabt hatte, Fußballspieler und Soldaten mit Hundeköpfen, war ihm nun genommen. Trotzdem sprach er begeistert, als sich die Mutter erkundigte, wie es ihm in der Zeichenstunde gefallen habe; und es war keine Heuchelei: hatte ihm der Besuch auch keine Bestätigung seiner inneren Welt beschert, so hatte er immerhin eine einzigartige äußere Welt gefunden, die nicht jedem zugänglich und die für ihn gleich am Anfang Bescherin kleiner Privilegien war: er hatte erstaunliche, verwirrende Bilder gesehen, denen es zum Vorteil gereichte (ihm war sogleich bewußt geworden, daß es sich um einen Vorteil handelte), daß sie in keiner Weise den Stilleben und Landschaften daheim glichen; außerdem hatte er einige bemerkenswerte Äußerungen vernommen, die er sich sofort aneignete: es war ihm rasch klar geworden, daß das Wort Bürger eine Beschimpfung bedeutete; Bürger, das ist einer, der wünscht, daß Bilder wie lebendig wirken und der Natur gleichen; über Bürger kann man lachen (das gefiel ihm sehr!), denn sie sind längst tot und wissen es nicht.

Jaromil besuchte den Maler eifrig, war er doch begierig, einen ähnlichen Erfolg wie vormals mit den Hundemenschen zu erringen; vergeblich: die Kritzeleien – Variationen von Mirò-Bildern sollten es sein – waren gewollt und bar jeglicher Anmut von Kinderzeichnungen; seine Zeichnungen nach den Negermasken blieben plumpe Nachahmungen und weckten in ihm – entgegen der Erwartung des Malers – keine eigene Einbildungskraft. Weil es ihm unerträglich schien, keinerlei Bewunderung erweckt zu haben, obwohl er den Maler schon oft besucht hatte, entschloß er sich zur Tat; er brachte seinen Geheimblock mit, in den er nackte Frauenkörper zeichnete.

Als Vorlagen dienten ihm meist Tafeln mit Statuen in

einem Bildband aus Großvaters einstiger Hausbibliothek; es fanden sich im Block (vor allem auf den ersten Blättern) vornehmlich reife und stattliche Frauen in majestätischer Haltung, jedermann wohlbekannt als Allegorien des vergangenen Jahrhunderts. Die hinteren Blätter erst ließen aufmerken: es tauchte eine Frau auf, die keinen Kopf hatte; und nicht nur dies: an der Stelle ihres Halses wies das Papier einen Schnitt auf, so daß man meinen konnte, der Kopf sei abgehackt worden und eine Spur vom vermeintlichen Beil zurückgeblieben. Der Schnitt im Papier stammte von Jaromils Taschenmesser; Jaromil besaß nämlich das Photo einer Mitschülerin, die ihm gefiel und deren angezogenen Körper er häufig mit dem Verlangen betrachtete, ihn nackt zu sehen; ihr ausgeschnittener Photokopf, in den Einschnitt gesteckt, stillte sein Verlangen. Von hier an folgten ausschließlich kopflose Frauenleiber mit Einschnitten; einige befanden sich in prekären Situationen, zum Beispiel beim Urinieren hockend oder wie Jeanne d'Arc in den Flammen des Scheiterhaufens stehend; letzteres hätte sich erklären, ja entschuldigen lassen durch die Geschichtsstunden, wären nicht Zeichnungen gefolgt, die gepfählte kopflose Frauen und solche mit abgehackten Gliedmaßen sowie in Stellungen zeigten, über die man besser schweigt.

Jaromil konnte freilich nicht abschätzen, ob seine Zeichnungen dem Maler gefallen würden; sie hatten nichts gemein mit dem, was er in den dicken Büchern oder auf den Staffeleien im Atelier sah; dennoch kam es ihm so vor, als sei etwas da, was die Zeichnungen in seinem Geheimblock dem annäherte, was sein Lehrer machte: es war eine gewisse Verbotenheit; es war die Unterschiedlichkeit von den daheim hängenden Bildern; es war die Uneinverstandenheit, die seine Zeichnungen nackter Frauen ebenso betroffen hätte wie die unverständlichen Bilder des Malers, würde eine Jury aus Mitgliedern von Jaromils Familie und deren regelmäßigen Gästen sie beurteilt haben.

Der Maler blätterte den Block durch, sagte nichts, reichte aber dem Knaben ein anderes dickes Buch. Er selbst setzte sich ein Stück weiter weg, zeichnete etwas auf Papierbogen, während Jaromil blätterte: er sah einen nackten Mann, dessen Hinterteilhälfte so langgezogen war, daß sie durch eine Holzkrücke gestützt werden mußte; er sah ein Ei, aus dem ein Pflänzchen herauswuchs; er sah ein Gesicht voller Ameisen; er sah einen Mann, dessen Hand sich in einen Felsen verwandelte.

»Beachte«, sagte der Maler zu Jaromil, »wie fabelhaft Salvator Dali zeichnen kann«, und er stellte die Gipsstatuette einer nackten Frau vor den Knaben: »Wir haben das Handwerkliche des Zeichnens vernachlässigt, und das ist ein Fehler gewesen. Zuerst müssen wir die Welt so erfassen, wie sie ist, um sie danach radikal verändern zu können«, und Jaromil füllte einen Zeichenblock mit Frauenkörpern, deren Proportionen der Maler korrigierte oder umzeichnete.

8

Lebt eine Frau nicht ausreichend mit ihrem Körper, beginnt
sie den Körper als Feind zu erachten. Mama war nie sehr zufrieden gewesen mit den sonderbaren Kritzeleien, die ihr
Sohn aus den Malstunden heimgebracht hatte, doch als sie
nun die Zeichnungen nackter, vom Maler verbesserter nackter Frauen sah, empfand sie heftigen Widerwillen. Einige
Tage später beobachtete sie durchs Fenster, wie Jaromil im
Garten dem Dienstmädchen Magda, das sich beim Kirschen-
pflücken streckte, die Leiter hielt und seinen Blick unter den
Mädchenrock richtete. Ihr schien, es würden von allen Seiten
nackte weibliche Hinterteile gegen sie anstürmen, und sie
entschloß sich, nicht mehr zu zögern. Jaromil sollte am Nachmittag die übliche Lektion beim Maler erhalten; Mama zog
sich schnell an und war früher dort.

»Ich bin nicht puritanisch«, sagte sie, sobald sie sich im
Sessel des Ateliers niedergelassen hatte, »aber Sie wissen, daß
Jaromil ins gefährliche Alter kommt.«

So gründlich hatte sie im Geist vorbereitet, was sie dem
Maler alles sagen wollte, und hier blieb auf einmal so wenig
davon übrig. Sie hatte sich die Sätze in ihrer häuslichen Umgebung zurechtgedacht, in welche das weiche Grün des Gar-
tens, stiller Beifallklatscher ihrer sämtlichen Gedanken,
durchs Fenster eintrat. Im Atelier jedoch gab es dieses Grün
nicht, hier gab es nur die sonderbaren Bilder auf den Staffeleien, und auf der Couch lag der Hund, den Kopf zwischen
den Pfoten, und sah sie mit dem immerwährenden Blick der
zweifelnden Sphinx an.

Die Einwände der Mutter wies der Maler mit ein paar
Sätzen zurück: er müsse ihr sogar verraten, daß ihn Jaromils
Erfolg im Schulzeichnen, wo Maltalente der Kinder bloß ab-
getötet würden, überhaupt nicht interessiere. Für die Zeich-
nungen ihres Sohnes hätte ihn die absonderliche, fast ins
Krankhafte gerückte Bildgestaltung eingenommen.

»Beachten Sie die besonderen Übereinstimmungen. Auf den Zeichnungen, die Sie mir vor Jahren zeigten, hatten die Menschen Hundeköpfe. Auf den Zeichnungen, die er mir unlängst brachte, waren nackte Frauen, aber alle ohne Kopf. Erscheint Ihnen die erbitterte Weigerung, dem Menschen die Menschlichkeit zuzugestehen, nicht sehr beredt?«

Die Mutter wagte einzuwenden, ihr Sohn werde wohl kein solcher Pessimist sein, daß er dem Menschen die Menschlichkeit abspräche.

»Klar, daß er zu seinen Zeichnungen nicht durch pessimistische Betrachtungen gelangt ist«, erwiderte der Maler. »Kunst speist sich aus anderen Quellen als dem Verstand. Leute mit Hundeköpfen, Frauen kopflos zu zeichnen, das ist Jaromil spontan eingefallen, er wußte sicher nicht einmal, wie. Es war das Unbewußte, das ihm diese Vorstellungen eingegeben hat, wunderliche, doch nicht unsinnige. Kommt es Ihnen nicht auch so vor, als bestünde ein geheimer Zusammenhang zwischen seiner Vision und dem Krieg, der jede Stunde unseres Daseins erschüttert? Hat nicht der Krieg dem Menschen Gesicht und Kopf genommen? Leben wir nicht in einer Welt, in der Männer ohne Kopf einzig Verlangen nach einem Stück Frau ohne Kopf haben? Ist realistische Anschauung nicht wüsteste Täuschung? Ist die kindliche Zeichnung Ihres Sohnes nicht viel wahrhaftiger?«

Sie war gekommen, um den Maler zu tadeln, und nun war sie unsicher wie ein Mädchen, das Tadel fürchtete; sie wußte keine Antwort und schwieg.

Der Maler stand auf und ging in die Ecke des Ateliers, wo mehrere ungerahmte Gemälde umgekehrt an der Wand standen. Er zog eins heraus, drehte es um und stellte es wieder hin, ging vier Schritte zurück in den Raum und hockte sich nieder, um das Bild eingehend zu betrachten. »Kommen Sie her«, sagte er zur Mutter, und nachdem sie (folgsam) zu ihm getreten war, legte er ihr die Hand auf die Hüfte und zog sie zu sich herunter, so daß sie nebeneinander hockten. Und Mama schaute auf die sonderbare Gruppierung brauner und roter Farbtöne, die etwas wie eine wüste und verbrannte Landschaft mit lauter glimmenden Feuern darstellte, Feuer übrigens, die man auch als Dünste von Blut hätte ansehen können; in diese Landschaft (mit Spachtel) eine Gestalt gegraben, eine seltsame, wie aus weißen Stricken geflochtene Gestalt (die entblößte Farbe der Leinwand bildete ihre Konturen); sie schien eher zu schweben als zu schreiten, sie war eher durchscheinend als gegenwärtig.

Mama wußte wieder nicht, was sie sagen sollte, aber der Maler redete selbst, er redete von der Phantasmagorie des Krieges, die die Phantasie angeblich weit übertreffe, er redete von dem schaurigen Bild, das ein Baum biete, in dessen Geäst Stücke von Menschenleibern geflochten seien, ein Baum, der Finger habe und auf einem Ast ein Auge. Und dann sagte er, daß ihn in dieser Zeit nichts anderes interessiere als Krieg und Liebe; eine Liebe, die durch die blutige Welt des Krieges scheine wie die Gestalt, die dort auf dem Bild zu sehen sei. (Mama glaubte jetzt zum erstenmal, den Maler zu verstehen, denn auch sie sah auf dem Bild eine Art Schlachtfeld und hielt auch die weißen Striche für eine Gestalt.) Und der Maler erinnerte sie an den Uferweg, wo sie einander zum erstenmal und dann noch einigemal gesehen hatten, und er sagte zu ihr, daß sie damals vor ihm aus dem Nebel von Feuer und Blut aufgetaucht wäre wie der scheue, weiße Körper der Liebe.

Danach drehte er die hockende Mutter zu sich herum und küßte sie. Er küßte sie, noch bevor ihr einfallen konnte, daß er sie küssen könnte. Darin übrigens lag der ganze Charakter ihrer Begegnung: die Ereignisse überfielen Mama unverhofft, sie überholten jedesmal Vorstellung und Gedanken; der Kuß war da, und die nachträgliche Betrachtung vermochte das Geschehen nicht zu ändern, vermochte nur rasch zu vermerken, daß etwas geschah, was nicht hätte geschehen dürfen; aber auch dessen vermochte sich Mama nicht ganz sicher zu sein, weshalb sie die Lösung der strittigen Frage an die Zukunft verwies und sich selbst auf das konzentrierte, was war, wobei sie es nahm, wie es war.

Sie spürte seine Zunge in ihrem Mund und wurde sich im

Bruchteil einer Sekunde bewußt, daß ihre Zunge erschrocken und schlaff war und der Maler sie als feuchtes Lümpchen spüren mußte; sie schämte sich, und sogleich schoß ihr der beinahe böse Gedanke durch den Kopf, es wäre kein Wunder, wenn sich ihre Zunge in ein Lümpchen verwandelt hätte, da sie so lange enthaltsam gewesen sei; schnell antwortete sie mit der Zungenspitze der Zunge des Malers, und der zog sie hoch, führte sie zur Couch (der Hund, der sie nicht aus den Augen gelassen hatte, sprang herunter und legte sich neben die Tür), sie fühlte sich hingelegt und spürte ihn ihre Brüste streicheln und empfand Genugtuung und Stolz; das Gesicht des Malers schien ihr jung und wild, und sie mußte sofort daran denken, daß sie sich selber schon lange nicht mehr wild und jung gefühlt hatte, und sie fürchtete, es gar nicht mehr zu können, aber gerade deshalb befahl sie sich, jung und wild zu handeln, bis sie plötzlich (wieder war das Ereignis gekommen, noch bevor sie es hatte überlegen können) begriff, daß es in ihrem Leben der dritte Mann war, den sie in ihrem Leib spürte.

Da stellte sich ihr die Frage, ob sie ihn denn überhaupt gewollt hatte, und sie mußte sich sagen, daß sie noch immer das dumme, unerfahrene Mädchen sei, denn wäre ihr nur andeutungsweise in den Sinn gekommen, der Maler würde sie küssen und lieben wollen, hätte nie und nimmer geschehen können, was geschah. Dies diente ihr als beruhigende Entschuldigung, besagte es doch, daß nicht Sinnlichkeit, sondern Unschuld sie zu ehelicher Untreue geführt hatte; in die Idee von solcherart Unschuld mengte sich sofort Groll auf denjenigen, der sie immerfort im Stand unschuldiger Halberwachsenheit beließ, und der Groll zog eine Jalousie vor ihre Gedanken, so daß sie nur noch ihren beschleunigten Atem vernahm und zu erforschen aufhörte, was sie tat.

Als ihrer beider Atem wieder unhörbar ging, erwachten erneut die Gedanken; um ihnen zu entfliehen, drückte sie den Kopf auf die Brust des Malers; sie ließ sich die Haare streicheln, roch den beschwichtigenden Duft der Ölfarben und wartete, wer sich als erster vernehmen lassen würde.

Es war weder er noch sie, sondern die Klingel. Der Maler stand auf, ordnete seine Kleidung und sagte: »Jaromil.«

Sie erschrak.

»Bleib ruhig hier«, meinte er, strich ihr noch einmal übers Haar und verließ das Atelier.

Er hieß den Knaben willkommen und setzte ihn an einen Tisch im ersten Zimmer. »Ich hab einen Besuch im Atelier, wir bleiben heut hier. Zeig mir, was du mitgebracht hast.« Jaromil reichte dem Maler das Heft, der Maler schaute sich an, was Jaromil zu Hause gezeichnet hatte, dann stellte er ihm die Tusche hin, gab ihm Papier und Pinsel, benannte andeutungsweise das Thema und forderte ihn auf, loszuzeichnen.

Danach kehrte er ins Atelier zurück, wo er die Mutter fertig zum Gehen vorfand. »Warum haben Sie ihn dagelassen? Warum haben Sie ihn nicht weggeschickt?«

»Hast du es so eilig, von mir wegzukommen?«

»Es ist Wahnsinn«, sagte die Mutter. Doch der Maler nahm sie wieder in die Arme; sie wehrte sich nicht, erwiderte aber auch seine Berührungen nicht; wie ein seelenloser Leib fühlte sie sich in seinen Armen; ins Ohr dieses reglosen Leibes flüsterte der Maler: »Ja, es ist Wahnsinn. Liebe ist entweder Wahnsinn, oder sie ist nicht.« Und er setzte sie auf die Couch und küßte sie und streichelte ihre Brüste.

Dann entfernte er sich wieder, um nachzusehen, was Jaromil zeichnete. Das Thema sollte nicht des Knaben manuelle Fertigkeit fördern; es war ihm aufgegeben, eine Szene aus irgendeinem seiner Träume der letzten Zeit festzuhalten. Angesichts dessen, was Jaromil hervorgebracht hatte, kam er ins Reden; das, was an den Träumen das Schönste sei, seien die unglaublichen Begegnungen von Menschen und Dingen; im Traum könne ein Kahn durchs Fenster ins Schlafzimmer fahren, im Bett könne eine Frau liegen, die zwanzig Jahre nicht mehr lebe und trotzdem in den Kahn steige, der sich im Handumdrehen in einen Sarg verwandele und an blühenden Flußufern entlangschwimme. Er zitierte Lautréamonts berühmten Satz über die Schönheit, die *in der Begegnung*

von Regenschirm und Nähmaschine auf dem Operationstisch
bestehen könne, und er fügte hinzu: »Eine solche Begegnung
ist um nichts schöner als die Begegnung einer Frau und eines
Jungen in der Wohnung eines Malers.«

Jaromil hatte bemerkt, daß sein Lehrer diesmal anders
war als sonst, ihm war die Glut in seiner Stimme nicht entgangen, als er so eingehend über Träume und Poesie gesprochen hatte. Es gefiel ihm nicht nur, sondern es freute ihn
zusätzlich, daß er, Jaromil, Anlaß zu den feurigen Erläute-
rungen des Malers und, wie er genau herausgespürt hatte,
zu dessen Satz über die Begegnung der Frau und des Jungen in der Malerwohnung gewesen war. Schon zu Beginn,
als ihm der Maler gesagt hatte, sie würden diesmal miteinander im vorderen Zimmer bleiben, war Jaromil klar gewesen, daß sich im Atelier eine Frau befinden mußte, und
zwar nicht irgendeine, wenn er sie nicht sehen durfte. Doch
die Welt der Erwachsenen war ihm noch so fern, daß er sich
nicht bemühte, hinter des Rätsels Lösung zu kommen; es beschäftigte ihn vielmehr, daß der Maler im letzten Satz ihn,
Jaromil, mit der Frau, die dem Maler zweifellos viel bedeutete, auf die gleiche Stufe gestellt hatte und daß die An-
kunft der Frau offenbar durch Jaromil noch bedeutender und
schöner geworden war, woraus er folgerte, daß der Maler
ihn gern habe und auch in ihm jemanden sehe, der für sein
Leben etwas bedeutete, daß der Maler möglicherweise eine
tiefe, geheimnisvolle Ähnlichkeit spürte, die Jaromil, noch
ein Knabe, nicht recht zu deuten wußte, während er, erwachsen und klug, sie erkannte. Dies gab ihm eine stille Begeisterung ein, und als ihm der Maler die nächste Aufgabe stellte,
beugte er eifrig den Kopf über das Papier.

Der Maler begab sich ins Atelier und fand die Mutter weinend vor. »Ich bitte Sie, lassen Sie mich sofort heim!«

»Geh! Ihr könnt zusammen gehen. Jaromil macht gerade
seine Aufgabe fertig.«

»Sie sind ein Teufel«, sagte sie tränenüberströmt, und der
Maler umarmte und küßte sie. Er suchte rasch wieder das
vordere Zimmer auf, lobte, was der Knabe gezeichnet hatte

(ach, wie glücklich Jaromil an diesem Tag doch war!) und schickte ihn nach Hause. Im Atelier legte er die Mutter auf die alte, farbenbekleckste Couch, küßte ihren weichen Mund und ihr feuchtes Gesicht und liebte sie noch einmal.

9

Die Liebe von Mutter und Maler wurde das Vorzeichen nicht mehr los, das ihr die erste Begegnung gesetzt hatte: es war nicht die Liebe, nach der sie, Mama, lange träumend Ausschau gehalten und der sie fest ins Auge geblickt hätte; es war eine unerwartete Liebe, die einen hinterrücks anfällt.

Diese Liebe erinnerte sie ständig an ihre *Unvorbereitetheit* in Liebesdingen: unerfahren, wie sie war, wußte sie nicht, wie sie handeln und wie sie sprechen sollte; wegen seines von Originalität und Anspruch geprägten Gesichtes schämte sie sich schon im vorhinein für jedes ihrer Worte und jede ihrer Gesten; nicht einmal ihr Körper war besser vorbereitet; zum erstenmal bereute sie, ihn nach der Niederkunft schlecht behandelt zu haben, so schlecht, daß sie beim Anblick ihres Bauches im Spiegel entsetzt war von der schrumpeligen, hängenden Haut.

Immer hatte sie sich nach einer Liebe gesehnt, in der sie hätte harmonisch altern können, Leib und Seele Hand in Hand (ja, nach solch einer Liebe hatte sie lange Ausschau gehalten und ihr träumend ins Auge gesehen); hier jedoch, in dem anspruchsvollen Wettkampf, in den sie unvermittelt getreten war, kamen ihr die Seele peinlich jung und der Leib peinlich alt vor, so daß sie über beider Geschichte schritt, als überquere sie mit zitternden Beinen einen Steg, von dem sie nicht wußte, ob die Jugend der Seele oder das Alter des Leibes ihn zum Einsturz bringen würde.

Der Maler widmete ihr exzentrische Aufmerksamkeit und bemühte sich, sie in die Welt seiner Bilder und seines Denkens einzubeziehen. Darüber war Mama froh: es galt ihr als Beweis, daß ihrer beider erste Begegnung nicht bloß ein Aufstand der Leiber gewesen war, die eine Situation ausgenutzt hatten. Allerdings, okkupiert die Liebe außer dem Leib auch die Seele, kostet sie mehr Zeit: Mama mußte zu Hause die Existenz neuer Freundinnen ersinnen, um wenigstens einigermaßen ihre häufige Abwesenheit zu begründen (namentlich vor der Großmutter und vor Jaromil).

Wenn der Maler malte, pflegte sie neben ihm auf einem Stuhl zu sitzen, was ihm jedoch nicht genügte; er belehrte sie, daß Malerei, wie er sie begreife, nur eine von mehreren Methoden sei, das Wunderbare zu schürfen; und das Wunderbare könnte auch ein Kind in seinen Spielen und ein gewöhnlicher Mensch bei der Niederschrift seiner Träume entdecken. Mama bekam Papier und farbige Tuschen; sie mußte Kleckse aufs Papier machen und hineinblasen; die ungleichmäßigen Strahlen liefen über den Bogen und bedeckten ihn mit buntem Schilf; der Maler stellte ihre kleinen Werke hinter den Scheiben seines Bücherschrankes aus und rühmte sich ihrer vor seinen Gästen.

Gleich nach einem der ersten Besuche gab er Mama beim Abschied einige Bücher mit. Mama mußte sie daheim lesen, und sie mußte es heimlich tun, fürchtete sie doch, der neugierige Jaromil oder ein anderes Familienmitglied werde fragen, woher sie die Bücher habe, worauf ihr schwerlich eine zufriedenstellende Lüge eingefallen wäre, denn solche Bücher hatte keine ihrer Freundinnen und keiner ihrer Verwandten in der Hausbibliothek. Sie legte die Bücher also im Wäscheschrank unter die Büstenhalter und Nachthemden und las nur in einsamen Stunden. Vielleicht war es das Gefühl verbotenen Tuns, vielleicht die Furcht vorm Entdecktwerden, was ihr die Konzentration während der Lektüre erschwerte, jedenfalls profitierte sie nicht viel, verstand das Gelesene kaum, obwohl sie viele Seiten zwei- oder dreimal hintereinander las.

Sie suchte sodann den Maler ängstlich wie eine Schülerin auf, die fürchtet, zur Tafel gerufen zu werden, pflegte er doch immer gleich zu fragen, wie ihr ein Buch gefallen habe; und Mama wußte, daß er von ihr mehr hören wollte als die bloße Versicherung, es habe ihr gefallen, sie wußte, daß ein Buch für ihn thematische Anlässe zu Gesprächen sowie zu Sätzen enthielt, über die er sich mit der Mutter einig zu sein wünschte wie über gemeinsam vertretene Wahrheiten. Ma-

ma schaffte es aber kaum, den eigentlichen Inhalt beziehungsweise das eigentlich Bedeutsame eines Buches zu erfassen.
Deswegen griff die listige Schülerin zur Ausrede: sie beklagte
sich, daß sie die Bücher heimlich lesen müsse, um nicht ertappt zu werden, weshalb ihr die notwendige Konzentration
fehle.

Der Maler nahm die Entschuldigung an und bot einen
scharfsinnigen Ausweg: als Jaromil zur nächsten Lektion
kam, erzählte er ihm einiges über Richtungen in der modernen Malerei und lieh ihm studienhalber ein paar Bücher, die
der Knabe voll Eifer entgegennahm. Mama gewahrte sie auf
Jaromils Tisch, erkannte sogleich, daß es sich um Schmuggel-
ware handelte, die für sie bestimmt war, und erschrak. Bislang hatte sie selbst die ganze Last ihres Abenteuers getragen, jetzt war plötzlich ihr Sohn (dieses Bild der Reinheit!)
Postillion ihrer ehebrecherischen Amour geworden. Aber es
ließ sich nichts mehr machen, die Bücher lagen auf seinem
Tisch, und ihr, der Mama, blieb nichts anderes übrig, als unterm Vorwand mütterlicher Fürsorglichkeit hineinzuschauen.

Einmal erkühnte sie sich, zum Maler zu sagen, daß ihr die
geliehenen Gedichte unnötig unklar und dunkel erscheinen.
Kaum hatte sie es ausgesprochen, bedauerte sie es schon,
denn der Maler erachtete auch geringe Nichtübereinstim-
mung mit seiner Ansicht als Verrat. Die Mutter versuchte
Hals über Kopf wiedergutzumachen, was sie verdorben hatte. Während der Maler düster auf seine Leinwand schaute,
zog sie schnell Bluse und Büstenhalter aus. Sie hatte schöne
Brüste und wußte es und trug sie stolz (wenngleich nicht
ganz sicher) durchs Atelier, bis sie, den Körper von Leinwand
und Staffelei verdeckt, dem Maler gegenüberstand. Er ließ
den Pinsel trübselig über die Leinwand kreisen und sah einigemal verärgert zur Mutter, die hinterm Bild hervorlugte.
Unvermittelt entriß sie ihm den Pinsel, steckte ihn zwischen
die Zähne, stieß ein Wort hervor, das sie noch nie gebraucht
hatte, ein vulgär sinnliches Wort, wiederholte es mehrmals
leise, bis sich sein Zorn in Liebesverlangen zu verwandeln
begann.

Nein, sie tat es nicht von sich aus, und sie tat es auch mühevoll und verkrampft; aber sie hatte bald schon nach dem Beginn ihrer Annäherung erfahren, daß der Maler ungebundene und überraschende Liebesäußerungen von ihr verlangte, daß er wünschte, sie möge sich völlig frei fühlen, nicht gefesselt durch Konvention, Scham, Gehemmtheit; gern sagte er zu ihr: »Ich will nichts, als daß du mir deine Freiheit schenkst, deine ureigenste und unbedingteste Freiheit!« Und er wollte sich von dieser Freiheit andauernd überzeugen. Die Mutter verstand inzwischen weitgehend, daß solch ungebundenes Benehmen schön wäre, fürchtete jedoch um so mehr, daß sie es nicht zustandebringen würde. Und je mehr sie sich darum bemühte, ihre Freiheit zustande zu bringen, desto schwerer fiel es ihr; die Freiheit wurde ihr zur Aufgabe und zur Pflicht, auf die sie sich zu Hause vorbereiten mußte (durchdenken, mit welchem Wort, welchem Wunsch, welchem Tun ihn überraschen und ihre Spontaneität vorführen), so daß sie unter dem Imperativ der Freiheit wie unter einer drückenden Last immer gebückter ging.

»Das Schlimmste ist nicht, daß die Welt unfrei ist, sondern daß die Leute die Freiheit verlernt haben«, hatte der Maler immer wieder zu ihr gesagt, und ihr war eingefallen, daß dies gerade auf sie paßte, weil sie ganz der alten, vom Maler mit allem Drum und Dran für ablehnungswürdig gehaltenen Welt angehörte. »Können wir die Welt schon nicht verändern, verändern wir doch wenigstens unser eigenes Leben und leben es freiheitlich«, pflegte er zu erklären. »Ist jedes Leben einzigartig, ziehen wir alle Konsequenzen daraus und lehnen wir alles ab, was nicht neu ist.« »Es ist notwendig, absolut modern zu sein«, zitierte er Rimbaud, und sie hörte ihm andächtig zu, erfüllt vom Glauben an seine Worte und vom Unglauben an sich selber.

Ihr kam zeitweilig in den Sinn, daß die Liebe des Malers zu ihr auf einem Mißverständnis beruhen mußte, und sie fragte ihn ab und zu, warum er sie eigentlich gern habe. Er antwortete, daß er sie liebe wie ein Boxer den Schmetterling, wie ein Sänger die Stille, wie ein Räuber die Dorfschullehrerin; er sagte, daß er sie liebe wie der Metzger die ängstlichen Augen des Kalbes und wie der Blitz die Idylle der Dächer; und einmal erläuterte er, daß er sie wie die geliebte, einem stumpfsinnigen Heim geraubte Frau liebe.

Sie lauschte verzückt und ging zu ihm, sooft sie ein bißchen Zeit ergattern konnte. Sie fühlte sich allerdings wie eine Touristin, die herrlichste Gegenden zu sehen bekommt, dabei aber so abgehetzt ist, daß es sie nicht zu freuen vermag. Sie hatte überhaupt keinen Genuß von ihrer Liebe, aber sie glaubte zu wissen, daß diese Liebe groß und schön war und daß sie ihr nicht verlorengehen durfte.

Und Jaromil? Er war stolz darauf, daß ihm der Maler Bücher aus seiner Bibliothek lieh (der Maler hatte dem Knaben mehrfach erklärt, er leihe Bücher niemals aus, somit genieße Jaromil dieses Vorrecht als einziger), und da er über viel Zeit verfügte, verbrachte er Stunde um Stunde mit ihnen. Moderne Kunst war damals noch nicht Besitztum breiter bürgerlicher Schichten, sie trug den verlockenden Zauber einer Sekte in sich, einen Zauber, der jenem Kindheitsalter, das von Clan- und Bruderschaftsromantik träumt, so eingängig erscheint. Jaromil, empfänglich, durchfühlte diesen Zauber und durchlas die Bücher völlig anders als Mama, die sie gründlich von A bis Z las wie ein Lehrbuch, nach welchem sie geprüft werden sollte. Jaromil, dem keine Prüfung drohte, las eigentlich keines der Bücher vom Maler ganz; er bummelte eher darin herum, blätterte sich hindurch, verweilte da bei einer Seite, hielt dort bei einem Vers inne, ohne daß er vergrämt gewesen wäre, weil ihm der Rest des Gedichtes nichts sagte. Ein einziger Vers oder ein einziger Absatz Prosa reichten aus, ihn glücklich zu machen, nicht allein ihrer Schönheit wegen, sondern insbesondere weil sie ihm als Passierschein ins Reich jener Erwählten dienten, die wahrzunehmen verstanden, was anderen verborgen blieb.

Mama wußte, daß ihr Junge willig den Boten spielte und die nur zum Schein für ihn bestimmten Bücher mit wirklichem Interesse las; deswegen unterhielt sie sich mit ihm über die gemeinsame Lektüre und stellte ihm Fragen, die sie dem

Maler nie zu stellen gewagt hätte. Beinahe erschrocken stellte sie fest, daß sich der Sohn für die geliehenen Bücher mit noch unzugänglicherer Verbohrtheit einsetzte als der Maler. Sie sah, daß er in Eluards Gedichten mit Bleistift einige Verse angestrichen hatte: »*Schlafen, den Mond in einem Auge, die Sonne im anderen.* Was gefällt dir daran? Warum sollte ich mit dem Mond in einem Auge schlafen? *Beine aus Stein in Strümpfen aus Sand.* Wie können Strümpfe aus Sand sein?« Der Sohn meinte, Mama lache nicht nur über das Gedicht, sondern auch über ihn, weil seinem Alter für derlei das Verständnis fehle, und er antwortete unhöflich.

Gott, nicht mal vor dem dreizehnjährigen Kind konnte sie bestehen! An diesem Tag ging sie zum Maler mit dem Gefühl eines Spions, der sich die Uniform einer fremden Armee übergezogen hat; sie fürchtete die Enthüllung. Ihr Auftreten verlor den Rest an Unmittelbarkeit, und alles, was sie sagte und tat, glich der Darstellung einer Laienspielerin, die unter Lampenfieber litt und ihren Text mit der Furcht aufsagte, ausgepfiffen zu werden.

Gerade in jenen Tagen hatte der Maler den Zauber des Photoapparates entdeckt. Er zeigte der Mutter seine ersten Photographien, Stilleben seltsam gruppierter Gegenstände, bizarre Ansichten verlassener und vergessener Dinge; sodann stellte er sie, die Mutter, ins Licht des schrägen Glasdaches und begann zu photographieren. Die Mutter empfand es zunächst als Erleichterung, weil sie nichts zu sagen brauchte, nur stehen oder sitzen, sie lächelte und befolgte des Malers kleine Weisungen und lauschte den kleinen Anerkennungen, die er ab und zu ihrem Gesicht zollte.

Plötzlich kam ein Leuchten in die Augen des Malers; er nahm einen Pinsel, tauchte ihn in schwarze Farbe, bog der Mutter sanft den Kopf zurück und malte zwei diagonale Striche über ihr Gesicht. »Ich habe dich gestrichen! Ich habe Gottes Werk aufgehoben!« sagte er und lachte und photographierte die Mutter, auf deren Nase sich die zwei dicken Striche kreuzten. Anschließend führte er sie ins Bad, wusch ihr das Gesicht und trocknete es mit dem Handtuch ab.

»Ich habe dich vorhin durchgestrichen, um dich neu erschaffen zu können«, sagte er und nahm wieder den Pinsel und begann wieder zu malen. Es waren Kreise und Striche, die an alte Bilderschriften gemahnten; »Gesicht als Botschaft, Gesicht als Brief«, meinte er und stellte sie erneut unter das durchscheinende Dach und photographierte sie von neuem.

Danach legte er sie auf den Boden und stellte neben ihren Kopf den Gipsabguß eines antiken Kopfes und bemalte auch ihn und photographierte beide Körper, den lebendigen und den nichtlebendigen, und dann wusch er der Mutter die Bemalung ab und malte ihr andere Striche ins Gesicht und photographierte sie auch so und legte sie auf die Couch und begann sie auszuziehen, die Mutter fürchtete, er würde jetzt ihre Brüste und ihre Beine bemalen wollen, sie versuchte einen lächelnden Einwand, sagte scherzend, daß er auf ihrem Körper wohl nicht herummalen werde (wie mutig, einen lächelnden Einwand zu versuchen, obschon sie doch fürchten mußte, mit ihrem Scherzversuch ins Fettnäpfchen zu treten und abgeschmackt zu wirken), aber der Maler wollte sie dort gar nicht bemalen, sondern liebte sie statt dessen, wobei er ihren bemalten Kopf in den Händen hielt, als würde es ihn überaus erregen, daß er eine Frau liebte, die seine eigene Schöpfung war, seine eigene Phantasie, sein eigenes Bild, als sei er ein Gott, der mit einer Frau geschlechtlich verkehrte, die er für sich selbst erschaffen hatte.

Und die Mutter war in diesem Augenblick tatsächlich nichts anderes als seine Erfindung und sein Bild. Sie wußte es und bot ihre ganze Kraft auf, um es auszuhalten und um sich nicht anmerken zu lassen, daß sie sich gar nicht als des Malers Partnerin fühlte, als sein wunderbares Gegenüber und liebenswertes Wesen, sondern nur als lebloser Abglanz, als folgsam hingehaltener Spiegelscherben, als passive Oberfläche, auf welche der Maler das Bild seiner Sehnsucht projizierte. Und sie hielt es aus, der Maler erreichte den Höhepunkt der Wollust und glitt glücklich von ihrem Körper. Daheim dann fühlte sie sich wie nach einer großen Anstrengung, und abends weinte sie vor dem Schlafengehen.

Bei ihrem nächsten Besuch in seinem Atelier ging es mit dem Bemalen und Photographieren weiter. Diesmal entblößte ihr der Maler die Brüste und malte auf deren schönen Wölbungen. Als er sie danach ganz ausziehen wollte, lehnte sich die Mutter zum erstenmal gegen ihren Geliebten auf.

Kaum zu würdigen die Geschicklichkeit, ja Listigkeit, womit sie es bis dahin fertiggebracht hatte, ihren Bauch aus allen Liebesspielen herauszuhalten! Mehrmals hatte sie den Hüfthalter angelassen, dabei andeutend, daß sie Halbangezogenheit als aufreizender erachte, mehrmals hatte sie sich Halbdunkel statt Licht erkämpft, mehrmals hatte sie die Hände des Malers, wenn die ihren Bauch streicheln wollten, weggezogen und auf ihre Brüste gelegt; und als ihre Listigkeit nicht mehr half, berief sie sich auf ihre Verschämtheit, deren Existenz der Maler kannte und die er an ihr vergötterte (eben deshalb sagte er öfter zu ihr, daß sie für ihn Verkörperung der weißen Farbe sei und daß er seinen ersten Gedanken an sie ja seinem damaligen Bild in weißen, mit der Spachtel gezogenen Linien einverleibt habe).

Nun aber sollte sie nackt im Atelier stehen, als lebende Statue, derer er sich mit den Augen und mit dem Pinsel bemächtigte. Sie wehrte sich, und als sie ihm wie beim ersten Besuch sagte, daß es Wahnsinn sei, was er verlange, erwiderte er wie damals, *ja, Liebe ist Wahnsinn,* und riß ihr die Kleider vom Leib.

Und sie stand nackt mitten im Atelier und dachte einzig an ihren Bauch; sie wagte nicht, hinabzuschauen, hatte ihn aber vor Augen wie bei ihren tausend verzweifelten Blicken in den Spiegel; ihr schien, alles an ihr sei bloß Bauch, bloß schrumpelige, häßliche Haut, und sie kam sich wie auf dem Operationstisch vor, wie eine Frau, die an nichts denken durfte, die sich ergeben mußte und nur glauben konnte, das Ganze werde vorbeigehen, Operation und Schmerz würden ein Ende haben, und ihr, der Frau, bleibe jetzt lediglich das Durchhalten.

Der Maler nahm den Pinsel, tauchte ihn ein und führte ihn an ihre Schultern, ihren Nabel, ihre Beine, und dann trat er zurück und nahm den Photoapparat, er geleitete sie ins Bad, dort aber mußte sie sich in die leere Wanne legen, bekam von ihm den metallenen Duschenschlauch mit dem Brausenkopf übergelegt und gesagt, daß diese Metallschlange kein Wasser, sondern tödliches Giftgas speie, und daß die Schlange auf ihrem Leib liege wie der Leib des Krieges auf dem Leib der Liebe; danach geleitete er sie wieder hinaus und stellte sie auf einen anderen Platz und photographierte wieder, und sie machte alles mit, bemühte sich nicht mehr, den Bauch zu verbergen, sah ihn vielmehr dauernd vor sich und sah seine Augen und ihren Bauch, ihren Bauch und seine Augen ...

Und als er sie, die Bemalte, sodann auf den Teppich legte und neben dem antiken Kopf, dem schönen und kalten, heftig liebte, hielt es die Mutter nicht mehr aus und begann in seinen Armen zu weinen, aber er verstand den Sinn ihres Weinens nicht, war er doch überzeugt, daß seine wilde, in schöne, andauernde, hämmernde Bewegung verwandelte Eingenommenheit mit nichts anderem beantwortet werden könnte als mit Tränen der Wonne und des Glücks.

Die Mutter wurde sich bewußt, daß der Maler den Grund ihres Weinens nicht erkannt hatte, und sie beherrschte sich und hörte zu weinen auf. Doch als sie wieder daheim war, wurde ihr auf der Treppe schwarz vor den Augen; sie stürzte und schlug sich das Knie auf. Die erschrockene Großmutter führte sie in ihr Zimmer, langte ihr an die Stirn und steckte ihr das Fieberthermometer unter die Achsel.

Mama hatte Fieber. Mama hatte einen Nervenzusammenbruch erlitten.

10

Einige Tage später erschossen aus England geschickte tschechische Fallschirmspringer den deutschen Herrn der böhmischen Länder; das Standrecht wurde ausgerufen, und an den Straßenecken erschienen Plakate mit langen Namenskolonnen der Hingerichteten. Mama lag im Bett, und täglich stellte sich der Arzt ein, um ihr eine Injektion ins Gesäß zu geben. Da geschah es, daß sich der Ehemann an ihr Lager setzte, ihre Hand in die seine legte und ihr lange in die Augen schaute; Mama wußte, daß er ihren Zusammenbruch den Schrecken der Geschichte zumaß, und sie warf sich schamerfüllt vor, ihn zu betrügen, während er gut zu ihr war und ihr in schwerer Stunde beistehen wollte.

Auch das Dienstmädchen Magda, das seit ein paar Jahren mit in der Villa lebte und von dem Großmutter in guter demokratischer Tradition zu behaupten pflegte, es eher als Familienangehörige denn als Lohnempfängerin zu sehen, dieses Dienstmädchen also kam unverhofft weinend nach Hause, denn die Gestapo hatte ihren Geliebten verhaftet. Und tatsächlich, wenige Tage darauf tauchte sein Name in einer der Kolonnen auf, die schwarz auf rotem Grund gedruckt waren, und Magda erhielt einige Tage frei, um zu den Eltern ihres Burschen reisen zu können.

Als sie zurückkam, erzählte sie, daß die Familie des Hingerichteten nicht einmal die Urne mit der Asche erhalten habe und daß man wahrscheinlich nie mehr erfahren werde, wo die sterblichen Überreste des Sohnes lägen. Wieder weinte sie, und sie weinte fast jeden Tag. Sie tat es meist in ihrem kleinen Zimmerchen, so daß man die Schluchzer nur gedämpft durch die Wand hörte, aber sie weinte nicht selten auch beim Mittagessen; seit nämlich das Unglück sie getroffen hatte, hieß die Familie sie am gemeinsamen Tisch Platz nehmen (früher hatte sie allein in der Küche gesessen), und die freundliche Außerordentlichkeit dieses Umstandes erinnerte sie jeden Mittag von neuem daran, daß sie in Trauer war und bedauert wurde, und ihre Augen röteten sich, und unter den Lidern kullerten Tränen hervor, die auf die Knödel in der Soße fielen; Magda bemühte sich zwar, Tränen und gerötete Augen zu verbergen, hielt den Kopf gesenkt, wäre am liebsten unsichtbar gewesen, doch um so mehr beachteten die anderen sie, und immer wenn jemand aufmunternd das Wort an sie richtete, schluchzte sie laut.

All dies empfand Jaromil wie aufregendes Theater; schon im voraus freute er sich auf die Träne im Auge des Mädchens, darauf, daß ihre Scham versuchen würde, die Trauer zu leugnen, und daß am Ende ihre Trauer eben doch stärker war als die Scham und die Träne herabfallen würde. Er verschlang (insgeheim, denn er hatte das Gefühl, etwas Unerlaubtes zu tun) ihr Gesicht mit Blicken, eine warme Erregung überschwemmte ihn und das Verlangen, dieses Gesicht mit Zärtlichkeit zu umgeben, es zu streicheln und zu trösten. Und wenn er abends einsam dalag, unter der Decke verkrochen, sah er ihren Kopf mit den großen braunen Augen, und er stellte sich vor, wie er ihn streichelte und zu ihm *weine nicht, weine nicht* sagte, weil ihm keine anderen Worte einfielen, die er ihr hätte sagen können.

Ungefähr zur gleichen Zeit beendete Mama ihre Nervenkur (eine Woche häuslicher Schlafkur hatte am besten geholfen) und begann wieder durch die Villa zu gehen, Einkäufe zu machen und den Haushalt zu besorgen, obschon sie ständig über Kopfschmerzen und Herzklopfen klagte. Eines Tages setzte sie sich an den Sekretär und schrieb einen Brief. Gleich nach dem ersten Satz sagte sie sich, daß der Maler sie für sentimental und dumm halten werde, und sie bekam Angst vor seinem abschätzigen Urteil; doch dann beruhigte sie sich: dies hier waren Worte, zu denen sie weder seine Stellungnahme noch sonst eine Antwort darauf haben wollte, es waren ihre letzten Worte an ihn, und sie faßte sich endgültig ein Herz und schrieb weiter; mit einem Gefühl der Erleichterung (und eines sonderbaren Trotzes) formte sie die Sätze, als wäre tatsächlich sie selber es, die sie formte, sie wie sie gewesen war, bevor sie ihn gekannt hatte. Sie schrieb, daß sie ihn geliebt habe und nie die wunderbare Zeit vergessen werde, die sie mit ihm hatte verleben können, doch es sei der Augenblick gekommen, ihm die Wahrheit zu sagen: sie selbst sei anders, ganz anders, als er meine, sie sei in Wirklichkeit eine gewöhnliche und altmodische Frau und habe Angst davor, daß sie ihrem Sohn einmal nicht mehr würde in die unschuldigen Augen schauen können.

Hatte sie sich also endlich entschlossen, ihm die Wahrheit zu sagen? Keineswegs. Sie verlor kein Wort darüber, daß das, was sie Liebesglück nannte, für sie gewaltige Mühe gewesen war, auch kein Wort darüber, daß sie sich ihres verunstalteten Bauches geschämt hatte, ja nicht einmal darüber ein Wort, daß sie zusammengebrochen war, sich das Knie aufgeschlagen und danach eine Woche lang hatte schlafen müssen. Sie verschwieg es, weil ihr eine solche Aufrichtigkeit nicht entsprach und weil sie endlich wieder sie selbst sein wollte – und letzteres eben nur in Unaufrichtigkeit konnte; hätte sie ihm aufrichtig alles geschrieben, hätte sie wieder nackt mit schrumpeligem Bauch vor ihm dagelegen. Nein, sie mochte sich ihm nicht mehr zeigen, nicht von außen, nicht von innen, sie wollte die Sicherheit ihrer Züchtigkeit wiederfinden und mußte darum unaufrichtig sein und einzig und allein über ihr Kind und über ihre heiligen Pflichten als Mutter schreiben. Am Schluß des Briefes glaubte sie wirklich daran, daß es weder ihr Bauch noch die Anstrengung, mit der sie hinter den Einfällen des Malers hergelaufen war, gewesen seien, was ihre Nervenkrise verursacht hatte, sondern daß lediglich ihre großen Muttergefühle sie hatten gegen ihre große, aber sündige Liebe aufstehen lassen.

Sie fühlte sich in diesem Augenblick unendlich traurig, freilich auch edel, tragisch und stark; an der einige Tage zuvor nur schmerzenden, jetzt in großen Worten verbildlichten Trauer fand sie nunmehr auch tröstliches Gefallen; es war eine schöne Trauer, von deren melancholischem Schein sich Mama erleuchtet sah, so daß sie sich traurig schön vorkam.

Welch erstaunliche Übereinstimmungen! Jaromil, der zur selben Zeit tagelang Magdas weinende Augen beobachtete, wußte recht gut um die Schönheit der Trauer und tauchte ganz in sie ein. Wieder blätterte er in dem Buch, das ihm der Maler mitgegeben hatte, wieder ließ er sich von einzelnen Versen faszinieren: *In der Ruhe ihres Leibes hatte sie einen Schneeball von der Farbe des Auges;* oder: *in der Ferne das Meer, das dein Auge umspült;* und: *Leb wohl, Trauer, Du bist eingeschrieben den Augen, die ich liebe.* Eluard wurde zum Dichter von Magdas friedvollem Leib und ihren Augen, die ein Meer von Tränen umspülte; ein ganzes Leben sah er in den einen Vers gebannt: *Trauer schönes Antlitz.* Ja, das war Magda: Trauer schönes Antlitz.

Eines Abends gingen alle ins Theater, und er blieb mit ihr allein in der Villa; es war ein Samstag, und er wußte, daß Magda baden würde. Weil Eltern und Großmutter den Theaterbesuch eine Woche im voraus schon geplant hatten, hatte er alles frühzeitig vorbereiten können; Tage zuvor hatte er an der Badtür die Abdeckscheibe vom Schlüsselloch genommen und sie mit einer gekneteten, schmutzigen Brotkrume leicht angeklebt; er hatte den Schlüssel herausgezogen und versteckt, damit er nicht die Sicht verengte; niemand bemerkte den Verlust, weil sich die Familienmitglieder beim Baden nicht einschlossen, was lediglich Magda tat.

Das Haus war still und leer, und Jaromils Herz klopfte laut. Er hielt sich oben in seinem Zimmer auf, ein Buch auf dem Tischchen, als könnte er ertappt und befragt werden, doch er las nicht, sondern horchte. Endlich hörte er das Geräusch des Wassers, das durch die Rohrleitung drängte und hart auf den Wannenboden schlug. Er löschte das Licht im Treppenhaus und schlich hinunter; und er hatte Glück; das Schlüsselloch war nicht verdeckt worden; als er das Auge daran legte, sah er Magda, die sich über die Wanne beugte, entkleidet schon und mit nackten Brüsten, nur den Schlüpfer hatte sie noch an. Sein Herz klopfte zum Zerspringen, weil er sah, was er nie gesehen hatte, und weil er wußte, daß er gleich alles sehen würde und niemand ihm dies verwehren konnte.

Magda richtete sich auf, trat zum Spiegel (er sah sie im Profil), sie betrachtete sich eine Weile, drehte sich dann wieder um (er sah sie von vorn) und ging zur Wanne; da blieb sie stehen, zog den Schlüpfer aus, warf ihn weg (er sah sie noch immer von vorn) und stieg dann ins Wasser.

Auch als sie in der Wanne saß, konnte Jaromil sie immer noch sehen, doch weil ihr das Wasser bis zu den Schultern reichte, war sie nun wieder *lauter Antlitz:* das selbe vertraute, traurige Antlitz mit den Augen, die ein Meer von Tränen umspülte, das gleichzeitig aber auch ein völlig anderes Antlitz war; er mußte sich (jetzt, künftig und für immer) die Brüste, den Bauch, die Schenkel, das Gesäß nackt hinzudenken; *es war ein Antlitz von der Nacktheit des Leibes erleuchtet;* auch jetzt noch erweckte es Zärtlichkeit in ihm, aber es war eine andere Zärtlichkeit, eine, durch die die beschleunigten Schläge seines Herzens gingen.

Plötzlich merkte er, daß Magda ihn ansah. Er erschrak, fühlte sich entdeckt. Sie schaute zum Schlüsselloch herüber und lächelte mild (einerseits verlegen, andererseits freundlich). Sofort trat er von der Tür zurück. War er nun gesehen worden oder nicht? Er hatte es doch mehrmals ausprobiert und war sich sicher gewesen, daß ein Auge von jenseits der Tür nicht gesehen werden konnte. Wie aber ließen sich dann Magdas Blick und Lächeln erklären? Oder hatte sie nur zufällig in diese Richtung gesehen und lediglich die *Vermutung* angelächelt, Jaromil schaue zu? Wie dem auch sei, die Begegnung mit Magdas Blick hatte ihn so verwirrt, daß er nicht mehr wagte, noch einmal der Tür nahe zu kommen.

Als er sich nach einer Weile etwas beruhigt hatte, kam ihm ein Gedanke, der versprach, alles bisher Gesehene und Erlebte zu übertreffen: Das Bad war nicht abgeschlossen, und Magda hatte ihm nicht gesagt, daß sie baden werde. Er konnte sich somit ahnungslos stellen und mir nichts, dir nichts das Bad betreten. Wieder begann sein Herz laut zu klopfen; er stellte sich vor, wie überrascht er in der offenen Tür stehen und sagen würde, *ich hole mir nur die Handbürste,* und wie er an der nackten Magda vorbeigehen würde, die dann sicherlich nichts zu sagen wüßte; ihr schönes Antlitz würde sich schämen, wie es sich schämte, wenn es beim Mittagessen plötzliches Weinen überkam; und er würde die Handbürste vom Waschbecken nehmen und dann bei der Wanne stehenbleiben und sich über Magda neigen, über ihren nackten Körper, den er wie durch einen grünen Wasserfilter sah, er blickte ihr einmal mehr ins schamvolle Gesicht und streichelte es … Als seine Vorstellung soweit gediehen war, hüllte ihn eine Wolke der Erregung ein, in der er nichts mehr sehen und nichts mehr zu Ende denken konnte.

Damit sein Eintritt vollkommen natürlich wirkte, schlich er zurück, ging leise die Treppe hinauf und laut wieder herunter; er spürte, daß er zitterte, und er fürchtete, daß er nicht würde ruhig und wie selbstverständlich sagen können, *ich hole mir nur die Handbürste;* dennoch ging er weiter, doch als er fast schon beim Bad war und sein Herz klopfte, daß ihm die Luft wegzubleiben drohte, vernahm er: »Jaromil, ich bade! Komm nicht herein!« Er antwortete: »Aber, nein, ich geh bloß in die Küche.« Und wirklich, er lenkte den Schritt zur entgegengesetzten Seite des Vorraums, zur Küche, öffnete und schloß die Tür, als hätte er sich etwas geholt, und ging dann wieder in sein Zimmer hinauf.

Dort erst fiel ihm ein, daß Magdas unerwartetes Wort gar kein Grund zu überstürzter Kapitulation gewesen war, daß er doch hätte sagen können, *aber, Magda, ich hol mir nur die Handbürste,* und daß er hätte eintreten können, denn Magda hätte ihn bestimmt nicht verpetzt, schließlich hatte sie ihn gern, weil er stets gut zu ihr war. Und wieder sah er sich im Bad und Magda nackt in der Wanne, und sie rief, *komm nicht her, geh sofort hinaus!,* aber sie konnte nichts tun, konnte sich nicht wehren, machtlos war sie wie beim Tod des Verlobten, eingekerkert in der Wanne, und er beugte sich über ihr Gesicht, über ihre großen Augen …

Aber dies war unwiederbringlich vorbei, und Jaromil hörte dann nur noch den schwachen Ton des Wassers, das aus der Wanne in die langen Verzweigungen der Kanalisation abfloß; die Unwiederbringlichkeit dieser prächtigen Gelegenheit quälte ihn deshalb so sehr, weil es so bald keinen zweiten Abend mit Magda allein zu Hause mehr geben würde, und sollte es ihn geben, würde der Schlüssel längst wieder an seinem Platz und Magda somit eingeschlossen sein. Er lag ausgestreckt auf der Couch und war verzweifelt. Da begann ihn mehr als die Verzweiflung die eigene Mutlosigkeit zu quälen, die Schwäche und das dumpf klopfende Herz, das ihm die Geistesgegenwart genommen und alles verdorben hatte. Ihn überkam eine heftige *Unlust* an sich selbst.

Was tun mit solcher Unlust? Sie ist etwas ganz anderes als Trauer; ja, sie ist möglicherweise das reine Gegenteil von Trauer; wenn man früher böse zu Jaromil gewesen war, hatte er sich in sein Zimmer eingeschlossen und geweint; das war ein fast lustvolles, fast schon ein Liebesweinen gewesen, wenn Jaromil in die Seele Jaromils gesehen, ihn bedauert und getröstet hatte; doch jetzt, da die plötzliche Unlust Jaromil Jaromils Schwäche zeigte, ließ ihn diese Unlust jetzt seine Seele abstoßend finden und sich von ihr abwenden! Sie war eindeutig und bündig wie eine Ohrfeige; man konnte ihr nur durch Flucht entkommen.

Enthüllen wir aber plötzlich unsere eigene Kleinheit, wohin dann vor ihr fliehen? Vor der *Erniedrigung* kann man nur nach *oben* fliehen! Jaromil setzte sich also an sein Tischchen, schlug das Buch auf (das kostbare Buch, das ihm der Maler mit der Bemerkung mitgegeben hatte, daß er es einzig und allein ihm leihe) und zwang sich zur Konzentration auf seine Lieblingsgedichte. Und wieder war da *in der Ferne das Meer, das dein Auge umspült,* und wieder sah er Magda vor sich, und wieder lag der Schneeball in der Ruhe ihres Leibes, und wieder drang der plätschernde Ton des Wassers ins Gedicht wie der Ton des Flusses durchs geschlossene Fenster. Wehmut überkam Jaromil, und er schloß das Buch. Dann nahm er Papier und Bleistift und begann selbst zu schreiben. Er machte es, wie er es bei Eluard, Nezval, Biebl, Desnos gesehen hatte, er schrieb kurze Zeilen untereinander, ohne Rhythmus und Reim; es war eine Variation des Gelesenen, aber diese Variation enthielt, was er gerade erlebt hatte, es war die *Trauer* darin, die *sich auflöste und in Wasser verwandelte*, es war *grünes Wasser* drin, das *höher und höher steigt, bis es an meine Augen reicht*, und es war der Leib darin, der *traurige Leib*, der Leib im Wasser, dem ich *nachfolge, durch das unendliche Wasser nachfolge.*

Er las sein Gedicht mehrmals laut, las es wie im Kreis herum, mit singendem Pathos und war begeistert. Auf dem Grund des Gedichtes befanden sich Magda in der Wanne und er mit dem ans Türholz gepreßten Gesicht; er fand sich also nicht *außerhalb der Grenzen* seines Erlebnisses wieder; vielmehr stand er hoch *darüber;* die Unlust an sich selbst war *unten* geblieben; unten hatte er vor Lampenfieber feuchte Hände und einen beschleunigten Atem; *oben*, im Gedicht, befand er sich über seiner Armseligkeit; die Begebenheit mit dem Schlüsselloch und der eigenen Feigheit wurde ihm zur bloßen Absprungstelle, über der er nun schwebte; er war somit nicht mehr seinem Erlebten unterworfen, sondern sein Erlebtes war dem unterworfen, was er geschrieben hatte.

Am nächsten Tag bat er die Großmutter, ihm die Schreibmaschine zu leihen; er tippte das Gedicht auf ein besonderes Papier, und es war schöner noch, als das Gedicht, das er laut gelesen hatte, denn das Gedicht hörte auf, bloß eine Folge von Worten zu sein, und wurde zum *Ding;* seine Selbständigkeit war noch unbestreitbarer; gewöhnliche Worte sind auf der Welt, um zu vergehen, sobald sie ausgesprochen werden, weil sie nur dem Augenblick der Verständigung dienen; sie sind den Dingen untergeordnet, sind ihre Bezeichnung; aber diese seine Worte waren jetzt zum Ding geworden und waren keinem und nichts untergeordnet; sie waren nicht zu augenblicklicher Verständigung und raschem Vergehen bestimmt, sondern zu dauern.

Was Jaromil vorher erlebt hatte, war zwar im Gedicht enthalten, aber es starb darin gleichzeitig und allmählich ab, wie der Same in der Frucht abstirbt. *Ich bin unterm Wasser, und die Schläge meines Herzens verursachen Kreise an der Oberfläche*; in diesem Vers war der Knabe, wie er vor der Badtür zitterte, gleichzeitig aber ging er darin allmählich unter; der Vers wuchs über ihn hinaus und überdauerte ihn. *Ach, meine Wasserliebe,* sagte ein anderer Vers, und Jaromil wußte, daß Magda die Wasserliebe war, doch er wußte gleichzeitig auch, daß kein anderer sie in diesen Wörtern finden würde, daß sie darin verloren, untergegangen, begraben war; das Gedicht, das er geschrieben hatte, war vollkommen selbständig, unabhängig und unverständlich, wie ja auch die Wirklichkeit, die sich mit niemandem abspricht, einfach *ist,* unabhängig und unverständlich; die Unabhängigkeit des Gedichtes bot Jaromil ein herrliches Versteck, bot ihm die willkommene Möglichkeit des *zweiten Lebens;* dies gefiel ihm dermaßen, daß er gleich anderntags weitere Verse zu schreiben versuchte und daß er nach und nach dieser Tätigkeit verfiel.

11

Obwohl sie das Krankenbett verlassen hatte und als Rekonvaleszentin im Haus umherging, war ihr nicht heiter zumute. Sie hatte die Liebe des Malers abgewiesen, die Liebe des Gatten darum aber nicht zurückerhalten. Jaromils Vater war so selten zu Hause! Man hatte sich bereits daran gewöhnt, daß er spät in der Nacht heimkam, und auch daran, daß er oft mehrtägige Abwesenheit ankündigte, wichtiger Dienstreisen wegen; diesmal allerdings hatte er gar nichts gesagt, er war abends nicht heimgekommen, und Mama wußte nicht das geringste über seinen Verbleib.

Jaromil sah Papa so selten, daß ihm dessen Abwesenheit nicht bewußt wurde, er dachte in seinem kleinen Zimmer nur über Verse nach: Soll ein Gedicht Gedicht sein, muß es von einem andern gelesen werden; dann erst beweist es, daß es nicht bloß chiffriertes Tagebuch ist, sondern zu selbständigem Leben taugt, unabhängig davon, wer es geschrieben hat. Zunächst gedachte er, seine Verse dem Maler zu zeigen, aber dann maß er ihnen doch zu große Bedeutung bei, als daß er riskiert hätte, sie einem strengen Richter zu geben. Er wollte jemanden sehen, der von ihnen nicht weniger begeistert sein würde als er selber, und da fiel ihm plötzlich ein, wer vorherbestimmt war, als erster seine Poesie zu lesen; er sah ihn mit traurigen Augen und einer vom Schmerz gezeichneten Stimme durchs Haus gehen, und es schien ihm, dieser Mensch schreie seinen Versen entgegen; er reichte der Mutter aufgeregt einige der sorgfältig getippten Gedichte und lief in sein Zimmer, um dort zu warten, bis Mama sie gelesen habe und ihn rufen würde.

Sie las und weinte. Warum sie weinte, dessen wurde sie sich vielleicht nicht recht bewußt, doch es ist leicht zu erraten; viererlei Tränen vergoß sie:

Zunächst verblüffte sie die Ähnlichkeit von Jaromils Gedichten mit jenen, die ihr der Maler geliehen hatte, und es strömten Tränen des Jammers über die verlorene Liebe;

danach verspürte sie eine Trauer von allgemeiner Art aus den Versen des Sohnes, sie mußte daran denken, daß ihr Mann nun schon den zweiten Tag fort war, ohne ihr etwas gesagt zu haben, und es flossen Tränen der Demütigung;

doch gleich darauf folgten Tränen des Trostes, denn das Mitfühlen ihres Sohnes, der ihr seine Gedichte so verwirrt und so vertrauensvoll gereicht hatte, war ihr Balsam auf alle Wunden;

und nachdem sie die Gedichte einigemal gelesen hatte, vergoß sie Tränen der Rührung und Bewunderung, weil ihr die Verse unverständlich schienen und sie glaubte, es sei mehr darin, als sie selbst zu begreifen vermochte, warum sie sich auch als Mutter eines Wunderkindes vorkam.

Dann rief sie ihn, doch als er vor ihr stand, fiel ihr nichts ein, es war wie beim Maler, wenn er sie über die geliehenen Bücher ausfragte; ihr fiel nichts ein, was sie Jaromil zu seinen Gedichten hätte sagen können; als er begierig erwartungsvoll mit gesenktem Kopf vor ihr stand, brachte sie nichts anderes zuwege, als ihn an sich zu ziehen und zu küssen. Jaromil hatte Lampenfieber und war darum froh, den Kopf an Mamas Schulter bergen zu können; und während sie die Kindlichkeit seiner Gestalt in ihrem Arm spürte, verjagte Mama das bedrückende Trugbild des Malers, sie gewann Mut und begann zu sprechen. Allerdings gelang ihr nicht, die Stimme frei von Zittern und die Augen frei von Feuchtigkeit zu halten, was für Jaromil wichtiger war als ihre Worte; Zittern und Tränen waren ihm heilige Bürgschaft, daß seine Verse Macht hatten; wirkliche, physische Macht.

Die Dunkelheit brach herein, der Vater kam nicht, und die Mutter sagte sich, daß Jaromils Gesicht von einer zarten Schönheit sei und daß sich mit Jaromil weder ihr Mann noch der Maler messen konnten; dieser ungehörige Gedanke ließ sich nicht abweisen, sie konnte sich seiner nicht erwehren; da erzählte sie ihm, wie sie in der Zeit der Schwangerschaft flehentlich die Apollo-Statuette angesehen hatte. »Und schau, du bist wirklich schön wie der Apollo, du siehst ihm ähnlich. Es ist nicht nur Aberglaube, daß im Kind etwas von dem bleibt, woran die Mutter denkt, wenn sie schwanger ist. Auch seine Lyra hast du dir genommen.«

Und sie erzählte weiter, daß ihre größte Liebe der Literatur gegolten habe, sogar auf die Universität wäre sie gegangen, um Literatur zu studieren, und lediglich die Ehe (sie sagte nicht: Schwangerschaft) habe sie daran gehindert, dieser Berufung zu folgen; erkenne sie heute in Jaromil den Dichter (jawohl, sie verlieh ihm als erste den hohen Titel), so sei dies zwar eine Überraschung, gleichzeitig aber sei es für sie auch etwas, das sie längst erwartet habe.

Lange sprachen sie an diesem Tag miteinander; und Mutter und Sohn, die beiden erfolglosen Liebhaber, fanden endlich Trost aneinander.

ZWEITER TEIL
oder
XAVER

Aus dem Inneren des Gebäudes hörte er noch den Lärm der Pause, die bald enden würde; dann würde der alte Mathelehrer die Klasse betreten und die Mitschüler mit Zahlen quälen, die er sorgfältig auf die schwarze Tafel malte; das Summen einer verirrten Fliege würde den unendlichen Raum zwischen der Frage des Professors und der Antwort des Schülers erfüllen ... Aber da würde er schon weit weg sein!

Es war ein Jahr nach dem großen Krieg; es war Frühling, und die Sonne schien; er erreichte durch einige Gassen die Moldau und ging weiter gemächlichen Schrittes am Ufer entlang. Die Welt der fünf Unterrichtsstunden war weit und nur durch die kleine braune Schultasche mit ihm verbunden, in der er ein paar Hefte und ein Lehrbuch hatte.

Er erreichte die Karlsbrücke. Die Statuenallee über dem Wasser lud ihn ein, auf das andere Ufer überzuwechseln. Fast jedesmal, wenn er die Schule schwänzte (und er schwänzte oft und gern), lockte ihn die Karlsbrücke, und immer folgte er ihr dann auch. Und er tat es auch diesmal und würde auch diesmal dort halten, wo die Brücke kein Wasser mehr, sondern bereits trockenen Uferboden überquerte, auf dem das alte gelbe Haus stand; das Fenster im dritten Stock lag auf gleicher Höhe wie das steinerne Brückengeländer, von dem es einen Sprung weit entfernt war; er sah es gern an (es war stets verschlossen) und überlegte, wer dahinter wohl wohnen mochte.

Heute stand es (vielleicht weil der Tag außergewöhnlich sonnig war) zum erstenmal offen. Auf der einen Fensterseite hing ein Käfig mit einem Vogel darin. Er blieb stehen, betrachtete den Rokokokäfig aus dekorativ gebogenen Drähten und gewahrte dabei im Halbdunkel des Zimmers die Umrisse einer Gestalt: obwohl er sie von hinten sah, erkannte er, daß es sich um eine Frau handelte, und er wünschte, sie würde sich umdrehen, damit er ihr Gesicht sehen konnte.

Die Gestalt bewegte sich tatsächlich, jedoch in die entge-
gengesetzte Richtung; sie verschwand im Dunkel. Das Fenster aber stand offen, und er war sicher, daß es sich um eine
Aufforderung handelte, um einen stillen, vertrauensvollen
Wink.

Er konnte nicht widerstehen. Er sprang aufs Mäuerchen.
Das Fenster war von der Brücke durch einen tiefen, hartge-
pflasterten Abgrund getrennt. Die Tasche störte ihn. Er warf
sie durchs offene Fenster in den dämmerigen Raum. Und
sprang hinterher.

Das hohe rechteckige Fenster, in das er gesprungen war, hatte solche Ausmaße, daß er mit seitwärts ausgestreckten Armen die Breite und mit seiner Größe die Höhe füllte. Er erkundete das Zimmer von hinten nach vorn (wie einer, den vornehmlich Fernen interessieren), und darum sah er zuerst die Tür im Hintergrund, dann linkerhand an der Wand den bauchigen Schrank, dann rechterhand das Bett mit den geschnitzten Seitenbrettern und dann in der Mitte den runden Tisch mit der Häkeldecke und der Blumenvase darauf; zuletzt bemerkte er seine Tasche, die unter ihm auf dem Fransenrand eines billigen Teppichs lag.

Vielleicht genau in dem Augenblick, da er ihrer ansichtig wurde und zu ihr hinabspringen wollte, öffnete sich im dämmerigen Hintergrund die Tür, und eine Frau erschien. Sie gewahrte ihn sofort; Halbdunkel im Zimmer und das strahlende Rechteck des Fensters – diesseits schien Nacht zu sein und jenseits Tag; von der Frau her gesehen war der Mann im Fenster eine schwarze Silhouette auf dem Goldgrund des Lichts; es war der Mann zwischen Tag und Nacht.

Während die Frau, vom Licht geblendet, das Gesicht des Mannes nicht erkennen konnte, war Xaver im Vorteil; seine Augen hatten sich an das Halbdunkel gewöhnt, so daß er wenigstens annähernd die Weichheit ihrer Umrisse und die Melancholie ihres Gesichtes erkannte, dessen Blässe auch bei tieferer Dunkelheit in die Ferne geleuchtet hätte; sie war in der Tür stehengeblieben, den Blick auf Xaver gerichtet; und sie war weder so spontan, laut ihr Erschrecken zu äußern, noch so geistesgegenwärtig, ihn anzusprechen.

Erst nach langen Sekunden, da sie einander in die undeutlichen Gesichter gesehen hatten, sagte Xaver: »Ich habe meine Schultasche hier.«

»Schultasche?« fragte sie und schloß die Tür, als hätte der Klang von Xavers Worten sie aus der ersten Starre erlöst.

Xaver ging im Fenster in die Hocke und zeigte auf die unter ihm liegende Tasche: »Ich habe wichtige Dinge drin. Ein Mathematik-Heft, ein Biologiebuch, auch ein Heft, in das wir Stilübungen in Tschechisch schreiben. In diesem Heft steht meine letzte Aufgabe mit dem Thema *Wie der Frühling zu uns gekommen ist.* Sie hat mich allerlei Arbeit gekostet, und ich möchte sie mir nicht noch einmal aus dem Kopf würgen müssen.«

Die Frau tat ein paar Schritte in den Raum hinein, so daß Xaver sie in hellerem Licht sah. Sein erster Eindruck war richtig gewesen: Weichheit und Melancholie. Genauer sah er in ihrem undeutlichen Gesicht nun auch die zwei großen schwimmenden Augen, und ihm fiel noch ein Wort ein: Erschrockenheit; und zwar keineswegs wegen ihres Erschrecktseins über Xavers unerwartetes Auftauchen, sondern wegen eines lang zurückliegenden Erschreckens, das als Starrheit in den großen Augen, als Blässe im Gesicht und in ihren Gesten zurückgeblieben war; ihre Gesten schienen sich ständig zu entschuldigen.

Und tatsächlich, die Frau entschuldigte sich auch. »Verzeihen Sie«, sagte sie, »ich weiß nicht, wie es hat geschehen können, daß sich Ihre Schultasche in unserem Zimmer befindet. Ich habe hier vor einer Weile aufgeräumt und nichts gefunden, was nicht hierher gehört hätte.«

»Und doch«, sagte der im Fenster hockende Xaver, mit dem Finger unter sich zeigend; »zu meiner nicht geringen Freude befindet sich die Tasche hier.«

»Ich bin sehr froh, daß Sie sie gefunden haben«, sagte sie und lächelte.

Die beiden standen einander gegenüber, nur getrennt durch den Tisch mit Häkeldecke und Glasvase, in der Wachsblumen standen.

»Jawohl, es wäre höchst ärgerlich gewesen, wenn ich sie nicht mehr gefunden hätte«, sagte Xaver. »Der Tschechisch-Professor haßt mich, und wenn ich das Heft mit den Hausaufgaben verliere, bestünde die Gefahr, daß er mich durchfallen läßt.«

Im Gesicht der Frau tauchte Mitleid auf; und auf einmal weiteten sich ihre Augen so sehr, daß Xaver nur noch sie wahrnahm, als wären Gesicht und Körper lediglich Begleiterscheinungen, nur der Schrein; die einzelnen Gesichtszüge und Körperproportionen der Frau konnte er gar nicht richtig erfassen, sie blieben am Netzhautrand zurück; der Eindruck ihrer Gestalt war eigentlich nur der Eindruck ihrer großen Augen, die alles andere, was lieblich an ihr war, mit ihrem bräunlichen Licht überfluteten.

Auf diese Augen schritt Xaver nun zu, um den Tisch herum. »Ich bin ein alter Repetent«, sagte er und nahm die Frau um die Schulter (ach, die war weich wie eine Brust); »glauben Sie mir«, fuhr er fort, »es gibt nichts Traurigeres, als nach einem Jahr in dieselbe Klasse gehen und in derselben Bank sitzen zu müssen . . .«

Die braunen Augen schauten zu ihm auf, und eine Welle des Glücks überspülte ihn; Xaver wußte, daß er jetzt seine Hand herabgleiten lassen und ihre Brust, ihren Bauch oder was immer berühren könnte, denn die Erschrecktheit beherrschte sie und gab sie ihm willig in die Arme. Doch er tat es nicht; er hielt ihre Schulter, die schöne Rundung, und dies schien ihm herrlich genug, Erfüllung genug; mehr wollte er nicht.

Eine Weile standen sie reglos, dann horchte die Frau auf: »Sie müssen schnell verschwinden. Mein Mann kommt nach Hause!«

Es wäre nichts einfacher gewesen, als die Tasche zu fassen, aufs Fensterbrett und von dort auf die Brücke zu springen, aber Xaver tat es nicht. In ihm breitete sich das beseligende Gefühl aus, daß der Frau Gefahr drohte und daß er bei ihr bleiben mußte. »Ich kann Sie hier nicht allein lassen!«

»Mein Mann! Gehen Sie!« bat die Frau verängstigt.

»Nein, ich bleibe. Ich bin kein Feigling!« sagte Xaver, während die Schritte im Treppenhaus immer deutlicher wurden.

Die Frau schob ihn zum Fenster, doch er wußte, daß er sie gerade jetzt nicht verlassen durfte. Schon hörte man aus der Tiefe der Wohnung das Aufschließen der Tür, und Xaver warf sich zu Boden und kroch unters Bett.

Der Raum vom Fußboden bis zur Decke, die aus fünf Brettern bestand, zwischen denen ein zerrissener Strohsack hervorquoll, war kaum größer als der Raum in einem Sarg; nur freilich war es ein luftiger Raum (vom Geruch des Strohs erfüllt) und ein sehr akustischer (überm Fußboden pflanzten sich die Schallwellen der Schritte lauter fort) und auch ein für Visionen geeigneter Raum (knapp über sich sah er das Gesicht der Frau, von der er wußte, daß er sie jetzt nicht verlassen durfte, ein auf die graue Sackleinwand projiziertes, von drei hervorstechenden Strohhalmen durchbohrtes Gesicht.

Die Männerschritte, die er zu hören bekam, waren schwer, und wenn er den Kopf zur Seite drehte, sah er Schaftstiefel durchs Zimmer stampfen. Und dann hörte er die Stimme der Frau und konnte ein leichtes und dennoch schneidendes Gefühl des Bedauerns nicht loswerden: die Stimme klang genauso melancholisch, erschrocken und lockend wie zuvor, als sie zu ihm gesprochen hatte. Doch Xaver war vernünftig und überwand die bohrende Eifersucht; er sah ein, daß sich die bedrohte Frau mit den ihr eigenen Waffen wehren mußte: mit ihrem Gesicht und ihrer Trauer.

Dann hörte er die Männerstimme, und ihm schien, sie gleiche den schwarzen Stiefeln, die er hatte über den Fußboden gehen sehen. Und danach hörte er die Frau *nein, nein, nein* sagen, doch schon näherte sich das Schrittepaar schwankend seinem Versteck, und noch tiefer senkte sich die Decke, unter der er lag, so tief, daß sie fast sein Gesicht berührte.

Wieder war die Frau zu hören, sie sagte *nein, nein, nein, jetzt nicht, ich bitte dich, jetzt nicht,* und Xaver sah einen Zentimeter über sich ihr Gesicht auf dem groben Sackleinen, und ihm schien, als begebe sie, die Erniedrigte, sich in seinen Schutz.

Er wollte sich in seinem Sarg aufrichten, wollte die Frau erlösen, wußte jedoch, daß er es nicht durfte. Und das Gesicht der Frau war über ihm, sie neigte sich zu ihm hinab, flehte ihn an, und die drei Strohhalme stachen hervor, als wären es drei Pfeile, die ihr Gesicht durchbohrten. Die Decke über Xaver begann sich rhythmisch zu bewegen, und die Halme, die drei Pfeilen gleich das Gesicht der Frau durchbohrten, berührten rhythmisch Xavers Nase und kitzelten ihn, so daß Xaver niesen mußte.

Mit einem Schlag hörte jede Bewegung auf. Das Bett regte sich nicht mehr, aller Atem stand still, Xaver lag wie versteint. Endlich eine Stimme: »Was war das?« fragte der Mann. Die Frau antwortete: »Ich hab nichts gehört, Liebling.« Wieder blieb es eine Zeitlang still, und wieder die Männerstimme zuerst: »Wem gehört denn die Aktentasche?« Dann stampfende Schritte, die Stiefel durchquerten das Zimmer.

Sieh einer an, dachte Xaver empört, der Mann ist mit dem Schuhwerk im Bett gewesen; er begriff, daß sein Augenblick gekommen war. Er stützte sich auf die Ellbogen und zwängte sich so weit vor, daß er sehen konnte, was im Zimmer vorging.

»Wen hast du hier? Wo hast du ihn versteckt?« brüllte der Mann, während Xaver erkennen mußte, daß zu den Stiefeln die dunkelblauen Reithosen und die dunkelblaue Jacke einer Polizeiuniform gehörten. Der Mann ließ forschend den Blick durchs Zimmer schweifen und stürzte dann zum Schrank, dessen Dickbäuchigkeit ihm eingab, der Nebenbuhler sei darin versteckt.

Im selben Augenblick sprang Xaver leise wie eine Katze, behende wie ein Panther unterm Bett hervor. Der Mann öffnete den Schrank, der voller Kleider war, und griff hinein. Aber da stand Xaver schon hinter ihm, und als der Mann zum zweiten-, zum drittenmal die Hand ins Dunkel der Kleider tauchte, um den versteckten Nebenbuhler zu erfassen, packte ihn Xaver von hinten am Kragen und stieß ihn in den Schrank. Er schlug die Tür zu, drehte den Schlüssel herum, zog ihn ab, schob ihn in die Tasche und wandte sich zu der Frau um.

Er stand den großen braunen Augen gegenüber und hörte hinter sich Schläge ans Schrankinnere, Lärmen und Schreie, die von den Kleidern allerdings gedämpft und von den Schlägen übertönt wurden, so daß kein Wort zu verstehen war.

Er setzte sich vor die großen Augen, umfaßte die Schultern, und erst jetzt, als er die nackte Haut auf der Handfläche spürte, wurde ihm bewußt, daß die Frau nur ihre Unterwäsche anhatte und daß sich darunter die Brüste wölbten, lustvoll weich und schmiegsam.

Die Schläge im Schrank tönten weiter, und Xaver hielt die Frau oben an den Armen und versuchte ihre genauen Umrisse einzufangen, aber auch jetzt wieder wurden sie von den Augen weggeschwemmt. Er sagte ihr, sie möge sich nicht fürchten, zeigte ihr den Schlüssel als Beweis dafür, daß der Schrank fest verschlossen sei, und erinnerte sie daran, daß das Gefängnis aus Eiche sei und der Insasse es weder öffnen noch aufbrechen könne. Dann begann er sie zu küssen (immer noch hielt er ihre Schultern, die so unermeßlich lustvoll waren, daß er nicht wagte, seine Hände herabgleiten zu lassen, um ihre Büste zu halten, als fürchte er sich, von einem Schwindel erfaßt zu werden), und wieder schien ihm, als seine Lippen auf dem Gesicht lagen, er tauche in unermeßliche Wasser.

»Was werden wir tun?« vernahm er ihre Stimme.

Er streichelte ihre Schultern und antwortete, daß sie sich um gar nichts kümmern solle, daß es ihnen hier ja gut gehe, daß er glücklich sei wie noch nie und daß ihn die Schläge im Schrank nicht mehr beunruhigten, wie das Gewittertosen auf einer Schallplatte oder das Bellen eines Kettenhundes am anderen Ende der Stadt.

Um sich als Herr der Situation zu zeigen, stand er auf und sah sich im Zimmer um. Er lachte, als er auf dem Tisch den abgelegten Gummiknüppel gewahrte, ihn packte, zum Schrank trat und die Schläge innen mit einigen Schlägen auf die Schranktür beantwortete.

»Was werden wir tun?« fragte die Frau noch einmal, und Xaver antwortete: »Wir gehen fort.«

»Und er?« fragte die Frau, und Xaver erklärte: »Der Mensch hält zwei bis drei Wochen ohne Essen aus. Wenn wir in einem Jahr zurückkommen, wird im Schrank ein Gerippe liegen, das Uniform und Schaftstiefel anhat.« Und er trat wieder an den Schrank, hieb wieder mit dem Gummiknüppel drauf, lachte und sah in der Erwartung zur Frau zurück, sie werde mit ihm lachen.

Aber die Frau lachte nicht und fragte: »Wohin werden wir gehen?«

Xaver erklärte ihr, wohin sie gehen würden. Die Frau wand ein, daß sie hier in dieser Räumlichkeit daheim sei, während sie dort, wohin er sie führen wolle, ihre Wäschetruhe und ihren Vogel im Käfig vermissen würde. Xaver erwiderte, daß nicht Wäschetruhe noch Vogelbauer das Daheim ausmachten, sondern die Gegenwart eines Menschen, den man liebte. Und dann bekannte er, selber kein Daheim zu haben, oder anders ausgedrückt, daß sein Daheim in seinen Schritten, in seinem Gehen, in seinen Wegen liege. Daß sein Daheim dort sei, wo sich unbekannte Horizonte öffneten. Daß er nur leben könne, indem er aus einem Traum in den anderen, aus einer Landschaft in die andere wechsle und daß er, würde er zu lange in ein und derselben Umgebung bleiben, genauso sterben müßte, wie ihr Ehemann sterben werde, wenn er länger als vierzehn Tage im Schrank bleibe.

Bei den letzten Wörtern merkten die zwei, daß es im Schrank still geworden war. Es war eine so auffällige Stille, daß sie sich von ihr geradezu aufgeweckt fühlten. Es war wie die Ruhe nach dem Sturm; der Kanarienvogel im Käfig begann zu singen, und im Fenster stand das Gelb der untergehenden Sonne. Schön wie die Aufforderung zur Reise. Schön wie die Gnade Gottes. Schön wie der Tod des Polizisten.

Die Frau fuhr jetzt streichelnd über Xavers Gesicht, und zum erstenmal war sie es, die ihn berührte; und es war auch zum erstenmal, daß Xaver sie genau wahrnahm in ihren festen Konturen. Sie sagte: »Ja. Wir gehn. Wir gehn, wohin du willst. Wart ein Weilchen, ich hole mir nur ein paar Sachen auf den Weg.«

Sie streichelte ihn noch einmal, lächelte und ging zur Tür. Mit Augen plötzlichen Friedens sah er ihr nach; er sah ihren Schritt, der weich und regelmäßig war wie der Schritt von Wasser, das sich verwandelt hat.

Dann legte er sich aufs Bett und fühlte sich herrlich. Der Schrank verhielt sich still, als sei der Mann darin eingeschlafen oder als hätte er sich erhängt. Die Stille war voller Raum, der durchs Fenster kam, zusammen mit dem Rauschen der Moldau und dem fernen Geschrei der Großstadt, so ferne, daß es den Stimmen des Waldes glich.

Xaver fühlte sich wieder voller Wege. Und es ging nichts über die Stunden vor einer Reise, wenn der Horizont des morgigen Tages zu Besuch kommt und seine Versprechungen abgibt. Xaver lag auf dem zerknitterten Bettzeug, und alles verschmolz zu einer prächtigen Einheit: das weiche Bett, es war der Frau ähnlich, die Frau, sie war dem Wasser ähnlich, das Wasser einem flüssigen Bett, das er sich unterm Fenster vorstellte.

Er bemerkte noch, daß sich die Tür wieder geöffnet hatte und die Frau eingetreten war. Sie trug ein blaues Kleid. Blau wie das Wasser, blau wie der Horizont, in den er morgen eintauchen würde, blau wie der Schlaf, in den er langsam, aber unaufhaltsam sank.

Ja. Xaver war eingeschlafen.

Xaver schlief nicht, um Kraft fürs Wachen zu schöpfen. Nein, das monotone Pendel Schlaf/Wachen, das im Jahr dreihundertfünfundsechzigmal ausschlägt, war ihm unbekannt.

Schlaf war für ihn nicht das Gegenteil von Leben; Schlaf war für ihn Leben und Leben Traum. Er wechselte vom Traum in den Traum, als wechsele er von einem Leben ins andere.

Es war finster, finster schwarz, aber da schwebten aus der Höhe Lichtbündel herab. Lichter, die Laternen verbreiteten; in den aus der Finsternis ausgeschnittenen Kreisen waren dicht fallende Flocken zu sehen.

Er lief durch die Tür des niedrigen Gebäudes, durchquerte rasch die Halle und betrat den Bahnsteig, wo ein abfahrbereiter Zug stand, dessen Fenster hell erleuchtet waren; den Zug entlang ging ein Alter mit Laterne und schloß die Wagentüren. Xaver sprang schnell auf, und schon hob der Alte die Laterne, vom anderen Ende des Bahnsteigs erklang ein langgezogener Hornton, und der Zug setzte sich in Bewegung.

Auf der Wagenplattform blieb er stehen und holte mehrmals tief Luft, um seinen beschleunigten Atem zu beruhigen.
Wieder einmal war er im letzten Augenblick gekommen; das
Im-letzten-Augenblick-Kommen erfüllte ihn jedesmal mit
Stolz: alle anderen kamen rechtzeitig nach einem im voraus
durchdachten Plan, so daß sie wie Abschreiber von Texten,
die irgendein Lehrer bestimmte, ihr Leben lang keinerlei
Überraschung boten. Er witterte sie in den Wagenabteilen,
wo sie auf zuvor bestellten Plätzen saßen und längst bekannte Gespräche führten, über die nächsten acht Tage in der
Berghütte, mit einer Tagesordnung, die sie bereits in der
Schule durchgegangen waren, um blind, auswendig, fehler-
frei danach leben zu können.

Xaver jedoch war unvorbereitet gekommen, im letzten
Augenblick, dank eines plötzlichen Einfalls und einer unerwarteten Entscheidung. Jetzt, da er auf der Plattform stand,
fragte er sich verwundert, was ihn eigentlich bewogen haben
mochte, am Schulausflug mit langweiligen Mitschülern und
glatzköpfigen Professoren, in deren Bärten die Läuse spazierten, teilzunehmen.

Er machte sich auf den Weg durch den Wagen: Einige Jungen standen im Gang, hauchten die zugefrorenen Scheiben
an und legten das Auge an den runden Durchblick; andere
fläzten sich auf den Abteilbänken, über sich kreuz und quer
die von Gepäcknetz zu Gepäcknetz gelegten Ski; in einigen
Abteilen spielte man Karten, und in einem sang man ein
Endloslied, das aus einer primitiven Melodie und zwei Wörtern bestand: *Kanari krepiert, Kanari krepiert, Kanari
krepiert* ...

Vor diesem Abteil blieb er stehen und schaute hinein: drei
Jungen aus einer höheren Klasse saßen drin, mit ihnen ein
hellhaariges Mädchen, seine Mitschülerin, die errötete, als sie
ihn sah, sich aber nichts anmerken ließ, als fürchte sie ertappt

zu werden; darum wohl sang sie, die geweiteten Augen Xaver zugewandt, inbrünstig weiter: Kanari krepiert, Kanari krepiert, Kanari krepiert ...

Xaver riß sich von dem hellhaarigen Mädchen los und mied anschließend alle Abteile, aus denen Schüler- und Studentenlieder oder Kartenspielerspektakel drangen; unverhofft sah er einen Mann in Schaffneruniform kommen, der die Fahrkarten zu sehen wünschte; die Uniform konnte ihn nicht täuschen, er erkannte unter dem Mützenschild den alten Lateprof und sagte sich, daß er mit dem nicht zusammentreffen durfte, zum einen, weil er keine Fahrkarte hatte, zum andern, weil er seit langem (er wußte schon gar nicht mehr, wie lange!) die Lateinstunde schwänzte.

Er nutzte den Moment, da sich der Lateprof in ein Abteil beugte, und schlüpfte auf die nächste Plattform, wo es zwei Kabinentüren gab: in den Waschraum und ins WC. Er öffnete die Waschraumtür und sah die Tschechisch-Professorin, eine gestrenge Fünfzigerin, in enger Umarmung mit einem seiner Mitschüler, es war jener aus der ersten Bank, den Xaver stets ignoriert hatte, soweit er überhaupt am Unterricht teilnahm. Die beiden gestörten Liebhaber lösten sich schleunigst voneinander und neigten sich über das Waschbekken; unter dem Wasserstrählchen, das aus dem Hahn mehr tropfte als rann, rieben sie eifrig ihre Hände.

Xaver wollte sie nicht stören und trat zurück auf die Plattform; hier fand er sich der hellhaarigen Mitschülerin gegenüber, die ihn aus ihren großen blauen Augen unverwandt ansah; ihr Mund bewegte sich nicht mehr und sang nicht mehr das Endloslied vom Kanarienvogel. Welche Narretei zu glauben, es existiere ein endloses Lied; als wäre auf dieser Erde nicht von allem Anfang an alles Täuschung und Verrat gewesen!

Mit diesem Gedanken schaute er der Hellhaarigen in die Augen, wohl wissend, daß er das falsche Spiel nicht mitmachen durfte, das Zeitliches für Ewiges und Kleines für Großes ausgab, nein, er durfte das falsche Spiel namens Liebe nicht mitspielen. Darum machte er auf dem Absatz kehrt und betrat wieder die Waschkabine, wo die stattliche Tschechisch-Professorin seinen etwas kleingeratenen Mitschüler zur Abwechslung bei den Hüften hielt.

»Ach, nein, bitte, waschen Sie sich nicht nochmal die Hände«, sagte Xaver, »jetzt bin ich an der Reihe.« Er trat diskret um die beiden herum, drehte den Wasserhahn auf und beugte sich über das Becken, um auf diese Weise ein relatives Alleinsein für sich und die zwei Liebesleute zu suchen, die verlegen hinter ihm standen. »Gehen wir nach nebenan«, flüsterte die Professorin resolut, und die Tür klappte zu und vier Füße schlurrten ins WC. Endlich ganz allein, lehnte er sich zufrieden an die Wand und gab sich seligen Gedanken über die Kleinheit der Liebe hin, Gedanken, durch die bittend zwei blaue Augen schimmerten.

Der Zug hielt, das Horn ertönte, und schon folgten Lärmen, Türenschlagen, Füßestampfen der vielen jungen Leute; Xaver verließ sein Versteck und schloß sich auf dem Bahnsteig dem Schülerstrom an. Und bald waren Berge, ein großer Mond und glitzernder Schnee zu sehen; sie gingen durch eine Nacht, die klar war wie der Tag. Eine lange Prozession, die statt Kreuzen emporragende Skipaare trug, religiöses Requisit, Symbol für die zwei Finger der Schwurhand.

Es war eine sehr lange Prozession, und Xaver ging in ihr mit und hatte die Hände in den Taschen, weil er als einziger keine Ski trug, das Schwursymbol; er ging und hörte die Reden der halbmüden Schüler; nach einer Zeitlang drehte er sich um und sah, daß das hellhaarige, zerbrechliche, kleine Mädchen ganz hinten stapfte und unter der Last der schweren Ski immer wieder stolperte und in den Schnee einbrach; nach einer weiteren Zeitlang drehte er sich wieder um und sah, daß der alte Matheprof ihre Ski nahm, sie sich zu den seinen auf die Schulter legte und dann das Mädchen unterfaßte, um ihm das Gehen zu erleichtern. Ein trauriges Bild, wie armseliges Alter armseliger Jugend half; er schaute zu und fühlte sich selig.

Auf einmal hörte man Tanzmusik, zuerst wie aus weiter Ferne, dann schnell näherkommend; vor ihnen tauchte ein Restaurant auf, das von Holzpavillons umgeben war, auf die Xavers Kollegen zueilten, um sich einzuquartieren. Xaver hatte kein Zimmer reserviert, er brauchte auch keine Ski abzustellen und sich nicht umzuziehen. Unverzüglich ging er in den Saal, wo es ein Tanzparkett und eine Jazz-Kapelle gab und wo nur ein paar Gäste saßen. Ihm fiel eine Frau in dunkelrotem Pullover und enganliegenden Hosen auf; Männer mit Biergläsern saßen bei ihr, doch Xaver erkannte, daß sie, ebenso stolz wie elegant, sich mit den Männern langweilte. Er trat zu ihr und bat sie um einen Tanz.

Die beiden tanzten als einzige in der Mitte des Saales; Xaver sah, daß der Hals der Frau wunderbar welk war, daß die Haut um ihre Augen wunderbare Runzeln hatte und daß ihren Mund zwei wunderbar tiefe Falten begrenzten, und er war glücklich, soviel Jahre, soviel von einem fast schon abgeschlossenen Leben in den Armen zu halten – als Schüler. Es machte ihn stolz, daß er mit ihr tanzte, und er malte sich aus, wie bald die Hellhaarige eintreten und ihn hoch über sich sehen würde, als wäre das Alter seiner Tänzerin ein Berg, an dessen Fuß sich das blutjunge Geschöpf wie ein bittender Grashalm reckte.

Und wirklich: die Schüler und die Schülerinnen, die ihre Skihosen gegen Röcke vertauscht hatten, strömten ins Lokal und verteilten sich auf die freien Tische, so daß Xaver bald mit der dunkelroten Frau vor einem zahlreichen Publikum tanzte; er bemerkte an einem Tisch die Hellhaarige und war befriedigt: sie hatte sich sorgfältiger angezogen als alle anderen; ein so schönes Kleid trug sie, daß es gar nicht in das schäbige Wirtshaus paßte, ein weißes, duftiges Kleid war es, in dem sie noch zerbrechlicher und verletzlicher aussah. Xaver wußte, daß sie es seinetwegen gewählt hatte, und er war im selben Augenblick entschlossen, sich ihr nicht zu ergeben, sondern diesen Abend zum Erlebnis zu machen, ihretwegen und für sie.

Er sagte zu der Frau im dunkelroten Pullover, daß er nicht mehr tanzen möchte: es seien ihm die Mäuler zuwider, die ihn über die Biergläser hinweg anglotzten. Die Frau lachte beipflichtend; obwohl die Kapelle noch nicht geendet hatte und sie auf dem Parkett noch immer allein waren, hörten sie zu tanzen auf (das ganze Lokal beobachtete es) und gingen Hand in Hand an den Tischen vorbei und hinaus auf das weite Schneefeld.

Frostige Luft wehte sie an, und Xaver malte sich aus, wie nach einer Weile das zerbrechliche, kränkliche, weißgekleidete Mädchen in den Frost heraustreten würde. Er nahm den Arm der dunkelroten Frau und führte sie weiter auf die weißglänzende Fläche hinaus, wie ein Rattenfänger kam er sich vor, und die Frau kam ihm vor wie die Flöte, die er blies.

Bald öffnete sich die Tür des Restaurants, und die Hellhaarige trat heraus. Noch zerbrechlicher wirkte sie, ihr weißes Kleid verschmolz mit dem Schnee, so daß sie wie Schnee aussah, der durch Schnee schreitet. Xaver drückte die Dunkelrote an sich, diese so warm angezogene und so wunderbar alte Frau, er küßte sie, fuhr ihr mit den Händen unter den Pullover und beobachtete aus dem Augenwinkel, wie das schneeähnliche Mädchen herschaute und Qualen litt.

Und dann stieß er die alte Frau in den Schnee und warf sich auf sie und wußte, daß die Zeit lang wurde und die Kälte war groß und das Kleid des Mädchens dünn, daß der Frost ihre Waden und Knie berührte und ihre Schenkel streichelte und höher strich über Schoß und Bauch. Dann stand er auf, und die alte Frau führte ihn zu einer der Hütten, wo sie ihr Zimmer hatte.

Das Fenster des ebenerdigen Zimmers lag nur einen Meter über der Schneefläche, und Xaver sah, daß die Hellhaarige lediglich ein paar Schritte entfernt war und ihn durchs

Fenster anschaute; auch er wollte das Mädchen, dessen Bild
ihn so ganz erfüllte, nicht verlassen, und darum machte er
Licht (die alte Frau lachte lasziv und verwundert wegen seines Lichtbedarfs), nahm dann die Frau bei der Hand, stellte
sich mit ihr zum Fenster, hob ihren zottigen Pullover (ein
warmes Kleidungsstück für den vergreisenden Körper) und
malte sich aus, wie froststarr das Mädchen sein mußte, so
starr, daß es den eigenen Körper nicht mehr spürte, daß es
nur noch Seele war, traurige und schmerzende Seele, die im
völlig erfrorenen Körper flatterte, der nichts mehr spürte,
der jegliche Empfindung verloren hatte, der nur noch toter
Schrein für die wehende Seele war, von Xaver so unermeßlich geliebt, ach, so unermeßlich geliebt.

Wer kann unermeßliche Liebe ertragen! Xaver spürte, wie
seine Hände erschlafften, wie sie den schweren zottigen Pullover nicht mehr hoch genug schieben konnten, um die Brüste der alten Frau zu entblößen, er spürte seinen ganzen
Körper schlaff werden und setzte sich aufs Bett. Schwer zu
schildern, wie wohl ihm war, wie zufrieden und glücklich er
sich fühlte. Ist ein Mensch überaus glücklich, kommt Schlaf
als Belohnung über ihn. Xaver lächelte und fiel in tiefen
Schlaf, in eine schöne, süße Nacht, in der zwei erfrorene
Augen leuchteten, zwei froststarre Monde ...

Xaver lebte nicht nur das eine Leben, das sich wie ein schmutziger Faden von der Geburt zum Tod zieht; er lebte sein Leben nicht, sondern schlief es; in diesem Schlafleben sprang er aus einem Traum in den anderen; träumte er, schlief er in dem Traum ein und träumte einen weiteren Traum, so daß sein Schlaf eine Schachtel war, in der sich eine Schachtel befand, in der sich eine Schachtel befand usw.

Jetzt, in diesem Augenblick, schlief er gleichzeitig im Haus an der Karlsbrücke und in der Gebirgshütte; der doppelte Schlaf klang wie zwei lange gehaltene Orgeltöne; zu diesen zwei Tönen kam unversehens ein dritter:

Er stand auf und sah sich um. Die Gasse war menschenleer, nur hie und da ein huschender Schatten, der schnell hinter einer Ecke oder in einem Tor verschwand. Auch er wollte nicht gesehen werden; er ging durch vorstädtische Seitengassen und hörte Schüsse von der anderen Seite der Stadt.

Endlich das Haus; er stieg die Treppe hinunter, im Souterrain waren einige Türen; er brauchte eine Weile, um die richtige zu finden, und klopfte dann an; zuerst dreimal, nach einer Pause einmal, nach erneuter Pause wieder dreimal.

Die Tür wurde geöffnet, und ein junger Mann in Monteur-
kleidung forderte ihn zum Eintreten auf. Sie gingen durch
einige Räume, in denen sich Gerümpel, an Haken hängende
Kleider und in den Ecken Gewehre befanden, sie folgten
dann einem langen Gang (den Grundriß des Hauses mußten
sie längst verlassen haben) und gelangten in einen kleinen
unterirdischen Saal, wo ungefähr fünfundzwanzig Männer
saßen.

Er nahm auf einem leeren Stuhl Platz und musterte die
Anwesenden, von denen er nur einige kannte. An der Stirn-
seite des Raumes saßen drei Männer um einen Tisch; einer
von ihnen, er trug eine Schildmütze, hielt gerade eine An-
sprache; er sprach von einem nahen und geheimen Datum,
an dem sich alles entscheiden werde; zu diesem Zeitpunkt
müsse alles klargemacht sein: Flugblätter, Zeitung, Rund-
funk, Post, Telegraph, Waffen. Er fragte die Leute einzeln,
ob die fürs Gelingen dieses Datums befohlenen Aufgaben
ausgeführt worden seien. Er wandte sich auch an Xaver und
fragte ihn, wo denn das Verzeichnis sei.

Ein entsetzlicher Augenblick. Wegen der gebotenen Geheimhaltung hatte Xaver das Verzeichnis hinten in sein Tschechisch-Heft übertragen. Dieses Heft hatte er samt den übrigen Heften und Lehrbüchern in der Schultasche. Aber wo
war die Tasche? Er hatte sie nicht bei sich!

Der Mann mit der Schildmütze wiederholte seine Frage.

Mein Gott, wo war die Tasche? Xaver überlegte krampfhaft, bis aus der Tiefe seines Gedächtnisses eine unklare und
nicht zu fassende Erinnerung auftauchte; er bemühte sich,
die Erinnerung einzufangen, doch es blieb keine Zeit, alle
sahen ihn wartend an. Er mußte gestehen, daß er das Verzeichnis nicht hatte.

Die Gesichter der Leute, seiner Kameraden, bekamen
strenge Züge, und ein schwarzer Mann sagte mit frostiger

Stimme, wenn sich der Feind des Verzeichnisses bemächtige, werde das Datum ihrer ganzen Hoffnungen erledigt sein und ein Datum wie alle anderen bleiben: leer und tot.

Noch bevor Xaver etwas erwidern konnte, öffnete sich hinter dem Vorstandstisch eine unauffällige Tür, und ein Mann erschien und pfiff. Alle kannten das Signal: Alarm; noch bevor der Mann mit der Schildmütze einen ersten Befehl erteilen konnte, sagte Xaver: »Laßt mich zuerst gehen«; er bot es an, weil der Weg, der sie nun erwartete, gefährlich war, und weil der, der als erster ging, sein Leben riskieren würde.

Xaver wußte, daß er die Schuld des vergessenen Verzeichnisses tilgen mußte. Doch nicht allein diese Schuld trieb ihn in die Gefahr. Ihn widerte die Kleinheit an, die Leben zum Halbleben und Menschen zu Halbmenschen machte. Er wollte sein Leben in die Schale jener Waage werfen, in deren anderer Schale der Tod war. Er wollte, daß jede seiner Taten, jeder seiner Tage, ja jede seiner Stunden und Sekunden gemessen werden konnten mit dem höchsten Maßstab – dem Tod. Deshalb wollte er als erster auf dem Seil über dem Abgrund gehen, mit einem Heiligenschein aus Geschossen, um vor den Augen aller zu wachsen und unermeßlich zu sein, unermeßlich wie der Tod . . .

Der Mann mit der Schildmütze sah ihn aus kühlen, strengen Augen an, in denen Begreifen aufblitzte. »Dann geh«, sagte er.

Er schlüpfte durch die Tür in den engen Hof. Es war finster, aus der Ferne hörte man Schüsse, und als er aufblickte, sah er Lichtkegel von Scheinwerfern über die Dächer irren. Gegenüber eine schmale Eisenleiter, die aufs Dach des fünf-stöckigen Hauses führte. Er sprang hin und kletterte flink hinauf. Die anderen preßten sich an die Hofmauern. Sie war-teten, bis er vom Dach aus durch ein Zeichen bedeuten würde, daß der Weg frei war.

Und dann ging es über die Dächer, vorsichtig und schlei-chend, und Xaver war immer vorn; er setzte sich selbst aufs Spiel und schützte dadurch die übrigen. Er ging aufmerk-sam, ging weich, ging raubtierartig, und seine Augen durch-drangen nun sogar die Finsternis. An einer bestimmten Stelle blieb er stehen und winkte den Mann mit der Schildmütze zu sich, um ihm zu zeigen, daß tief drunten schwarze Gestalten mit Handfeuerwaffen zusammenliefen und lauernd um sich sahen. »Führ uns weiter«, sagte der Mann zu Xaver.

Und Xaver ging weiter, sprang von Dach zu Dach, erstieg kurze Eisenleitern, versteckte sich hinter Schornsteinen und wich den zudringlichen Scheinwerfern aus, die immer wie-derkehrend die Häuser, die Dachränder und die Straßen-Cañons absuchten.

Es war der herrliche Weg stillgewordener, in einen Schwarm Vögel verwandelter Männer, die hoch den lauernden Feind umkreisten und sich mit den Flügeln der Dächer auf der an-deren Seite der Stadt niederließen, wo es keinen Hinterhalt mehr gab. Es war ein herrlicher und langer Weg, allerdings ein so langer, daß Xaver Müdigkeit zu spüren begann; jene Müdigkeit, die die Sinne trübt und das Denken mit Halluzi-nationen erfüllt; er glaubte einen Trauermarsch zu hören, die bekannte Marche Funèbre von Chopin, wie Blaskapellen auf Friedhöfen sie spielten.

Er verlangsamte den Schritt nicht, versuchte mit aller

Macht, seine Sinne zu schärfen und die unheilkündende Halluzination zu verscheuchen. Vergebens; die Musik blieb, als wollte sie ihm sein nahes Ende prophezeien, ihm gerade in diesem Augenblick des Kampfes den schwarzen Schleier des nahenden Todes anheften.

Warum wehrte er sich so gegen die Halluzination? Hatte er nicht den Wunsch gehabt, die Größe des Tode möge seine Schritte auf den Dächern unvergeßlich und unermeßlich machen? War die Begräbnismusik, die ihn erreichte wie eine Vorbotin, nicht die schönste Begleiterin seines Mutes? War es nicht prachtvoll, daß sein Kampf Begräbnis und sein Begräbnis Kampf waren, daß sich hier das Leben so großartig dem Tod verband?

Nein, Xaver war nicht entsetzt, weil sich der Tod angekündigt hatte, sondern weil er sich gerade in diesen Augenblicken nicht mehr auf seine Sinne verlassen konnte, weil er unfähig war (er, der für die Sicherheit seiner Gefährten garantierte!), den lebendigen Hinterhalt der Feinde zu hören; seine Ohren hatte die flüssige Melancholie des Trauermarsches verstopft.

Doch konnte eine Halluzination überhaupt so wirklich sein, daß sie den Chopin-Marsch samt allen rhythmischen Fehlern und dem falschen Posaunenspiel vernehmbar machte?

Er öffnete die Augen und sah einen Raum mit einem schäbigen Schrank und einem Bett, in dem er lag. Befriedigt stellte er fest, daß er in den Kleidern geschlafen hatte und sich somit nicht anzuziehen brauchte; er schlüpfte nur in die Schuhe, die unters Bett gerutscht waren.

Woher kam die traurige Blasmusik, deren Töne so vollkommen wirklich klangen?

Er trat ans Fenster. Ein Stückchen vor ihm, in der Landschaft, die fast schneefrei war, stand eine Gruppe von Leuten, die schwarz gekleidet waren und ihm den Rücken zudrehten. Die Gruppe stand verwaist und traurig da, traurig wie die Landschaft, von der sie umgeben war; vom weißglänzenden Schnee waren nur noch schmutzige Fetzen und Bänder auf der feuchten Erde übrig.

Er öffnete das Fenster und beugte sich hinaus. Sofort sah er die Situation klarer. Die schwarzgekleideten Leute standen an einer Grube, und neben dieser Grube stand ein Sarg. Außerdem waren da noch andere schwarzgekleidete Leute, die Blechinstrumente an den Lippen hielten, Instrumente mit kleinen Ständern und Noten darauf, in die sie angestrengt blickten; sie spielten Chopins Trauermarsch.

Das Fenster lag kaum einen Meter über der Erde. Xaver sprang hinaus und gesellte sich zum Häuflein der Trauernden. Im selben Augenblick zogen zwei starke Bauern Seile unterm Sarg durch, hoben ihn an und ließen ihn langsam hinab. Ein alter Mann und eine alte Frau – sie standen in der Mitte des schwarzgekleideten Häufleins – begannen laut zu schluchzen und wurden von den Umstehenden gestützt und beruhigt.

Der Sarg landete mit dumpfem Ton auf dem Grabboden, und die Schwarzgekleideten traten nacheinander vor und warfen eine Handvoll Erde hinab. Auch Xaver bückte sich – er war der letzte –, griff eine Handvoll Erdreich und Schneereste und warf.

Er war der einzige hier, über den man nichts wußte, und er war der einzige, der alles wußte. Nur er wußte, warum und wie das hellhaarige Mädchen gestorben war, nur er wußte von der Hand des Frostes, die ihr von den Waden über den Bauch zwischen die Brüste über den Körper gestrichen hatte, nur er wußte, wer der Verursacher ihres Todes war. Und nur er wußte, warum sie sich gewünscht hatte, gerade hier begraben zu werden; hier hatte sie am meisten gelitten und hier hatte sie zusehen müssen, wie die Liebe sie verriet und ihr entschwand.

Er allein wußte alles; die übrigen waren das nicht begreifende Publikum beziehungsweise die nicht begreifenden Opfer. Er sah sie auf dem Hintergrund des fernen Gebirgszuges, und ihm schien, daß sie sich in der unermeßlichen Ferne verloren, wie sich die Verstorbene im unermeßlichen Erdreich verloren hatte; und daß er selber (er, der alles wußte) ausgedehnter war als die weite nasse Landschaft, so daß alle – die Hinterbliebenen, die Tote, die Totengräber mit den Schaufeln, die Wiesengründe und Höhen – in ihn eintraten und sich in ihm verloren.

Er war von der Landschaft, von der Trauer der Hinterbliebenen und vom Tod der Hellhaarigen erfüllt und spürte, wie es ihn dehnte, als würde ein Baum in ihm wachsen; er spürte sich groß und begriff seine eigene reale Gestalt jetzt lediglich als Maske, als Verkleidung, als Larve der Bescheidenheit; in dieser Larve der eigenen Gestalt trat er zu den Eltern der Toten (das Gesicht des Vaters erinnerte ihn an die Züge der Hellhaarigen; es war verweint) und sprach ihnen sein Beileid aus; sie reichten ihm abwesend die Hand, und er spürte ihre Finger und Handballen zerbrechlich und unscheinbar in seiner Hand.

Dann stand er lange an die Wand des Pavillons gelehnt, in dem er so lange geschlafen hatte, und schaute den Trauergästen nach, die in Grüppchen auseinandergingen und sich allmählich in der diesigen Ferne verloren. Plötzlich verspürte er, daß ihn jemand streichelte; ach, jawohl, er spürte die Berührung einer Hand auf seinem Gesicht. Er war sich sicher,

daß er diese Berührung verstand, und er nahm sie dankbar
wahr; er wußte, daß es die Hand der Vergebung war; daß
ihm die Hellhaarige zu verstehen gab, sie habe ihn nicht zu
lieben aufgehört und die Liebe währe über das Grab hinaus.

Er fiel durch seine Träume hinab.

Der schönste Augenblick war, wenn ein Traum noch währte, während der nächste, in den hinein er erwachte, bereits durchschien.

Die Hände, von denen er in dem Augenblick gestreichelt worden war, als er in der Gebirgslandschaft gestanden hatte, gehörten der Frau aus dem Traum, in den er hinabfiel, doch Xaver wußte noch nichts davon, so daß vorerst nur die Hände existierten; es waren Wunderhände in leerem Raum; Hände zwischen zwei Begebenheiten, zwischen zwei Leben; von Körper und Kopf unverdorbene Hände.

Währte doch die Berührung der Hände ohne Körper möglichst lange!

Dann spürte er außer den Händen auch die Berührung von großen weichen Brüsten, die sich auf seine Brust gelegt hatten, und er sah das Gesicht der schwarzhaarigen Frau und hörte ihre Stimme: »Wach auf! Um Gottes willen, wach auf!«

Unter ihm ein zerwühltes Bett, rings um ihn ein dämmeriges Zimmer mit einem großen Schrank. Xaver erinnerte sich, daß er im Haus an der Karlsbrücke war.

»Ich weiß, du möchtest noch lange schlafen«, sagte die Frau wie entschuldigend, »aber ich mußte dich wecken, weil ich Angst habe.«

»Wovor hast du Angst?« fragte Xaver.

»Mein Gott, du weißt nichts«, rief die Frau: »Hör nur!«

Xaver schwieg und bemühte sich, genau hinzuhören, aus der Ferne klang Schießerei.

Er sprang aus dem Bett und lief zum Fenster; auf der Karlsbrücke spazierten Häuflein von Männern in blauen Arbeitsanzügen und mit Maschinenpistolen über den Schultern.

Es war wie eine Erinnerung, die durch mehrere Wände drang; Xaver wußte zwar, was die Häuflein patrouillierender Arbeiter auf der Brücke bedeuteten, hatte aber das Gefühl, sich an etwas nicht erinnern zu können, an etwas, das ihm seine eigene Beziehung zu dem klargemacht hätte, was er sah. Er wußte, daß er in diese Szene eigentlich hineingehörte und daß er nur durch irgendeinen Irrtum herausgefallen war, als hätte ein Spieler vergessen, rechtzeitig aufzutreten, so daß sich das Stück, seltsam verstümmelt, ohne ihn abspielte. Erst dann erinnerte er sich plötzlich.

Und im selben Augenblick, wo er sich erinnerte, schaute er durchs Zimmer und atmete auf: die Schultasche war noch da, lehnte in der Ecke an der Wand, niemand hatte sie weggeholt. Er sprang hin und öffnete sie. Alles drin: das Mathematik-Heft, das Tschechisch-Heft, das Biologie-Buch. Er zog das Tschechisch-Heft heraus, schlug es hinten auf und atmete zum zweitenmal auf: das Verzeichnis, das der schwarzhaarige Mann von ihm verlangt hatte, stand hier sorgfältig abgeschrieben, mit kleiner, aber gut lesbarer Schrift, und Xaver freute sich einmal mehr über den Einfall, dieses wichtige Dokument durch das Schulheft zu tarnen, in dessen Vorderteil die Stilübung *Wie der Frühling zu uns gekommen ist* stand.

»Was suchst du dort, ich bitte dich!«

»Nichts«, sagte Xaver.

»Ich brauche dich, ich brauche deine Hilfe. Du siehst doch, was los ist. Sie gehen von Haus zu Haus, es gibt Verhaftungen und Hinrichtungen.«

»Keine Angst«, lachte er, »es wird zu keinen Hinrichtungen kommen!«

»Wie kannst du das wissen!« protestierte die Frau.

Wie er das wissen konnte? Nur zu leicht: das Verzeichnis aller Feinde des Volkes, die am ersten Tag der Revolution hingerichtet werden sollten, befand sich in seinem Heft: die Hinrichtungen konnten tatsächlich nicht stattfinden. Im übrigen interessierte ihn die Angst der schönen Frau nicht; er hörte die Schießerei, sah die Wache schiebenden Kerle auf der Brücke und dachte daran, daß das Datum, auf das er mit seinen Mitkämpfern so begeistert hingearbeitet hatte, auf einmal gekommen und von ihm verschlafen worden war; daß er woanders war, in einem anderen Zimmer und einem anderen Traum.

Er wollte hinausrennen, wollte sich augenblicklich bei den Kerlen in den blauen Arbeitsmonturen melden, wollte das Verzeichnis abgeben, das nur er hatte und ohne das die Revolution blind war, weil sie nicht wußte, wen sie zu verhaften und zu erschießen hatte. Doch ihm fiel ein, daß es nicht ging: er kannte die für diesen Tag ausgegebene Losung nicht, man hielt ihn längst für einen Verräter, keiner würde ihm glauben. Er befand sich in einem anderen Leben, in einer anderen Begebenheit und war nicht in der Lage, aus diesem Leben das zweite zu erlösen, in dem er sich nicht mehr befand.

»Was ist los mit dir?« beschwor ihn die verängstigte Frau.

Und Xaver wurde klar, daß er das eben gelebte Leben groß machen mußte, wenn er das verlorene Leben schon nicht mehr erlösen konnte. Er sah sich nach der schönen, üppigen Frau um, und er wußte im selben Augenblick, daß er sie verlassen mußte, denn das Leben war hinter dem Fenster, woher das Schießen wie Nachtigallenschlag klang.

»Wohin willst du?« rief die Frau.

Xaver lächelte und deutete durchs Fenster.

»Du hast gesagt, daß du mich mitnehmen wirst!«

»Das ist lange her.«

Sie kniete vor ihm nieder und umfing seine Beine.

Er schaute sie an und sagte sich, daß sie schön und daß es bitter sei, sich von ihr losreißen zu müssen. Aber die Welt hinter dem Fenster war schöner. Und verließ er ihretwegen die geliebte Frau, dann wurde jene Welt um den Preis verratener Liebe noch teurer.

»Du bist schön«, sagte er zu ihr, »aber ich muß dich verraten.« Dann entwand er sich ihr und ging auf das Fenster zu.

DRITTER TEIL
oder
DER DICHTER MASTURBIERT

An jenem Tag, an dem Jaromil mit seinen Gedichten zu ihr gekommen war, hatte die Mutter vergebens auf den Vater gewartet, und sie wartete auch an den folgenden Tagen vergebens.

Was kam, war eine amtliche Mitteilung der Gestapo, ihr Ehemann sei verhaftet worden. Gegen Ende des Krieges traf eine zweite amtliche Mitteilung des Inhalts ein, der Ehemann sei im Konzentrationslager gestorben.

War ihre Ehe kläglich gewesen, so war ihre Witwenschaft groß und glorreich. Sie fand eine Photographie ihres Mannes aus der Zeit des Kennenlernens, gab sie in einen vergoldeten Rahmen und hängte sie an die Wand.

Dann endete der Krieg unter dem großen Jubel der Prager, die Deutschen verließen die böhmischen Länder, und für Mama begann ein mit der strengen Schönheit der Entsagung beschenktes Leben; das von ihrem Vater ererbte Geld wurde wertlos, so daß sie das Dienstmädchen entlassen mußte, nach Alíks Tod lehnte sie es ab, einen neuen Hund zu kaufen, und sie selber mußte eine Stellung annehmen.

Es kam zu weiteren Veränderungen: Ihre Schwester entschloß sich, die Wohnung im Zentrum Prags dem jungvermählten Sohn zu überlassen und mit ihrem Mann und dem jüngeren Sohn in die Erdgeschoß-Zimmer der Familienvilla zu ziehen, weshalb Großmutter zur verwitweten Mama in den ersten Stock zog.

Den Schwager verachtete Mama, seit er verkündet hatte, Voltaire sei Physiker gewesen und habe das Volt erfunden. Die Familie war laut und in die ihr eigene Art primitiver Unterhaltung verliebt; das fröhliche Treiben in den unteren Räumlichkeiten wurde gegen das obere Stockwerk durch die Melancholie, die sich dort ausbreitete, entschieden abgegrenzt.

Trotzdem schritt Mama aufrechter als früher in den Zeiten des Überflusses. Es war, als trüge sie (nach dem Vorbild dalmatinischer Frauen, die Weinkaraffen auf dem Kopf trugen) die unsichtbare Urne ihres Gatten auf dem Haupt.

Im Bad auf der Ablage unterm Spiegel gab es Flakons, Cremetiegel und -tuben, doch Mama benutzte sie kaum zur Pflege ihrer Haut. Stand sie dennoch oft davor, so nur deshalb, weil die Gegenstände sie an den verstorbenen Vater, an dessen Drogerie (die längst dem ungeliebten Schwager gehörte) und an das langjährige sorglose Leben in der Villa erinnerte.

Über die mit Eltern und Gatten gelebte Vergangenheit hatte sich das Licht einer Sonne gelegt, die am Horizont schwindet. Der bange Schein zerrte an ihr; sie wurde sich bewußt, erst jetzt die Schönheit jener Jahre würdigen zu können, und sie machte sich zum Vorwurf, dem Gatten gegenüber undankbar gewesen zu sein. Ihr Mann hatte sich äußerster Gefahr ausgesetzt, hatte sich von Sorgen zerfressen lassen und ihr dennoch kein Sterbenswörtchen gesagt, um sie nicht zu beunruhigen; und sie wußte bis heute nicht, warum er verhaftet worden war, auch nicht, in welcher Widerstandsgruppe und in welcher Mission er gearbeitet hatte; nichts wußte sie und empfand es als schmachvolle Strafe dafür, daß sie sich als weiblich beschränkt erwiesen und in ihres Mannes Verhaltensweise nichts anderes als erkaltende Gefühle gesehen hatte. Bedachte sie, daß sie ihm ausgerechnet in der Zeit höchster Gefährdung untreu gewesen war, war sie nahe daran, sich selbst zu verachten.

Betrachtete sie sich jetzt im Spiegel, so konstatierte sie überrascht, daß ihr Gesicht noch jung wirkte, daß es sogar, wie sie meinte, unverständlich jung war, als hätte die Zeit sie irrtümlicher- und ungerechterweise vergessen. Kurz zuvor war ihr zugetragen worden, daß jemand sie mit Jaromil auf der Straße beobachtet und geglaubt hatte, einem Geschwisterpaar begegnet zu sein. Dies war ihr komisch vorgekommen. Allerdings hatte es sie auch gefreut; seither bereiteten ihr Theater- und Konzertbesuche mit Jaromil noch größere Freude.

Übrigens – was war ihr außer Jaromil schon geblieben?

Großmutter litt zunehmend an Gedächtnis- und Gesundheitsschwund, sie saß zu Hause, stopfte Jaromils Socken und bügelte die Kleider ihrer Tochter. Bewegt von wehmütigen Erinnerungen, übte sie sich in fürsorglicher Pflege. Sie verbreitete eine traurig-liebevolle Atmosphäre und verstärkte den weiblichen Charakter des Milieus (eines Zweiwitwenmilieus), von dem Jaromil fest umschlossen war.

An den Wänden seines Zimmerchens hingen keine Kinderaussprüche mehr (die Mutter hatte sie mit Bedauern in den Schrank geräumt), sondern zwanzig kleinere Reproduktionen kubistischer und surrealistischer Gemälde, die er aus verschiedenen Zeitschriften ausgeschnitten und auf festes Papier geklebt hatte. Dazwischen hing ein im Mauerwerk befestigter Telephonhörer mit einem Stück abgeschnittener Kabelschnur (irgendwann war ihr Telephonapparat repariert worden, und Jaromil hatte den defekten Hörer als einen Gegenstand erkannt, der, herausgerissen aus seinem alltäglichen Zusammenhang, magisch wirkte und *surrealistisches Objekt* genannt werden konnte). Das Bild jedoch, das er am häufigsten betrachtete, fand sich an derselben Wand im Rahmen des Spiegels. Nichts hatte er sorgfältiger durchstudiert als sein eigenes Gesicht; nichts quälte ihn mehr als sein eigenes Gesicht, und nichts schien ihm (wenngleich erst nach grimmiger Anstrengung) glaubwürdiger als sein eigenes Gesicht.

Es ähnelte dem Gesicht der Mutter, doch weil Jaromil ein Mann war, fiel die Kleinheit der einzelnen Partien viel mehr auf: er hatte eine überfeine, schöne Nase und ein kleines, leicht fliehendes Kinn. Dieses Kinn quälte ihn sehr; er hatte in der bekannten Schopenhauer-Betrachtung gelesen, daß ein zurückweichendes Kinn besonders widerwärtig sei, denn gerade durch das vorstehende Kinn unterscheide sich der Mensch vom Affen. Dann entdeckte er irgendwo eine Aufnahme Rilkes und stellte fest, daß auch dieser ein fliehendes Kinn gehabt hatte, worin er aufmunternden Trost fand. Er schaute lange in den Spiegel und fühlte sich in dem riesigen Raum zwischen Affe und Rilke lange hin und her gerissen.

Genau genommen, wich sein Kinn nur mäßig zurück, und die Mutter hatte im Grunde recht, wenn sie das Gesicht des Sohnes kindhaft lieblich fand. Nur daß eben dieser Umstand Jaromil noch mehr quälte als das fliehende Kinn selbst: die

Kleinheit der Partien machte ihn um einige Jahre jünger, und weil seine Mitschüler ein Jahr älter waren als er, fiel die Kindhaftigkeit seines Äußeren sehr auf, sie war nicht wegzudiskutieren, wurde täglich kommentiert, und Jaromil konnte es nicht eine Stunde lang vergessen.

Welch eine Bürde, dieses Gesicht tragen zu müssen! Wie schwer die leichte Zeichnung seiner Züge!

(Jaromil träumte manchmal, daß er einen sehr leichten Gegenstand heben müsse, eine Teetasse, einen Löffel, eine Feder, aber daß er es nicht schaffe, weil er um so schwächer war, je leichter der Gegenstand war, und daß er *unter seiner Leichtigkeit niedersinke;* diese Träume durchlebte er als Alpträume und wachte danach schweißgebadet auf; es waren, scheint's, Träume von seinem leichten, mit Spinnwebstrichen gezeichneten Gesicht, das abzuheben und wegzuwerfen er sich vergebens mühte.)

In Häusern, wo Lyriker geboren wurden, haben Frauen geherrscht: die Schwestern Jessenins und Majakowskijs, die Tanten Bloks, die Großmütter Hölderlins und Lermontows, die Kinderfrau Puschkins – und geherrscht haben insbesondere die Mütter der Dichter, in deren Schatten die Väter der Dichter verblaßten. Lady Wilde kleidete ihr Söhnchen wie ein Mädchen. War es verwunderlich, daß der Knabe ängstlich in den Spiegel blickte? *Es ist Zeit, ein Mann zu werden,* schrieb Jiří Orten in sein Tagebuch. Sein Leben lang suchte der Lyriker die Männlichkeit in den Zügen seines Gesichtes.

Wenn Jaromil sich sehr lange im Spiegel betrachtete, gelang es ihm mitunter doch, das Gewünschte zu sehen: den harten Blick des Auges oder die brutale Linie des Mundes; dazu freilich mußte er ein ganz bestimmtes Lächeln aufsetzen beziehungsweise eine Grimasse schneiden, wobei die Oberlippe krampfhaft zusammengezogen war. Auch durch die Frisur versuchte er sein Gesicht zu verändern: das Haar sollte über der Stirn hochstehen, damit es dichten Wildwuchs vortäuschte; doch wehe, das von Mama so sehr geliebte Haar, von dem sie eine Locke im Medaillon trug, hätte schlechter nicht sein können: gelb wie der Flaum eben ausgeschlüpfter Küken und fein wie der Flugsamen des Löwenzahns; es ließ sich auf keine Weise formen; Mama streichelte sein Haar oft und nannte es Engelhaar. Aber Jaromil haßte Engel und liebte Teufel; er hätte sein Haar am liebsten schwarz gefärbt, wagte es jedoch nicht, weil gefärbtes Haar noch weibischer gewirkt hätte als natürlich blondes; zumindest trug er es lang und verstrubbelt.

Bei jeder Gelegenheit überprüfte und korrigierte Jaromil sein Äußeres; kein Schaufenster ließ er aus, ohne wenigstens einen kurzen Blick auf sein Spiegelbild zu werfen. Doch je mehr er sein Aussehen kontrollierte, um so bewußter und auch beschwerlicher und schmerzlicher wurde es ihm. Man höre nur:

Er geht von der Schule aus nach Hause. Die Gasse ist menschenleer, nur eine unbekannte junge Frau kommt ihm in einiger Entfernung entgegen. Unaufhaltsam nähern sich die beiden einander. Jaromil merkt, daß die Frau schön ist, und sofort denkt er an sein Gesicht. Er bemüht sich, das ausprobierte harte Lächeln aufzusetzen, spürt jedoch, daß es mißlingt. Immer näher kommt sie, und immer mehr muß er an sein Gesicht denken, dessen mädchenhafte Kindlichkeit ihn in den Augen der Frauen lächerlich macht; ja, er geht ganz in sein läppisches Gesichtchen ein, das starr, hölzern und (wehe!) rot wird! Er beschleunigt den Schritt, um die Wahrscheinlichkeit zu vermindern, daß ihn die Frau ansieht, denn von einer schönen Frau beim Erröten ertappt zu werden, ist ihm unerträgliche Schande!

Die vor dem Spiegel verbrachten Stunden trieben Jaromil bis auf den Grund der Hoffnungslosigkeit; zum Glück aber gab es einen zweiten Spiegel, der ihn zu den Sternen hob: seine Verse; er sehnte sich nach jenen, die er noch nicht geschrieben hatte, und er erinnerte sich der geschriebenen mit jenem Wohlgefallen, mit dem man sich einer Frau erinnert. Er war übrigens nicht nur Schöpfer, sondern auch Theoretiker und Historiker seiner Verse; er verfaßte Betrachtungen über das, was er verfaßt hatte, teilte alles Verfaßte in einzelne Perioden ein, benannte diese Perioden, so daß er innerhalb von zwei, drei Jahren sein Dichten als einen Entwicklungsgang zu sehen lernte, der eines Historiographen wert war.

Darin lag Trost: Dort *unten*, wo er seine Alltäglichkeit lebte, wo er zur Schule ging und mit Mutter und Großmutter zu Mittag aß, herrschte ausdruckslose Leere; in seinen Gedichten hingegen, *oben*, stellte er Orientierungs- und Schrifttafeln auf; hier war die eingeteilte farbige Zeit; er ging von einer dichterischen Periode in die nächste und konnte sich (mit einem Auge hinunter auf den schrecklichen Stillstand ohne Ereignisse blickend) in seligem Entzücken so den Beginn einer neuen verkünden, die seiner Phantasie ungeahnte Horizonte eröffnete.

Außerdem durfte er die stille und feste Zuversicht haben, trotz der Belanglosigkeit seines Aussehens (und seines Lebens) von einzigartigem Reichtum zu sein; oder anders gesagt: *auserwählt* zu sein.

Dieses Wort ist zu klären:

Obschon nicht mehr oft, weil Mama es nicht wünschte, besuchte Jaromil immer noch den Maler; er zeichnete zwar seit langem nicht mehr, doch hatte er sich eines Tages entschlossen, ihm die Gedichte zu zeigen, und seither brachte er sie ihm alle. Der Maler las sie mit lebhaftem Interesse, und manchmal behielt er sogar einige, um sie Freunden zu zeigen; das beförderte Jaromil auf die höchsten Höhen des Glücks, war doch der Maler für ihn eine unerschütterliche Autorität, und zwar trotz der gelegentlichen skeptischen Äußerungen über seine Zeichnungen; Jaromil glaubte, es existiere (verwahrt im Bewußtsein der Eingeweihten) ein objektives Maß für künstlerische Werte (wie im Museum von Sèvres der Prototyp des Meters in Platin aufbewahrt wird), und der Maler kenne es.

Dennoch war da etwas Befremdliches: Jaromil vermochte nie abzuschätzen, welche Gedichte der Maler würdigen werde und welche nicht; einmal pries er ein Gedichtchen, das Jaromil mit der linken Hand geschrieben hatte, ein andermal legte er gelangweilt Verse zur Seite, auf die sich der Knabe etwas einbildete. Wie war so etwas zu erklären? War Jaromil nicht in der Lage, den Wert des von ihm selber Verfaßten zu erkennen, hieß das nicht, daß er Werte willkürlich, unversehens, außerhalb seines Willens, außerhalb seines Wissens schuf, also ohne eigenes Verdienst (ähnlich wie er seinerzeit den Maler mit der vollkommen zufällig entdeckten Welt der Hundemenschen bezaubert hatte)?

»Selbstverständlich«, sagte der Maler, als sie dieses Thema einmal berührten. »Ist denn die phantastische Vorstellung, die du in das Gedicht gelegt hast, Ergebnis des Nachdenkens? Ganz und gar nicht; sie ist dir eingefallen; plötzlich; unerwartet; Urheber dieser Vorstellung bist nicht du, sondern vielmehr jemand in dir; jemand, der in dir dichtet. Dieser dichtende Jemand, das ist der gewaltige Strom des Unbewußten, der jedermann durchfließt; es ist kein Verdienst, wenn sich der Strom, in dem jeder dem anderen gleichgestellt ist, dich als sein Instrument ausgesucht hat.«

Der Maler verstand dies als Lektion der Bescheidenheit, doch Jaromil fand darin augenblicklich das glitzernde Körnchen für seinen Hochmut: Gut denn, mochte er, Jaromil, es nicht sein, der die Bilder im Gedicht erschaffen hatte; aber da war etwas Geheimnisvolles, das sich ausgerechnet seine schreibende Hand ausgesucht hatte; er konnte sich also eines Größeren rühmen, als es das *Verdienst* war; er konnte sich der *Auserwähltheit* rühmen.

Übrigens konnte er nie vergessen, was die Frau im Badestädtchen gesagt hatte: *Das Kind hat eine große Zukunft vor sich.* Er glaubte solchen Sätzen wie Prophezeiungen. Die Zukunft war ihm eine unbekannte Ferne jenseits des Horizontes, in der eine unklare Vorstellung von der Revolution (der Maler hatte oft über deren Unerläßlichkeit gesprochen) mit der unklaren Vorstellung von der Freiheit des Dichters verschmolz; er wußte, daß er die Zukunft mit seinem Ruhm erfüllen würde, und diese Gewißheit lebte in ihm (selbständig und frei) neben allen peinigenden Ungewißheiten.

Ach, diese Leere langer Nachmittage, wenn sich Jaromil im Zimmer eingeschlossen hatte und abwechselnd in seine beiden Spiegel schaute!

Wie war das nur möglich? War nicht überall zu lesen, daß die Jugendzeit die reichste Zeit des Menschenlebens sei? Woher kam das Vakuum, woher diese Verflüchtigung der lebendigen Materie? Woher kam die *Leerheit*?

Dieses Wort war so unangenehm wie das Wort Niederlage. Es gab noch andere Wörter, die in seiner Gegenwart (jedenfalls zu Hause, in der Metropole der Leerheit) niemand aussprechen durfte. Beispielsweise das Wort *Liebe* oder das Wort *Mädchen*. Wie verhaßt waren ihm die drei Leute in den ebenerdigen Villenzimmern! Dort gab es oftmals Gäste bis tief in die Nacht, betrunkene Stimmen waren zu hören, darunter kreischende Frauenstimmen, die seine Seele zerfetzten, und Jaromil lag da, ins Bettzeug gewühlt, und konnte nicht schlafen. Sein Vetter war nur zwei Jahre älter als er, doch diese zwei Jahre türmten sich zwischen ihnen auf wie Pyrenäen, die zwei Zeitalter von einander trennen; der Vetter, der Student war, brachte (bei freundlicher Nachsicht der Eltern) anmutige Fräulein in die Villa und übersah Jaromil geflissentlich; den Onkel sah man selten (er war ganz von seinen ererbten Geschäften in Anspruch genommen), dafür dröhnte die Stimme der Tante durchs Haus; begegnete sie Jaromil, stellte sie jedesmal die stereotype Frage: *Na, was machen die Mädchen?* Jaromil hätte ihr ins Gesicht spucken mögen, weil ihre nachsichtige joviale Frage sein ganzes Elend offenbarte. Nicht, weil es keine Kontakte mit Mädchen gegeben hätte, sondern weil das eine Stelldichein vom anderen so weit entfernt war wie ein Stern vom anderen. Darum klang ihm das Wort Mädchen so traurig, wie das Wort Wehmut oder das Wort Mißerfolg.

Konnten die Begegnungen mit Mädchen seine Freizeit

nicht füllen, so füllte sie doch die Erwartung darauf, und die Erwartung wiederum war kein Gaffen in die Zukunft, sondern Vorbereitung und Studium. Jaromil glaubte, der Erfolg einer Begegnung hinge davon ab, daß er nicht in verlegenes Schweigen verfiele, sondern redete. Die Begegnung mit einem Mädchen galt ihm vor allem als Kunst der Konversation. Er legte deswegen ein besonderes Heft an, in dem er erzählenswerte, passende Geschichtchen notierte; keineswegs Anekdoten, weil die kaum Persönliches über ihren Erzähler aussagten. Er schrieb auch Begebenheiten auf, die er selbst erlebt hatte; und weil er kaum welche erlebt hatte, dachte er sie sich aus; er machte das nicht ohne Feingefühl: ersonnene (beziehungsweise irgendwo gelesene oder gehörte) Begebenheiten, in denen er sich selbst als Helden auftreten ließ, sollten ihn nicht heroisch zeigen, sondern lediglich behutsam und so unmerklich wie möglich aus dem Bereich des Stillstands und der Leere in den Bereich der Bewegtheit und des Abenteuers versetzen.

Er notierte sich auch Gedichtzeilen (anzumerken ist, daß er sie nie Gedichten entnahm, die er am meisten bewunderte), die sich an die weibliche Schönheit wendeten und die er als eigene Wahrnehmungen anbringen konnte. So schrieb er den Vers auf: *Dein Gesicht sollte eine Kokarde sein: der Mund, die Augen, das Haar* ... Natürlich mußten dem Vers Pathos und Rhythmus genommen werden, sollte er als plötzlicher Einfall, als spontane und witzige Verbeugung gelten: *Dein Gesicht ist eigentlich eine Kokarde: Die Lippen, die Augen, das Haar. Ich lasse keine anderen Staatsfarben mehr gelten!*

Während eines Stelldicheins dachte Jaromil immerzu an die vorbereiteten Sätze und fürchtete, seine Stimme würde unnatürlich klingen, seine Bemerkungen würden wie auswendig gelernt wirken, und er werde alles hersagen wie ein schlechter Laienspieler. So wagte er nicht, die Sätze auszusprechen, und weil er sich allein auf sie konzentrierte, gelang es ihm auch nicht zu plaudern. Die Begegnung verlief peinlich schweigsam, Jaromil spürte den Spott in den Blicken des

Mädchens und verabschiedete sich bald – mit dem Gefühl der Niederlage.

Daheim setzte er sich an seinen kleinen Tisch und schrieb wütend, schnell und gehässig: *Aus deinen Augen fließen die Blicke wie Urin Ich schieße Schrot in die sich mausernden Spatzen deiner albernen Gedanken Zwischen deinen Beinen ist eine Pfütze aus der Regimenter von Fröschen springen...*

So schrieb und schrieb er und las dann befriedigt seinen Text, dessen Phantasie ihm einfach toll vorkam.

Ich bin ein Dichter, ich bin ein großer Dichter, sagte er sich und schrieb es sogar in sein Tagebuch: *... ich bin ein großer Dichter, ich besitze große Sensibilität, ich habe eine teuflische Phantasie, ich empfinde, was andere nicht empfinden...*

Da kam Mama nach Haus zurück und ging in ihr Zimmer.

Jaromil trat vor den Spiegel und betrachtete lange sein verhaßtes Gesicht. Er betrachtete es so lange, bis er darin den Lichtschein der Außergewöhnlichkeit und der Erwähltheit erblickte.

Im Nebenzimmer aber stellte sich Mama auf die Zehenspitzen und nahm das goldgerahmte Bild des Gatten von der Wand.

Sie hatte an diesem Tag erfahren, daß ihr Mann lang vor
dem Krieg schon mit einer jungen Jüdin liiert gewesen war;
als die Deutschen die böhmischen Länder besetzt hielten und
die Juden sich nur mit dem demütigenden gelben Stern sehen lassen durften, hatte er die Jüdin nicht verlassen, sich
auch weiterhin mit ihr getroffen und ihr geholfen, wo es nur
ging.

Dann war sie ins Theresienstädter Ghetto verschleppt worden, und er hatte eine wahnwitzige Tat riskiert: mit Hilfe
tschechischer Gendarmen gelang es ihm, sich in die Stadt zu
stehlen und seine Geliebte ein paar Minuten lang zu sehen.
Der Erfolg verführte ihn, er machte sich ein zweitesmal auf
den Weg nach Theresienstadt und wurde festgenommen; weder er noch seine Liebste sollten je zurückkehren.

Die unsichtbare Urne, die Mama auf dem Haupt getragen
hatte, stand nun zusammen mit dem Bild des Gatten hinten
im Schrank. Sie brauchte nicht mehr aufrecht zu gehen, es
gab nichts mehr, was ihr Rückgrat gehalten hätte, denn, was
es an moralischem Pathos gab, wurde von anderen mit Be-
schlag belegt:

Ständig hörte sie die Stimme der alten Jüdin, einer Verwandten der Geliebten ihres Gatten, die ihr alles erzählt
hatte: »Er war der tapferste Mann, den ich je kennengelernt
habe.« Und: »Ich bin als einzige am Leben geblieben. Meine
ganze Familie ist im Konzentrationslager umgekommen.«

Die Jüdin hatte in dem ganzen Ruhm ihres Schmerzes da-
gesessen, während ihr eigener Schmerz, der Schmerz der
Frau und Mutter, plötzlich ruhmlos war; sie spürte, wie sich
der Schmerz in ihr duckte.

Ihr zögernd rauchenden Heuhaufen
vielleicht raucht ihr den Tabak ihres Herzens

schrieb er und stellte sich einen in einem Feld begrabenen Mädchenleib vor.

In seinen Gedichten kam der Tod häufig vor. Die Mutter aber täuschte sich, wenn sie (immer noch erste Leserin aller seiner Verse) den Grund dafür im vorzeitigen Erwachsensein ihres Kindes suchte, das ihr von der Tragik des Lebens gezeichnet schien.

Der Tod, über den Jaromil schrieb, hatte mit dem wirklichen Tod wenig gemein. Tod wird wirklich, wenn er durch die Ritzen des Alterns in den Menschen einzudringen beginnt. Für Jaromil jedoch war er unendlich weit weg; abstrakt war er für ihn; nicht Wirklichkeit, sondern Traum war er ihm.

Was aber suchte er in diesem Traum?

Er suchte Unermeßlichkeit. Sein Leben war hoffnungslos klein, alles um ihn herum schien beliebig und grau. Und der Tod ist absolut; er ist unteilbar und unauflösbar.

Die Anwesenheit eines Mädchens war ohne Gehalt (ein paar Berührungen und viele bedeutungslose Worte), doch eine vollkommene Abwesenheit des Todes war unendlich herrlich; stellte er sich das Mädchen in einem Feld begraben vor, entdeckte er urplötzlich die Erhabenheit des Schmerzes und die Größe der Liebe.

Doch er suchte in den Träumen vom Tod nicht nur die Absolutheit, sondern auch das Glück.

Er träumte vom allmählich sich im Erdreich auflösenden Leib, und das kam ihm wie ein herrlicher Liebesakt vor, bei dem sich der Leib langsam und genußvoll in Erde verwandelt.

Die Welt verletzte Jaromil unaufhörlich; er errötete vor Frauen, schämte sich und sah in allem Spott. In seinem

Traum vom Tod wurde geschwiegen und nur langsam, stumm und glücklich gelebt. Ja, Jaromils Tod war ein *gelebter* Tod: er glich wundersamerweise der Zeit, in der der Mensch noch nicht in diese Welt einzugehen braucht, weil er eine Welt für sich ist und von der Innenseite des mütterlichen Leibes überwölbt wird.

In einem derartigen Tod, der dem ewigen Glück gleicht, ersehnte er die Verbindung mit der geliebten Frau. In einem seiner Gedichte umarmten die Liebenden einander auf eine Weise, daß sie ineinanderwuchsen, bis sie ein einziges Wesen waren, unfähig zu gehen, unfähig zu jeglicher Bewegung, allmählich sich in ein regloses Mineral verwandelnd, das der Zeit nicht unterworfen ist und in alle Ewigkeit währt.

Ein andermal stellte er sich vor, die Liebenden lägen so unermeßlich lange beieinander, daß Moos sie überwucherte und sie selber sich in Moos verwandelten; dann trat zufällig ein Fuß auf sie, und sie schwebten (weil das Moos gerade blühte) so unsäglich glücklich durch den Raum, wie nur Schweben glücklich sein kann.

Vergangenheit sollte, weil sie schon geschehen ist, fertig und unveränderlich sein? Ach, nein, das Kleid der Vergangenheit ist aus schillerndem Taft gemacht, und jedesmal, wenn wir uns danach umdrehen, sehen wir es in anderer Farbe. Unlängst noch hatte sich Mama zum Vorwurf gemacht, ihren Mann des Malers wegen verraten zu haben, und jetzt raufte sie sich die Haare, weil sie des Mannes wegen ihre einzige Liebe verraten hatte.

Wie feig sie gewesen war! Ihr Ingenieur hatte seine große romantische Geschichte gelebt, und ihr hatte er wie einem Dienstmädchen die Brosamen des Alltags übriggelassen. So voller Angst und Gewissensbisse war sie gewesen, daß das Abenteuer mit dem Maler über sie hinweggegangen war, ohne daß sie es recht hätte leben können. Jetzt sah sie ein: Sie hatte die einzige ihrem Herzen vom Leben gebotene große Chance verpaßt.

Fortan dachte sie in törichter Beständigkeit an den Maler. Bemerkenswert dabei, daß ihre Erinnerung ihn nicht auf den Hintergrund seines Prager Ateliers malte, wo sie Tage sinnlicher Liebe mit ihm verlebt hatte, sondern auf den Hintergrund der pastellfarbenen Landschaft mit Fluß, Kahn und Renaissance-Arkaden des Badestädtchens. Sie fand ihr Herzensparadies in den stillen Badewochen, wo die Liebe noch nicht geboren, sondern erst erschaffen worden war. Es verlangte sie, den Maler aufzusuchen und ihn zu bitten, gemeinsam mit ihr zurückzukehren, die Geschichte ihrer Liebe neu zu beginnen und auf jenem pastellfarbenen Hintergrund zu leben; frei, heiter und schrankenlos.

Eines Tages stieg sie die Treppe zu seiner Mansardenwohnung empor. Auf die Klingel drückte sie jedoch nicht, denn von drinnen klang eine redselige Frauenstimme heraus.

Sie ging so lange vor dem Haus auf und ab, bis sie ihn sah; er trug wie immer den Ledermantel und führte ein sehr junges Mädchen am Arm zur Straßenbahn-Haltestelle. Als er zurückkam, schritt sie ihm entgegen. Er erkannte sie und grüßte überrascht. Auch sie tat, als handle es sich um ein zufälliges Zusammentreffen. Er lud sie zu sich. Ihr Herz begann zu klopfen, weil sie wußte, daß sie bei der ersten flüchtigen Berührung in seinen Armen zerfließen würde.

Er bot ihr Wein an; er zeigte ihr neue Bilder; er lächelte sie kameradschaftlich an, wie man seine Vergangenheit anlächelt; doch er berührte sie kein einziges Mal und begleitete sie dann zur Straßenbahn.

Eines Tages – alle anderen waren nach der Unterrichtsstunde zur Tafel gerannt – hielt er seine Gelegenheit für gekommen; von keinem beachtet, ging er zu einer Mitschülerin, die einsam in ihrer Bank saß; sie gefiel ihm schon lange, und oft hatten sie einander lange Augenblicke angesehen; er setzte sich neben sie. Als die ausgelassenen Klassenkameraden die beiden nach einer Weile bemerkten, machten sie sich einen Spaß; leise lachend verließen sie das Klassenzimmer und schlossen die Tür von außen ab.

Solange er die Rücken der Mitschüler gesehen hatte, war er sich unauffällig und frei vorgekommen, doch kaum war er mit dem Mädchen allein, fühlte er sich wie im Rampenlicht. Er versuchte durch geistvolle Bemerkungen (inzwischen hatte er gelernt, auch andere als die eingelernten Sätze herzusagen) seine Verlegenheit zu vertuschen. Er sagte, das Unternehmen der Mitschüler sei ein Musterbeispiel für einfältiges Verhalten; es wirke sich unvorteilhaft für diejenigen aus, die es unternommen hatten (die schauten jetzt im Gang mit unbefriedigter Neugier recht dumm drein), und vorteilhaft für diejenigen, gegen die es gerichtet sei (die waren jetzt wunschgemäß beisammen). Seine Mitschülerin pflichtete ihm bei und meinte, dieser Umstand wäre zu nutzen. Ein Kuß hing in der Luft. Ein Hinneigen zu dem Mädchen hätte genügt. Trotzdem erschien ihm der Weg zu ihren Lippen unendlich weit und beschwerlich; er redete und redete und küßte nicht.

Dann läutete es, was bedeutete, daß gleich der Professor kommen und die Schüler zwingen würde, die Tür aufzuschließen. Die beiden waren aufgeregt. Jaromil verkündete, das beste Mittel, sich an den Mitschülern zu rächen sei, sie auf die Vorstellung neidisch zu machen, daß sie sich hier geküßt hatten. Und er berührte mit dem Finger ihre Lippen (wo nahm er nur diese Keckheit her?) und sagte lächelnd, derart ausdrucksvoll geschminkte Lippen müßten auf seiner Wange eine gut sichtbare Kußspur hinterlassen. Sie pflichtete ihm wieder bei, ja, es sei schade, daß sie sich nicht geküßt hätten; aber da war hinter der Tür schon die entrüstete Stimme des Professors zu hören.

Jaromil sagte, es wäre schade, würden der Professor und die Mitschüler so gar keine Kußspur bei ihm entdecken können, und wieder wollte er sich der Mitschülerin zuneigen, doch wieder war der Weg zu ihren Lippen weit wie ein Ausflug auf den Mont Blanc.

»Jawohl, die sollen uns beneiden«, sagte sie, zog Rouge und ein Tüchlein aus der Handtasche und malte eindeutige Spuren auf Jaromils Gesicht.

Gleich darauf ging die Tür auf, und in die Klasse trat der aufgebrachte Professor mit der Schülerschaft. Jaromil und seine Mitschülerin erhoben sich, wie Schüler sich zur Begrüßung des eintretenden Lehrers zu erheben haben; sie standen allein zu zweit in den leeren Bankreihen, vor sich einen Haufen Zuschauer, die allesamt Jaromils Gesicht mit den verräterischen roten Flecken anstarrten. Und er spiegelte sich wider in den Augen aller und war stolz und glücklich.

Im Amt, wo sie arbeitete, machte ihr der Direktor den Hof. Er war verheiratet und redete ihr zu, sie möge ihn zu sich einladen.

Sie versuchte erst einmal herauszubekommen, wie Jaromil eine solche sexuelle Freiheit aufnehmen würde. Vorsichtig und wie von ungefähr sprach sie über andere Witwen Gefallener und darüber, wie schwer sie es bei dem Versuch hatten, ein neues Leben zu beginnen.

»Was ist das, ein neues Leben?« fragte er gereizt zurück: »Soll das ein Leben mit einem neuen Mann sein?«

»Gewiß, auch das gehört dazu. Das Leben geht weiter, Jaromil, und es stellt seine Ansprüche . . .«

Treue der Frau zum gefallenen Helden war eine von Jaromils geheiligten Mythen; sie garantierte, daß Absolutheit der Liebe nicht bloß Erfindung der Dichter war, sondern daß sie existierte und es sich lohnte, dafür zu leben.

»Wie können Frauen, die die große Liebe erlebt haben, sich mit einem andern suhlen?« entrüstete er sich über die untreuen Witwen. »Wie können sie überhaupt einen anderen anrühren, wenn in ihrer Erinnerung das Bild eines Mannes lebt, der gemartert und umgebracht worden ist? Wie können sie einen zu Tode Gemarterten noch einmal martern, einen Hingerichteten noch einmal hinrichten?«

Die Vergangenheit ist in schillerndem Taft gekleidet. Mama wies den sympathischen Direktor ab, und wieder einmal verwandelte sich ihr die Vergangenheit vollständig:

Es stimmte gar nicht, daß sie den Maler ihres Gatten wegen verraten hatte. Sie hatte ihn Jaromils wegen verlassen, für den der häusliche Friede zu erhalten war! Lebte sie noch immer in Furcht vor der eigenen Nacktheit, dann ebenfalls Jaromils wegen, der ihren Bauch verunstaltet hatte! Sogar die Liebe des Gatten war ihr seinetwegen verlorengegangen,

als sie um jeden Preis und starrköpfig seine Geburt durch-
gesetzt hatte!

Von Anfang an hatte er ihr alles genommen!

Einmal (er wußte da schon, was wirkliche Küsse sind) spazierte er auf den einsamen Wegen des Baumgartens mit einem Mädchen, das er aus der Tanzstunde kannte. Das Gespräch war versandet; im Schweigen hörten sie ihren Gleichschritt, der unversehens verriet, was sie bis dahin nicht auszusprechen gewagt hatten: daß sie, wenn sie so nebeneinander hergingen, einander sicherlich gern hatten; ihre ins Schweigen hineinklingenden Schritte überführten sie, und ihr Gang wurde immer langsamer, bis das Mädchen plötzlich den Kopf an Jaromils Schulter legte.

Es war unermeßlich schön, aber noch bevor Jaromil diese Schönheit auskosten konnte, spürte er, daß es ihn erregte, und zwar auf eine nur allzu sichtbare Weise. Er war entsetzt. Sein ganzes Denken konzentrierte sich darauf, daß der vorstehende Erregungsbeweis verschwinden möge, doch je mehr er es wünschte, desto weniger ging es in Erfüllung. Ihn schauderte bei dem Gedanken, das Mädchen könnte an ihm hinabschauen und die kompromittierende Geste des Körpers entdecken. Er versuchte ihren Blick nach oben zu lenken und sprach von Vögeln in den Baumkronen und von Wolken.

Ein Spaziergang voll Glück (noch nie zuvor hatte eine Frau den Kopf an seine Schulter gelegt, er sah in dieser Geste eine bis ans Lebensende reichende Ergebenheit), aber auch ein Spaziergang voll Schande. Weil er befürchtete, sein Körper könnte die peinliche Indiskretion wiederholen, ersann er eine Vorrichtung, die ihn beim nächsten Stelldichein vor solcher Unliebsamkeit bewahren sollte.

Eine Episode, stellvertretend für Dutzende, die alle zeigen würden, daß Jaromils höchstes Glück bis dahin der Mädchenkopf an seiner Schulter gewesen war.

Der Mädchenkopf bedeutete ihm mehr als der Mädchenkörper. Den Körper verstand er nicht sehr (was waren eigentlich schöne Frauenbeine? wie hatte ein schönes Gesäß auszusehen?), das Gesicht hingegen war ihm verständlich, und nur dieses entschied in seinen Augen über die Schönheit einer Frau.

Damit soll nicht gesagt sein, daß ihn der Körper überhaupt nicht interessiert hätte. Die Vorstellung der Nacktheit eines Mädchens machte ihn schwindeln. Aber es gab einen feinen Unterschied:

Er sehnte sich nicht nach der Nacktheit des Mädchenkörpers; er sehnte sich nach einem Mädchengesicht, das von der Nacktheit des Körpers erleuchtet wurde.

Er sehnte sich nicht nach dem Besitz des Mädchenkörpers; er sehnte sich nach dem Besitz eines Mädchengesichts, das ihm als Liebesbeweis den Körper geben würde.

Dieser Körper befand sich jenseits der Erfahrungsgrenzen, und gerade deshalb schrieb er zahlreiche Gedichte darüber. Wie oft kam doch der weibliche Schoß in seinen damaligen Versen vor! Allerdings machte Jaromil das Gebär- und Kopulierorgan durch wundertätige dichterische Magie (die Magie der Unerfahrenheit) zu einem wolkigen Gegenstand und zum Thema spielerischer Träume.

So hieß es in einem seiner Gedichte, in ihrem Leib sei eine *kleine tickende Uhr*.

Ein andermal stellte er sich vor, der Schoß sei *Heim unsichtbarer Wesen*.

Er ließ sich auch von der Vorstellung der Öffnung hinreißen und sah sich selber, in eine Murmel verwandelt, lange darin fallen, bis er sich am Ende in bloßes Fallen verwandelte, in *das Fallen, das in ihrem Leibe lebenslänglich währt.*

Und in einem Gedicht wurden ihm die Mädchenbeine zu zwei Flüssen; an deren Zusammenfluß stellte er sich einen geheimnisvollen Berg vor, dem er einen an die Bibelsprache anklingenden Phantasienamen gab: *Berg Sejn.*

Schließlich sah er das lange Umherirren eines Velozipedisten (das Wort schien ihm schön wie Abenddämmerung), der erschöpft durch die Landschaft fuhr; die Landschaft war ihr Körper, und die zwei Heuschober, in denen er hätte schlafen mögen, waren ihre Brüste.

Es war schön, so über den Frauenkörper zu irren, den unerkannten, ungesehenen, unwirklichen, über einen Körper ohne Geruch, Ausschlag, Mängel und Krankheiten, über den vorgestellten Körper -- über ein Traumspielfeld.

Es war reizend, derart von Frauenbrüsten und -schoß im Ton der Märchenerzähler zu sprechen; ja, Jaromil lebte im Land der Zärtlichkeit und somit im Land *künstlicher Kindheit.* Diese ist künstlich zu nennen, weil Kindheit nicht paradiesisch und auch nicht sonderlich zärtlich ist.

Die Zärtlichkeit wird in dem Augenblick geboren, wo der Mensch auf die Schwelle zum Erwachsensein gespien wird und um die Vorteile des Kindseins bangt, die er bis dahin nicht begriffen hatte.

Die Zärtlichkeit ist das Erschrecken vor dem Erwachsensein.

Die Zärtlichkeit ist der Versuch, einen künstlichen Raum herzustellen, in welchem der Vertrag gilt, daß wir uns einer an den anderen wie an ein Kind wenden wollen.

Die Zärtlichkeit ist das Erschrecken vor den körperlichen Folgen der Liebe; es ist der Versuch, die Liebe aus dem Reich der Erwachsenheit (in dem sie verpflichtend und trügerisch wirkt, voll von Verantwortung und voll von Körper) zu entführen und die Frau als Kind zu betrachten.

Sacht klopft sie mit dem Herzen ihrer Zunge, schrieb er in einem Gedicht. Ihre Zunge, ihr kleiner Finger, ihre Brust, ihr Nabel schienen ihm selbständige Wesen, die sich mit unhörbarer Stimme unterhielten; der Mädchenkörper schien ihm aus tausend Wesen zusammengesetzt, und diesen Körper zu lieben, hieß für ihn, diesen Wesen zu lauschen und zu vernehmen, wie sich *ihre beiden Brüste in heimlicher Sprache miteinander unterhalten.*

Sie tyrannisierte sich durch Erinnern. Einmal aber – sie hatte wieder lange zurückgeblickt – gewahrte sie dort das Hektar Paradies, in dem sie mit Jaromil gelebt hatte, als er noch ein Baby gewesen war, und sie mußte sich berichtigen; nein, es stimmte nicht, daß Jaromil ihr immer nur alles genommen hatte; im Gegenteil, er hatte ihr mehr gegeben als alle anderen. Er hatte ihr ein Stück Leben gegeben, das von keiner Lüge befleckt war. Keine Konzentrationslager-Jüdin konnte da kommen und ihr sagen, hinter dem Glück hätten sich nur Heuchelei und Nichtswürdigkeit versteckt. Dieses Hektar Paradies, das war ihre einzige Wahrheit.

Und schon sah die Vergangenheit (als hätte Mama das Kaleidoskop gedreht) wieder anders aus: Nichts Wertvolles hatte Jaromil ihr je genommen, er hatte nur jenen Dingen die Maske abgerissen, die aus Lüge und Falsch waren. Er war noch nicht geboren, und schon hatte er ihr zu enthüllen geholfen, daß ihr Mann sie nicht liebte, und dreizehn Jahre später hatte er sie aus dem törichten Abenteuer errettet, das ihr nichts als neuen Kummer gebracht hätte.

Sie sagte sich, das gemeinsame Erlebnis von Jaromils Kindheit sei für sie beide Verpflichtung und heiliger Vertrag. Mit fortschreitender Zeit jedoch wurde ihr immer klarer, daß der Sohn den gemeinsamen Vertrag brach. Sprach sie mit ihm, hörte er nicht zu und hing Gedanken nach, von denen er ihr nichts sagen wollte. Er schämte sich auch vor ihr, begann kleine Geheimnisse zu haben, körperliche und geistige, und hüllte sich in Schleier, durch die sie nicht sah.

Dies schmerzte und reizte sie. Stand denn in dem heiligen Vertrag, den sie in seiner Kinderzeit miteinander geschrieben hatten, nichts davon, daß er mit ihr für immer vertrauensvoll und ohne Scham leben werde?

Sie wünschte inständig, daß die Wahrheit, die sie damals gemeinsam gelebt hatten, weiter bestehen bleibe. Wie zur

Zeit seines Kleinseins ordnete sie allmorgendlich an, was er anzuziehen habe, und vor allem durch ihre Wahl der Wäsche und Unterwäsche fühlte sie sich den ganzen Tag unter seinen Kleidern anwesend. Als sie herausspürte, daß es ihm unangenehm war, rächte sie sich durch Schelte bei geringfügigster Unsauberkeit der Wäsche. Mit Vorliebe blieb sie im Raum, wenn er sich an- oder auszog, um ihn für seine dreiste Verschämtheit zu strafen.

»Jaromil, laß dich anschaun!« rief sie einmal, als Gäste gekommen waren. »Mein Gott, wie siehst du bloß aus!« tat sie bestürzt, als sie seine sorgfältig verstrubbelten Haare sah. Sie holte einen Kamm, hielt seinen Kopf fest und kämmte ihn, ohne die Konversation zu unterbrechen. Der große, mit teuflischer Phantasie begabte und Rilke so ähnliche Dichter saß da, hochrot und wütend, und ließ sich kämmen; zustande brachte er lediglich das harte Lächeln (das jahrelang geübte) und ließ es auf seinem Gesicht gefrieren.

Mama trat zurück, um ihr Frisierwerk zu begutachten, und wandte sich sodann an die Gäste: »Um Gottes willen, sagen Sie mir, warum mein Kind eine solche Grimasse schneidet!«

Da schwor sich Jaromil im Geiste, immer auf der Seite derjenigen zu stehen, welche die Welt radikal verändern wollen.

Er kam erst hinzu, als die Debatte in vollem Gang war; man stritt, was Fortschritt sei und ob er überhaupt existiere. Jaromil blickte in die Runde und stellte fest, daß sich der Zirkel junger Marxisten, in den ihn ein Schulkamerad geladen hatte, überwiegend aus Prager Gymnasiasten zusammensetzte. Die Aufmerksamkeit war im wesentlichen größer als bei den Debatten, die in seiner Klasse die Tschechisch-Lehrerin in Gang zu setzen versuchte, nichtsdestoweniger gab es auch hier störende Schüler; einer von ihnen hatte eine Lilie mitgebracht, an der er immer wieder roch, was die anderen lachen machte, so daß ihm der kleine schwarzhaarige Mann, Inhaber der Wohnung, in der man zusammengekommen war, die Blüte schließlich wegnahm.

Dann merkte Jaromil auf – einer der Teilnehmer behauptete, in der Kunst lasse sich nicht von Fortschritt sprechen; man könne nicht sagen, Shakespeare sei ein schlechterer Autor gewesen als die gegenwärtigen Dramatiker. Jaromil hatte nicht geringe Lust, in den Streit einzugreifen, aber das Sprechen in ungewohnter Runde bereitete ihm stets Schwierigkeiten; er fürchtete, alle würden auf sein leicht errötendes Gesicht und auf seine unsicher gestikulierenden Hände schauen. Und doch wollte er sich mit der kleinen Versammlung so gern *verbinden*, was, wie er nur zu genau wußte, sein Mitreden verlangte.

Um sich Mut zu machen, dachte er an den Maler und an dessen nie angezweifelte Autorität, und er versicherte sich im Geiste, daß er ja dessen Freund und Schüler sei. Nach einer Zeitlang fühlte er sich Manns genug, mitzureden und jene Gedanken zu wiederholen, die er bei seinen Besuchen im Atelier vernommen hatte. Daß er nicht eigene Gedanken vorbrachte, ist weniger bemerkenswert als der Umstand, daß er sie nicht mit der eigenen Stimme sprach. Auch er selbst war einigermaßen überrascht, daß die Stimme, mit der er sprach, der Stimme des Malers ähnelte, und daß diese Stimme auch seine Hände mitriß: sie beschrieben in der Luft die Gesten des Malers.

Er sagte, auch in der Kunst sei der Fortschritt unbestreitbar: die modernen Richtungen bedeuteten die totale Wende in der gesamten tausendjährigen Entwicklung; sie hätten die Kunst endlich aus der Verpflichtung befreit, politische und philosophische Anschauungen zu propagieren und die Wirklichkeit nachzuahmen, weshalb man folglich sagen könne, erst jetzt beginne die wirkliche Geschichte der Kunst.

An dieser Stelle wollten einige das Wort ergreifen, doch Jaromil ließ es sich nicht nehmen. Anfangs war ihm unangenehm gewesen, daß aus seinem Mund der Maler mit den eigenen Worten und der eigenen Melodik sprach, doch dann hatte er in dieser Leihgabe Gewißheit und Sicherheit gefunden; er fühlte sich geschützt wie hinter einem Schild; er fürchtete und genierte sich nicht mehr; er war zufrieden mit dem guten Klang seiner Sätze in dieser Umgebung und sprach weiter so:

Er berief sich auf Marxens Gedanken, daß die Menschheit bislang erst ihre Prähistorie gelebt habe und daß ihre Historie erst mit der proletarischen Revolution beginnen werde, die Sprung aus dem Reich der Notwendigkeit ins Reich der Freiheit sei. In der Kunstgeschichte sei ein derartiger entscheidender Grenzstein der Moment, da André Breton und andere Surrealisten den automatischen Text und damit die wunderbare Schatztruhe des menschlichen Unbewußten entdeckt hätten. Wenn dies annähernd zur gleichen Zeit wie die sozialistische Revolution in Rußland geschehen sei, dann enthalte dies eine gewisse bedeutsame Symbolik, denn die Befreiung der menschlichen Phantasie bedeute für die Menschheit den gleichen Sprung ins Reich der Freiheit wie die Beseitigung der ökonomischen Ausbeutung.

Hier griff der schwarzhaarige Mann in die Debatte ein; er lobte Jaromil, weil er das Prinzip des Fortschritts verteidigte, bezweifelte aber, daß gerade der Surrealismus mit der proletarischen Revolution auf eine Ebene gestellt werden könnte. Er brachte im Gegenteil die Ansicht zum Ausdruck, daß die moderne Kunst eine Kunst des Niedergangs sei und daß man als die Kunst, die der proletarischen Revolution entspreche, den sozialistischen Realismus anzusehen habe. Nicht André Breton, sondern Jiří Wolker, Begründer der tschechischen sozialistischen Poesie, müsse Vorbild sein. Jaromil begegnete solchen Ansichten nicht zum erstenmal, schon der Maler hatte davon geredet und sarkastisch gelacht. Auch Jaromil versuchte jetzt, sarkastisch zu lachen, und er sagte, der sozialistische Realismus sei künstlerisch nichts Neues und gleiche dem alten bourgeoisen Kitsch aufs Haar. Woraufhin der schwarzhaarige Mann opponierte, moderne Kunst sei nur diejenige, welche eine neue Welt zu erkämpfen helfe, was der Surrealismus, den die Volksmassen nicht verstünden, kaum vermöge.

Die Debatte war interessant; der schwarzhaarige Mann brachte seine Einwände mit Charme und ohne Autoritätsanmaßung vor, so daß der Streit nicht in Streiterei ausartete, obwohl sich Jaromil, einigermaßen trunken von der ihm gewidmeten Aufmerksamkeit, von Zeit zu Zeit in ziemlich krampfhafte Ironie flüchtete; übrigens gab niemand endgültige Urteile ab, und in den Streit mischten sich noch andere Debattierer, so daß Jaromils polemischer Gedanke von anderen Themen verdrängt wurde.

Und war es denn wichtig, ob es Fortschritt gab oder nicht, ob der Surrealismus bourgeois war oder revolutionär? War es wichtig, ob er, Jaromil, oder die anderen recht hatten? Wichtig war nur, daß er sich mit ihnen verbunden fühlte. Er stritt mit ihnen, empfand für sie aber innige Sympathie. Er hörte nicht mehr weiter zu und dachte bloß daran, daß er glücklich war: er hatte eine Gesellschaft von Menschen gefunden, unter denen er nicht nur als Muttersöhnchen und nicht nur als Schüler einer Klasse existierte, sondern als er selbst. Ihm fiel ein, daß der Mensch einzig ganz er selbst sein kann, wenn er ganz unter den anderen ist.

Denn was und wer war er denn, wenn er allein in seiner Leere hauste? War ein derart dünnes Dasein überhaupt Dasein? Jaromil sagte sich, daß sein Dasein, wenn er allein war, dem Dampf gleiche, hingegen die Dichte von Holz oder Eisen habe, wenn er mit anderen zusammen war. Und er bekam Lust, *dicht* zu sein, und er glaubte daraufgekommen zu sein, wie man so etwas mache.

Dann erhob sich der schwarzhaarige Mann, und alle wußten, daß auch sie aufstehen und sich zum Gehen anschicken mußten; ihr Meister hatte eine Arbeit zu tun, über die er sie absichtlich im Unklaren ließ, so daß sie den Anschein von Wichtigkeit erweckte und ihnen imponierte. Als sie schon im Vorzimmer an der Tür standen, trat ein bebrilltes Mädchen zu Jaromil. Vorausgeschickt sei, daß sie Jaromil die ganze Zeit über nicht aufgefallen war; sie hatte nichts Besonderes an sich, war eher beliebig; sie war nicht häßlich, nur ein bißchen nachlässig; sie war nicht geschminkt; ihr glatt in die Stirn gestrichenes Haar schien keinen Friseur zu kennen; und sie kleidete sich offenbar nur, weil der Mensch nicht nackt gehen kann.

»Ich fühle mich angesprochen von dem, was du gesagt hast«, erklärte sie. »Ich würde gern mit dir noch weiter darüber reden ...«

Unweit der Wohnung des schwarzhaarigen Mannes befand sich ein Park; sie gingen hin und redeten um die Wette; Jaromil erfuhr, daß sie an der Uni studierte und um ganze zwei Jahre älter war als er (diese Mitteilung erfüllt ihn mit wahnsinnigem Stolz); sie folgten dem Kreisweg des Parks, das Mädchen hielt gelehrte Reden, auch Jaromil hielt gelehrte Reden, denn sie wollten einander auf schnellstem Wege mitteilen, wie sie dachten, wie sie urteilten, wie sie waren; (das Mädchen war eher wissenschaftlich orientiert, er eher künstlerisch); sie überschütteten einander mit Namen großer Leute, die sie bewunderten, und das Mädchen erklärte zum zweitenmal, daß Jaromils nicht alltägliche Ansichten sie ungemein gefesselt hätten; sie schwieg einen Augenblick lang und nannte ihn dann einen *Epheben;* jawohl, sofort als er den Raum betreten habe, sei es ihr vorgekommen, als gewahre sie einen anmutigen Epheben . . .

Jaromil kannte die genaue Bedeutung dieses Wortes nicht, aber er fand es herrlich, benannt zu werden, obendrein mit einem griechischen Wort; im übrigen ahnte er, daß mit Ephebe ein junger Mensch bezeichnet wurde, freilich ohne diese linkische und degradierende Jugend, die er bisher kennengelernt hatte, sondern mit einer starken und bewundernswerten Jugend. Mit dem Wort Ephebe sprach die Studentin also seine Unreife an, enthob diese jedoch gleichzeitig ihrer Peinlichkeit und machte sie zu einer Überlegenheit. Jaromil fühlte sich soweit ermuntert, daß er während der sechsten Runde auf dem Kreisweg des Parkes die Tat vollbrachte, die er sich vorgenommen hatte: er nahm den Arm der Studentin.

Das Wort *nahm* ist unpräzis; er *schob,* genauer gesagt, seine Hand zwischen Oberkörper und Oberarm; er hatte es so unauffällig getan, als wünschte er sich, daß sie es gar nicht merkte; und wirklich, sie reagierte nicht auf seine Geste, so daß seine Hand wie ein fremder, untergeschobener Gegenstand an ihr haftete, wie ein Handtäschchen oder ein Päckchen, das die Besitzerin vergessen hatte und das jeden Augenblick herunterfallen konnte. Doch plötzlich spürte die untergeschobene Hand, daß der Arm von ihr wußte. Und Jaromils Schritt begann zu spüren, daß sich die Bewegungen der Beine der Studentin allmählich verlangsamten. Derartige Verlangsamungen kannte er bereits, und er wußte, daß etwas Unabwendbares in der Luft lag. Und wie es bei Unabwendbarem zu gehen pflegt – der Mensch beschleunigt es (vielleicht um ein Minimum eigener Herrschaft über die Ereignisse zu zeigen), und sei es nur für einen Augenblick: Jaromils Hand, die so lange reglos verharrt hatte, wurde auf einmal lebendig und drückte den Arm der Studentin. Sie blieb sofort stehen, hob die Brille zu seinem Gesicht und ließ die Aktentasche (die sie in der anderen Hand trug) auf den Boden gleiten.

Diese Geste erschütterte Jaromil, zumal er in seiner Verzauberung gar nicht gemerkt hatte, daß sie etwas trug; die Aktentasche auf dem Boden erschien auf der Szene wie eine vom Himmel herabgeworfene Botschaft. Ihm wurde bewußt, daß das Mädchen direkt aus der Universität zum marxistischen Zirkel gegangen war und daß es also Skripten und schwere wissenschaftliche Schriften in der Tasche haben mußte, was ihn noch selbsttrunkener machte: ihm schien, sie habe die ganze Universität zu Boden fallen lassen, um ihn mit befreiten Händen fassen zu können.

Das Auf-den-Boden-Fallen der Aktentasche war tatsächlich so pathetisch gewesen, daß sie einander in feierlicher Berückung auf der Stelle zu küssen begonnen hatten. Sie küßten sich sehr lange, und als sie sich schließlich ausgeküßt hatten und sie nicht weiterwußten, hob die Studentin wieder die Brille zu ihm und sprach mit Angst und Erregung in der Stimme: »Du glaubst, daß ich ein Mädchen wie die anderen bin. Aber das darfst du nicht glauben, ich bin nicht wie alle die andern.«

Diese Worte wirkten womöglich noch pathetischer als das Auf-den-Boden-Fallen der Aktentasche, und Jaromil begriff erstaunt, daß vor ihm eine Frau stand, die ihn liebte, die ihn auf den ersten Blick geliebt hatte, wunderbarerweise, denn es war ohne sein eigenes Verdienst geschehen. Er vermerkte schnell noch (wenigstens am Rand seines Bewußtseins, damit er es später aufmerksam und sorgfältig lesen konnte), daß die Studentin von ›anderen‹ Frauen gesprochen hatte, als halte sie ihn für einen, der reiche Erfahrung beim weiblichen Geschlecht sammeln konnte; und sie hatte es gesagt, als würde das eine Frau, die ihn liebte, schmerzen.

Er versicherte dem Mädchen, daß er sie nicht vergleichbar mit anderen Frauen fand; daraufhin hob sie ihre Aktentasche auf (Jaromil konnte es jetzt besser sehen: sie war schwer und dick, mit Büchern vollgestopft), und wieder legten sie eine Parkrunde zurück, die siebente; als sie sich dann erneut küßten, traf sie ein scharfer Lichtkegel. Zwei Polizisten standen vor ihnen und verlangten nach ihren Ausweisen.

Die beiden Liebesleute suchten verlegen nach ihren Personalausweisen und zeigten sie mit zitternden Händen vor; sie machten entweder Jagd auf Prostitution oder auf ein bißchen Unterhaltung während der anstrengenden Dienststunden. In jedem Fall verschafften sie den beiden ein unvergeßliches Erlebnis: den Rest des Abends (Jaromil begleitete das Mädchen nach Hause) sprachen sie über die von Vorurteilen, von Moralismus, von Polizisten, von der alten Generation, von blöden Gesetzen verfolgte Liebe in einer faulenden Welt, die weggefegt gehöre.

Es war ein schöner Tag und ein schöner Abend gewesen, doch als Jaromil heimkehrte, nahte Mitternacht, und Mama lief aufgeregt durch die Zimmer.

»Weißt du, was für eine Angst ich deinetwegen ausgestanden habe? Wo bist du gewesen? Rücksicht nimmst du auf mich wohl überhaupt nicht mehr!«

Jaromil war noch voll des großen Tages, und er begann Mama auf jene Weise zu antworten, mit der er im marxistischen Zirkel debattiert hatte; er ahmte die selbstsichere Stimme des Malers nach.

Mama erkannte es sofort; sie sah das Gesicht des Sohnes und hörte den verlorenen Geliebten sprechen; sie sah ein Gesicht, das ihr nicht gehörte, und sie hörte eine Stimme, die ihr nicht gehörte; ihr Sohn stand vor ihr wie das Abbild doppelter Verweigerung; es erschien ihr unerträglich.

»Du bringst mich um! Du bringst mich um!« schrie sie hysterisch und rannte ins Nebenzimmer.

Jaromil blieb erschrocken stehen, das Gefühl großer Schuld stieg in ihm auf.

(Ach, Junge, nie wirst du dieses Gefühl loswerden. Du bist schuld, du bist schuld! Jedesmal wenn du das Haus verläßt, wird dir der vorwurfsvolle Blick folgen, der dich zurückruft! Du wirst durch die Welt laufen wie ein Hund an langer Leine! Auch wenn du weit weg sein wirst, wirst du das Ziehen des Halsbandes spüren! Auch wenn du deine Zeit mit Frauen verbringen wirst, wenn du mit einer im Bett liegst, immer wird die Leine um deinen Hals zurückführen, und irgendwo weit hinten wird deine Mutter das andere Ende in der Hand halten und an den reißenden, ungehörigen Bewegungen spüren, daß du dich fortgibst!)

»Mama, ich bitte dich, sei mir nicht böse, Mama, bitte, verzeih mir!« Er kniete furchtsam vor ihrem Bett und streichelte ihre feuchten Wangen.

(Charles Baudelaire, du wirst vierzig Jahre alt sein und noch immer Angst vor ihr haben, vor deiner Mutter!)

Und Mama verzieh ihm lange nicht, um möglichst lange seine Finger auf ihrer Haut zu spüren.

(So etwas hätte Xaver nie passieren können, weil er weder Mutter noch Vater hatte, und keine Eltern zu haben ist die erste Voraussetzung für die Freiheit.

Damit keine Mißverständnisse entstehen, es geht nicht darum, die Eltern zu verraten. Gérard de Nerval hatte schon als Wickelkind die Mutter verloren und war trotzdem sein Leben lang dem hypnotischen Blick ihrer herrlichen Augen ausgesetzt.

Freiheit beginnt nicht dort, wo die Eltern abgelehnt oder begraben sind, sondern dort, wo sie *nicht sind*:

Dort, wo der Mensch geboren wird, ohne zu wissen, aus wem.

Dort, wo der Mensch aus dem Ei kriecht, das weggeworfen wurde in einem Wald.

Dort, wo der Himmel den Menschen auf die Erde spuckt und er seinen Fuß ohne Dankbarkeitsgefühl auf die Welt setzt.)

Was im Laufe der ersten Woche der Liebe zwischen Jaromil und der Studentin geboren wurde, war er selbst, er hatte vernommen, daß er ein Ephebe sei; er hörte weiterhin, daß er schön und klug sei und daß er Phantasie habe; und er erfuhr auch noch, daß das bebrillte Fräulein den Augenblick fürchte, wo er sie verlassen werde; (angeblich immer dann, wenn sie sich vor ihrem Hause trennten und sie ihm nachschaute, glaubte sie, seine wahre Gestalt zu sehen: die Gestalt eines Mannes, der sich entfernte, der davonging, der entschwand...). Endlich war das Bild gefunden, das er in seinen beiden Spiegeln so lange gesucht hatte.

Sie hatten sich täglich gesehen, waren auf vier ausgedehnten Abendspaziergängen durch verschiedene Stadtviertel gegangen, waren einmal im Theater (sie hatten eine Loge, küßten sich und beachteten die Vorstellung kaum) und zweimal im Kino gewesen. Am siebenten Tag wollten sie wieder einen Spaziergang unternehmen: es war Winter, Frost herrschte, und Jaromil hatte nur einen leichten Mantel an und zwischen Hemd und Sakko keine Weste (die graue, ihm von Mama aufgedrängte Strickweste schien ihm eher passend für einen Onkel vom Lande), auf dem Kopf weder Hut noch Mütze (die Bebrillte hatte sein flaumiges, ihm verhaßtes Haar mit der Bemerkung gelobt, es sei ebenso wenig zu zügeln wie er selber) und an den Füßen nur Halbschuhe und kurze graue Socken, weil an seinen Kniestrümpfen das Gummi überdehnt war (daß das Grau der Socken nicht mit der Hosenfarbe harmonierte, übersah er, weil ihm größeres Verständnis für die Feinheiten der Eleganz abging).

Sie trafen sich gegen sieben und traten den weiten Weg in das Viertel an, wo sie im Freien stehenbleiben und einander küssen konnten. Überwältigend war für Jaromil die Hingabe ihres Körpers. Bisher war das Abtasten der Mädchen eine langsame Reise gewesen, auf der er sich gewissermaßen von einem zum anderen Gelände vorgearbeitet hatte: es dauerte lang, bis sich ein Mädchen küssen ließ, nicht weniger lang, bis er ihm die Hand auf die Brust legen durfte, und berührte er endlich ihr Gesäß, hielt er sich für sehr erfolgreich – weiter war er nie gekommen. Diesmal jedoch geschah das Unerwartete: die Studentin war in seinen Armen völlig hilflos, wehrlos, zu allem bereit, er konnte sie berühren, wo er wollte. Er nahm es als großen Liebesbeweis, gleichzeitig aber war er in nicht geringer Verlegenheit, wußte er doch nicht, was mit der plötzlichen Freiheit anfangen.

An jenem Abend (dem siebenten) verriet ihm das Mädchen, daß ihre Eltern öfters verreisten und sie froh sei, ihn einmal zu sich einladen zu können. Auf das strahlend vorgebrachte Angebot folgte anhaltende Stille; beide wußten, was ihr Treffen in der freien Wohnung bringen würde (das bebrillte Fräulein war in Jaromils Armen wehrlos); beide schwiegen also, und erst nach einer ganzen Weile sprach das Mädchen leise: »Ich meine, in der Liebe gibt es keine Kompromisse. Liebe heißt, einander alles zu geben.«

Mit diesem Bekenntnis war Jaromil aus ganzer Seele einverstanden, denn auch ihm bedeutete Liebe alles; zu sagen wußte er jedoch nichts; statt einer Antwort blieb er stehen, sah dem Mädchen pathetisch in die Augen (ohne zu bedenken, daß es finster und Pathos somit schlecht ablesbar war) und begann sie wütend zu küssen und an sich zu pressen.

Nach einer Viertelstunde Schweigen ergriff das Mädchen wieder vor ihm das Wort und versicherte, daß er der erste Mann sei, den sie je zu sich eingeladen habe; sie habe unter den Männern zwar viele Kameraden, aber die seien eben nur Kameraden; man hätte sich daran gewöhnt und sie spaßeshalber sogar schon *steinerne Jungfrau* genannt.

Jaromil hörte gerne, daß er der Studentin erster Geliebter werden sollte, aber er verspürte dabei Lampenfieber: er hatte allerlei über den Liebesakt gehört und glaubte zu wissen, daß Defloration etwas nicht Unschwieriges war. Schon befand er sich außerhalb der Gegenwart; er konnte die Rede der Studentin nicht aufgreifen, weilte er doch mit seinen

Gedanken schon ganz in den Seligkeiten und Ängsten des versprochenen großen Tages, an dem die eigentliche Geschichte seines Lebens beginnen würde (ihm war eingefallen, daß es hier um die Analogie des berühmten Marx'schen Gedankens von der Prähistorie und Historie der Menschheit ging).

Sie redeten nicht mehr viel, gingen aber trotzdem noch sehr lange durch die Straßen; je später der Abend wurde, um so mehr nahm die Kälte zu, und der ungenügend gekleidete Jaromil fröstelte. Er schlug vor, irgendwo einzukehren, doch sie hatten sich zu weit von der Stadtmitte entfernt und fanden keine Kneipe. Schrecklich durchfroren kehrte er heim (gegen Ende des Weges mußte er sich beherrschen, um nicht laut mit den Zähnen zu klappern), und als er am Morgen erwachte, hatte er Halsschmerzen. Die Mutter gab ihm das Thermometer und las Fieber ab.

20

Jaromils Körper lag krank im Bett, während seine Seele im erwarteten großen Tag lebte. Seine Vorstellung von dem Tag setzte sich zum einen aus abstraktem Glück, zum anderen aus konkreten Sorgen zusammen. Denn Jaromil konnte sich nicht recht vorstellen, was es eigentlich in konkreten Details bedeutete, eine Frau zu lieben; nur eines wußte er, daß es Vorbereitung, Kunst und Kenntnisse erforderte; hinter der körperlichen Liebe grinste die Schwangerschaft (darüber hatte er mit Schulkameraden unzählige Male gesprochen), die es zu verhüten galt. Zu diesem Behufe zogen in jener barbarischen Zeit die Männer (ähnlich der zum Kampf sich rüstenden Ritter) einen Schutz über ihr Liebesbein. Was nützte jedoch diese Information, wenn man kein geeignetes Schutzmittel besaß? Es in einer Drogerie zu erstehen, hätte Jaromil vor lauter Scham nicht über sich gebracht. Wann und wie zog man es über, damit das Mädchen es nicht merkte? Das Schutzmittel kam ihm peinlich vor, und es wäre ihm unerträglich gewesen, hätte das Mädchen etwas davon gemerkt! Konnte man den Gummisocken zuvor anziehen, daheim? Oder mußte man damit warten, bis man beim Mädchen und nackt war?

Auf solche Fragen gab es keine Antworten. Jaromil hatte keinen Versuchssocken (zu Trainingszwecken) zur Hand, nahm sich aber fest vor, um jeden Preis einen herbeizuschaffen und das Anziehen zu üben. Er vermutete, daß Geschwindigkeit und Geschicklichkeit dabei eine beträchtliche Rolle spielten und daß man beides ohne Übung nicht erlangte.

Ihn quälte jedoch noch anderes: Was war das eigentlich, der Liebesakt? Was verspürte man dabei? Was ging im Körper vor? War die Wollust womöglich so furchtbar, daß man zu schreien begann und die Selbstbeherrschung verlor? Machte einen dieses Geschrei nicht lächerlich? Und wie lange dauerte der Vorgang überhaupt? Gott, konnte ein Mensch so etwas ohne Vorbereitung unternehmen?

Jaromil hatte bis dahin noch nicht einmal die Masturbation kennengelernt. Er sah darin etwas Unwürdiges, das ein rechter Mann nicht tat; er fühlte sich nicht zur Selbstbefriedigung vorbestimmt, sondern zur großen Liebe. Doch wie diese bewältigen, wenn man keine entsprechende Vorübung hatte? Jaromil begriff, daß die Masturbation diese unerläßliche Vorübung war, und er empfand keinen grundsätzlichen Abscheu mehr: sie war ihm nicht mehr armseliger Ersatz für körperliche Liebe, sondern unvermeidlicher Weg zu ihr; nicht Eingeständnis einer Not, sondern Stufe zum Reichtum.

Und so vollführte er (bei achtunddreißigzwei Fieber) seine erste Imitation des Liebesaktes, die ihn durch ihre ungewöhnliche Kürze und durch das Ausbleiben jeglichen Wollustschreies überraschte. Weswegen er gleichzeitig enttäuscht und beruhigt war; er wiederholte seinen Versuch in den nächsten Tagen noch einige Male, allerdings ohne irgendwelche neuen Erkenntnisse zu ziehen; doch er versicherte sich, auf diese Weise immerhin ein Stück Gewißheit zu gewinnen, daß er dem geliebten Mädchen kühn von Angesicht zu Angesicht gegenübertreten dürfe.

Er lag ungefähr den vierten Tag mit Halswickel im Bett, als die Großmutter morgens zu ihm kam und sagte: »Jaromil! Unten herrscht völlige Panik!« – »Was ist los?« fragte er. Die Großmutter erklärte, daß unten das Radio liefe und daß Revolution sei. Jaromil sprang aus dem Bett, jagte ins Nebenzimmer, schaltete den Empfänger an und vernahm die Stimme Klement Gottwalds.

Ihm war sogleich klar, worum es ging, hatte er doch in den letzten Tagen gehört (wenn auch der erwähnten Sorgen wegen nicht sehr interessiert), daß die nichtkommunistischen Regierungsvorsitzenden mit der Demission drohten. Und jetzt prangerte Gottwalds Stimme auf dem menschenüberfüllten Altstädter Ring die Verräter an, die die kommunistische Partei hinausmanövrieren und der Nation den Weg zum Sozialismus verbauen wollten; Gottwald appellierte an das Volk, auf der Demission dieser Minister zu bestehen und neue revolutionäre Organe unter der Führung der kommunistischen Partei zu bilden.

Zu Gottwalds Worten tönte aus dem alten Radioapparat das Tosen der Menge, und Jaromil war entflammt und in Begeisterung geraten. Er stand im Pyjama und mit dem Handtuch um den Hals in Großmutters Zimmer und schrie: »Endlich! Das mußte kommen! Endlich!«

Großmutter war sich nicht ganz sicher, ob Jaromils Begeisterung berechtigt sei. »Meinst du, daß das wirklich gut ist?« fragte sie bange. »Jawohl, Großmutter, das ist gut. Das ist ausgezeichnet!« rief er, umarmte sie und ging dann erregt im Raum auf und ab; er sagte sich, daß die Menge vom Altstädter Ring das Datum dieses Tages zum Himmel emporgeschleudert habe, wo es einem Stern gleich leuchten würde, für viele Jahrhunderte; da fiel ihm ein, daß es eigentlich peinlich wäre, solch einen großen Tag zu Hause mit der Großmutter und nicht draußen mit den Leuten zu verbringen. Doch er hatte den Gedanken noch nicht zu Ende gedacht, als die Tür aufging und der Onkel erschien, aufgeregt, hochrot und schreiend: »Hört ihr das? Die Hurensöhne! Die Hurensöhne! Ein Putsch!«

Jaromil musterte den Onkel, den er samt Frau und aufgeblasenem Sohn seit jeher haßte, und ihm schien, der Augenblick sei gekommen, wo er ihn endlich besiegen konnte. Sie standen einander gegenüber: der Onkel hatte die Tür im Rücken und Jaromil das Radio, so daß er sich mit der hunderttausendköpfigen Menge verbunden fühlte und zum Onkel sagte, wie hunderttausend mit einem reden: »Das ist kein Putsch, das ist Revolution!«

»Leck mich doch mit Revolution«, entgegnete der Onkel. »Da kann man leicht Revolution machen, wenn Armee, Polizei und eine Großmacht hinter einem stehen.«

Als er die selbstbewußte Stimme des Onkels hörte, der ihn wie einen dummen Jungen ansprach, lief ihm die Galle über: »Die Armee und die Polizei wollen nur ein paar Taugenichtse daran hindern, die Nation wieder zu versklaven.«

»Du Dummerjan«, sagte der Onkel, »die Kommunisten hatten doch schon den Großteil der Macht, und diesen Putsch haben sie gemacht, um sie ganz zu kriegen. Herrgott, immer habe ich gewußt, daß du ein schwachsinniger Balg bist.«

»Und ich habe immer gewußt, daß du ein Ausbeuter bist und daß dir die Arbeiterklasse einmal den Hals umdrehen wird.«

Den letzten Satz hatte Jaromil aus seiner Wut heraus gesprochen und alles in allem ohne Überlegung; dennoch ist bei ihm zu verweilen: der Jüngling hatte Worte gebraucht, die man häufig in kommunistischen Zeitungen lesen oder aus dem Mund kommunistischer Redner hören konnte, die ihm jedoch bislang zuwider gewesen waren wie alle stereotypen Wendungen. Jaromil hatte sich immer für einen Dichter gehalten und auch dort, wo er revolutionäre Reden führte, nicht auf ein persönliches Vokabular verzichtet. Und siehe da, auf einmal hatte er gesagt: Die Arbeiterklasse wird dir den Hals umdrehen.

Wie verwunderlich: gerade im Augenblick der Aufgeregtheit (also in einem Augenblick, wo der Mensch spontan handelt und sein unmittelbares Ich in Erscheinung tritt) verzichtete Jaromil auf seine Sprache und wählte lieber die Möglichkeit, Medium eines anderen zu sein. Und nicht nur dies, er tat es auch mit dem Gefühl intensiven Genusses; er fühlte sich als Teil der tausendköpfigen Menge, als ein Kopf des tausendköpfigen Drachens der Massen, und das kam ihm großartig vor. Er fühlte sich auf einmal stark und konnte einem Menschen ins Gesicht lachen, bei dessen bloßem Anblick ihm tags zuvor noch die Schamröte ins Gesicht gestiegen war. Und eben die grobe Einfachheit des besagten Satzes (die Arbeiterklasse wird dir den Hals umdrehen) machte ihm Freude, reihte sie ihn doch unter jene fabelhaft einfachen Männer ein, für die Nuancen lächerlich waren und deren Weisheit darin bestand, um das Wesen von Dingen zu ringen, die unerhört einfach waren.

Jaromil (im Pyjama und mit Halswickel) stand breitbeinig vor dem Radio, das hinter ihm gerade im Riesenapplaus aufbrauste, und er glaubte, das Gebrüll dringe in ihn ein und dehne ihn, so daß er vorm Onkel nun aufragte wie ein unschlagbarer Baum, wie ein lachender Fels.

Und der Onkel, der Voltaire für den Erfinder der Volt hielt, trat zu ihm und versetzte ihm eine Ohrfeige.

Jaromil verspürte brennenden Schmerz im Gesicht. Er war gedemütigt, aber weil er sich groß und gewaltig fühlte wie ein Baum beziehungsweise Felsen (die tausendköpfige Stimme im Empfänger hinter ihm brauste weiter), wollte er sich auf den Onkel stürzen und ihm die Ohrfeige zurückgeben. Weil er aber doch einen Moment lang gebraucht hatte, um diesen Entschluß zu fassen, war der Onkel, nach einer Kehrtwendung, schon weg.

Jaromil schrie: »Das zahle ich ihm heim! Der Lump! Das zahle ich ihm heim!« Er machte einen Schritt auf die Tür zu. Doch die Großmutter hielt ihn am Ärmel fest und beschwor ihn, nirgendhin zu gehen, so daß Jaromil nur einigemal *der Lump, der Lump, der Lump* hervorstieß und dann ins Bett ging, in dem er seine imaginäre Geliebte zurückgelassen hatte. Jetzt konnte er nicht mehr an sie denken. Er sah nur den Onkel und spürte die Ohrfeige und warf sich unzählige Male vor, unfähig zu männlichem Handeln gewesen zu sein; er warf es sich so oft vor, bis er zu weinen anfing und das Kissen von Zornestränen naß wurde.

Am späten Nachmittag kam Mama nach Hause und erzählte entsetzt, ihr Amtsdirektor, den sie so sehr geschätzt habe, sei bereits abgesetzt, und alle Nichtkommunisten hätten Angst vor der Verhaftung.

Jaromil stützte sich im Bett auf die Ellbogen und begann leidenschaftlich zu diskutieren. Er erklärte Mama, daß das, was vorgehe, eine Revolution sei, und daß Revolution ein kurzer Zeitabschnitt sei, in dem man Gewalt anwenden müsse, damit rasch die Gesellschaft entstehe, in der es keine Gewaltanwendung mehr geben werde. Mama solle das doch begreifen!

Mama brachte ihre Erwiderungen ebenfalls mit Nachdruck vor, aber Jaromil wehrte ab. Er sagte, daß die Herrschaft der Reichen, die Gesellschaft der Unternehmer und Gewerbetreibenden überhaupt stupide sei, und er erinnerte Mama raffinierterweise daran, daß sie innerhalb der eigenen Familie selbst unter solchen Leuten gelitten habe; insbesondere erinnerte er sie an die Aufgeblasenheit ihrer Schwester und an die Unbildung ihres Schwagers.

Die Mutter war ins Wanken gebracht, und den Sohn freute der Erfolg seiner Worte; ihm schien, er habe sich für die Ohrfeige gerächt, die er einige Stunden vorher bekommen hatte; doch als er sich ihrer erinnerte, lief ihm erneut die Galle über, und er sagte: »Eben heute habe ich mich entschlossen, Mama, in die kommunistische Partei einzutreten.«

Als er in Mamas Augen Mißbilligung bemerkte, führte er seine Beteuerung weiter aus; er sagte, daß er sich ohnehin schäme, nicht schon früher eingetreten zu sein, und daß ihn nur das belastende Erbe des Hauses, in dem er aufgewachsen sei, von denen trenne, zu denen er längst gehöre.

»Bedauerst du vielleicht, hier geboren zu sein und mich zur Mutter zu haben?«

Ihre Stimme klang betroffen, und Jaromil mußte schleunigst beteuern, daß Mama ihn falsch verstanden habe; seines Erachtens habe sie – dank ihres Wesens – überhaupt nichts mit ihrer Schwester und mit ihrem Schwager oder mit der Gesellschaft der Reichen gemein.

Mama sagte schnell: »Wenn du mich gern hast, dann tust du es nicht. Du weißt, wie höllisch schwer ich es hier mit dem Schwager habe. Erfährt der, daß du in die kommunistische Partei eingetreten bist, halten wir es hier mit ihm nicht mehr aus. Sei vernünftig, ich bitte dich.«

Jaromil verspürte ein Würgen in der Kehle. Anstatt dem Onkel die Ohrfeige zurückzugeben, hatte er von ihm nun die zweite bekommen. Er drehte sich auf die andere Seite und hielt die Mutter nicht zurück, als sie das Zimmer verließ. Dann weinte er wieder.

21

Es war sechs Uhr abends, die Studentin hieß ihn in einem weißen Schürzchen willkommen und führte ihn in eine kleine gefällige Küche. Zum Abendessen gab es nichts Besonderes, Spiegeleier mit Salamiwürfelchen, aber es war das erste Abendessen, das eine Frau je für Jaromil bereitet hatte (Mutter und Großmutter natürlich ausgenommen), so daß er es mit dem stolzen Gefühl eines Mannes einnahm, für den eine Geliebte sorgte.

Dann begaben sie sich ins anliegende Zimmer; dort stand ein runder Mahagonitisch mit Häkeldecke und einer massiven Glasvase als Beschwerung; an den Wänden hingen scheußliche Bilder, und in einer Ecke befand sich ein Diwan, auf dem eine Unmenge Kissen lag. Alles war für diesen Abend abgemacht und gelobt, so daß sie sich hätten nur noch in die weichen Daunenwellen zu legen brauchen; doch sieh an, die Hochschülerin nahm auf einem harten Stuhl am runden Tisch Platz, und Jaromil tat desgleichen, ihr gegenüber; lange, sehr lange redeten sie irgend was, und dem angehenden Mann begann Angst die Kehle zuzuschnüren.

Er mußte nämlich um elf Uhr wieder zu Hause sein; zwar hatte er die Mutter gebeten, die ganze Nacht über wegbleiben zu dürfen (zu diesem Behufe hatte er sich eine Feier bei und mit Klassenkameraden ausgedacht), war aber auf so strengen Widerstand gestoßen, daß er nicht länger bohrte und sich mit der Hoffnung bescheiden mußte, die fünf Stunden zwischen sechs und elf würden für seine erste Liebesnacht ausreichen.

Die Studentin redete und redete, und der fünfstündige Zeitraum verengte sich rasch; sie sprach über ihre Familie, über ihren Bruder zumal, der aus unglücklicher Liebe einmal einen Selbstmordversuch gemacht hatte: »Das hat mich gezeichnet. Ich kann nicht wie die anderen Mädchen sein. Ich kann die Liebe nicht auf die leichte Schulter nehmen.« Jaromil glaubte herauszuspüren, daß ihre Worte der versprochenen körperlichen Liebe beträchtlichen Ernst verleihen sollten. Er erhob sich also von seinem Stuhl, beugte sich über sie und sagte mit sehr ernster Stimme: »Ich verstehe dich, ja, ich verstehe dich«; danach nahm er sie vom Stuhl, führte sie zum Diwan und ließ sie sich setzen.

Sie küßten, streichelten und umarmten einander. Das dauerte unermeßlich lange, und Jaromil dachte, daß er das Mädchen wohl endlich ausziehen sollte, doch weil er so etwas nie getan hatte, wußte er nicht, wie beginnen. Vor allem wußte er nicht, ob er das Licht löschen sollte oder nicht. Sämtlicher Informationen gemäß, die ihm über analoge Situationen zur Verfügung standen, empfahl es sich, das Licht zu löschen. Übrigens hatte er in einer Tasche seines Sakkos ein Päckchen mit durchsichtigem Strumpf, und wollte er diesen im entscheidenden Augenblick heimlich und unauffällig überziehen, war Dunkelheit dringend geboten. Aber er konnte sich nicht entschließen, mitten in den Zärtlichkeiten aufzustehen und zum Schalter zu gehen, abgesehen davon, daß es ihm ziemlich frech vorgekommen wäre (schließlich war er gut erzogen), weil er sich in einer fremden Wohnung befand, wo es eher der Gastgeberin zustand, den Schalter zu drehen. Schließlich wagte er die kühne Frage: »Sollten wir nicht das Licht ausmachen?«

Das Mädchen aber sagte: »Nein, nein, ich bitte dich, nein.« Und Jaromil wußte nun nicht, ob dies zu bedeuten hatte, daß das Mädchen keine Finsternis und ergo auch keine Liebe wünschte, oder ob sie doch Liebe wollte, bloß nicht im Finstern. Er hätte sie natürlich danach fragen können, doch er schämte sich, mit vernehmlichen Wörtern zu benennen, woran er dachte.

Dann fiel ihm wieder ein, daß er um elf daheim sein mußte, folglich zwang er sich, seine Schüchternheit zu überwinden; er machte den ersten Frauenknopf seines Lebens auf. Es war der Knopf einer weißen Bluse, und er machte ihn in der ängstlichen Erwartung des Kommentars auf, den das Mädchen dazu geben würde. Sie sagte nichts. Also knöpfte er weiter auf, zog den Blusensaum aus dem Rock und streifte die Hülle schließlich ganz von ihren Armen.

Nun lag sie nur noch in Rock und Büstenhalter auf den Kissen, und es erscheint bemerkenswert, daß sie ihn jetzt, wo sie keine Bluse mehr anhatte, nicht mehr begierig küßte und wie betäubt wirkte; sie rührte sich nicht und wölbte lediglich die Brüste mäßig vor, wie ein zum Tode Verurteilter die Brust den Gewehrmündungen entgegenwölbt.

Jaromil blieb nichts anderes übrig, als sie weiter auszuziehen: er ertastete an der Rockseite den Reißverschluß und zog ihn auf; der Einfältige ahnte jedoch nichts von dem Haken, mit dem ein Frauenrock in der Hüfte zusammengehalten wird, so daß er sich ebenso angestrengt wie vergeblich bemühte, seinem Mädchen das Kleidungsstück über die Hüften zu ziehen; sie wölbte den Brustkasten dem Hinrichtungskommando entgegen, half ihm aber nicht, weil sie seine Schwierigkeiten wahrscheinlich gar nicht wahrnahm.

Ach, übersprungen sei das Viertelstündchen von Jaromils Marter! Schließlich gelang es ihm doch, die Studentin ganz zu entblößen. Als er sah, wie ergeben sie in den Kissen lag, in Erwartung des lang geplanten Augenblicks, begriff er, daß ihm jetzt nichts anderes übrigblieb, als sich selbst auszuziehen. Aber der Lüster spendete mächtig viel Licht, und Jaromil schämte sich. Da kam ihm der rettende Gedanke: neben dem Wohnzimmer befand sich das Schlafzimmer (ein altmodisches Schlafzimmer mit hohen Ehebetten; dort brannte kein Licht; und dort würde er sich im Dunkeln ausziehen und danach im Dunkeln zudecken können.

»Gehen wir ins Schlafzimmer?« fragte er zaghaft.

»Warum ins Schlafzimmer? Wozu brauchst du das Schlafzimmer?« wollte das Mädchen wissen und lachte laut.

Warum lachte sie? Es war ein überflüssiges, unüberlegtes verlegenes Lachen. Trotzdem war Jaromil verletzt; er fürchtete, etwas Dummes gesagt zu haben, fürchtete, mit seinem Vorschlag, ins Schlafzimmer zu gehen, seine lächerliche Unerfahrenheit verraten zu haben. Schlagartig fühlte er sich verlassen; er war in einem fremden Zimmer unter dem forschenden Licht eines Lüsters, den er nicht auslöschen durfte, und bei einer fremden Frau, die ihn auslachte.

Augenblicklich ging ihm auf, daß es an diesem Tag mit der Liebe nichts mehr würde; er fühlte sich beleidigt und saß stumm auf dem Diwan; einerseits tat es ihm leid, andererseits war er erleichtert; er brauchte nicht mehr zu überlegen, ob er auslöschen und wie er sich ausziehen sollte; und er war froh, nicht selber schuld zu sein; sie hätte nicht so dumm lachen sollen.

»Was ist los mit dir?« fragte sie.

»Nichts«, antwortete er, denn ihm war klar, daß er sich noch lächerlicher machen würde, gäbe er den Grund seines Beleidigtseins preis. So beherrschte er sich, nahm sie vom Diwan auf und begann, sie herausfordernd zu betrachten (er wollte Herr der Situation werden, in der Annahme, daß der Prüfende Herr des Geprüften ist); dann sagte er: »Bist hübsch.«

Das Mädchen, vom Diwan gehoben, auf dem es in starrer Erwartung gelegen hatte, war plötzlich wie befreit; sie war wieder gesprächig und selbstsicher. Es störte sie überhaupt nicht, daß der Junge sie so betrachtete (vielleicht meinte sie, der Geprüfte sei Herr des Prüfenden) und fragte dann: »Bin ich nackt oder angezogen hübscher?«

Es gibt einige klassische weibliche Fragen, denen sich jeder Mann irgendwann einmal stellen muß und auf die die jungen Männer in den Schulen vorbereitet werden sollten. Doch Jaromil war wie jedermann in schlechte Schulen gegangen und wußte keine Antwort; er versuchte zu erraten, was das Mädchen hören wollte; aber er konnte sich nicht schlüssig werden: ein Mädchen erschien vor den Leuten vornehmlich angezogen, weshalb es sie freuen sollte, in Kleidern hübscher zu sein; andererseits war Nacktheit eine Art körperlicher Wahrheit, weshalb es sie mehr freuen sollte, wenn er sagte, sie sei nackt hübscher.

»Du bist nackt und angezogen hübsch«, sagte er, aber die Studentin war mit dieser Antwort ganz und gar nicht zufrieden. Sie spazierte durchs Zimmer, produzierte sich vor dem Jungen und zwang ihn, ohne Ausflüchte zu antworten. »Ich will wissen, wie ich dir besser gefalle.«

Auf eine solchermaßen präzisierte Frage war die Antwort schon leichter; weil die anderen Leute sie nur bekleidet kannten, wäre es ihm vorhin taktlos erschienen, sie in Kleidern als weniger hübsch zu bezeichnen; fragte sie ihn jedoch ausdrücklich nach seiner subjektiven Ansicht, konnte er forsch verkünden, daß sie ihm persönlich nackt besser gefalle, denn er gab ihr damit zu erkennen, daß er sie liebte, wie sie war, sie allein und als solche, und daß er keinerlei Wert auf Dinge legte, die ihr zugegeben waren.

Offenbar hatte er nicht falsch gefolgert, denn die Studentin reagierte auf seine Aussage, sie sei nackt schöner, sehr wohlwollend, sie zog sich bis zu seinem Weggehen nicht mehr an, küßte ihn viele Male und flüsterte ihm beim Abschied (es war Viertel vor elf, Mama würde zufrieden sein) an der Tür ins Ohr: »Hab heute erkannt, daß du mich gern hast. Bist lieb, hast mich wirklich gern. Ja, so war's besser. Wir sparen es uns noch eine Weile auf, werden uns noch eine Weile drauf freun.«

22

In diesen Tagen schrieb er ein langes Gedicht. Ein Erzähl-
gedicht, das von einem Mann berichtet, der plötzlich begriffen
hatte, daß er alt geworden war; daß er dorthin gelangt war,
wo das Schicksal keine Bahnhöfe mehr baut; daß er verlassen und vergessen war:
die Wände werden geweißt, die Möbel hinausgetragen
und alles in seinem Zimmer verändert sich.

Er lief aus dem Haus (*den Gedanken der Eile in allen Ge-*
lenken) und schritt langsam dorthin zurück, wo er einst am
intensivsten gelebt hatte:
Hinterhaus dritter Stock Tür links in der Ecke
im Halbdunkel unleserlich der Name auf der Visitenkarte
»Seit zwanzig Jahren verlorene Augenblicke nehmt mich auf«

Ihm öffnete eine alte Frau, aus gleichgültiger Nachlässig-
keit gerissen, in die langjährige Einsamkeit sie gestürzt hatte.
Schnell biß sie sich auf die Lippen, denen an Farbe seit langem nichts mehr gelegen war; schnell fuhr sie sich mit alter
Handbewegung durchs ungewaschene schüttere Haar und
gestikulierte verlegen, um von den Fotos vormaliger Liebhaber an der Wand abzulenken. Plötzlich jedoch empfand
sie, daß es im Raum wohlig war und daß es auf ihr Äußeres nicht ankam:
»Zwanzig Jahre. Und bist zurückgekehrt.
Als das letzte Wichtige dem ich begegne.
Nichts habe ich das ich sehen könnte
blickte ich über deine Schulter in die Zukunft.«

Ja, im Raum war es wohlig; es kam auf nichts an; weder
auf die Fältchen noch auf die nachlässige Kleidung, noch auf
die vergilbten Zähne, noch auf das schüttere Haar, noch auf
die bleichen Lippen, noch auf den hängenden Bauch.
Sicherheit Sicherheit Ich bewege mich nicht mehr und bin
bereit

Sicherheit Die Schönheit ist nichts gegen dich
Die Jugend ist nichts gegen dich

Und er ging müde durch ihren Raum (wischte mit dem Handschuh den Abdruck fremder Finger vom Tisch), wußte, daß sie Liebhaber gehabt hatte, zahllose Liebhaber, die *verschacherten alles Leuchten aus ihrem Fleisch*
Nicht einmal im Finstern ist sie noch schön
Und was sich abgewetzt hat, ist nichts mehr wert

Und durch seine Seele ging ein Lied, ein vergessenes Lied, Gott, welches der Lieder war es denn?
Fort schwimmst du fort über die Sandbank der Betten
und wischst langsam dein Äußeres weg
Fort schwimmst du fort bis von dir nur noch
die Mitte allein nur die Mitte bleibt

Auch sie wußte, daß sie für ihn nichts Junges, nichts Kerniges mehr hatte. Doch:
In den Augenblicken der Schwäche die mich jetzt überfallen
werden Müdigkeit und Wenigerwerden
dieser so wichtige und so reine Prozeß
dir gehören nur dir

Gerührt betasteten sie gegenseitig ihre runzeligen Leiber, und er nannte sie »mein Mädchen« und sie nannte ihn »Bübchen«, und dann weinten beide.
Und es gab keinen Vermittler zwischen ihnen
Kein Wort Keine Geste Nichts wohinter sie sich
versteckt hätten
Nichts wohinter sich seine und ihre Armseligkeit
versteckt hätten

Denn gerade diese Armseligkeit nahmen beide ganz und gar wahr, nahmen sie begierig einer aus dem anderen. Sie streichelten gegenseitig ihre Körper und hörten, wie unter der Haut des anderen bereits die Todesmaschinen wirkten. Und sie wußten, daß sie einander für immer und vollkommen ergeben waren; daß es ihre letzte und auch größte Liebe war, weil die letzte Liebe die größte ist. Der Mann dachte:
Dies ist Liebe ohne Hintertür Dies ist Liebe wie eine Mauer

Und die Frau dachte:
Fern vielleicht in der Zeit doch nahe in seiner Gestalt ist
der Tod

uns beiden jetzt – Tief in die Sessel getaucht
ist das Ziel erreicht Und zufrieden sind die Beine so
versuchen nicht einen Schritt
und die Handflächen sicher so suchen nicht
nach Berührung
Nur warten noch warten bis der Speichel im Mund sich
verwandelt in Tau

Bei der Lektüre des sonderbaren Gedichts staunte die Mutter einmal mehr über die Frühreife, die es ihrem Sohn ermöglichte, ein ihm so fernes Lebensalter zu begreifen; sie verstand nicht, daß die Psychologie des Alters in den Gedichtgestalten gar nicht erfaßt war. Aber auch die Studentin, der Jaromil sein Gedicht viel später zeigen sollte, sollte nicht recht haben, wenn sie es nekrophil nannte.

Nein, im Gedicht ging es gar nicht um den Greis und die Greisin; auf die Frage, wie alt die beiden denn seien, wäre er verlegen geworden und hätte geantwortet, zwischen vierzig und achtzig; Alter war ihm kein Begriff, es war ihm noch zu weit weg, zu abstrakt; über das Alter wußte er lediglich, daß es sich um eine Situation handelte, wo der Mensch seine Erwachsenheit hinter sich hat; wo das Schicksal endet; wo es nichts mehr gibt, das schreckliche Unbekannte mit Namen Zukunft zu fürchten; wo die Liebe, der wir begegnen, die letzte ist und einem sicher.

Denn Jaromil war voll Angst; er ging zum nackten Körper der jungen Frau, als ginge er über Dornen; er sehnte sich nach dem Körper und fürchtete ihn; darum hatte er sich in den Zärtlichkeitsgedichten vor der Konkretheit des Körpers in die Welt kindlicher Verspieltheit geflüchtet; er hatte dem Körper Realität genommen und den weiblichen Schoß als tickendes Spielzeug angesehen; diesmal war er den umgekehrten Weg gegangen: ins Alter; dorthin, wo der Leib nicht mehr gefährlich und hochmütig ist; wo er armselig und bedauernswert ist; die Armseligkeit des greisen Leibes versöhnte ihn etwas mit dem Hochmut des jungen, der auch einmal greis sein würde.

Das Gedicht war voller naturalistischer Abscheulichkeiten; Jaromil hatte weder die Gelbheit der Zähne noch den Talg in den Augenwinkeln noch das Hängen des Bauches vergessen; aber hinter der Grobheit dieser Details stand eine rührende Sehnsucht, die Liebe auf das Ewige, Unendliche zu begrenzen, darauf, was »die Mitte allein die Mitte« und was imstande ist, die Macht des Leibes zu überwinden, des verräterischen Leibes, dessen Welt sich vor ihm ausbreitete wie ein unbekanntes Territorium voller Löwen.

Er schrieb Gedichte von der künstlichen Kindheit der Zärtlichkeit, er schrieb Gedichte vom unwirklichen Tod, er schrieb Gedichte vom unwirklichen Alter. Das waren die drei bläulichen Paniere, unter denen er furchtsam zum sehr wirklichen Körper der erwachsenen Frau schritt.

23

Als sie zu ihm kam (Mutter und Großmutter waren für zwei Tage von Prag fort), machte er kein Licht, obwohl es allmählich dunkel wurde. Sie hatten das Abendessen hinter sich und saßen in Jaromils Zimmer. Gegen zehn (es war die Zeit, wo ihn die Mutter ins Bett zu schicken pflegte), sprach er den Satz, den er im Geiste mehrmals wiederholt hatte, um ihn völlig leicht und selbstverständlich vorzubringen: »Legen wir uns nicht hin?«

Sie nickte, und Jaromil machte das Bett. Ja, alles spielte sich ab, wie Jaromil es vorbedacht hatte, ohne die geringste Schwierigkeit. In einer Ecke entkleidete sich das Mädchen, in der gegenüberliegenden Jaromil (weitaus hastiger); er zog schnell den Pyjama an (in dessen Tasche er sorgfältig das Päckchen mit dem durchsichtigen Strümpfchen gesteckt hatte), schlüpfte rasch unter die Zudecke (er wußte, daß ihm der Pyjama nicht stand, daß er ihm zu groß war und ihn darum kleiner machte) und schaute dem Mädchen zu, das nichts anbehielt (jetzt, im Halbdunkel, kam sie ihm noch schöner vor als neulich) und sich nackt zu ihm legte.

Sie schmiegte sich an ihn und begann ihn wild zu küssen; nach einer Weile fiel Jaromil ein, daß es höchste Zeit sei, das Päckchen zu öffnen; er griff in die Tasche und wollte das Utensil unauffällig herausziehen. »Was hast du da?« fragte das Mädchen. »Nichts«, antwortete er und legte schnell die Hand auf ihre Brust. Er überlegte, daß er sich würde für einen Augenblick entschuldigen und ins Bad gehen müssen, um die Vorbereitung diskret zu treffen. Doch während des Überlegens (das Mädchen hörte nicht auf, ihn zu küssen) bemerkte er, daß die anfangs in ihrer ganzen physischen Unstrittigkeit empfundene Erregung schwand. Was ihn in neuerliche Verlegenheit stürzte, weil es dergestalt sinnlos war, das Päckchen zu öffnen. Er streichelte das Mädchen leidenschaftlich und beobachtete, ob sich die abgeschlaffte Erregung wieder einstellen würde. Sie stellte sich nicht ein. Der Körper schien vielmehr unter seiner aufmerksamen Beobachtung von Angst übermannt; er zog sich eher zusammen, als daß er gewachsen wäre.

Das Streicheln und Küssen bot weder Freude noch Genuß; es war wie eine Sichtblende, hinter der sich der Junge abquälte und seinen Körper verzweifelt zur Ordnung rief. Das unaufhörliche Streicheln und Umarmen war eine unaufhörliche Marter, eine Marter in völliger Stummheit, weil Jaromil nichts zu sagen wußte und ahnte, daß jedes Wort nur noch mehr auf seine Schande hingedeutet hätte; und auch das Mädchen schwieg, weil auch sie wahrscheinlich die Ahnung einer Schande hatte, ohne wohl genau zu wissen, ob es ihre oder seine Schande war; jedenfalls geschah etwas, worauf sie nicht vorbereitet war und was zu benennen sie sich fürchtete.

Und als dann der entsetzliche Veitstanz der Berührungen und Küsse nachließ und wegen völligem Kräfteschwund schließlich nicht mehr fortgesetzt werden konnte, legten sie die Köpfe ruhig aufs Kissen und versuchten einzuschlafen. Schwer zu sagen, ob und wie sie schliefen, auf jeden Fall schützten beide Schlaf vor, um so voreinander versteckt zu sein.

Am Morgen beim Aufstehen wagte Jaromil kaum, ihren Körper anzusehen; quälend schön kam er ihm vor, um so schöner, je weniger er ihm gehörte. Sie gingen in die Küche, bereiteten sich ein Frühstück und führten mühsam ein allgemeines Gespräch.

Doch plötzlich sagte die Studentin: »Du liebst mich nicht.«

Jaromil wollte ihr versichern, daß dem nicht so sei, doch sie ließ ihn nicht zu Wort kommen: »Nein, versuch mir nichts einzureden, es ist zwecklos. Es ist stärker als du, das hat sich heute nacht gezeigt. Du hast mich nicht gern genug. Du selbst hast heute nacht erkennen müssen, daß du mich nicht gern genug hast.«

Jaromil hatte im ersten Moment erwidern wollen, daß so etwas mit dem Maß der Liebe nichts zu tun habe, sagte es jedoch nicht. Die Worte des Mädchens boten ihm unerwartete Gelegenheit, seine Schande zu vertuschen. Es war tausendmal leichter, den Vorwurf zu ertragen, er liebe das Mädchen nicht, als sich mit dem Bewußtsein herumzuschlagen, einen mangelhaften Körper zu haben, der womöglich nie mehr würde eine Frau lieben können (denn daran mußte er nun ununterbrochen denken). Also antwortete er lieber nichts, er senkte nur den Kopf. Und als das Mädchen seine Beschuldigung wiederholte, gab er mit einer Stimme, die absichtlich unsicher und wenig überzeugend klingen sollte, lediglich von sich: »Aber, nein, ich hab dich gern.«

»Du lügst«, meinte sie, »du hast wen, den du liebst.«

Das war noch besser. Jaromil senkte wieder den Kopf und hob traurig die Schultern, als müsse er zugeben, daß der Vorwurf einen wahren Kern habe.

»Es hat keinen Sinn, wenn es nicht die wahre Liebe ist«, sagte die Studentin düster. »Ich habe dir gesagt, daß ich diese Dinge nicht auf die leichte Schulter nehmen kann. Ich ertrage nicht, dir Ersatz für jemanden andern zu sein.«

War die verlebte Nacht auch voller Qualen für Jaromil gewesen, nun sah er einen Ausweg: Wiederholung und Ausgleich des Mißerfolgs. Darum mußte er jetzt zu ihr sagen: »Nein, du tust mir Unrecht. Ich habe dich gern. Ich habe dich schrecklich gern. Aber etwas habe ich dir verschwiegen. Die Frau hat mich geliebt, und ich habe sie furchtbar verletzt. Jetzt liegt ein Schatten auf mir, der mich bedrückt und gegen den ich machtlos bin. Versteh mich, ich bitte dich. Es wäre ein Unrecht, wenn du deswegen nicht mehr mit mir zusammensein möchtest, denn ich liebe nur dich, nur dich.«

»Ich sage nicht, daß ich nicht mehr mit dir zusammensein will, ich sage nur, daß ich keine andere Frau ertrage, auch nicht in Gestalt eines Schattens. Versteh du mich, die Liebe ist für mich das Absolute. In der Liebe kenne ich keine Kompromisse.«

Jaromil sah in das bebrillte Mädchengesicht, und das Herz krampfte sich ihm bei dem Gedanken zusammen, er könnte sie verlieren; ihm schien, sie sei ihm nahe, sie verstehe ihn.

Trotzdem konnte und durfte er sich ihr nicht anvertrauen, mußte vielmehr wie einer dreinschauen, auf dem ein schicksalhafter Schatten lag, wie einer, der gespalten und erbarmungswürdig ist.

»Bedeutet denn«, warf er ein, »Absolutheit in der Liebe nicht, daß sie fähig ist, den anderen zu verstehen und mit allem zu lieben, was in ihm und an ihm ist, auch mit seinen Schatten?«

Das war ein guter Satz, und er stimmte die Studentin nachdenklich. Jaromil meinte, es wäre vielleicht doch nicht alles verloren.

24

Bislang hatte er ihr seine Gedichte nicht zu lesen gegeben; er hatte darauf gewartet, daß der Maler sein Versprechen halte, die Verse in einer avantgardistischen Zeitschrift drucken zu lassen; erst durch den Ruhm gedruckter Lettern hatte er sie blenden wollen. Aber jetzt brauchte er rasche Hilfe durch die Verse. Er glaubte, daß ihn die Studentin nach der Lektüre (am meisten versprach er sich vom Greisengedicht) verstehen würde, daß sie gerührt sein müßte. Er hatte sich getäuscht; vermutlich meinte sie, dem jüngeren Freund gegenüber zu kritischem Rat verpflichtet zu sein, und ihn fröstelte bei der Sachlichkeit ihrer Anmerkungen.

Wohin war der herrliche Spiegel ihrer begeisterten Bewunderung verschwunden, in dem er seine Persönlichkeit erstmals entdeckt hatte? Aus allen Spiegeln grinste ihn jetzt die Abscheulichkeit seiner Unerwachsenheit an, das war unerträglich. Da erinnerte er sich des Namens eines vom Nimbus europäischer Avantgarde und heimischer Exzesse umgebenen Dichters und faßte zu ihm, obwohl er ihn als solchen weder voll erkannt noch persönlich kennengelernt hatte, jenes blinde Vertrauen, das einfältige Gläubige hohen Würdenträgern ihrer Kirche entgegenbringen. Er schickte ihm seine Gedichte mit einem demütigen, bittstellerischen Brief. Er träumte von der Antwort, der freundschaftlichen und bewundernden, und dieses Träumen war wie Balsam auf seine Zusammenkünfte mit der Studentin, die immer seltener wurden (sie behauptete, die Fakultätsprüfungen stünden vor der Tür, sie habe darum wenig Zeit) und immer trauriger ausfielen.

Er kehrte in die Periode zurück (sie war übrigens noch gar nicht lange vorbei), wo ihm Gespräche mit Frauen schwergefallen waren und wo er sich hatte darauf vorbereiten müssen; auch jetzt wieder durchlebte er jedes Zusammentreffen mehrere Tage im voraus und unterhielt sich mit der Studentin im Geiste ganze Abende lang. In diesen stets unausgesprochen bleibenden Monologen zeichnete sich immer stärker (und doch geheimnisvoll) die Gestalt jener Frau ab, deren Existenz die Studentin am Morgen beim Frühstück in Jaromils Behausung behauptet hatte; sie beschenkte Jaromil mit dem Licht durchlebter Vergangenheit, rief eifersüchtiges Interesse hervor und entschuldigte den Mißerfolg seines Körpers.

Bedauerlicherweise zeichnete sie sich nur in den unausgesprochenen Monologen ab, während sie sich aus Jaromils tatsächlichen Gesprächen mit der Studentin unbemerkt und rasch entfernt hatte; die Studentin hatte das Interesse an ihr ebenso unvermittelt verloren, wie sie unvermittelt von ihr gesprochen hatte. Wie beunruhigend! Ohne mit der Wimper zu zucken, überging sie Jaromils sämtliche kleine Anspielungen, sorgsam vorbereiteten Versprecher und unerwarteten Verstummer, die als Erinnerungen an die andere Frau wirken sollten.

Hingegen sprach sie lange (und wehe, auch vollkommen heiter!) über die Fakultät und stellte verschiedene Kommilitonen so plastisch dar, daß sie ihm viel wirklicher erschienen als er sich selber. Beide fielen wieder in den Zustand aus der Zeit vorm gegenseitigen Kennenlernen zurück: er war erneut das unsichere Jüngelchen, sie die *steinerne Jungfrau,* die gelehrte Reden führte. Nur augenblicksweise noch geschah es (und Jaromil liebte diese Augenblicke unermeßlich und gierig), daß sie plötzlich verstummte oder mir nichts, dir nichts einen traurigen und wehmütigen Satz sprach, an den mit einem eigenen Wort anzuknüpfen er sich allerdings vergeblich mühte, weil des Mädchens Trauer nach innen gewandt war und nicht nach Einvernehmen mit Jaromils Trauer verlangte.

Aus welcher Quelle mochte diese Trauer wohl gespeist sein? Wer weiß; vielleicht tat es ihr um die Liebe leid, die sie schwinden sah; vielleicht dachte sie an einen anderen, nach dem sie Sehnsucht hatte; wer weiß; einmal war der Augenblick der Trauer so intensiv (sie kamen gerade aus dem Kino und gingen durch eine abendlich stille Gasse), daß sie im Gehen den Kopf an seine Schulter legte.

Gott! Das hatte er doch schon erlebt! Damals, als er mit dem Tanzstundenmädchen durch den Park spaziert war! und diese Geste des Kopfes wirkte sich bei ihm diesmal genauso aus: er war erregt! er war unermeßlich und nachweislich erregt! nur schämte er sich dessen nicht, im Gegenteil, er wünschte verzweifelt, das Mädchen möge seine Erregung sehen!

Doch das Mädchen hatte den Kopf traurig an seiner Schulter liegen und blickte durch die Brille weiß Gott wohin.

Und Jaromils Erregung hielt an, sieghaft, stolz, lange, sichtbar, und er wünschte immer sehnlicher, es würde bemerkt und gewürdigt! Gern hätte er die Hand des Mädchens genommen und unten an seinen Körper gelegt, aber das war nur ein Einfall, das kam ihm närrisch und unmöglich vor. Aber sie könnten stehenbleiben und einander umarmen, und dabei müßte das Mädchen am eigenen Leib seine Erregung spüren.

Doch als die Studentin an seinem sich verlangsamenden Schritt spürte, daß er stehenbleiben und sie küssen wollte, sagte sie: »Nein, nein, ich möchte so bleiben, ich möchte so bleiben . . .« Und sie sagte es so traurig, daß Jaromil widerspruchslos gehorchte. Und der, den er zwischen den Beinen hatte, kam ihm wie ein tanzender August vor, wie ein Clown, wie ein hohnlachender Feind. Er ging mit einem traurigen, fremden Kopf an der Schulter und mit einem fremden, lachenden Clown zwischen den Beinen. •

25

Vielleicht war er der Annahme erlegen, Trauer und Trost-
verlangen (der berühmte Dichter hatte ihm noch immer nicht
geantwortet) würden jeden ungewöhnlichen Schritt rechtfertigen – er begab sich unangemeldet zum Maler. Schon im
Vorzimmer merkte er am Stimmengewirr, daß er in eine
mehrköpfige Gesellschaft hineingeraten würde, und er wollte
sich entschuldigen und wieder gehen; der Maler jedoch lud
ihn herzlich ins Atelier, wo er ihn seinen Gästen vorstellte,
drei Männern und zwei Frauen.

Jaromil spürte, daß er unter den Blicken der fünf unbekannten Leute errötete, fühlte sich gleichzeitig aber auch ge-
schmeichelt; bei der Vorstellung hatte der Maler verkündet,
er, Jaromil, schreibe ausgezeichnete Verse; überhaupt sprach
der Gastgeber über ihn, als würden die Gäste Jaromil bereits vom Hörensagen kennen. Und das war ein angenehmes
Gefühl. Als er Platz genommen hatte, konstatierte er mit
einer gewissen Genugtuung, daß die beiden anwesenden
Frauen schöner waren als seine Studentin. Diese brillante
Selbstverständlichkeit, mit der sie ihre Beine übereinander-
schlugen, die Asche ihrer Zigaretten in die Becher schnippten
und gelehrte Termini sowie vulgäre Ausdrücke zu bizarren
Sätzen vermengten! Jaromil fühlte sich wie in einem
Aufzug, der ihn in herrliche Höhen trug, wo die peini-
gende Stimme des bebrillten Mädchens nicht mehr zu hören
war.

Eine der Frauen wandte sich mit der freundlichen Frage
an ihn, was für Verse er schreibe. »Verse«, antwortete er
verlegen und hob die Schultern. »Hervorragende«, fügte der
Maler hinzu, und Jaromil senkte den Kopf. Die andere Frau
musterte ihn eingehend und sprach mit einer Altstimme:
»Er sieht unter uns hier wie Rimbaud in Gesellschaft Ver-
laines und dessen Kumpanen auf dem Bild von Fantin-La-
tour aus. Das Kind zwischen Männern. Der achtzehnjährige

Rimbaud hat angeblich wie dreizehn ausgesehen. – Und Sie«, sprach sie Jaromil an, »Sie sehen völlig wie ein Kind aus.«

(Wer möchte es sich versagen, darauf hinzuweisen, daß die Frau sich mit derselben grausamen Zärtlichkeit über Jaromil neigte, wie sich die Schwestern des Rimbaud-Lehrers Izambard – die berühmten *Läusesucherinnen* – über den symbolistischen Dichter geneigt hatten, wenn der nach einem seiner langen Streifzüge bei ihnen Zuflucht suchte und sie ihn wuschen, säuberten und von Ungeziefer befreiten.)

»Unser Freund«, sagte der Maler, »lebt in dem Glück – es wird freilich nicht lange anhalten –, daß er nicht mehr Kind und noch nicht Mann ist.«

»Die Pubertät ist das poetischste Lebensalter«, meinte die erste Frau.

»Du würdest staunen«, erklärte der Maler lächelnd, »wie bewundernswert fertig und reif die Verse dieses völlig unreifen und unfertigen keuschen Jünglings sind . . .«

»Stimmt«, pflichtete einer der Männer nickend bei, der Jaromils Verse offenbar kannte.

»Werden Sie sie nicht drucken lassen?« fragte die Frau mit der Altstimme den Jüngsten in der Runde.

»Die Zeit der positiven Helden und Stalinbüsten wird für seine Poesie nicht sonderlich günstig sein«, bemerkte der Maler.

Das Stichwort positive Helden stellte die Weiche der Diskussion wieder auf das Gleis um, auf der sie sich vor Jaromils Eintreffen bewegt hatte. Ihm war diese Thematik vertraut, und er hätte sich leicht am Gespräch beteiligen können, doch er hörte die anderen nicht mehr. In seinem Kopf hallte ununterbrochen wider, daß er wie dreizehn aussehe, daß er ein Kind sei, daß er wie ein keuscher Jüngling wirke. Natürlich, er wußte, daß ihn hier niemand beleidigen wollte und daß vor allem der Maler seine Werke aufrichtig schätzte, aber was half es: Kam es ihm in diesem Augenblick auf Verse an? Tausendmal hätte er deren Reife hergegeben, würde er dafür die eigene Reife gewonnen haben. Alle seine Gedichte hätte er für einen einzigen Beischlaf gegeben.

Die Gesellschaft diskutierte immer hitziger, und Jaromil wünschte zu gehen. Aber er befand sich im Zustand einer Bedrücktheit, die ihm nicht erlaubte, den Satz auszusprechen, der seinen Abschied angekündigt hätte. Er fürchtete sich vor der eigenen Stimme; er fürchtete, daß sie zittern oder sich überschlagen würde, daß sie erneut seine Unreife und Dreizehnjährigkeit vor allen bekunden würde. Er wünschte, unsichtbar zu sein, sich auf Zehenspitzen davonstehlen zu können, einzuschlafen und erst wieder in zehn Jahren aufzuwachen, wenn sein Gesicht gealtert und mit Männerfalten bedeckt sein würde.

Die Frau mit der Altstimme wandte sich erneut an ihn: »Warum sind Sie so schweigsam, Kind?«

Er murmelte, daß er lieber zuhöre als rede (obwohl er gar nicht hingehört hatte), dachte jedoch dabei, daß es aus dem von der Studentin über ihn gefällten Urteil anscheinend kein Entrinnen gab, daß er den Urteilsspruch, der ihn in seine Jünglingskeuschheit zurücktrieb und den er wie ein Mal auf der Stirn trug (Gott, alle sahen ihm an, daß er noch keine Frau gehabt hatte!), neu bestätigt bekommen hatte.

Und weil ihn die anderen wieder anschauten, wurde er sich noch schmerzlicher seines Gesichtes bewußt, fast mit Grausen verspürte er, daß das, was er im Gesicht hatte, Mamas Lächeln war! Er erkannte es mit Sicherheit, das zartbittere Lächeln, er spürte, daß es auf seinem Mund saß und sich nicht abschütteln ließ. Ja, er spürte, daß ihm die Mutter aufgesetzt war wie eine Larve, die einem das Recht aufs eigene Aussehen absprach.

So saß er zwischen erwachsenen Leuten, von der Mutter umsponnen, von ihren Armen umfangen und zurückgerissen aus der Welt, in die er gehören wollte und die ihn freundlich behandelte, wenngleich wie jemanden, der noch nicht hineingehörte. Es war so unerträglich, daß Jaromil alle Kraft zusammennahm, um das Gesicht der Mutter abzuschütteln, um hinter ihm hervorzutreten; er bemühte sich angestrengt, der Diskussion zu folgen.

Man sprach von dem, wovon damals alle Künstler aufgeregt sprachen. Die moderne Kunst hatte sich in Böhmen stets zur kommunistischen Revolution bekannt; als die Revolution jedoch gekommen war, hatte sie das alleingültige Programm eines allgemeinverständlichen volkstümlichen Realismus verkündet und die moderne Kunst als entartete Äußerung bourgeoisen Niedergangs verdammt. »Das ist unser Dilemma«, sagte einer der männlichen Gäste des Malers, »entweder die moderne Kunst zu verraten, mit der wir verwachsen sind, oder die Revolution, zu der wir uns bekennen?«

»Die Frage ist falsch gestellt«, meinte der Maler. »Eine Revolution, die die akademische Kunst wieder aus dem Grabe holt und Staatsmännerbüsten zu Tausenden fabriziert, hat nicht nur die moderne Kunst verraten, sondern vor allem sich selbst. So eine Revolution will nicht die Welt verändern, im Gegenteil, sie will den reaktionärsten Geist der Geschichte konservieren, den Geist der Bigotterie, der Disziplin, des Dogmatismus, des Glaubens und der Konvention. Wir befinden uns in keinem Dilemma. Als wahre Revolutionäre können wir mit diesem Verrat an der Revolution nicht einverstanden sein.«

Jaromil hätte es keine Schwierigkeit bereitet, des Malers Gedanken, dessen Logik ihm geläufig war, weiterzuentwickeln, aber ihm widerstrebte, hier im Schlepptau des Malers als gelehriger Schüler aufzutreten, als eifriges Bübchen, dem man Lob spenden würde. Ihn verlangte es nach Auflehnung, und er sagte, zum Maler gewandt:

»Sie zitieren doch so gern Rimbaud: Man muß absolut modern sein. Dem stimme ich vollkommen zu. Aber absolut neu ist nicht das, was wir fünfzig Jahre lang vorhersehen, sondern das, was uns schockt und überrascht. Absolut modern ist nicht der Surrealismus, der schon ein Vierteljahrhundert währt, sondern diese Revolution, die jetzt eben geschieht. Der Umstand, daß Sie sie nicht verstehen, ist bloß Beweis dafür, daß sie neu ist.«

Man fiel ihm ins Wort: »Die moderne Kunst war eine gegen die Bourgeoisie und ihre Welt gerichtete Bewegung.«

»Jawohl«, sagte Jaromil, »aber wenn sie wirklich konsequent gewesen wäre in der Verneinung der gegenwärtigen Welt, hätte sie mit ihrem eigenen Untergang rechnen müssen. Sie mußte wissen (mußte es sogar wollen), daß sich die Revolution eine vollkommen neue Kunst als Ebenbild schaffen würde.«

»So daß Sie damit einverstanden sind«, bemerkte die Frau mit der Altstimme, »wenn man Baudelaires Gedichte einstampft, wenn die ganze moderne Literatur verboten wird und wenn man die kubistischen Bilder in der Nationalgalerie schnell in die Keller umsiedelt.«

»Revolution ist Gewalt«, erwiderte Jaromil, »das ist doch bekannt, und gerade der Surrealismus hat genau gewußt, daß man die Greise brutal von den Kathedern stoßen muß, nur schwante ihm nicht, daß er selbst dazu gehörte.«

Sein Zorn wegen der Erniedrigung bewirkte, daß er, wie er meinte, präzis und böse formulierte. Eines freilich hatte ihn gleich bei den ersten Worten stutzig gemacht: er vernahm in seiner Stimme erneut die autoritative Intonation des Malers und vermochte seiner Rechten nicht zu wehren, Gesten zu vollführen, die typisch für den Maler waren. Eigentlich war es die wunderliche Diskussion des Malers mit dem Maler, des Maler-Mannes mit dem Maler-Kind, des Malers mit seinem sich auflehnenden Schatten. Jaromil wurde sich dessen bewußt und fühlte sich noch erniedrigter; und er benutzte immer härtere Formulierungen, um sich für die Einkerkerung in die Gesten und die Stimme des Malers zu rächen.

Der Maler antwortete Jaromil zweimal durch längere Ausführungen, ein drittesmal tat er es nicht. Da schaute er nur noch, hart und streng, und Jaromil wußte, daß er dieses Atelier würde nie mehr betreten dürfen. Alle schwiegen, und erst nach längerer Zeit erhob die Frau ihre Altstimme (diesmal jedoch nicht mit jener Zärtlichkeit, mit der sich die Schwester Izambards über Rimbauds verlausten Kopf geneigt hatte, sondern eher, als zöge sie sich traurig und überrascht von ihm zurück): »Ich kenne Ihre Verse nicht, aber

nach alldem, was ich darüber gehört habe, würden sie kaum
unter dem Regime erscheinen können, das Sie so vehement
verteidigen.«

Jaromil mußte an sein letztes Gedicht von den beiden
Alten und deren letzter Liebe denken; ihm war klar, daß es
in der Epoche freudiger Parolen und Agitationsgedichte niemals im Druck würde erscheinen können und daß er, wenn
er jetzt dieses von ihm so geliebten Gedichtes entsagte, des
Teuersten entsagte, was er hatte, daß er auf seinen einzigen
Reichtum verzichtete, auf etwas, ohne das er vollkommen
allein sein würde.

Aber es gab für ihn noch etwas Wertvolleres als seine Gedichte; er hatte es nicht, es war so fern und war doch das
Ziel seiner stärksten Sehnsucht – Männlichkeit; er wußte,
daß man sie nur durch mutige Tat erlangte; und verlangte
sie Mut zum Verlassensein, zum Verlassensein von allem,
von der Geliebten, vom Maler, ja auch von den eigenen Gedichten – nun, dann wollte er mutig sein. Er sagte:

»Ja, ich weiß, daß diese Gedichte für die Revolution völ-
lig untauglich sind. Was ich bedauere, weil ich sie gern habe.
Aber mein Bedauern ist leider kein Argument gegen ihre
Untauglichkeit.«

Und wieder herrschte eine Zeitlang Stille, bis einer der
Männer sagte: »Das ist ja schrecklich«, und er erzitterte, als
jagten Frostschauer über seinen Rücken. Jaromil sah, daß
seine Worte allen in der Runde Schrecken eingejagt hatten,
daß sie, während die Blicke aller auf ihm ruhten, den Untergang alles dessen schauten, was sie geliebt und wofür sie
gelebt hatten.

Es war traurig, aber auch schön: Jaromil verlor für ein
Weilchen das Gefühl, Kind zu sein.

Die Mutter versuchte durch die Verse, die Jaromil ihr schweigend auf den Tisch zu legen pflegte, tieferen Einblick in das Leben des Sohnes zu gewinnen. Aber ihnen fehlte die klare Sprache! Ihre Aufrichtigkeit war doppelbödig; sie waren voller Rätsel und Andeutungen; wohl wußte die Mutter, daß der Sohn den Kopf voller Frauen hatte, aber sie wußte überhaupt nicht, was er zwischen ihnen war.

Darum öffnete sie eines Tages die Schublade seines Schreibtisches und suchte so lange, bis sie das Tagebuch fand. Sie kniete sich auf den Boden und blätterte aufgeregt; die Eintragungen waren stichwortartig, dennoch ersah sie daraus, daß ihr Sohn eine Liebe hatte; er bezeichnete sie lediglich mit dem großen Anfangsbuchstaben, so daß sie nicht herausfinden konnte, wer diese Frau war; mit leidenschaftlicher, sie anwidernder Detailliertheit hingegen war vermerkt, wann die beiden einander zum erstenmal geküßt und wie oft sie den Park umrundet hatten, wann er zum erstenmal ihre Brüste und wann ihr Gesäß berührt hatte.

Dann stieß sie auf ein rot ummaltes und mit vielen Ausrufezeichen versehenes Datum; geschrieben stand daneben: *Morgen! Morgen! Ach, alter Jaromil, glatzköpfiger Greis, liest du dies nach vielen Jahren, dann erinnere dich, daß an diesem Tag deine wirkliche Geschichte begann!*

Sie dachte rasch zurück: ja, es war jener Tag, an dem sie mit Großmutter Prag verlassen hatte; und sofort erinnerte sie sich, daß sie bei der Rückkehr im Bad ihr teueres Parfüm offen vorgefunden hatte; Jaromil hatte auf ihre Frage, was er mit dem Parfüm getan habe, verlegen geantwortet: »Gespielt hab ich damit...« Oh, wie dumm sie doch gewesen war! Sie hatte sofort an Jaromils Kindheitswunsch gedacht, Parfümerfinder zu werden, war ganz gerührt gewesen und hatte ihm darum gesagt: »Bist doch wohl erwachsen genug, um nicht mehr spielen zu müssen!« Jetzt freilich sah sie klar:

im Bad war die Frau gewesen, mit der Jaromil in jener Nacht geschlafen und seine Unschuld verloren hatte.

Sie stellte sich seinen nackten Körper vor; sie stellte sich zu diesem Körper den nackten Körper der Frau vor; sie stellte sich vor, daß der Frauenkörper nach ihrem Parfüm und also wie sie roch; eine Welle des Ekels stieg in ihr auf.

Sie schaute wieder ins Tagebuch und mußte feststellen, daß hinter dem Rufzeichendatum keine Eintragungen mehr folgten. Ja, für die Männer ist immer alles aus, wenn sie erst mal mit einer Frau geschlafen haben, dachte sie verächtlich, und ihr Sohn kam ihr abscheulich vor.

Sie mochte ihren Sohn nicht sehen und wich ihm einige Tage aus. Dann merkte sie, daß er abgezehrt und bleich war; sie zweifelte nicht, daß er zuviel der körperlichen Liebe frönte.

Erst mehrere Tage danach gewahrte sie in der Abgezehrtheit des Sohnes neben der Müdigkeit auch Trauer. Das versöhnte sie allmählich mit ihm und machte sie hoffen; sie sagte sich: die Geliebten spenden Leid, die Mütter spenden Trost; und sie sagte sich außerdem: Geliebte hat man viele, eine Mutter hat man nur einmal. Ich muß um ihn kämpfen, muß kämpfen, ermahnte sie sich und umkreiste ihn fortan wie ein wachsamer, mitfühlender Tiger.

In dieser Zeit machte er das Abitur. Große Wehmut befiel ihn, als er sich von den Kameraden verabschiedete, mit denen er acht Jahre lang in dieselbe Klasse gegangen war, und ihm schien, das amtlich beglaubigte Erwachsensein breite sich vor ihm aus wie eine Wüste. Einige Tage später erfuhr er (durch einen Zufall: er war einem Burschen begegnet, den er bei den Debatten in der Wohnung des schwarzhaarigen Mannes kennengelernt hatte), daß sich die bebrillte Hochschülerin in einen Kommilitonen verliebt habe; weil er den nichtsahnenden Jungen mit selbstquälerischer Eindringlichkeit ausfragte, bekam er sogar heraus, wie der Kommilitone hieß, wie er aussah, was er tat und wie er war.

Dann traf er sich mit ihr; sie sagte, daß sie einige Tage in Ferien fahre; er notierte sich ihre Adresse; was er über sie in Erfahrung gebracht hatte, erwähnte er nicht; dies auszusprechen, fürchtete er sich; er fürchtete, damit das Auseinandergehen zu beschleunigen; er war froh, daß sie ihn noch nicht ganz verlassen hatte, auch wenn es den anderen gab; er war froh, daß er sie von Zeit zu Zeit küssen durfte und daß sie ihn wenigstens wie einen Kameraden behandelte; er hing furchtbar an ihr und gab seinen Stolz auf; sie war die einzige Gestalt, die er in der Wüste vor sich sah; er klammerte sich an die Hoffnung, daß ihre kaum noch glimmende Liebe doch wieder auflodern könnte.

Die Studentin verreiste und ließ ihm einen heißen Sommer zurück, der ihm wie ein langer stickiger Tunnel vorkam. Sein Brief an sie im Ferienort (es war ein weinerlicher und flehentlicher Brief), flatterte durch den Tunnel, doch es gab kein Echo. Jaromil dachte an den Telephonhörer an seiner Zimmerwand; wahrlich, dessen Sinnbedeutung war plötzlich sehr lebendig: Sprechmuschel mit zerschnittenem Draht, Brief ohne Antwort, Gespräch mit einem Tauben . . .

Und über die Gehsteige schwebten Frauen in duftigen

Kleidern, Schlager tönten durch die offenen Fenster, in den Straßenbahnen lauter Badetaschen mit Frotteetüchern und Bikinis, ein Ausflugsdampfer fuhr die Moldau aufwärts, nach Süden, in die Wälder ...

Jaromil war verlassen, und einzig die Augen der Mutter folgten ihm, hielten sich getreulich an ihn; aber gerade dies empfand er als unerträglich, daß ständig ein Augenpaar seine Verlassenheit, die verborgen und ungesehen bleiben wollte, schonungslos entblößte. Er ertrug weder Blicke noch Fragen der Mutter. Er floh aus dem Haus, kam immer erst spät heim und legte sich dann gleich ins Bett.

Es wurde gesagt, Jaromil sei nicht für die Masturbation, sondern für die große Liebe geschaffen. In diesen Wochen jedoch masturbierte er verzweifelt und wild, als wollte er sich selbst durch die Selbstbefleckung bestrafen. Den ganzen Tag tat ihm der Kopf weh, aber darüber war er fast froh, denn auf der Straße verhüllte der Schmerz die leichtgeschürzten Frauenschönheiten und dämpfte die schmachtenden Schlagermelodien; in der mäßigen Stumpfheit fühlte er sich eher fähig, die unübersehbare Wasserfläche des Tages zu bewältigen.

Von der Studentin kam kein Brief. Wenn nur überhaupt irgendwoher einer gekommen wäre. Niemand wollte in seine Leere treten. Nicht einmal der berühmte Dichter, bei dem sein Werk lag, hatte sich zu ein paar Sätzen bequemt. Wenn wenigstens von ihm ein warmes Wort käme! (Stimmt, er hätte alle seine Verse dafür gegeben, als Mann anerkannt zu werden, doch ebenso stimmt: Wurde er nicht als Mann anerkannt, konnte ihn einzig die Anerkennung als Dichter trösten.) Beim berühmten Dichter mußte er sich unbedingt in Erinnerung bringen. Aber nicht brieflich wollte er es tun, sondern in explosiv poetischer Form. Am nächsten Tag verließ er mit einem scharfen Messer das Haus. Er umschlich lange eine Telephonzelle, und als er ganz sicher war, unbeobachtet zu sein, trat er ein und schnitt den Hörer etwas unterhalb des Schnuransatzes ab. Jeden Tag machte er so Beute, und am zwanzigsten (weder vom Mädchen noch vom

Dichter war inzwischen ein Brief gekommen) hatte er zwanzig Hörer beisammen. Er legte sie in einen Karton, den verpackte und verschnürte er, versah ihn mit der Adresse des berühmten Dichters und mit seinem eigenen Namen als Absender. Aufgeregt trug er den Karton zur Post.

Als er vom Schalter wegging, schlug ihm jemand auf die Schulter. Er drehte sich um – ein Klassenkamerad aus der Volksschule, der Schuldienersohn. Er freute sich; (in ereignisloser Leere ist jedes Ereignis willkommen) dankbar nahm er das Gespräch auf, und als er hörte, daß der einstige Mitschüler nicht weit weg wohnte, erzwang er geradezu dessen Einladung nach Hause.

Der Schuldienersohn hauste nicht mehr bei den Eltern in der Schule, er besaß eine eigene Einzimmerwohnung. »Meine Frau ist nicht daheim«, erklärte er im Vorraum. Jaromil hatte von der Verheiratung seines Kameraden nichts erfahren.

»Na ja, ein Jahr schon«, sagte der Mitschüler, und er sagte es so selbstbewußt und selbstverständlich, daß Jaromil neidisch wurde.

Sie nahmen im Zimmer Platz. Jaromil entdeckte ein Wickelkind im Bettchen an der Wand; er dachte, mein Mitschüler ist Familienvater und ich bin Onanist.

Der Mitschüler zog aus der Tiefe des Schrankes eine Schnapsflasche und schenkte zwei Gläschen voll; Jaromil dachte, ich verfüge zu Hause über keine eigene Flasche, weil mich die Mutter tausendmal fragen würde, wozu ich sie brauche.

»Und was treibst du?« fragte Jaromil.

»Ich bin bei der Polizei«, antwortete der Mitschüler, und Jaromil vergegenwärtigte sich den Tag, an dem er mit Halswickel am Radio gestanden hatte, hinter sich das skandierende Geschrei der Massen. Die Polizei galt als die stärkste Stütze der kommunistischen Partei, bestimmt war sein Mitschüler auf der Straße gewesen, während er, Jaromil, mit der Großmutter das Haus gehütet hatte.

Der Mitschüler war damals tatsächlich auf der Straße gewesen, und er sprach gleichzeitig stolz und reserviert darüber. Jaromil hielt es für ratsam, von gleichen Überzeugungen zu reden; er erwähnte die Zusammenkünfte in der Wohnung des schwarzhaarigen Mannes. »Bei dem Juden?« erwiderte der Schuldienersohn wenig begeistert: »Der ist ein komischer Knabe! Da paß bloß auf!«

Der Schuldienersohn ließ sich nicht fassen, er war stets ein Stückchen voraus, und Jaromil fiel es schwer, mit ihm gleichzuziehen; er probierte es weiter, sagte mit trauriger Stimme: »Ich weiß nicht, ob du es weißt, aber mein Vater ist im KZ umgekommen. Seither ist mir klar, daß die Welt radikal verändert werden muß, und mir ist auch klar, wo sich mein Platz befindet.«

Endlich biß der Schuldienersohn an; danach unterhielten sie sich noch lange; als die Rede auf die Zukunft kam, tat Jaromil unversehens kund: »Ich will Politik machen.« Davon war er selbst am meisten überrascht, die vier Worte waren ihm entschlüpft, als hätten sie seine Gedanken überholt; als hätten sie ohne ihn über seine Laufbahn entschieden. »Selbstredend möchte Mama, daß ich Ästhetik oder Französisch oder so was mache«, fügte er hinzu, »aber das würde wieder mir keinen Spaß machen. Das wäre für mich kein Leben. Wirkliches Leben ist das, was du tust.«

Als er den Schuldienersohn verließ, glaubte er, den Tag der entscheidenden Erleuchtung gehabt zu haben. Das Paket mit den zwanzig Telephonhörern, ein paar Stunden zuvor aufgegeben, hatte er für eine phantastische Aufforderung gehalten, geeignet als Bitte an den großen Dichter um Antwort. Er hatte gemeint, ihm sein vergebliches Warten auf das Wort, sein Verlangen nach der Stimme des großen Dichters als Geschenk zu schicken.

Doch das anschließende Gespräch mit dem einstigen Klassenkameraden (er glaubte fest, daß es nicht zufällig zustande gekommen war) hatte der poetischen Tat einen entgegengesetzten Sinn verliehen: sie war kein Geschenk und keine poetische Aufforderung mehr; auf keinen Fall, denn er hatte dem Dichter stolz all sein vergebliches Warten *zurückgege-*

ben; die abgeschnittenen Hörer waren die abgeschnittenen Köpfe seiner Ergebenheit, und Jaromil schickte sie dem Dichter hohnlachend, wie der türkische Sultan dem christlichen Heerführer die abgeschnittenen Köpfe der Kreuzfahrer geschickt hatte.

Jetzt verstand Jaromil: Sein bisheriges Leben war Warten in einer verlassenen Zelle am Hörer eines Telephons gewesen, mit dem man nirgendhin rufen konnte. Es gab nur einen Ausweg: hinaus aus der Zelle, schleunigst hinaus!

»Jaromil, was ist mit dir?« Die vertraute Lauheit der Frage trieb ihm die Tränen in die Augen; er konnte nicht fliehen, und Mama sprach weiter: »Du bist doch mein Kind. Ich kenne dich in- und auswendig. Ich weiß alles von dir, auch wenn du mir nichts anvertraust.«

Jaromil blickte zur Seite und schämte sich. Mama sprach weiter: »Du darfst mich nicht als Mutter ansehen, denke dir, daß ich deine ältere Freundin bin. Vertraust du dich mir an, wird dir leichter sein. Ich weiß, dich quält etwas.« Und leise: »Ich weiß auch, daß es um ein Mädchen geht.«

»Ja, Mama, ich bin traurig«, bekannte er, weil ihn die laue Luft gegenseitigen Einvernehmens fest umschloß und jedes Entrinnen unmöglich machte: »Aber es fällt mir schwer, darüber zu reden ...«

»Ich verstehe; ich will ja auch gar nicht, daß du mir jetzt erzählst, du sollst nur wissen, daß du mir alles erzählen kannst, wenn es soweit sein wird. Schau, heute ist herrliches Wetter, ich bin mit ein paar Freundinnen verabredet, wir fahren mit dem Dampfer hinaus. Ich nehme dich mit. Du hast ein bißchen Zerstreuung nötig.«

Jaromil hatte schrecklich wenig Lust, aber ihm fiel keine Ausrede ein; er war matt und traurig, jede Abwehrenergie ging ihm ab, und schon befand er sich unter vier Damen auf Deck des Ausflugsdampfers.

Die Damen waren sämtlich in Mamas Alter und sahen Jaromil als dankbares Gesprächsthema an; sie wunderten sich sehr, daß er bereits das Abitur hatte; sie konstatierten, daß er Mama gleichsah; sie wiegten die Köpfe, weil er entschlossen war, an der Hochschule für Politik zu studieren (sie stimmten mit Mama überein, daß sich solches für einen so feinen Jungen nicht schicke); und selbstverständlich fragten sie ihn schäkernd, ob er denn schon mit einem Mädchen gehe. Jaromil nahm es ihnen im stillen übel, aber weil er sah, daß Mama fröhlich war, lächelte er gemessen.

Dann legte der Dampfer an, und die Damen begaben sich mit ihrem Junker ans Ufer, wo es vor halbnackten Leuten wimmelte; man suchte einen Platz zum Sonnen; nur zwei der Damen trugen Badeanzüge unterm Kleid, die dritte stellte ihren dicken weißen Körper einfach in rosa Schlüpfer und Büstenhalter aus (sie schämte sich keineswegs der Intimität ihres Aufzuges, vielleicht sah sie ihn als Versteck ihrer Abscheulichkeit), und Mama erklärte, ihr genüge es, wenn sie ihr Gesicht, das sie blinzelnd dem Himmel entgegenreckte, sonnenbade. Alle vier stimmten darin überein, daß sich ihr Junker ausziehen müsse, daß er in die Sonne und ins Wasser müsse; Mama hatte ja auch vorausschauend seine Badehose mitgenommen.

Aus dem nahen Gasthaus tönten Schlager und erfüllten Jaromil mit unsäglicher Wehmut; braungebrannte Mädchen und Burschen gingen in spärlichem Badezeug vorbei, und Jaromil meinte, alle würden ihn anschauen; verzweifelt versuchte er, niemanden merken zu lassen, daß er zu den vier älteren Damen gehörte; dafür bekannten sich die Damen lebhaft zu ihm, sie verhielten sich wie eine einzige Mutter mit vier schnatternden Köpfen; sie drangen weiter auf ihn ein, daß er baden müsse.

»Ich kann mich ja hier nicht einmal umziehen«, wehrte er sich.

»Dummerchen, niemand wird gucken, tu dir einfach das Handtuch rum«, riet die dicke Dame in der rosa Unterwäsche.

»Wenn er halt so schämig ist«, sagte Mama lachend, und die übrigen Damen lachten mit.

»Wir müssen respektieren, daß er schämig ist«, meinte Mama. »Komm, zieh dich hinterm Badetuch aus, niemand wird dich sehen.« Sie hielt mit ausgebreiteten Armen ein großes weißes Frotteetuch, das den Sohn vor den Blicken vom Strand her schützen sollte.

Er wich zurück, und Mama rückte mit dem Tuch vor. Er

wich weiter zurück, und sie rückte weiter vor, so daß es aussah, als würde ein weißer Riesenvogel ein hüpfendes Opfer verfolgen.

Plötzlich drehte sich Jaromil um und lief davon.

Die Damen sahen ihm überrascht nach, Mama hielt weiter das große weiße Frotteetuch in den ausgestreckten Armen, er aber schlängelte sich zwischen den entblößten jungen Körpern durch und entschwand den Damenblicken.

VIERTER TEIL
oder
DER DICHTER LÄUFT DAVON

Der Augenblick muß kommen, an dem sich der Dichter den Händen seiner Mutter entreißt und fortläuft.

Kurz zuvor ging er demütig in Zweierreihe, vorn die Schwestern Izabelle und Vitalie, dann kamen er und sein Bruder Frederic, und ganz hinten folgte als Kommandeuse die Mutter, die ihre Kinder solchermaßen Woche für Woche durch Charleville führte.

Er war sechzehn Jahre alt, als er sich ihren Händen zum erstenmal entriß. In Paris fingen ihn Polizisten, der Lehrer Izambard und dessen Schwestern (jawohl, jene, die sich beim Läusesuchen in seinen Haaren über ihn neigten) gewährten ihm ein paar Wochen Obdach, und nach zwei Backenstreichen von der Mutter schloß sich deren kühle Umarmung auf seinem Rücken.

Doch Arthur Rimbaud lief immer wieder davon; er tat es trotz der nicht lösbaren Leine in seinem Nacken, und dichtend lief er davon.

Damals schrieb man das Jahr 1870, und nach Charleville
drang der ferne Kanonendonner des preußisch-französischen
Krieges. Eine besonders günstige Situation zum Davonlaufen, denn die Stimmen der Schlachten ziehen nostalgische
Lyriker an.

Sein kurzer Rumpf mit den krummen Beinen zwängte
sich in die Husarenuniform. Der achtzehnjährige Lermontow wurde Soldat und entging so der Großmutter und deren
beschwerlicher Mutterliebe. Er vertauschte die Feder, Schlüssel zur eigenen Seele, mit der Pistole, Schlüssel zu den Toren
der Welt. Denn schicken wir eine Kugel in die Brust eines
Menschen, dann ist es, als träten wir selbst in diese Brust
ein; und die Brust des anderen, das ist die Welt.

Seit dem Augenblick, da er sich Mamas Händen entrissen
hatte, lief Jaromil noch immer davon, und auch in seine
Schritte klang etwas wie Kanonendonner. Es waren nicht
Detonationen, es war vielmehr der Lärm des politischen
Umsturzes. In solcher Zeit ist der Soldat Dekoration, und
der Politiker ist Soldat. Jaromil schrieb keine Verse mehr,
er besuchte eifrig die Fakultät für politische Wissenschaften.

Revolution und Jugend gehören zueinander. Was kann die Revolution den Erwachsenen verheißen? Den einen Verdammnis, den anderen Begünstigung. Aber auch die Begünstigung ist nicht sehr erfreulich, denn sie betrifft die schlechtere Hälfte des Lebens und bringt außer Vorteilen auch Unsicherheit, kraftraubende Tätigkeiten und Störung der Gewohnheiten.

Die Jugend ist besser dran: sie ist nicht schuldbeladen und kann von der Revolution insgesamt in Obhut genommen werden. Die Unsicherheit von Revolutionszeiten ist für die Jugend vorteilhaft, weil die Welt der Väter verunsichert ist; ach, wie leicht tritt man ins Erwachsenenalter ein, wenn die Wälle der Erwachsenenwelt geschleift sind!

An den tschechischen Hochschulen waren in den ersten Jahren nach 1948 die kommunistischen Professoren in der Minderheit. Wollte die Revolution ihren Einfluß auf den Universitäten absichern, mußte sie den Studenten die Macht zuschanzen. Jaromil betätigte sich in der Fakultätsorganisation des Jugendverbandes und war Beisitzer bei den Prüfungen. Danach referierte er vorm politischen Ausschuß der Hochschule, wie der Professor geprüft, welche Fragen er gestellt und welche Ansichten er geäußert hatte, so daß eher der Prüfer als die Prüflinge geprüft waren.

Zur Prüfung geriet aber auch Jaromils Referat vor dem Ausschuß. Er mußte vor strengen jungen Männern bestehen, und er versuchte so zu sprechen, daß er ihr Gefallen fand: Wo es um Jugenderziehung geht, ist Kompromiß Verbrechen. Man darf keine Lehrer mit veralteten Ansichten an den Schulen belassen: entweder die Zukunft wird neu sein, oder sie wird nicht sein. Und man kann Lehrern nicht glauben, die über Nacht ihre Ansichten geändert haben: entweder die Zukunft wird sauber sein, oder sie wird schändlich sein.

Wenn Jaromil kompromißloser Funktionär geworden war, der durch seine Berichte ins Schicksal Erwachsener eingriff, konnte da noch behauptet werden, er laufe weiter davon? War er da nicht schon im Ziel?

Keineswegs.

Bereits als Sechsjähriger hatte ihn die Mutter den Mitschülern gegenüber um ein Jahr jünger gemacht; und er war ein Jahr jünger geblieben. Referierte er über einen Professor mit bourgeoisen Ansichten, dachte er dabei nicht an diesen, sondern sah ängstlich in die Augen der jungen Männer und betrachtete darin sein Bild; wie er daheim Frisur und Lächeln im Spiegel kontrollierte, so kontrollierte er in ihren Augen Festigkeit, Männlichkeit, Härte seiner Worte.

Er war beständig von Spiegelwänden umgeben und schaute nicht darüber hinaus.

Denn Erwachsenheit läßt sich nicht halbieren; Erwachsenheit ist entweder vollständig, oder sie ist nicht. Solange er noch anderswo Kind sein wird, werden das Anwesendsein bei Prüfungen und das Referieren über Professoren nur eine Form der Flucht sein.

Obwohl er dauernd von ihr weglief, konnte er ihr nicht davonlaufen; er frühstückte mit ihr und aß mit ihr zu Abend, er sagte ihr »gute Nacht« und »guten Morgen«. Morgens drückte sie ihm die Einkaufstasche in die Hand; Mama dachte überhaupt nicht daran, daß dieses Wahrzeichen der Küche schlecht zum ideologischen Professorenaufpasser paßte, und hieß ihn Besorgungen machen.

Siehe: Er ging durch die selbe Straße, in der man ihn schon zu Beginn des vorigen Kapitels gesehen hatte, als er vor der entgegenkommenden Unbekannten errötet war. Seither waren Jahre vergangen, doch er errötete immer noch, und in dem Geschäft, wohin ihn Mama zum Einkaufen schickte, wagte er dem Mädchen im weißen Kittel nicht in die Augen zu schauen.

Dieses Mädchen, das täglich für acht Stunden in den engen Kassenkäfig gesperrt war, gefiel ihm über die Maßen. Die Weichheit ihrer Umrisse, die Langsamkeit ihrer Gesten, das Gefangensein, all dies erschien ihm geheimnisvoll nahe und vorbestimmt. Er wußte übrigens, warum: das Mädchen ähnelte jenem Dienstmädchen, dem man den Geliebten erschossen hatte; Trauer schönes Antlitz. Und der Kassenkäfig, in dem das Mädchen tagtäglich saß, ähnelte der Wanne, in der er das Dienstmädchen hatte sitzen sehen.

Er saß über den Schreibtisch gebeugt und hatte Angst vor den Abschlußprüfungen; er hatte sie jetzt an der Fakultät genauso wie einst auf dem Gymnasium, weil er gewohnt war, der Mutter lauter Einser nach Hause zu bringen, und sie sollte auch diesmal keine Enttäuschung erleben.

Welch unerträglicher Luftmangel herrschte in dem Prager Zimmerchen, das vom stummen Echo revolutionärer Lieder und von Trugbildern großer Kerls mit einem Hammer in der Rechten erfüllt war!

Fünf Jahre nach der großen Revolution in Rußland mußte er über Lehrbüchern hocken und vor Prüfungsangst zittern! Welch ein Los!

Schließlich schob er das Lehrbuch zur Seite (es war spät in der Nacht) und begann, über einem angefangenen Gedicht zu träumen; er schrieb vom Arbeiter Jan, der den Traum vom schönen Leben erschlagen wollte, indem er ihn verwirklichte; so schritt er in der Masse der Genossen zur Revolution.

Und der Student der Rechte (ja, klar, es war Jiří Wolker) sah Blut auf dem Tisch, viel Blut, denn
wo große Träume erschlagen werden,
fließt viel Blut
doch er hatte keine Angst davor, weil er wußte, daß keine Angst vor Blut haben durfte, wer Mann sein wollte.

Das Geschäft schloß um sechs, und er lauerte an der gegenüberliegenden Straßenecke dem Mädchen von der Kasse auf.
Sie kam stets einige Minuten nach Geschäftsschluß heraus,
jedesmal aber war sie in Begleitung einer Verkäuferin.

Ihre Freundin war weniger hübsch, ja sie erschien ihm
beinahe häßlich; der rechte Gegensatz: die Kassiererin war
dunkel, sie hingegen rostrot; die Kassiererin war üppig, sie
mager; die Kassiererin war still, sie überlaut; die Kassiererin
war geheimnisvoll anziehend, sie abstoßend.

Er hoffte, die Mädchen würden einmal getrennt den La-
den verlassen, damit er die Dunkelhaarige allein ansprechen
konnte. Vergebens. Einmal folgte er den beiden; sie gingen
durch einige Gassen und verschwanden dann in einem Mietshaus; er hielt sich fast eine Stunde in der Nähe auf, doch
keine der beiden kam wieder heraus.

Sie war aus dem Landstädtchen zu ihm gereist und lauschte dem Gedicht, das er ihr vorlas. Sie war ruhig; sie zweifelte nicht, daß der Sohn ihr gehörte; weder die Frauen noch die Welt hatten ihn ihr nehmen können; im Gegenteil, Frauen und Welt waren in den magischen Kreis der Poesie geraten, in jenen Kreis, den sie um ihn gezogen hatte und den sie heimlich beherrschte.

Eben las er ihr ein Gedicht vor, das er zur Erinnerung an seine Großmutter, ihre Mutter, geschrieben hatte:
ich will mit dabei sein
Großmutter
im Kampf für das Schöne der Welt

Frau Wolker blieb ruhig. Mochte der Sohn in seinen Gedichten im Kampf sein, mochte er da einen Hammer in der Hand und eine Geliebte im Arm haben; es machte ihr nichts aus; er hatte weder sie noch die Großmutter, weder die Familienkredenz noch die Tugenden hergegeben, die sie ihm eingepflanzt hatte. Mochte ihn die Welt mit dem Hammer in der Hand sehen. Sie wußte sehr gut, daß *vor dem Antlitz der Welt zu gehen* etwas völlig anderes war, als *in die Welt* hineinzugehen.

Aber auch der Dichter wußte um diesen Unterschied. Und nur er wußte, welche Bangigkeit im Haus der Poesie herrschte!

Nur ein wirklicher Dichter weiß, wie unermeßlich die Sehnsucht sein kann, kein Dichter zu sein, die Sehnsucht, das Spiegelhaus zu verlassen, in dem ohrenbetäubende Stille herrscht.

Vertrieben aus der Landschaft des Traums
such' ich ein Versteck in der Menge
und von meinem Lied soll mir bleiben
der Fluch und das Fluchen

Doch als František Halas diese Verse schrieb, war er nicht in der Volksmenge am Ring; der Raum, wo er sich über den Tisch neigte, war still.

Und es stimmt nicht, daß man ihn aus der Landschaft des Traums vertrieben hatte. Eben die Menge, von der er schrieb, war die Landschaft seines Traums.

Und es gelang ihm ganz und gar nicht, sein Lied in Fluchen zu verwandeln, eher umgekehrt, sein Fluchen verwandelte sich ihm in Lieder.

Kann denn einer aus dem Spiegelhaus wirklich nicht davonlaufen?

Aber ich
     habe selbst mich
          bezähmt
               und bin selbst
meinem Lied
     auf den Hals getreten

schrieb Wladimir Majakowskij, und Jaromil begriff es. Gebundene Sprache kam ihm wie Klöppelarbeit vor, die in Mamas Wäschetruhe gehörte. Seit Monaten hatte er kein Gedicht mehr geschrieben, und er wollte auch keines schreiben. Er lief weiter davon. Zwar ging er für Mama einkaufen, aber er verschloß vor ihr die Schubladen des Schreibtisches. Die Reproduktionen moderner Malerei hatte er von der Wand entfernt.

Was aber hatte er statt ihrer aufgehängt? Ein Karl-Marx-Bildnis?

Nein. An die leere Wand hatte er eine Photographie des Vaters gehängt. Sie stammte aus dem Jahr achtunddreißig, aus der traurigen Mobilmachung, und zeigte den Vater in Offiziersuniform.

Jaromil liebte diese Photographie, aus der ihn ein Mensch anschaute, den er so wenig gekannt hatte und der bereits seinem Gedächtnis entschwand. Um so mehr sehnte er sich nach diesem Mann, der Fußballspieler, Soldat und Häftling gewesen war. Dieser Mann fehlte ihm so sehr.

Die Aula der Philosophischen Fakultät war überfüllt. Auf dem Podium saßen mehrere Dichter. Ein Jüngling in blauem Hemd (wie Mitglieder des Jugendverbandes sie damals trugen) und mit hochgekämmtem Haar stand vorn und redete:

Niemals spiele die Poesie eine solche Rolle wie in Revolutionszeiten; die Poesie habe der Revolution ihre Stimme geschenkt, und die Revolution habe zum Dank die Poesie aus ihrer Einsamkeit befreit; der Dichter wisse heute, daß ihn die Menschen hörten und daß ihn besonders die Jugendlichen hörten, denn: »Die Jugend der Poesie und die Jugend der Revolution sind eins!«

Dann erhob sich der erste Dichter und rezitierte ein Gedicht von einem Mädchen, das sich vom Liebsten getrennt hatte, weil dieser, an der Drehbank nebenan arbeitend, ein Schlamper war und den Plan nicht erfüllte; der Liebste jedoch wollte die Liebste nicht verlieren und begann fleißig zu arbeiten, bis endlich das rote Aktivistenfähnchen auf seiner Drehbank auftauchte. Danach erhoben sich die übrigen Dichter einer nach dem anderen und trugen Gedichte vom Frieden, von Lenin und Stalin, von den zu Tode gemarterten antifaschistischen Kämpfern und von den die Norm überschreitenden Arbeitern vor.

Jugend ahnt nicht, was für eine Großmacht das Jungsein ist. Der Dichter jedoch (er war ungefähr sechzig), der sich nun hochstemmte, wußte es.

Jung sei, verkündete er mit singender Stimme, wer mit der Jugend der Welt gehe, und die Jugend der Welt sei der Sozialismus. Jung sei, wer in die Zukunft getaucht sei und nicht zurückschaue.

Mit anderen Worten: In der Auffassung des sechzigjährigen Dichters war Jugend nicht Bezeichnung eines bestimmten Lebensalters, sondern ein über das konkrete Alter erhobener *Wert*. Ein derartiger Gedanke, schön gereimt, bewirkte zumindest zweierlei: zum einen schmeichelte er dem jungen Publikum, zum andern befreite er den Dichter von seinem runzligen Alter und reihte ihn (zumal unbezweifelbar feststand, daß er mit dem Sozialismus ging und nicht zurückschaute) unter die Mädchen und Burschen.

Jaromil saß unter den Zuhörern und beobachtete die Dichter mit Interesse, nichtsdestotrotz wie vom anderen Ufer, wie einer, der nicht mehr zu ihnen gehörte. Er nahm ihre Verse ebenso kühl wie früher die Worte der Professoren auf, über die er hatte referieren müssen. Am meisten interessierte ihn der Dichter mit dem berühmten Namen, der sich nun vom Stuhl erhob (der Applaus, mit welchem der vorhergehende Sechziger für seine Verneigungen bedankt worden war, hatte sich gelegt) und zum Podiumrand schritt. (Jawohl, es handelte sich um jenen, der das Paket mit den zwanzig abgeschnittenen Telephonhörern erhalten hatte.)

»Teurer Meister, wir befinden uns im Monat der Liebe; ich bin siebzehn Jahre alt. Das Alter der Hoffnungen und Chimären, wie man zu sagen pflegt... Ich schicke Ihnen einige meiner Verse, und zwar deshalb, weil ich alle Dichter liebe, alle guten Parnassisten... Grinsen Sie nicht zu sehr, wenn Sie diese Verse lesen werden: Sie würden mir närrische Freude bereiten, wenn Sie so freundlich wären, teurer Meister, und mein Gedicht veröffentlichen ließen... Ich bin unbekannt; was liegt schon daran? Dichter sind Brüder. Diese Verse glauben, lieben, hoffen: das ist alles. Teurer Meister, neigen Sie sich zu mir herab: heben Sie mich ein Stückchen empor, ich bin jung: reichen Sie mir die Hand...«

Ohnedies log er; fünfzehn Jahre und sieben Monate war er alt; es war, bevor er seiner Mutter zum erstenmal aus Charleville davonlief. Aber der Brief würde ihm noch lange in den Ohren klingen, als Litanei der Schande, als Dokument der Schwäche und Abhängigkeit. Allein, er würde sich rächen an dem teuren Meister, dem alten Schwachkopf, dem glatzköpfigen Théodore de Banville! In einem Jahr schon würde er dessen ganze Dichterei verspotten, würde über alle die schmachtenden Hyazinthen und Lilien in dessen Versen lachen und ihm seinen Hohn brieflich als eingeschriebene Backpfeife schicken.

In diesem Augenblick allerdings ahnte der teure Meister nichts von dem Groll, der auf ihn lauerte, und er rezitierte Verse von einer russischen Stadt, die die Faschisten zerstört hatten und die nun aus den Ruinen wiederauferstand; er schmückte sie mit wundersamen surrealistischen Girlanden; die Brüste der sowjetischen Mädchen schwebten durch die Straßen wie kleine bunte Luftballons; eine unter den Himmel gestellte Petroleumlampe erleuchtete die weiße Stadt, auf deren Dächern Engeln ähnliche Hubschrauber landeten.

Das Publikum, von der Anmut der Persönlichkeit des Dichters verführt, spendete Beifall. Unter der Mehrheit von Nichtdenkenden befand sich jedoch eine Minderheit von Denkenden, und diese wußte, daß revolutionäres Publikum nicht als demütiger Bittsteller auf Bescherungen vom Podium warten durfte; im Gegenteil, wenn heute jemand Bittsteller war, dann waren das die Gedichte; sie hatten darum zu bitten, ins sozialistische Paradies aufgenommen zu werden; die an seinen Toren postierten jungen Revolutionäre aber mußten streng sein: denn die Zukunft würde neu sein, oder sie würde nicht sein; sie würde sauber sein, oder sie würde schändlich sein.

»Was für einen Unsinn wollen Sie uns einschmuggeln!« schrie Jaromil, und die anderen schlossen sich ihm an. »Will er denn den Sozialismus mit Surrealismus paaren? Will er die Katze mit dem Pferd, das Morgen mit dem Gestern paaren?«

Der Dichter merkte nur zu gut, was im Zuschauerraum vorging, doch er war stolz und gedachte nicht zu weichen. Er war von Jugend an gewohnt, die Beschränktheit der Bürger zu provozieren, und es machte ihm nichts aus, allein gegen alle zu stehen. Er nahm etwas Brutales an und entschied sich als letztes Gedicht ein anderes als das vorgesehene zu lesen: es war ein Gedicht voll wilder Bilder und drastischer erotischer Phantasie; als er endete, brachen Pfiffe und Geschrei aus.

Die Studenten pfiffen, und vor ihnen stand der alte Mann, der gekommen war, weil er sie gern hatte; in ihrer zornigen Auflehnung erkannte er die Strahlen seiner eigenen Jugend. Er hatte gemeint, seine Liebe berechtige ihn zu sagen, was er dachte. Es war im Frühjahr 1968, und es war in Paris. Doch wehe, die Studenten waren vollkommen unfähig, in seinen Runzeln die Strahlen ihrer Jugend zu erkennen, und der

alte Wissenschaftler beobachtete überrascht, wie ihn ausgerechnet jene auspfiffen, die er liebte.

Der Dichter hob die Hand, um das Getöse verstummen zu lassen. Und dann schrie er, sie glichen puritanischen Lehrerinnen, dogmatischen Priestern und beschränkten Polizisten; sie würden gegen sein Gedicht protestieren, weil sie die Freiheit haßten.

Der alte Wissenschaftler hörte schweigend das Gepfeife und sagte sich, daß er als Junger ebenfalls die Menge um sich gehabt und ebenfalls gern gepfiffen habe, aber die Menge hatte sich längst zerstreut, und er war jetzt allein.

Der Dichter schrie, daß Freiheit die Pflicht der Poesie sei und daß es sich lohne, für die Metapher zu kämpfen. Er schrie, daß er die Katze mit dem Pferd und die moderne Kunst mit dem Sozialismus paaren werde, und wenn dies Donquichotterie sei, dann wolle er eben Don Quichotte sein, denn vom Sozialismus erwarte er die Epoche der Freiheit und der Lust, und jeden anderen Sozialismus lehne er ab.

Der alte Wissenschaftler beobachtete die lärmende Jugend, und ihm fiel ein, daß er als einziger in diesem Saal das Privilegium der Freiheit besaß, weil er alt war; erst wenn ein Mensch alt ist, braucht er sich um die Meinung der Menge, um die Meinung des Publikums und um die Zukunft nicht mehr zu kümmern. Er ist allein mit seinem baldigen Tod, der nicht Ohren noch Augen hat, dem er also nicht zu gefallen braucht; er kann tun und reden, wie es ihm beliebt.

Und sie pfiffen und meldeten sich zu Wort, um ihm zu antworten. Auch Jaromil stand auf; er hatte das Gesicht im Dunkel und die Menge hinter sich; er sagte, nur die Revolution sei modern, dekadente Erotik und unverständliche dichterische Bilder dagegen seien bloß Plunder und dem Volke fremd. »Denn was ist modern«, fragte er den berühmten Dichter, »Ihre unverständlichen Gedichte oder wir, die wir die neue Welt errichten? Absolut modern«, antwortete er gleich selber, »ist nur das Volk, das den Sozialismus aufbaut.«

Seinen Worten folgte der donnernde Applaus des Auditoriums.

Der Beifall rauschte noch, als der alte Wissenschaftler durch die Gänge der Sorbonne davonging und an den Wänden las: *Seid Realisten.* Und ein Stück weiter: *Die Emanzipation des Menschen wird total sein, oder sie wird nicht sein.* Und noch ein Stück weiter: *Nur keine Reue.*

Die Bänke in dem großen Unterrichtsraum sind an die Wände gerückt, und auf dem Boden liegen Pinsel, Farben und lange Papiertransparente, die von ein paar Studenten der Hochschule für Politik mit Parolen für die Maidemonstration bemalt werden. Jaromil, Autor und Redakteur der Parolen, steht über ihnen und blickt auf seinen Notizblock.

Was denn? Liegt ein Irrtum in der Jahreszahl vor? Er diktiert seinen Kommilitonen eben jene Parolen, die vor einem Weilchen noch der ausgepfiffene alte Wissenschaftler an den Wänden der aufrührerischen Sorbonne gelesen hat. Nein, es liegt kein Irrtum vor; die Parolen, die Jaromil auf die Transparente schreiben läßt, sind genau jene, die zwanzig Jahre später Pariser Studenten an die Wände der Sorbonne, an die Wände von Nanterre, an die Wände von Cengier malen sollten.

Traum ist Wirklichkeit, fordert er, auf eines der Transparente zu schreiben; und auf ein zweites: *Seid Realisten — verlangt das Unmögliche;* und auf ein drittes: *Wir erklären den permanenten Glückszustand;* und auf ein viertes: *Kirchen ausreichend!* (diese Parole gefällt ihm besonders, weil sie nur aus zwei Wörtern besteht und zwei Jahrtausende Geschichte leugnet); und auf ein fünftes: *Keine Freiheit den Feinden der Freiheit*; und auf ein sechstes: *Einbildungskraft an die Macht!*; und auf ein siebentes: *Tod den Lauen!*; und auf ein achtes: *Revolution in die Politik, in die Familie, in die Liebe!*

Die Kommilitonen malen Buchstaben, und Jaromil stolziert zwischen ihnen umher wie ein Marschall der Wörter. Er ist glücklich, weil er sich hier nützlich machen kann und seine Kunst der Sätze zur Geltung kommt. Er weiß, daß die Poesie tot ist (denn *die Kunst ist tot,* verkündet eine Wand der Sorbonne), aber sie ist lediglich tot, um als Kunst der Agitation und der Parole wiederaufzuerstehen, die auf

Transparente und an Stadtwände geschrieben wird (denn *die Poesie ist auf der Straße*, sagt eine Wand des Odeons).

»Hast du Rudé právo gelesen? Da stand auf der ersten Seite ein Verzeichnis mit hundert Parolen für den ersten Mai. Herausgegeben von der Agitprop des Zentralkomitees der Partei. Dir hat also keine einzige davon gepaßt?«

Jaromil gegenüber stand ein massiger Bursche vom Bezirksausschuß, der sich als Vorsitzender der Mai-Kommission für die Hochschulen vorgestellt hatte.

»Traum ist Wirklichkeit. Das ist doch krassester Idealismus. Kirchen genug. Ich wäre ja ganz einverstanden, Genosse, aber vorerst steht das im Widerspruch zur Kirchenpolitik der Partei. Tod den Lauen: Dürfen wir denn den Leuten mit Tod drohen? Einbildungskraft an die Macht. Das gäb eine schöne Bescherung. Revolution in die Liebe. Ich bitte dich, was stellst du dir darunter vor? Wünschst du freie Liebe im Gegensatz zur bourgeoisen Ehe oder Monogamie im Gegensatz zur bourgeoisen Promiskuität?«

Jaromil verkündete, daß die Revolution entweder das ganze Leben in allen seinen Bestandteilen verändern werde, also mitsamt Familie und Liebe, oder daß sie keine Revolution sein werde.

»Ja, gut«, gestand der massige Bursche zu. »Aber das läßt sich besser ausdrücken: Für die sozialistische Politik, für die sozialistische Familie! Siehst du, und das ist eine Parole aus Rudé právo. Du hättest dir die Mühe sparen können.«

Das Leben ist anderswo, hatten Studenten an eine Mauer der Sorbonne geschrieben. Ja, das weiß er genau, und deswegen fährt er von London nach Irland, wo sich das Volk erhoben hat. Er heißt Percy Shelley, ist zwanzig Jahre alt und hat einige hundert Flugblätter und Proklamationen dabei, den Ausweis, mit dem man ihn ins wirkliche Leben einlassen wird.

Weil das wirkliche Leben anderswo ist. Die Studenten reißen Pflastersteine heraus, stürzen Autos um, errichten Barrikaden; ihr Eintritt in die Welt ist schön und geräuschvoll, erleuchtet von Bränden und begrüßt von den Detonationen der Tränengasbomben. Um wieviel schwerer hatte es doch Rimbaud, der von den Barrikaden der Pariser Kommune träumte, aber aus Charleville nicht hingelangen konnte. Dafür haben im Jahr 1968 Tausende Rimbauds ihre eigenen Barrikaden; dahinter stehend, lehnen sie ab, mit den bisherigen Besitzern der Welt einen wie auch immer gearteten Kompromiß zu schließen. Die Emanzipation des Menschen wird entweder total sein, oder sie wird nicht sein.

Aber kaum einen Kilometer entfernt, auf dem jenseitigen Seineufer, leben die bisherigen Besitzer der Welt ihr Leben weiter und nehmen das Getümmel im Quartier Latin als etwas sehr, sehr Fernes auf. Traum ist Wirklichkeit, hatten die Studenten an die Mauer geschrieben, doch es hat den Anschein, als sei das Gegenteil richtig: jene Wirklichkeit (die Barrikaden, die gefällten Bäume, die roten Fahnen) war Traum.

Im gegebenen Augenblick jedoch weiß man nie, ob die Wirklichkeit Traum oder der Traum Wirklichkeit ist; jene Studenten, die mit ihren Standarten vor der Fakultät Aufstellung nahmen, kamen gern hin, sie wußten aber auch, daß sie Schwierigkeiten bekommen hätten, wenn sie nicht gekommen wären. Das Prager Jahr 1949 traf die tschechischen Studenten gerade an dem bezeichnenden Übergang, wo Traum nicht mehr nur Traum ist; ihr Jubel war noch freiwillig, aber auch schon obligatorisch.

Der Demonstrationszug setzte sich in Marsch, wand sich durch die Straßen, Jaromil schritt nebenher; er war nicht nur für die Parolen auf den Transparenten verantwortlich, sondern auch für das Skandieren der Kommilitonen; dafür hatte er sich keine schön provozierenden Aphorismen mehr ausgedacht, er hatte sich vielmehr einige der vom zentralen Agitprop empfohlenen Parolen in sein Notizbuch abgeschrieben. Nun rief er sie laut wie der Vorbeter bei Kirchweihprozessionen, und die Kommilitonen wiederholten sie skandierend.

Die Kolonnen haben den Wenzelsplatz mit den Tribünen bereits passiert, an Straßenecken stehen improvisierte Musikkapellen, und die Jugend in den Blauhemden tanzt. Da gesellt sich einer zum anderen ohne Scheu, auch wenn man einander vorher nie gesehen hat, aber Percy Shelley ist unglücklich, Percy ist allein.

Einige Wochen schon ist er in Dublin, hat Hunderte von Proklamationen verteilt, die Polizei kennt ihn mittlerweile genau, doch es ist ihm nicht gelungen, mit einem einzigen Iren engeren Kontakt zu bekommen. Das Leben ist stets dort, wo er nicht ist.

Wenn hier wenigstens Barrikaden ständen und Schüsse fielen! Jaromil sagt sich, die feierlichen Umzüge seien nur flüchtige Imitation der großen revolutionären Demonstrationen, sie seien ohne Dichte und zerrönnen zwischen den Fingern.

Er vergegenwärtigt sich das Mädchen im Kassenkäfig, und ihn überkommt furchtbare Traurigkeit: er stellt sich vor, daß er mit dem Hammer die Auslagenscheibe einschlägt, ein paar einkaufende Frauenzimmer beiseite schiebt, den Kassenkäfig öffnet und vor den starr-staunenden Blicken der Leute das befreite dunkelhaarige Mädchen wegführt.

Und er stellt sich weiter vor, daß sie miteinander durch die überfüllten Straßen gehen und sich verliebt aneinander pressen. Und der ringsum wirbelnde Tanz ist plötzlich kein Tanz mehr, es sind wieder Barrikaden da, und es sind die Jahre 1848 und 1870 und 1945 in Paris, Warschau, Budapest, Prag und Wien, und es sind wieder die ewigen Scharen, die von Barrikade zu Barrikade durch die Geschichte springen, und er springt mit ihnen und faßt die geliebte Frau bei der Hand...

Er spürt ihre warme Hand in der seinen – und da auf einmal sah er ihn. Er kam ihm entgegen, breit und wuchtig, und an seiner Seite ging eine junge Frau; sie trug kein Blauhemd wie die meisten Mädchen, die auf der Fahrbahn tanzten; sie war elegant wie eine Fee der Modenschauen.

Der wuchtige Mann blickte zerstreut umher, beantwortete jeden Augenblick kopfnickend einen Gruß; als er nur noch einige Schritte von Jaromil entfernt war, trafen sich beider Blicke, und Jaromil, verwirrt wie in einer Schrecksekunde (sowie dem Beispiel der anderen folgend, die den berühmten Mann ebenfalls erkannten und grüßten), neigte den Kopf, so daß der berühmte Mann auch ihn grüßte, mit abwesendem Blick allerdings (wie man jemanden grüßt, der einem unbekannt ist); und reserviert nickte auch die ihn begleitende Frau.

Ach, die Frau war unendlich schön! Und sie war völlig wirklich! Und das Mädchen aus der Kasse und der Badewanne, das sich bis zu diesem Augenblick an Jaromils Hüfte geschmiegt hatte, zerschmolz im strahlenden Licht des wirklichen Körpers und verschwand.

Er stand in demütigender Einsamkeit auf dem Gehsteig und sah ihm haßerfüllt nach; jawohl, das war er gewesen, der *teure Meister*, Adressat des Paketes mit den zwanzig Telephonhörern.

Der Abend senkte sich gemächlich auf die Stadt, und Jaromil wünschte sehnlich eine Begegnung mit ihr. Einigemal folgte er Frauen, die ihn von hinten an sie erinnerten. Es war eine Zeitlang schön, sich ganz der vergeblichen Jagd nach einer Frau hinzugeben, die in der Unendlichkeit der Masse Mensch verlorengegangen war. Dann aber entschloß er sich, um das Haus, in dem sie neulich verschwunden war, herumzuspazieren. Unwahrscheinlich zwar, daß er ihr dort begegnen würde, aber er mochte nicht heimkehren, solange Mama noch nicht schlief. (Er vertrug das Zuhause nur, wenn die Mutter schlief und wenn die Photographie des Vaters wachte.)

Und so ging er in der versteckten Vorstadtgasse, wo der erste Mai mit seinen Fahnen und Fliederbüschen keine einzige frohe Spur hinterlassen hatte, auf und ab. Im Mietshaus schaltete man die Lichter an. Auch hinter dem Fenster der Souterrainwohnung flammte das Licht auf. Jaromil erblickte sein unbekanntes Mädchen!

Aber, nein, es war nicht die schwarzhaarige Kassiererin. Es war ihre Kollegin, die rostrote Magere; sie war ans Fenster getreten, um die Jalousie herabzulassen.

Die Bitterkeit seiner Enttäuschung war unerträglich, zudem merkte Jaromil, daß er erkannt worden war. Er errötete und verhielt sich genauso wie damals, als das schöne traurige Dienstmädchen aus der Badewanne zum Schlüsselloch geschaut hatte:

Er lief davon.

Es war sechs Uhr abends, zweiter Mai; die Verkäuferinnen verließen das Geschäft, und da geschah das Unerwartete: das rothaarige Mädchen kam allein heraus.

Er suchte Deckung hinter der Ecke des Hauses, doch zu spät. Die Rostrote hatte ihn erblickt und kam geradeswegs auf ihn zu: »Wissen Sie, Herr, daß es ungehörig ist, abends den Leuten in die Wohnung zu gucken?«

Er bekam einen roten Kopf und versuchte, den Vorfall vom vergangenen Abend mit ein paar Worten abzutun; er fürchtete, die Gegenwart des rostroten Mädchens könnte ihm wiederum die Gelegenheit verderben, mit der schwarzhaarigen Kollegin zusammenzukommen. Doch der Rotschopf war sehr gesprächig und dachte gar nicht daran, sich von Jaromil zu verabschieden; sie meinte sogar, er möge sie nach Hause begleiten (ein Fräulein heimzubegleiten sei weitaus anständiger, als einem Fräulein durchs Fenster zuzuschauen).

Jaromil blickte verzweifelt zur Tür des Geschäfts. »Und wo bleibt Ihre Kollegin?« fragte er schließlich.

»Das haben Sie verschlafen. Die ist nicht mehr bei uns.«

Sie gingen miteinander ihrer Wohnstatt entgegen, und Jaromil erfuhr, daß die beiden Mädchen vom Land waren und hier in Prag zusammen Beschäftigung und Wohnung gefunden hatten; und daß die Schwarzhaarige Prag wieder verlassen hatte, weil sie heiraten würde.

Als sie vor dem Mietshaus standen, sagte das Mädchen: »Möchten Sie nicht kurz hereinkommen?«

Überrascht und verstört betrat er ihr Zimmer. Und dann – er wußte nicht, wie es kam – umarmten und küßten sie einander. Und wenig später saßen sie auf dem Bett, dessen Plumeau und Kopfkissen mit einem wollenen Überwurf abgedeckt waren.

So schnell und so einfach ging es vor sich! Noch bevor er überhaupt daran denken konnte, daß ihn eine schwierige und entscheidende Lebensaufgabe erwartete, hatte sie ihm die Hand zwischen die Beine gelegt, und schon war er wild entzückt, denn sein Körper reagierte, wie es sich gehörte.

»Du bist großartig, du bist großartig«, flüsterte sie ihm nachher ins Ohr, und er lag neben ihr, den Kopf ins Kissen ge-
bohrt und von schrecklicher Freude erfüllt; nach kurzer
Pause ließ sie sich wieder vernehmen:

»Wieviel Frauen hast du vor mir gehabt?«

Er zuckte die Achseln und lächelte mit Absicht rätselhaft.

»Du willst es nicht gestehen?«

»Rate.«

»Ich würde sagen, zwischen fünf und zehn.« Sie hatte
beim Schätzen eine Kennermiene aufgesetzt.

Stolz überflutete ihn; ihm war, als habe er wirklich vorhin
nicht sie allein, sondern die fünf beziehungsweise zehn
Frauen, auf die sie ihn geschätzt hatte, dazu geliebt; sie hatte
ihn nicht bloß vom Jünglingstum befreit, sondern ihn gleich
auch weit in sein eigenes Mannesalter hineingetragen.

Dankbar sah er sie an, ihre Nacktheit begeisterte ihn geradezu. Wie hatte er sie vordem nicht lieben können? Sie
hatte an ihrem Brustkorb einen nicht wegzuleugnenden Busen und auf dem Schamhügel eine nicht wegzuleugnende Be-
haarung!

»Nackt bist du hundertmal schöner als angezogen«, sagte
er zu ihr und fand auch sonst noch Schönes an ihr zu loben.

»Wolltest du mich schon lange haben?« fragte sie.

»Ja, ich wollte dich haben, das weißt du doch.«

»Ja, ich weiß es. Ich habe es gemerkt, wenn du zu uns
zum Einkaufen gekommen bist. Ich weiß, daß du auf mich
vorm Geschäft gewartet hast.«

»Ja.«

»Du hast nicht gewagt, mich anzusprechen, weil ich nie
allein gewesen bin. Aber ich hab trotzdem gewußt, daß du
eines Tages hier bei mir sein würdest. Weil auch ich dich
haben wollte.«

Er betrachtete sie und ließ ihre letzten Worte in seinem Inneren nachklingen; ja, so war es: Die ganze Zeit über, als ihn das Alleinsein gequält hatte, als er sich vor Verzweiflung an Sitzungen und Demonstrationszügen beteiligt hatte, als er gelaufen und gelaufen war, da war sein Erwachsensein bereits ganz nahe gewesen: geduldig hatten dieses ebenerdige Zimmer mit den feuchtfleckigen Wänden und diese einfache Frau, deren Körper ihn endlich konkret mit der Menge verband, auf ihn gewartet.

Je mehr ich Liebe mache, desto mehr Lust habe ich, Revolution zu machen, und je mehr Revolution ich mache, desto mehr Lust habe ich, Liebe zu machen stand an der Mauer der Sorbonne, und Jaromil drang ein zweitesmal in den Körper der Rothaarigen. Virilität ist entweder total, oder sie ist nicht. Er liebte sie diesmal lange und schön.

Und Percy Bysshe Shelley, der ein Mädchengesicht hatte wie Jaromil und der ebenfalls jünger aussah, als er war, lief inzwischen durch die Straßen Dublins und lief und lief, weil er wußte, daß das Leben anderswo ist. Und auch Rimbaud lief unaufhörlich, nach Stuttgart, nach Mailand, nach Marseille und dann nach Harar, nach Aden und wieder zurück nach Marseille, aber da hatte er nur noch ein Bein, und mit einem Bein kann man nicht laufen.

Er ließ seinen Körper wieder von dem ihren gleiten, und wie er so neben ihr lag, ausgestreckt und ermattet, wurde ihm klar, daß er nicht nach zwei Liebesakten ausruhte, sondern nach einem langen, mehrmonatigen Lauf.

FÜNFTER TEIL
oder
DER DICHTER IST EIFERSÜCHTIG

Während Jaromil lief, veränderte sich die Welt; der Onkel, der Voltaire für den Erfinder des Volts hielt, war wegen fiktiver Unterschlagungen angeklagt worden (so erging es damals Hunderten Gewerbetreibenden), man hatte ihm die beiden Geschäfte genommen (sie gehörten seither dem Staat) und ihn für ein paar Jahre ins Gefängnis gesteckt; sein Sohn und seine Frau waren als Klassenfeinde aus Prag ausgesiedelt worden. Sie hatten die Villa in frostigem Schweigen verlassen, entschlossen, der Mama nie zu verzeihen, daß sich ihr Sohn zu den Feinden der Familie geschlagen hatte.

In die Villa waren Mieter eingezogen, denen der Nationalausschuß die verlassenen ebenerdigen Zimmer zugeteilt hatte. Sie kamen aus einer dürftigen Kellerwohnung und hielten es für eine Ungerechtigkeit, daß eine derart große und angenehme Villa je jemandem gehört hatte; sie vermeinten, nicht zum Wohnen herzukommen, sondern zur Wiedergutmachung alten geschichtlichen Unrechts. Sie besetzten ohne weiteres den ganzen Garten und verlangten von der Mama, schleunigst den Verputz ausbessern zu lassen, weil er abbröckle und ihre im Höfchen spielenden Kinder zu verletzen drohe.

Die Großmutter alterte immer mehr, verlor das Gedächtnis und verwandelte sich (fast unbemerkt) eines Tages in den Rauch des Krematoriums.

Was Wunder, wenn Mama immer schwerer ertrug, daß sich ihr der Sohn entfremdete; er studierte an einer Hochschule, die ihr unsympathisch war, und er brachte ihr seine Verse nicht mehr, an deren regelmäßige Lektüre sie sich gewöhnt hatte. Als sie die Schublade öffnen wollte, fand sie diese abgesperrt; es war wie ein Schlag ins Gesicht: Jaromil verdächtigte sie, in seinen Sachen herumzuschnüffeln! Sie behalf sich mit einem Reserveschlüssel, von dem Jaromil nichts ahnte, entdeckte aber weder eine neue Eintragung im Tagebuch noch ein neues Gedicht. Dann gewahrte sie an der Wand seines Zimmerchens die Photographie ihres Mannes in Uniform und erinnerte sich, daß sie einst die Apollo-Statuette angefleht hatte, aus der Frucht ihres Leibes alle Züge des Gatten auszumerzen; ach, würde sie sich noch mit dem toten Ehemann um den Sohn schlagen müssen?

Ungefähr eine Woche nach Jaromils Erlebnis im Bett der Rothaarigen schloß Mama nochmals den Schreibtisch des Söhnchens auf. Im Tagebuch fand sie einige lakonische Notizen, die sie nicht verstand, daneben aber entdeckte sie Wichtigeres: neue Verse des Sohnes. Ihr schien, die Leier Apollos werde aufs Neue über die Uniform des Gatten obsiegen, und sie frohlockte im Stillen.

Die Lektüre der Verse verstärkte ihren günstigen Eindruck noch, gefielen sie Mama doch wirklich (was, genau genommen, zum erstenmal der Fall war!); sie waren gereimt (Mama hatte immer im Grunde ihrer Seele geargwöhnt, daß ein ungereimtes Gedicht kein Gedicht sei) und völlig verständlich und voll schöner Wörter; sie enthielten keine Greise, keine sich im Lehm zersetzenden Leiber, keine Hängebäuche und keinen Talg in den Augenwinkeln; es kamen Blumennamen vor, es gab Himmel und Wolken, und es tauchte sogar mehrmals (was in seinen Gedichten bislang nie gestanden hatte!) das Wort Mutter auf.

Dann kam Jaromil nach Hause; als sie seine Schritte auf der Treppe hörte, stieg ihr die Pein all der Jahre in die Augen, und sie konnte die Tränen nicht zurückhalten.

»Was hast du, Mutter, um Gottes willen, was hast du?« fragte er, und Mama lauschte begierig der Zärtlichkeit, die sie in seiner Stimme so lange nicht mehr vernommen hatte.

»Nichts, Jaromil, nichts«, antwortete sie, und ihr Tränenfluß, von des Sohnes Interesse ermuntert, schwoll noch an. Und wieder vergoß sie mehrere Arten von Tränen: Tränen des Leides, weil sie verlassen war; Tränen des Vorwurfs, weil der Sohn sie vernachlässigte; Tränen der Hoffnung, weil er endlich (auf den melodischen Sätzen seiner neuen Gedichte) zurückkehrte; Tränen des Zorns, weil er linkisch vor ihr stand und ihr nicht einmal übers Haar zu fahren wußte; Tränen der Hinterlist, die ihn rühren und festhalten sollten.

Nach einer Verlegenheitsminute endlich nahm er sie bei der Hand; das war schön; Mama hörte zu weinen auf, und dann flossen die Wörter ebenso freigebig aus ihr wie vorher die Tränen; sie redete von allem, was sie quälte: von ihrer Witwenschaft, ihrem Verlassensein, ihren Mietern, die sie aus dem eigenen Haus vertreiben wollten, von der Schwester, die ihr gram war (»wegen dir, Jaromil!«) und schließlich vom Wichtigsten: daß sich in dieser ihrer Verlassenheit der einzige Mensch von ihr abwende, den sie auf der Welt habe.

»Aber das ist nicht wahr, ich wende mich nicht von dir ab!«

Mit so billiger Versicherung konnte sie sich nicht zufriedengeben, sie lachte bitter; wie denn nicht, natürlich wende er sich von ihr ab, wenn er spät heimkomme, tagelang mit ihr kein Wort wechsle oder ihr bei gelegentlichem Wortwechsel nicht zuhöre und an etwas anderes denke. Ja, er entfremde sich ihr.

»Aber Mama, ich entfremde mich dir nicht.«

Wieder lachte sie bitter. Er und sich nicht entfremden? Sollte sie es ihm beweisen? Sollte sie ihm sagen, was sie verletzt habe? Sie habe als Mutter stets sein Privatleben respektiert; schon als er noch ein kleiner Junge gewesen sei, habe sie mit allen gestritten, weil er unbedingt sein eigenes Kinderzimmer bekommen sollte; und jetzt, was für eine Beleidigung! Jaromil könne sich nicht vorstellen, was sie empfunden habe, als sie feststellen mußte (rein zufällig, als sie in seinem Zimmer einmal Staub wischte), daß er die Schubladen seines Schreibtisches verschloß! Wegen wem tue er das? Meine er wirklich, sie würde wie irgendeine Klatschbase die Nase in seine Angelegenheiten stecken?

»Aber Mama, das ist ein Mißverständnis! Die Schublade benütze ich überhaupt nicht. Wenn sie verschlossen ist, dann ist das reiner Zufall!«

Die Mutter wußte, daß der Sohn log, aber das war nicht

wichtig; wichtiger als die Lüge der Worte war die Demut der Stimme, die Versöhnung anbot. »Ich will dir glauben, Jaromil«, sagte sie und drückte seine Hand.

Dann wurde sie sich unterm Blick seiner Augen der Tränenspuren auf ihrem Gesicht bewußt und ging ins Bad, wo ihr Spiegelbild sie entsetzte; ihr verweintes Gesicht kam ihr scheußlich vor; sie machte sich auch zum Vorwurf, noch das graue Bürokleid anzuhaben. Sie wusch sich schnell mit kaltem Wasser, zog den rosa Morgenrock an, begab sich in die Küche und kehrte mit einer Flasche Wein zurück. Sie kam von Neuem ins Reden und sagte, daß sie wieder vertraulicher miteinander verkehren sollten, weil sie in dieser tristen Welt nur einander hätten. Sie verbreitete sich über dieses Thema, und es schien ihr, Jaromils auf ihr ruhender Blick drücke Freundschaft und Zustimmung aus. Sie wagte darum zu erwähnen, daß Jaromil, heute schon Hochschüler, gewiß seine privaten Geheimnisse habe, die sie respektiere; sie wünschte nur, sagte sie, daß die Frau, mit der Jaromil zusammenkomme, nicht die Beziehung verdürbe, die zwischen ihnen beiden existierte.

Jaromil hörte geduldig und verständnisvoll zu. Wenn er Mama im vergangenen Jahr ausgewichen war, dann wegen seines Kummers, der nach Einsamkeit und Halbschatten verlangt hatte. Aber seit dem Tag, da er am sonnigen Ufer des Körpers seiner Rothaarigen angelegt hatte, sehnte er sich nach Licht und Frieden; die Uneinigkeit mit der Mutter störte ihn. Zu den gefühlsmäßigen Gründen kam eine mehr praktische Erwägung: Die Rote hatte ihr eigenes Zimmer, wogegen er, ein Mann, bei der Mutter lebte und sein selbständiges Leben nur dank der Selbständigkeit des Mädchens verwirklichen konnte. Diese Unterschiedlichkeit erbitterte ihn, und er war froh, daß Mama jetzt im rosa Morgenrock mit ihm beim Wein saß und wie eine recht angenehme junge Frau wirkte, mit der man sich freundschaftlich über seine Rechte verständigen konnte.

Er sagte, daß er nichts verheimlichen müsse (ängstliche Erwartung schnürte ihr die Kehle zu) und begann von dem rostroten Mädchen zu erzählen. Freilich verschwieg er, daß Mama sie vom Sehen aus dem Geschäft kannte, in das sie einkaufen ging, immerhin aber vertraute er ihr an, daß seine Freundin achtzehn Jahre zähle und keine Hochschülerin sei, sondern ein ganz einfaches Mädchen, das sich (an dieser Stelle hob er fast kämpferisch die Stimme) seinen Lebensunterhalt mit den eigenen Händen verdiene.

Die Mutter schenkte sich Wein nach; sie glaubte zu sehen, daß alles eine Wendung zum Besseren nahm. Das Bild des Mädchens, wie es der gesprächig gewordene Sohn ihr malte, verscheuchte ihre Ängste: das Mädchen war blutjung (die schreckliche Vision einer älteren lasterhaften Frau löste sich zum Glück wieder auf), es war nicht sonderlich gebildet (die Mutter brauchte somit seine Einflußkräfte nicht zu fürchten), zudem betonte Jaromil in verdächtiger Weise des Mädchens Einfachheit und angenehmes Wesen, woraus sie ersah, daß das Mädchen nicht zu den hübschesten zählte (sie konnte dabei mit heimlicher Befriedigung annehmen, des Sohnes Eingenommenheit werde nicht lange anhalten).

Jaromil spürte, daß Mama sein Bild von dem rothaarigen Mädchen nicht ablehnte, und war glücklich: er sah sich schon mit Mama und dem Rotschopf an diesem Tisch sitzen, mit dem Engel seiner Kindheit und mit dem Engel seines Mannesalters; schön würde das sein wie der Friede; der Friede zwischen Heim und Welt; Friede unter den Fittichen zweier Engel.

Nach langer Zeit also waren sie, Mutter und Sohn, wieder in beglückender Trautheit beisammen. Sie redeten um die Wette, wobei Jaromil allerdings sein kleines praktisches Ziel nicht aus den Augen verlor: das Recht auf ein eigenes Zimmer, in das er sein Mädchen mitbringen durfte, um mit ihr so lange und auf solche Weise beisammenzusein, wie es ihm behagte. Denn er hatte begriffen, daß in Wahrheit nur erwachsen ist, wer freier Herr irgendeines abgeschlossenen Raumes ist, wo er machen darf, was er will, von niemandem beobachtet und von niemandem kontrolliert. Und das sagte er (etwas umwegig und vorsichtig) auch der Mutter; er werde um so lieber daheim sein, je mehr er sich hier werde als eigener Herr fühlen dürfen.

Aber noch unter dem Schleier des Weins blieb Mama eine wachsame Tigerin: sie wußte sofort, auf was der Sohn hinaus wollte: »Wie das, Jaromil, du fühlst dich hier nicht als dein eigener Herr?«

Jaromil erwiderte, ihm gefalle es sehr wohl zu Hause, doch er möchte das Recht haben, hierher einzuladen, wen er wolle, und daheim ebenso selbständig zu leben, wie es die Rothaarige bei ihrer Vermieterin tue.

Die Mutter begriff, daß sich ihr durch Jaromil eine große Gelegenheit bot; hatte doch auch sie verschiedene Verehrer, die sie abweisen mußte, weil sie eine Verurteilung durch Jaromil fürchtete. Könnte sie bei einiger Geschicklichkeit für die Freiheit Jaromils nicht ein Stückchen Freiheit für sich selbst eintauschen?

Als sie sich Jaromil mit einer fremden Frau im Kinderzimmer vorstellte, stieg in ihr jedoch unüberwindlicher Ekel auf: »Du mußt dir klar darüber sein, daß einiger Unterschied besteht zwischen einer Mutter und einer Vermieterin«, sprach sie gekränkt und wurde sich im selben Augenblick klar, daß sie freiwillig darauf verzichtete, wieder als Frau zu leben. Und sie begriff, daß ihr Ekel vor des Sohnes körperlichem Leben größer war als die Sehnsucht ihres Körpers nach einem eigenen Leben; vor dieser Erkenntnis erschrak sie.

Jaromil, der hartnäckig sein Ziel verfolgte, wurde sich der mütterlichen Gemütsverfassung nicht bewußt und setzte seinen raffinierten Kampf fort, indem er weitere, inzwischen allerdings eitle Argumente ins Treffen führte. Erst nach einer Weile merkte er, daß der Mutter Tränen über die Wangen liefen. Er zuckte zusammen, fürchtete, den Engel seiner Kindheit verletzt zu haben, und verstummte. Im Spiegel der mütterlichen Tränen sah er seinen Anspruch auf Selbständigkeit plötzlich als Vermessenheit, als Frechheit, ja als unzüchtige Unverschämtheit.

Die Mutter war verzweifelt: der Abgrund zwischen ihr und dem Sohn tat sich wieder auf. Sie gewann nichts, verlor nur alles! Sie überlegte schnell, was tun, damit der Faden des Verständnisses zwischen ihr und dem Sohn nicht ganz riß; sie haschte nach seiner Hand und sprach unter Tränen:

»Ach, Jaromil, sei mir nicht böse. Es quält mich, wie du dich verändert hast. Du hast dich in der letzten Zeit schrecklich verändert.«

»Wieso denn? In keiner Weise habe ich mich verändert, Mama.«

»Doch. Und ich will dir sagen, was mich an deiner Veränderung am meisten schmerzt. Daß du keine Verse mehr schreibst. Immer hast du so schöne Verse geschrieben, und jetzt tust du es nicht mehr, und das enttäuscht mich.«

Jaromil wollte etwas erwidern, doch sie ließ ihn nicht zu Worte kommen: »Glaub deiner Mutter: ich kenne mich darin ein bißchen aus; du bist ungeheuer begabt; das ist deine Sendung; sie darfst du nicht verraten; du bist ein Dichter, Jaromil, du bist ein Dichter, und mich schmerzt, daß du es vergißt.«

Jaromil vernahm die Worte der Mutter geradezu mit Begeisterung. Wahrlich, der Engel seiner Kindheit verstand ihn von allen Menschen am besten! Hatte es denn nicht auch ihn gequält, daß er keine Verse mehr schrieb?

»Mama, ich schreibe Verse, ich schreibe Verse! Ich zeige sie dir!«

»Du schreibst keine, Jaromil«, sagte die Mutter und schüttelte betrübt den Kopf, »versuche nicht, mich zu täuschen, ich weiß, daß du keine schreibst.«

»Doch! Ich schreibe welche!« rief Jaromil und lief in sein Zimmer, schloß die Schublade auf und brachte die Gedichte. Und Mama schaute in dieselben Verse, die sie, einige wenige Stunden zuvor, vor Jaromils Schreibtisch kniend, bereits gelesen hatte: »Ach, Jaromil, sind die schön! Du hast große Fortschritte gemacht, große Fortschritte. Du bist ein Dichter, und ich bin so glücklich...«

2

Alle Zeichen sprechen dafür, daß Jaromils gewaltige Sehnsucht nach dem Neuen (diese Religion des Neuen) nur die ins Unbestimmte projizierte Sehnsucht des unerfahrenen Jünglings nach der Unglaublichkeit noch unbekannten Beischlafes war; als er zum erstenmal am Ufer des Körpers der Rothaarigen angelegt hatte, war ihm der sonderbare Gedanke durch den Kopf gegangen, nunmehr zu wissen, was es hieß, absolut modern zu sein; absolut modern zu sein, hieß, am Ufer des Körpers der Rothaarigen zu liegen.

Er war dabei so glücklich und so voller Begeisterung gewesen, daß er Lust bekommen hatte, dem Mädchen Gedichte zu rezitieren, alle, die er auswendig kannte (eigene und fremde), aber dann wurde ihm bewußt (sogar mit einer gewissen Erschütterung), daß der Rothaarigen keines davon gefallen würde; und da verfiel er auf den Gedanken, daß nur jene Verse absolut modern seien, die sein Rotschopf, das Mädchen aus der Menge, aufzunehmen und zu verstehen vermochte.

Es war wie eine unvermittelte Erleuchtung; weshalb eigentlich hatte er dem eigenen Lied die Luft abwürgen wollen? Warum hatte er die Poesie zugunsten der Revolution aufgeben wollen? Genügte es doch nun, da er am Ufer des wirklichen Lebens angelegt hatte (mit dem Wort »wirklich« meinte er eine Dichte, die durch Fusion der Menge, der körperlichen Liebe und der revolutionären Parolen entstand), sich diesem Leben ganz hinzugeben und zu seiner Geige zu werden.

Er spürte, daß er voller Verse war, und er versuchte sich an einem Gedicht, das dem rostroten Mädchen gefallen könnte. Was nicht einfach war: er hatte immer nur reimlose Verse geschrieben und stieß jetzt auf die Schwierigkeiten des Metrums; aber für ihn stand außer Zweifel, daß die Rothaarige nur, was sich reimte, für ein Gedicht hielt. Übrigens war die siegreiche Revolution derselben Meinung; erinnern wir uns nur daran, daß in jenen Jahren reimlose Verse gar nicht gedruckt wurden; die gesamte moderne Poesie war zum Werk der verwesenden Bourgeoisie erklärt worden, und der freie Vers galt als das augenfälligste Zeichen poetischer Fäulnis.

Ist in der Liebe der siegreichen Revolution zum Reim nur eine zufällige Vorliebe zu sehen? Gewiß nicht. In Reim und Rhythmus liegt Zaubermacht: formlose Welt wird, ist sie ins metrische Gedicht eingeschlossen, plötzlich übersichtlich, geregelt, klar und schön. Stellt sich im Gedicht, nachdem am Ende eines Verses ein *Boot* am Ufer angelegt hat, der *Tod* als Reim ein, wird sogar dieser zum wohlklingenden Bestandteil der Ordnung. Und protestiert ein Gedicht auch gegen den Tod, so ist er dennoch zumindest als Grund für einen schönen Protest gerechtfertigt. Gebeine, Rosen, Särge, Wunden, alles verwandelt sich im Gedicht zum Ballett, in dem der Dichter und der Leser die Tänzer sind. Und wer tanzt, kann den Tanz begreiflicherweise nicht mißbilligen. Im Gedicht verwirklicht der Mensch sein Einverständnis mit dem Sein, und Reim und Rhythmus sind die brutalsten Mittel dieses Einverständnisses. Hatte die siegende Revolution nicht brutale Erhärtung der neuen Ordnung und somit eine Lyrik voller Reime nötig?

»Seid verrückt mit mir!« forderte Vítězslav Nezval seine Leser auf, und Baudelaire schrieb: »Es ist nötig, dauernd trunken zu sein ... vom Wein, von Poesie, von Tugend, je nach Belieben ...« Lyrik ist Trunkenheit, und der Mensch macht sich trunken, um leichter mit der Welt zu verfließen. Die Revolution wünscht nicht, studiert und betrachtet zu werden, sie wünscht, daß die Menschen mit ihr verfließen; in diesem Sinn ist sie lyrisch und der Lyrik bedürftig.

Die Revolution meint natürlich eine andere Lyrik als jene, die Jaromil früher geschrieben hatte; damals hatte er die stillen Abenteuer und schönen Wunderlichkeiten seines Inneren trunken verfolgt; jetzt jedoch hatte er seine Seele leer gemacht wie eine Flugzeughalle, damit die lärmenden Musikkapellen der Welt eintreten konnten; er hatte die Schönheit der Wunderlichkeiten, die nur er verstand, gegen die Schönheiten der Allgemeinheiten, die jeder verstand, umgetauscht.

Sehnlichst wünschte er, das alte Schöne zu rehabilitieren, über das die Kunst (in renegatischem Hochmut) die Nase rümpfte: Sonnenuntergänge, Rosen, Tau im Grase, Sterne, Abenddämmerungen, Sphärenklänge, die Mutter und das Heimweh; ach, was war das doch für eine köstliche, nahe und verständliche Welt! Jaromil kehrte in sie heim mit Staunen und Rührung, wie der verlorene Sohn in das Haus zurückkehrt, dem er sich entfremdet hat.

Ach, schlicht zu sein, vollkommen schlicht, schlicht wie ein Volkslied, wie ein Kindereinmaleins, wie das rostrote Mädchen!

An der Quelle ewiger Schönheit zu sein, die Wörter *Ferne, Silber, Regenbogen, Liebe* zu lieben, zu lieben auch das Wörtchen *ach,* das so oft verlachte!

Außerdem faszinierten Jaromil einige Zeitwörter: insbesondere solche, die eine einfache Vorwärtsbewegung ausdrücken: *laufen, gehen,* mehr noch *schwimmen* und *fliegen.* In dem Gedicht, das er zur Wiederkehr von Lenins Geburtstag verfaßte, warf er einen Apfelblütenzweig in die Wellen (diese Geste bezauberte ihn durch ihre Anknüpfung an alte Volksbräuche, bei denen Blütenkränze die Flüsse hinabgeschickt wurden), auf daß er in Lenins Land schwimme; aus Böhmen flossen zwar keine Wasser nach Rußland, aber ein Gedicht war ein Zauberterritorium, wo Flüsse ihren Lauf veränderten. In einem anderen Gedicht schrieb er, die Welt werde eines Tages frei sein, *wie Nadelbaumduft Gebirge überschreiten.* In einem dritten Gedicht schließlich schrieb er vom Duft des Jasmins, der so mächtig sei, daß er sich in ein unsichtbares Segelschiff verwandeln könne, das durch die Luft schwimme; er stellte sich vor, daß er das Deck des Duftes besteige und weit, weit fort segle, bis nach Marseille, wo zu dieser Zeit (wie Rudé právo berichtet hatte) gerade die Arbeiter streikten, deren Genosse und Bruder er sein wollte.

Darum erschienen in seinen Gedichten auch unzähligemal die poetischsten Bewegungsinstrumente, die *Flügel:* eine Nacht, von der ein Gedicht erzählte, war *voll leisen Flügelschlags*; mit Flügeln bedacht waren die Sehnsucht, die Wehmut, ja sogar der Haß, und selbstverständlich schwebte auch die Zeit auf Flügeln dahin.

In allen diesen Ausdrücken verbarg sich ein Sehnen nach *unermeßlicher Umarmung,* worin Schillers berühmter Vers wiederaufgelebt sein mochte: *Seid umschlungen, Millionen! Diesen Kuß der ganzen Welt!* Die unermeßliche Umarmung schloß nicht nur den Raum, sondern auch die Zeit in sich ein; Ziel des segelnden Schwimmens war nicht allein das streikende Marseille, es war vielmehr die *Zukunft,* die Zauberinsel in der Ferne.

Zukunft war für Jaromil früher vor allem Geheimnis gewesen; sie barg alles Unbekannte; darum verlockte und beängstigte sie gleichzeitig; sie war das Gegenteil des Sicheren, das Gegenteil des Daheims; (deswegen hatte er in Stunden der Angst von der Liebe der Alten geträumt, die glücklich waren, weil sie keine Zukunft mehr besaßen). Die Revolution hatte der Zukunft den gegenteiligen Sinn gegeben: Zukunft war kein Geheimnis mehr; der Revolutionär kannte sie auswendig; er kannte sie aus Broschüren, Büchern, Vorträgen, Agitationsreden; sie beängstigte nicht, ganz im Gegenteil, sie bot Sicherheit inmitten einer unsicheren Gegenwart, so daß sich der Revolutionär zu ihr flüchtete wie das Kind zur Mutter.

Jaromil schrieb ein Gedicht von einem kommunistischen Funktionär, der nach der Sitzung so spät in der Nacht auf dem Sofa des Sekretariats einschlief, daß die *nachdenkliche Sitzung schon vom Morgentau bedeckt* gewesen war (die Vorstellung eines kämpfenden Kommunisten ließ sich nicht anders ausdrücken als vermittels der Vorstellung eines lauter Sitzungen abhaltenden Kommunisten); das Geklingel der Straßenbahnen verwandelte sich ihm im Traum ins Läuten der Glocken, sämtlicher Glocken der Welt, und die verkündeten, daß die Kriege ein endgültiges Ende gefunden hätten und der Erdball dem arbeitenden Volk gehörte. Er begriff, daß er durch einen wunderbaren Sprung in die ferne Zukunft gelangt war; er stand irgendwo zwischen Feldern, und auf einem Traktor kam eine Frau auf ihn zugefahren (auf allen Plakaten wurde die Frau der Zukunft als Traktoristin dargestellt), die voll Staunen denjenigen in ihm erkannte, welchen sie nie gesehen hatte, den abgearbeiteten Mann vergangener Jahre, der sich geopfert hatte, damit sie glücklich (und singend) ihre Ackerfurchen ziehen konnte. Sie stieg von ihrer Maschine, um ihn willkommen zu heißen; und sie sprach zu ihm: »Hier bist du daheim, hier ist deine Welt ...« und wollte ihn belohnen; (um Gottes willen, wie hätte die junge Frau den abgerackerten alten Funktionär belohnen können?); da verstärkte sich draußen das Straßenbahngeklingel, und der auf schmalem Sofa in der Sekretariatsecke ausruhende Mann erwachte ...

Jaromil hatte inzwischen viele neue Gedichte geschrieben und war trotzdem nicht zufrieden; bisher kannten nämlich bloß er und Mama sie. Er schickte sie alle der Rudé-právo-Redaktion und kaufte allmorgendlich Rudé právo. Eines schönen Tages endlich entdeckte er auf Seite drei rechts oben fünf Vierzeiler mit seinem halbfett gedruckten Namen unter dem Titel. Noch am gleichen Tag drückte er der Rothaarigen das Rudé právo in die Hand und sagte, sie solle die Zeitung genau durchsehen; das Mädchen suchte lange Zeit, konnte jedoch nichts Bemerkenswertes finden (sie war gewöhnt, Verse zu übersehen, bemerkte deshalb auch den mitgedruckten Namen nicht), so daß Jaromil sie am Ende mit dem Finger auf das Gedicht hinweisen mußte.

»Ich hab gar nicht gewußt, daß du ein Dichter bist«, sagte sie und schaute ihm bewundernd in die Augen.

Jaromil erwiderte, daß er schon sehr lange Verse schreibe; und er zog einige Gedichte aus der Tasche, die noch in Manuskriptform waren.

Der Rotschopf las sie. Dann erklärte Jaromil ihr, daß er vor einiger Zeit zwar mit dem Verseschreiben aufgehört habe, aber jetzt, da er ihr begegnet sei, wieder damit beginne. Die Begegnung mit ihr sei ihm wie die Begegnung mit der Poesie gewesen.

»Wahrhaftig?« fragte das Mädchen, und als Jaromil bejahte, umarmte und küßte sie ihn.

»Sonderbar«, erklärte Jaromil weiter, »du bist nicht nur die Königin meiner heutigen Verse, sondern auch jener Verse, die ich schrieb, als ich dich noch nicht kannte. Als ich dich zum erstenmal sah, kam es mir vor, als würden meine alten Gedichte wieder lebendig und als verwandelten sie sich in eine Frau.«

Beifallheischend schaute er in ihr neugieriges und verständnisloses Gesicht und erzählte ihr dann, wie er vor Jahren eine lange dichterische Prosa geschrieben habe, eine Art phantastischer Erzählung von einem Jungen, der Xaver hieß. Geschrieben habe er sie eigentlich nicht, eher erträumt, und danach habe er sich gewünscht, sie einmal aufzuschreiben.

Xaver, so erläuterte er, lebte vollkommen anders als die anderen Menschen; sein Leben war Schlummer; Xaver schlief und träumte einen Traum; in diesem Traum schlief er ein und träumte einen neuen Traum, in dem schlief er wieder ein und träumte wieder einen Traum, in dem er abermals einschlief und abermals träumte; aus diesem Traum beispielsweise wachte er auf und befand sich dann im vorhergehenden Traum; und so wechselte er aus einem Traum in den anderen. War es nicht herrlich, wie Xaver zu leben? Nicht in ein einziges Leben eingekerkert zu sein? Zwar sterblich zu sein, trotzdem aber mehrere Leben zu haben?

»Ja, das wäre schön . . .« sagte die Rothaarige.

Und Jaromil erzählte noch, daß er, als er sie zum erstenmal im Geschäft gesehen habe, erstaunt gewesen sei, denn Xavers größte Liebe habe er sich genau wie sie vorgestellt: zerbrechlich, rothaarig, leicht sommersprossig . . .

»Ich bin häßlich«, sagte die Rostrote.

»Nein! Ich liebe deine Sommersprossen und dein rotes Haar! Ich liebe sie, weil sie meine Heimat sind, mein Vaterland, mein alter Traum!«

Die Rothaarige küßte ihn, und er fuhr fort: »Stell dir vor,

die ganze Erzählung fing so an: Xaver streunte gern durch die rauchschwarzen Vorstadtgassen; er kam jedesmal an einem Souterrainfenster vorbei, und bei dem hielt er und träumte davon, daß eine schöne Frau dahinter wohne. Eines Tages war das Fenster erleuchtet, und er erblickte ein zärtliches, zerbrechliches, rothaariges Mädchen im Innern. Er konnte nicht widerstehen, stieß die Flügel des halb geöffneten Fensters auf und sprang hinein.«

»Aber du bist vom Fenster davongelaufen!« meinte lachend die Rothaarige.

»Ja, ich bin davongelaufen«, sagte Jaromil, »weil ich fürchtete, mein Traum könnte zurückkehren. Weißt du, was es heißt, plötzlich in eine Situation zu geraten, die du bisher nur aus dem Traum gekannt hast? Darin liegt etwas so Erschreckendes, daß man den Drang bekommt, davonzulaufen.«

»Ja«, stimmte die Rothaarige glücklich bei.

»Er ist also zu ihr hineingesprungen, aber dann ist ihr Ehemann gekommen, und Xaver hat ihn in den schweren Eichenschrank gesteckt. Der Mann steckt noch heute drin, in ein Gerippe verwandelt. Und Xaver hat die Frau in die Ferne mitgenommen, wie ich dich mitnehmen werde.«

»Bist mein Xaver«, flüsterte ihm der Rotschopf dankbar ins Ohr, und schon begann sie den Namen abzuändern, sie formte ihn zu Xari, Xavero, Xaverleinchen um, und sie rief Jaromil mit allen diesen Kosenamen und küßte ihn lange, lange.

3

Von Jaromils vielen Besuchen im Souterrainzimmer des Mädchens sei hier wenigstens der eine herausgegriffen, bei dem die Rothaarige ein Kleid trug, das vorn vom Kragen bis zum Saum große weiße Knöpfe hatte. Jaromil begann mit dem Aufknöpfen, und das Mädchen lachte hell auf, weil die Knöpfe nur Zierde waren.

»Warte, ich zieh mich selber aus«, sagte sie und hob die Hand, um den Reißverschluß im Nacken zu erreichen.

Jaromil fühlte sich bei einer peinlichen Ungeschicklichkeit ertappt, und als er endlich das Verschlußprinzip begriffen hatte, wollte er seinen Mißerfolg rasch korrigieren.

»Nein, nein, ich zieh mich selber aus, laß nur!« Sie wich vor ihm zurück und lachte.

Er konnte sie nicht länger drängen, weil er sich sonst noch lächerlicher gemacht hätte; gleichzeitig aber war er ganz und gar nicht damit einverstanden, daß sich das Mädchen selbst auszog. In seiner Vorstellung unterschied sich das Ausziehen bei der Liebe vom gewöhnlichen Ausziehen gerade dadurch, daß der Geliebte die Frau auszog.

Nicht Erfahrung hatte diese Ansicht in ihm erzeugt, sondern die Literatur und deren Suggestivsätze: *Er verstand eine Frau auszuziehen;* oder *Er zog ihr mit Kennergriff die Bluse aus.* Jaromil vermochte sich körperliche Liebe ohne die Ouvertüre des verwirrten und drängenden Aufknöpfens, Aufziehens von Reißverschlüssen, Abstreifens von Pullovern nicht vorzustellen.

»Du bist doch nicht beim Arzt, daß du dich allein ausziehen mußt«, protestierte er.

Das Mädchen war bereits aus dem Kleid geschlüpft und stand in der Unterwäsche da. »Beim Arzt? Warum?«

»Es kommt mir wie beim Arzt vor.«

»Naja«, lachte das Mädchen, »es ist wirklich wie beim Arzt.«

Sie zog den Büstenhalter aus, stellte sich vor Jaromil in Positur und hielt ihm ihre kleinen Brüste hin: »Herr Doktor, mich sticht es hier am Herz.«

Jaromil sah sie verständnislos an, und sie sagte entschuldigend: »Verzeihen Sie, sicher sind Sie gewohnt, die Patienten im Liegen zu behandeln.« Sie legte sich auf die Couch und sagte: »Bitte, schauen Sie nach, was mit dem Herz los ist.«

Jaromil blieb nichts anderes übrig, als mitzuspielen; er neigte sich über den Brustkorb des Mädchens und legte das Ohr an ihr Herz; seine Ohrmuschel war auf die weiche Rundung einer Brust gebettet, und er vernahm aus dem Innern das regelmäßige Schlagen. Ihm kam der Gedanke, daß der Arzt tatsächlich so die Brüste der Rothaarigen berührte, wenn er sie hinter der geschlossenen, geheimnisvollen Sprechzimmertür untersuchte. Er hob den Kopf, betrachtete das nackte Mädchen, und ihn durchfuhr ein schneidender Schmerz: er sah sie, wie auch der fremde Mann sie sah – der Arzt. Rasch legte er seine beiden Hände auf die Brüste des Mädchens (er legte sie als Jaromil darauf, nicht als Arzt), um das quälende Bild zu verscheuchen.

»Aber, Herr Doktor, was tun Sie da! Das geht doch nicht! Das ist doch keine ärztliche Untersuchung mehr?« wehrte sich der Rotschopf, und Jaromil wurde böse: er sah den Ausdruck auf dem Gesicht seines Mädchens, da fremde Hände sie berührten; er sah sie frivol protestieren, und ihn verlangte danach, sie zu schlagen; im selben Augenblick jedoch wurde er sich bewußt, daß er erregt war, er riß ihr den Slip herunter und vereinigte sich mit ihr.

Seine Erregung war so stark, daß seine eifersüchtige Wut sich schnell darin auflöste, zumal als er das Wimmern des Mädchens hörte (diese herrliche Huldigung) und jene Wörter, die für immer zu ihren intimen Augenblicken gehören sollten: »Xari, Xavero, Xaverleinchen!«

Dann lag er ruhig neben ihr, küßte zärtlich ihre Schulter und fühlte sich wohl. Nur konnte der Tor sich nie mit einem schönen *Moment* zufriedengeben; ein schöner Moment besaß für ihn nur dann Bedeutung, wenn er Abgesandter einer schönen Ewigkeit war; ein schöner Moment, der aus einer befleckten Ewigkeit herausfiel, wäre für ihn nur Lüge gewesen. Er wollte sich vergewissern, daß ihre Ewigkeit unbefleckt war, und er fragte sie eher bittend als aggressiv: »Sag doch, daß das mit der Arztuntersuchung nur ein dummer Scherz gewesen ist.«

»Na, was denn sonst«, erwiderte das Mädchen; was hätte sie auf eine so törichte Frage auch antworten sollen? Nur konnte ihr *Na, was denn sonst* Jaromil nicht beruhigen; er fuhr fort:

»Ich würde es nicht ertragen, wenn dich andere Hände als die meinen berührten, das würde ich nicht ertragen«, und er streichelte die armseligen Brüstchen des Mädchens, als hinge an ihrer Unberührtheit sein ganzes Glück.

Das Mädchen begann (völlig unschuldig) zu lachen: »Aber wie soll ich das machen, wenn ich einmal krank bin?«

Jaromil wußte, daß man schwerlich um gelegentliche ärztliche Untersuchungen herumkommt und daß seine Einstellung nicht zu vertreten war; ebenso gut aber wußte er, daß eine Welt für ihn zusammenbrechen würde, wenn eines anderen Hände die Brüste des Mädchens berührten. Darum wiederholte er: »Ich würde es nicht ertragen, verstehst du, ich würde es nicht ertragen.«

»Was soll ich dann tun, wenn ich krank werde?«

Leise und vorwurfsvoll sagte er: »Du kannst doch zu einer Ärztin gehen.«

»Hab ich denn die Wahl? Du weißt ja, wie es geht«, erklärte sie ziemlich erbittert, »wir werden alle irgendeinem Arzt zugeteilt! Bist du dir nicht im klaren darüber, was sozialistisches Gesundheitswesen heißt? Da kannst du dir nichts aussuchen, da mußt du folgen! Bei den gynäkologischen Untersuchungen zum Beispiel ...«

Jaromil blieb fast das Herz stehen, aber er sagte, als sei nichts geschehen: »Hast du diesbezügliche Beschwerden?«

»Aber nein, das ist Vorsorge. Wegen Krebs. Es ist Vorschrift.«

»Schweig, so was will ich nicht hören«, sagte Jaromil und legte ihr die Hand auf den Mund; er tat es so heftig, daß er beinahe erschrak, denn der Rotschopf hätte es als Schlag ansehen und böse werden können; doch die Augen des Mädchens blickten demütig, so daß Jaromil die unwillkürliche Brutalität seiner Geste in keiner Weise zu mäßigen brauchte; er gefiel sich darin und sagte: »Nimm zur Kenntnis, wenn dich noch einmal jemand berührt, werde ich dich nie mehr berühren können.«

Er hatte die Hand noch immer auf ihrem Mund; es war das erstemal, daß er eine Frau grob angefaßt hatte, und er fühlte sich wie berauscht; mit beiden Händen umschloß er ihren Hals, als wolle er sie würgen; er spürte unter den Daumen die Zerbrechlichkeit ihres Kehlkopfes, und ihm kam der Gedanke, er bräuchte nur zuzudrücken, und sie würde ersticken.

»Ich erwürge dich, wenn dich jemand berührt«, stieß er hervor und hielt weiter ihren Hals mit beiden Händen umschlossen; ihn befriedigte das Gefühl, daß in dieser Berührung das mögliche Nichtsein des Mädchens enthalten war; ihm kam es vor, als gehöre ihm die Rothaarige wenigstens in diesem Moment wirklich, und ihn berauschte ein Gefühl glücklicher Macht, so daß er das Mädchen wieder zu lieben begann.

Während des Liebesaktes preßte er sie einigemal grob, legte ihr die Hand auf den Hals (er dachte, daß es herrlich wäre, die Geliebte beim Lieben zu erwürgen) und biß sie auch mehrmals.

Dann lagen sie wieder nebeneinander; der Liebesakt aber hatte wohl zu kurz gewährt, um den bitteren Zorn des jungen Mannes zu verzehren; die Rostrote ruhte neben ihm nicht erwürgt, lebend, mit dem nackten Körper, der zu gynäkologischen Untersuchungen ging.

»Sei mir nicht böse«, sagte sie und streichelte seine Hand.

»Ich hab dir gesagt, daß mir Körper widerlich sind, die von fremden Händen berührt wurden.«

Das Mädchen begriff, daß Jaromil nicht scherzte; sie sag

238

te eindringlich: »Um Himmels willen, es war doch nur Spaß!«

»Wie denn Spaß? Es war Wirklichkeit.«

»Das war es nicht.«

»Wieso nicht? Es war Wirklichkeit. Ich weiß, daß man dagegen nichts tun kann. Gynäkologische Untersuchungen sind Vorschrift, und du mußt gehen. Ich werfe es dir auch nicht vor. Nur ist mir ein Körper, den fremde Hände berühren, eben widerlich. Ich kann nichts dafür, aber es ist so.«

»Ich schwöre dir, daß kein Wort davon wahr ist! Ich bin nie krank gewesen, nur als Kind. Ich gehe zu überhaupt keinem Arzt. Zur gynäkologischen Untersuchung habe ich eine Aufforderung bekommen, aber die habe ich weggeworfen. Ich bin nie dort gewesen.«

»Ich glaube dir nicht.«

Sie redete auf ihn ein.

»Und wenn sie dich zum zweitenmal auffordern?«

»Hab keine Angst, bei denen geht's durcheinander.«

Das glaubte er ihr, doch seine Bitterkeit ließ sich durch sachliche Argumente nicht besänftigen; schließlich ging es nicht nur um die ärztlichen Untersuchungen; es ging darum, daß sie ihm entglitt und er sie nicht ganz besaß.

»Ich hab dich so lieb«, sagte sie. Aber er traute diesem kurzen Moment nicht; er wollte Ewigkeit; er wollte wenigstens die kleine Ewigkeit ihres Lebens, wußte jedoch, daß er sie nicht besaß: ihm kam wieder zu Bewußtsein, daß er sie nicht als Jungfrau erkannt hatte.

»Für mich ist unerträglich, daß dich jemand berühren wird und daß dich jemand berührt hat«, erklärte er.

»Mich wird niemand berühren.«

»Aber dich hat jemand berührt. Und das widert mich an.«

Sie umarmte ihn.

Er stieß sie von sich. »Wie viele sind es gewesen?«

»Einer.«

»Lüg nicht!«

»Ich schwöre, es war nur einer.«

»Hast du ihn geliebt?«

Sie schüttelte den Kopf.

»Wie konntest du es mit jemandem tun, den du nicht geliebt hast?«

»Quäl mich nicht«, sagte sie.

»Antworte! Wie konntest du das tun?«

»Quäl mich nicht«, sagte sie.

»Antworte! Wie konntest du das tun?«

»Quäl mich nicht. Ich habe ihn nicht geliebt, und es war schrecklich.«

»Was war schrecklich?«

»Frage nicht.«

»Warum soll ich nicht fragen?«

Sie begann zu weinen und vertraute ihm unter Tränen an, daß es ein älterer Mann bei ihnen auf dem Dorf gewesen sei, ein widerlicher Kerl, der sie in der Gewalt gehabt habe (»frag nicht, frag mich nichts!«), daß sie sich an ihn gar nicht mehr erinnern könne (»wenn du mich lieb hast, erinnere mich nie an ihn!«). Sie weinte so heftig, daß Jaromils Zorn endlich verflog; Tränen sind ein ausgezeichnetes Reinigungsmittel bei Befleckung.

Endlich streichelte er sie: »Weine nicht.«

»Du bist mein Xaverlein. Du bist zum Fenster hereingekommen und hast ihn in den Schrank gesperrt, und er wird ein Gerippe werden, und du wirst mich weit, weit weg entführen.«

Sie umarmten und küßten einander. Das Mädchen versicherte ihm, daß sie keine fremden Hände auf ihrem Körper dulden würde, und er versicherte ihr, daß er sie gern habe. Sie begannen einander wieder zu lieben, und sie taten es zärtlich, mit Körpern, die randvoll mit Seele erfüllt waren.

»Du bist mein Xaverlein«, sagte sie danach wieder und streichelte ihn.

»Ja, ich werde dich weit weg entführen, dorthin, wo du in Sicherheit bist«, sagte er und wußte schon, wohin er sie entführen würde; hatte er doch ein Zelt für sie unter dem blauen Segel des Friedens, ein Zelt, über das die Vögel in Richtung

Zukunft flogen und Düfte zu den Streikenden von Marseille schwebten; hatte er doch ein Haus für sie, beschützt vom Engel seiner Kindheit.

»Weißt du was, ich möchte dich meiner Mutter vorstellen«, sagte er, Tränen in den Augen.

4

Die Familie, die in den ebenerdigen Zimmern der Villa wohnte, war stolz auf den wachsenden Bauch ihrer Mutter; man erwartete das dritte Kind, und der Vater hielt eines Tages Jaromils Mama auf, um ihr zu sagen, daß es ungerecht sei, wenn zwei Leute genauso viel Wohnraum hätten wie fünf; er schlug ihr vor, eines ihrer drei Zimmer im ersten Stock abzugeben. Jaromils Mama antwortete, dies sei nicht möglich. Der Mieter entgegnete, dann werde der Nationalausschuß überprüfen müssen, ob die Räume der Villa gerecht verteilt seien. Mama erklärte, ihr Sohn werde in Kürze heiraten, dann würden sie im ersten Stock zu dritt und vielleicht bald schon zu viert sein.

Als Jaromil bald darauf meldete, er wolle ihr sein Mädchen vorstellen, war ihr das gerade recht; die Mieter würden wenigstens sehen, daß sie nichts vorgeschützt hatte, als sie von der bevorstehenden Heirat des Sohnes sprach.

Als er ihr dann gestand, sie kenne das Mädchen recht gut aus dem Geschäft, in dem sie einkaufte, konnte sie ihre unangenehme Überraschung nicht verbergen.

»Ich hoffe«, sprach er kämpferisch, »es macht dir nichts aus, daß sie Verkäuferin ist. Ich habe dir schon gesagt, daß sie eine ganz gewöhnliche arbeitende Frau ist.«

Mama vermochte sich nicht gleich damit zurechtzufinden, daß dieses zerfahrene, ungefällige und unschöne Mädchen die Liebste ihres Sohnes sein sollte, beherrschte sich dann aber: »Sei mir nicht böse, daß ich mich gewundert habe«, sagte sie und war bereit, alles hinzunehmen, was ihr der Sohn servieren würde.

Es kam zu drei verkrampften Besuchsstunden; man hatte zu dritt Lampenfieber, hielt aber durch.

»Also, wie gefällt sie dir?« fragte er Mama ungeduldig, als er wieder mit ihr allein war.

»Sie gefällt mir recht gut, warum sollte sie auch nicht«,

antwortete sie, war sich aber im klaren darüber, daß ihr Ton das Gegenteil ausdrückte.

»Sie gefällt dir also nicht?«

»Aber ich sage dir doch, daß sie mir gefällt.«

»Nein, deine Stimme verrät mir, daß sie dir mißfällt. Du sagst etwas anderes, als du denkst.«

Der Rostroten waren während des Besuches mehrere Ungeschicklichkeiten unterlaufen (sie hatte Mama als erste die Hand gereicht, als erste am Tisch Platz genommen, als erste die Kaffeetasse an die Lippen geführt), ihr waren einige Ungehörigkeiten passiert (sie hatte Mama immer wieder beim Sprechen unterbrochen), und ihr waren Taktlosigkeiten entschlüpft (sie hatte die Mutter nach dem Alter gefragt); als Mama die Mängel aufzählte, erschrak sie und fürchtete, ihrem Sohn kleinlich zu erscheinen (allzu große Beachtung der Anstandsregeln verurteilte er als spießbürgerlich), und darum fügte sie schnell hinzu:

»Es handelt sich natürlich um nichts Unkorrigierbares. Bestimmt genügt es, wenn du sie öfters herbringst. In unserem Milieu wird sie sich abschleifen und bessern.«

Doch als sich Mama vorstellte, daß sie diesen unschönen, rötlichen und feindlichen Körper würde regelmäßig sehen müssen, überkam sie sogleich wieder unüberwindliche Abneigung, und sie sagte mit Falsch in der Stimme: »Wir können ihr natürlich nicht verübeln, daß sie ist, wie sie ist. Stell dir vor, in welcher Umgebung sie aufwuchs und arbeitet. Ich möchte nicht Mädchen in so einem Geschäft sein. Jeder erlaubt sich dir gegenüber alles, und du mußt dir alles gefallen lassen. Will der Chef mit dir anbandeln, so kannst du es ihm nicht abschlagen. Nun, in solchen Kreisen werden Liebeleien zum Glück nicht tragisch genommen.«

Sie musterte den Sohn und sah ihn erröten; eine heiße Welle der Eifersucht ging durch seinen Körper, und die Mutter vermeinte, diese Welle auch in sich selbst zu spüren; (kein Wunder: es war die gleiche Welle, die durch sie hindurch gegangen war, als er ihr die Rostrote vorgestellt hatte, so daß gesagt werden kann, die beiden, Mutter und Sohn, standen nebeneinander wie kommunizierende Röhren, in denen dieselbe Säure fließt). Das Gesicht des Sohnes war jetzt wieder kindhaft und fügsam; auf einmal stand nicht mehr der fremde und selbständige Mensch vor ihr, sondern es stand da ihr geliebtes Kind, das sich quälte, ihr Kind, das sich früher zu ihr geflüchtet und das sie getröstet hatte. Sie konnte den Blick nicht von diesem Bild wenden.

Jaromil ging in sein Zimmer. Sie war schon eine Weile allein, als sie sich dabei ertappte, daß sie sich mit den Fäusten an den Kopf schlug und dazu halblaut sagte: »Hör auf, hör auf, sei nicht eifersüchtig, hör auf, sei nicht eifersüchtig!«

Doch was geschehen war, war geschehen. Das aus leichtem blauem Segeltuch genähte Zelt, dieses vom Engel der Kindheit bewachte Zelt der Harmonie war zerrissen. Vor Mutter und Sohn eröffnete sich eine Epoche der Eifersucht. Mamas Wort von den Liebeleien, die nicht tragisch genommen würden, ging ihm nicht aus dem Kopf. Er stellte sich die Kollegen der Rostroten vor – Verkäufer, die ihr Zoten erzählten, er stellte sich den kurzen schlüpfrigen Kontakt zwischen Zuhörerin und Erzähler vor und quälte sich furchtbar. Er stellte sich vor, daß der Chef seinen Körper an ihrem rieb, unauffällig ihren Busen berührte oder ihr die Kehrseite tätschelte, und er tobte, weil solche Berührungen *nicht tragisch genommen* wurden, während sie ihm alles bedeuteten. Als er einmal bei ihr war, merkte er, daß sie vergessen hatte, das Klo abzuschließen. Er machte ihr eine Szene, weil er sich sogleich vorstellte, daß sie im Geschäft auf der Kloschüssel sitze und ein fremder Mann sie überraschte.

Wenn er sich mit seinen Eifersüchteleien der Rothaarigen anvertraute, vermochte sie ihn durch Zärtlichkeit und Schwüre zu beruhigen; doch sobald er ein Weilchen allein einsam in seinem Kinderzimmer war, sagte er sich schon wieder, es gebe keine Garantie dafür, daß die Beteuerungen des Rotschopfs wahr seien. Zwang er sie im Grunde nicht selbst zur Lüge? Hatte er mit seiner zornigen Reaktion auf die alberne ärztliche Untersuchung nicht für immer verhindert, daß sie ihm sagte, was sie dachte?

Dahin war die glückliche erste Zeit, in der die Liebe heiter und er dem Mädchen dankbar war, daß sie ihn mit selbstverständlicher Sicherheit aus dem Labyrinth der Unerfahrenheit herausgeführt hatte. Jetzt unterzog er einer hochnotpeinlichen Untersuchung, wofür er ihr früher dankbar gewesen war; unzähligemal vergegenwärtigte er sich die unzüchtige Berührung ihrer Hand, womit sie ihn beim ersten Zusammensein so fabelhaft erregt hatte; er erforschte sie jetzt mit mißtrauischen Augen: Es ist nicht möglich, sagte er sich, daß sie zum erstenmal in ihrem Leben ausgerechnet mich so berührt hat; wenn sie eine so unzüchtige Geste gleich beim erstenmal gewagt hat, eine halbe Stunde nach dem Kennenlernen, muß das für sie etwas Geläufiges und Mechanisches sein.

Es war schrecklich. Er hatte sich zwar inzwischen damit abgefunden, daß vor ihm noch ein anderer dagewesen war, aber er hatte sich nur deshalb damit abgefunden, weil die begründeten Worte des Mädchens in ihm die Vorstellung eines nur bitteren und schmerzlichen Verhältnisses erzeugt hatten, in der sie nichts als das mißbrauchte Opfer gewesen war. Diese Vorstellung hatte in ihm Mitleid geweckt, und im Mitleid war die Eifersucht weitgehend zerflossen. Aber wenn es ein Verhältnis gewesen ist, dachte er, in dessen Verlauf das Mädchen diese unzüchtige Berührung erlernt hat, kann es kein ganz und gar mißliches Verhältnis gewesen sein. In dieser Geste ist zuviel Freude beschlossen, in dieser Geste liegt doch eine ganze Liebesgeschichte!

Es war ein allzu schmerzliches Thema, als daß er den Mut gehabt hätte, darüber zu sprechen, denn allein schon die laute Benennung des vorhergehenden Liebhabers verursachte ihm große Pein. Dennoch bemühte er sich, auf Umwegen den Ursprung der Berührung herauszubekommen, an die er dauernd denken mußte (und die er immer wieder erdulden mußte, weil der Rotschopf Gefallen daran gefunden hatte), und er beruhigte sich letztlich nur durch den Gedanken, daß eine große Liebe, die wie ein Blitz aus heiterem Himmel einschlug, eine Frau unvermittelt von allen Hemmungen und aller Scham befreite, so daß sie gerade deshalb, weil sie rein und unschuldig war, sich dem Geliebten mit der gleichen Raschheit hingab wie ein leichtes Mädchen; und nicht nur dies: die Liebe eröffnete in ihr einen solchen Quell unerwarteter Inspirationen, daß ihr spontanes Benehmen den Raffiniertheiten einer durchtriebenen Frau gleichen konnte. Der Genius der Liebe ersetzte in einem einzigen Augenblick jegliche Erfahrung. Diese Betrachtung dünkte ihm schön und tiefschürfend, in ihrem Licht wurde sein Mädchen eine Heilige der Liebe.

Eines Tages aber sagte ein Kommilitone zu ihm: »Ich bitte dich, mit was für einem armseligen Wesen bist du gestern gegangen?«

Er verleugnete seine Freundin wie Petrus den Christus; er redete sich darauf hinaus, sie sei eine Zufallsbekannte, sprach mit Verachtung von ihr. Doch wie Petrus dem Christus, so blieb auch er dem Mädchen in innerster Seele treu. Er beschränkte zwar die gemeinsamen Gänge durch die Straßen und war froh, wenn ihn niemand mit ihr sah, widersprach aber im Geiste seinem Kommilitonen und verabscheute ihn. Gleichzeitig rührte ihn zutiefst, daß das Mädchen ärmliche, unhübsche Kleider hatte, und er sah darin nicht nur den Reiz des Mädchens (den Reiz der Einfachheit und der Armut), sondern vor allem auch den Reiz seiner eigenen Liebe: Er sagte sich, es ist nicht schwer, jemanden zu lieben, der blendend aussieht, der vollkommen ist, der gut gekleidet geht: eine derartige Liebe ist lediglich der bedeutungslose Reflex, den in uns die zufällige Begegnung mit dem Schönen automatisch auslöst; die große Liebe wünscht jedoch, das geliebte Wesen gerade aus einem unvollkommenen Geschöpf zu erschaffen, das im übrigen durch seine Unvollkommenheit nur um so menschlicher ist.

Als er ihr wieder einmal (wahrscheinlich nach einem quälenden Streit) seine Liebe bekannte, entgegnete sie: »Ich weiß sowieso nicht, was du an mir findest. Es gibt überall viel schönere Mädchen.«

Er entrüstete sich und erklärte ihr, Schönheit habe nichts

mit Liebe zu tun. Und er behauptete, an ihr gerade das zu lieben, was für alle anderen häßlich sei; in einer Art Verzückkung zählte er die Einzelheiten auf; er sagte, ihre Brüste seien klein und jämmerlich und hätten große, schrumpelige Warzen, die eher Mitleid als Begeisterung erregten; und er sagte, ihr Gesicht sei sommersprossig und ihr Haar rostrot und ihr Körper mager, aber gerade deshalb habe er sie gern.

Die Rostrote begann zu weinen, weil sie die Fakten (jämmerliche Brüste, rostrotes Haar) nur zu gut verstand, den Gedankengang aber schlecht.

Jaromil hingegen war von seinem Gedanken hingerissen; die Tränen des Mädchens, das sich wegen seiner Unschönheit quälte, wärmten ihn in seiner Vereinsamung und inspirierten ihn; er schwor sich, sein ganzes Leben damit auszufüllen, ihr diese Tränen zu nehmen und sie von seiner Liebe zu überzeugen. In diesem Gefühlsüberschwang empfand er ihren früheren Liebhaber als eine der Häßlichkeiten, die er an ihr liebte. Was wirklich eine bewundernswerte Willens- und Gedankenleistung darstellte; Jaromil wußte dies und begann ein Gedicht zu schreiben: *redet mir von jener, an die ich ständig denke* (das war ein Vers, der refrainartig wiederkehrte), *redet mir von den Jahren ihres Alterns* (wieder wollte er sie samt ihrer ganzen menschlichen Ewigkeit haben), *redet mir davon, wie klein sie einst war* (er wollte sie nicht nur samt ihrer Zukunft, sondern auch samt ihrer Vergangenheit), *laßt mich das Wasser trinken ihrer frühen Tränen* (und insbesondere samt ihrer Trauer, die ihn von seiner Trauer erlöste), *redet mir von den Liebeleien, die ihr die Jugend genommen; von allem, was an ihr abgegriffen, verlacht ward, ich will es lieben an ihr*; (und dann, ein Stück weiter:) *an ihrem Körper nichts, an ihrer Seele nichts, bis zu den Fäulnissen ihrer alten Liebeleien nichts, was ich nicht selig tränke . . .*

Jaromil war begeistert von dem, was er geschrieben hatte, weil ihm schien, er habe statt des großen bläulichen Zeltes der Harmonie, dieses künstlichen Raumes, wo alle Gegensätze aufgehoben gewesen waren, wo die Mutter mit dem

Sohn und der Schwiegertochter an dem einen Tisch des Friedens gesessen hatte, einen anderen Raum gefunden, in dem das Absolute herrscht, ein sowohl grausameres als auch gerechteres Absolutes. Denn existierte keine absolute Reinheit und kein absoluter Frieden, so gab es doch die Absolutheit des unermeßlichen Gefühls, in der alles Unreine und Fremde zerfiel wie in einer chemischen Lösung.

Seine Begeisterung über dieses Gedicht konnte auch nicht der Umstand trüben, daß keine Zeitung es abdrucken würde, denn es hatte nichts gemein mit der frohen Epoche des Sozialismus; er hatte es einzig für sich und die Rostrote geschrieben. Als er es ihr vorlas, war sie zu Tränen gerührt, aber einmal mehr auch geängstigt, weil von ihren Häßlichkeiten die Rede war, davon, daß jemand sie abgegriffen hatte und davon, daß sie alterte.

Die Bedenken des Mädchens störten Jaromil nicht; im Gegenteil, es verlangte ihn danach, sie zu beobachten und auszukosten, bei ihnen zu verweilen und sie dem Mädchen auszureden. Schlimmer jedoch war, daß das Mädchen nicht allzu lange beim Thema verweilte und die Rede auf etwas anderes brachte.

Wenn er fähig war, ihr die kaum vorhandenen Brüste zu verzeihen (die ihn eigentlich nie verdrossen hatten) und die fremden Hände, von denen ihr Körper abgegriffen worden war, eines vermochte er ihr nicht zu verzeihen: ihre Geschwätzigkeit. Bitte, kaum hat er zu Ende gelesen, worin er ganz enthalten ist, mit seiner Leidenschaft, seinem Fühlen, seinem Blut, und schon plaudert sie fidel von etwas anderem.

Er war bereit, ihre sämtlichen Fehler in die allverzeihende Lösung seiner Liebe zu tauchen, allerdings unter einer Bedingung: daß sie selbst sich gehorsam in diese Lösung hineinlegte, daß sie einzig und allein in dieser Wanne der Liebe war, daß sie mit keinem Gedanken aus dieser Wanne flüchtete, daß sie voll eintauchte in seine Gedanken und Worte, daß sie untertauchte in seine Welt und mit keinem Stückchen ihres Körpers und ihres Denkens in irgendeiner anderen Welt verweilte.

Und da schwatzte sie statt dessen, schwatzte obendrein noch von ihrer Familie, und gerade die mochte Jaromil von allem bei ihr am wenigsten leiden, weil er nicht recht wußte, wie er gegen sie hätte protestieren können (es war eine völlig unschuldige Familie, darüber hinaus eine Proletarierfamilie, also eine Familie der Masse), aber gegen sie protestieren wollte er, weil die Rostrote eben mit ihren Gedanken an sie ständig aus dem Bade sprang, das er für sie bereitet und mit der Lösung der Liebe gefüllt hatte. Er mußte sich wieder das Gerede über ihren Vater anhören (einen alten, abgerackerten Landarbeiter), über ihre Geschwister (das ist keine Familie, sagte sich Jaromil, das ist ein Kaninchenstall: zwei Schwestern, vier Brüder!), besonders über einen ihrer Brüder (er hieß Jan und schien ein ganz wunderlicher Kauz zu sein, der vor dem Februar 1948 Chauffeur bei einem antikommunistischen Minister gewesen war);

nein, das war nicht nur eine Familie, sondern vor allem ein Milieu, das er als fremd und widerlich empfand, dessen Flaumfedern noch immer an der Rostroten klebten, ein Flaum, der sie ihm entfremdete und bewirkte, daß sie ihm nach wie vor nicht ganz gehörte;

und der Bruder Jan, das war auch nicht nur ein Bruder, sondern vor allem ein Mann, der sie volle achtzehn Jahre aus der Nähe gesehen hatte, ein Mann, der Dutzende ihrer kleinen Intimitäten kannte, ein Mann, der dasselbe Klo benützt hatte (wie oft mochte sie vergessen haben, sich einzuschließen!), ein Mann, der Zeuge ihres Frauwerdens gewesen war, ein Mann, der sie gewiß mehrmals nackt gesehen hatte . . .

Du mußt mein sein; um notfalls für mich durch die Folter zu sterben, wenn ich es wünsche, schrieb der kranke, eifersüchtige Keats an seine Fanny, und Jaromil, der schon wieder zu Hause in seinem Kinderzimmer sitzt, schreibt Verse, um sich zu beruhigen. Er denkt an den Tod, an die große Umarmung, in der alles erstirbt; er denkt an den Tod der harten Männer, der großen Revolutionäre, und ihn überkommt das Verlangen, den Text eines Trauermarsches zu verfassen, den man bei Begräbnissen von Kommunisten singen könnte.

Der Tod; er gehörte damals, in der Zeit der Pflicht zur Freude, ebenfalls unter die beinahe verbotenen Themen, und Jaromil sagte sich, daß er (der doch früher schon so schöne Verse vom Tod verfaßt hatte und in seiner Art ein Fachmann für die Schönheit des Todes war) den besonderen Blickwinkel entdecken müßte, unter welchem der Tod seine übliche Morbidität verlor; er spürte, daß er fähig war, *sozialistische* Verse über den Tod zu schreiben;

er dachte an den Tod des großen Revolutionärs: *der Sonne gleich, die hinter dem Berge versinkt, stirbt der Kämpfer ...*

und er schrieb das Gedicht, das er *Epitaph* nannte: *Ach, wenn denn sterben, so mit dir, Geliebte, und nur in den Flammen verwandelt in Strahlen, in Strahlen ...*

5

Die Lyrik ist ein Gebiet, auf dem jegliche Behauptung zur Wahrheit wird. Der Lyriker sagte gestern: *das Leben ist vergeblich wie das Weinen*, heute sagte er: *das Leben ist froh wie das Lachen*, und jedesmal hatte er recht. Heute sagt er: *alles endet und fällt in Stille*, morgen sagt er: *nichts endet und alles klingt ewig*, und beides gilt. Der Lyriker muß nichts beweisen; einziger Beweis ist das Pathoserlebnis.

Der Genius der Lyrik ist der Genius der Unerfahrenheit. Ein Dichter weiß wenig von der Welt, aber die Wörter, die aus ihm kommen, reihen sich zu schönen Gruppierungen, die endgültig sind wie Kristalle; der Dichter ist unreif, und dennoch trägt sein Vers die Endgültigkeit der Prophezeiung in sich, vor welcher auch er selber staunend steht.

Ach, meine Wasserliebe, hatte Mama einst in Jaromils erstem Gedicht gelesen, und sich dabei (fast beschämt) gesagt, daß ihr Sohn mehr von der Liebe verstehe als sie; sie hatte nichts geahnt von der durchs Schlüsselloch beobachteten Magda, die Wasserliebe war für sie Benennung von etwas weit Allgemeinerem gewesen, eine Art geheimnisvoller, weitgehend unverständlicher Liebeskategorie, deren Sinn sie nur deuten konnte, wie wir die Sprüche der Sibylle deuten.

Wir können über des Dichters Unreife spotten, aber wir müssen sie auch bestaunen: an seinen Worten haftet ein Tropfen, der aus seinem Herzen rinnt und dem Vers das Licht der Schönheit verleiht, aber diesen Tropfen brauchte ihm kein wirkliches Lebenserlebnis aus dem Herzen zu pressen, man meint eher, der Dichter presse sein Herz, wie eine Köchin die halbierte Zitrone über dem Salat quetscht. Um aufrichtig zu sein: Jaromil hatte sich nicht viel Kopfzerbrechen wegen der streikenden Arbeiter von Marseille gemacht, doch als er das Gedicht von der Liebe geschrieben hatte, die er für sie empfand, war er tatsächlich ergriffen gewesen und hatte seine Ergriffenheit reichlich über seine Worte ausgegossen, die auf diese Weise zu blutiger Wahrheit geworden waren.

Der Lyriker malt mit seinen Gedichten sein Selbstporträt; weil es kein einziges getreues Porträt gibt, können wir sagen, daß er mit seinen Gedichten sein Gesicht retouchiert.

Retouchiert? Ja, er macht es ausdrucksvoller, denn ihn quält die Unbestimmtheit der eigenen Züge; er kommt sich selbst verwischt, ausdruckslos, unbedeutend vor; er sucht nach einer Form seiner selbst; er hofft, daß der photographische Entwickler seiner Gedichte seinen Zügen feste Konturen verleihen wird.

Er macht das Gedicht zutiefst bedeutungsvoll, denn er lebt ein an Ereignissen armes Leben. Der im Vers verdinglichten Welt seiner Gefühle und Träume gibt er oft ein stürmisches Aussehen und ersetzt dergestalt die Dramatik der Tat, die ihm versagt bleibt.

Damit er sich aber mit seinem Porträt bekleiden und so in die Welt treten kann, muß das Porträt ausgestellt und das Gedicht publiziert sein. Man hatte zwar in Rudé právo schon einige von Jaromils Gedichten abgedruckt, dennoch war er unzufrieden. In seinen Begleitschreiben redete er den unbekannten Redakteur von Mal zu Mal vertraulicher an, weil er ihn zu einer Antwort bewegen und persönlich kennenlernen wollte, nur daß keinem Redakteur (und das war beinahe demütigend!) etwas daran lag, ihn – obwohl man seine Verse druckte – als Lebewesen kennenzulernen und in den Redaktionskreis einzuführen; kein einziger seiner Briefe wurde je beantwortet.

Auch das Echo seiner Gedichte bei den Kommilitonen war anders, als Jaromil erwartet hatte. Hätte er zur Elite der zeitgenössischen Dichter gehört, die Lesungen hielten und deren Konterfeis in den Wochenschauen aufschienen, so wäre er vielleicht zur Attraktion für den Jahrgang geworden, mit dem er studierte. Die paar Gedichte jedoch, die auf den Seiten der Tageszeitung untergingen, vermochten die Aufmerksamkeit kaum für einige Minuten zu fesseln und machten aus

Jaromil bei den Kommilitonen, die eine Politiker- oder Diplomatenkarriere vor sich hatten, eher ein uninteressant besonderes als ein besonders interessantes Wesen.

Dabei sehnte Jaromil sich so sehr nach Ruhm! Er sehnte sich danach wie alle Dichter: *O Ruhm, du mächtige Gottheit, dein großer Name möge mich inspirieren und meine Verse mögen dich erobern*, betete Victor Hugo zum Ruhm. *Ich bin ein Dichter, ein großer Dichter, und eines Tages wird mich die ganze Welt lieben, das muß ich mir immer wieder sagen, dergestalt zu meinem noch nicht aufgeworfenen Grabhügel betend*, tröstete sich Jiří Orten.

Die Ruhmsucht ist keine dem Talent des Lyrikers beigegebene Untugend (als was man sie bei einem Mathematiker oder Architekten empfinden würde), sie gehört vielmehr zum Fundament der lyrischen Veranlagung; der Lyriker wird von der Ruhmsucht geradezu definiert: denn Lyriker ist, wer sein Selbstporträt der Welt zeigt, geleitet vom Verlangen, daß sein Gesicht, eingefangen auf der Leinwand der Verse, geliebt und vergöttert werde.

Meine Seele ist eine exotische Blüte von besonderem, nervigem Duft. Ich habe eine große Begabung, vielleicht sogar Genie, hatte Jiří Wolker in sein Tagebuch geschrieben, und Jaromil, verärgert über das Schweigen des Redakteurs der Tageszeitung, wählte einige Gedichte aus und schickte sie der bedeutendsten Literaturzeitschrift. Welch ein Glück! Nach vierzehn Tagen schon erhielt er Antwort: seine Verse seien als talentiert befunden worden, und er möge freundlicherweise in die Redaktion kommen. Auf diesen Besuch bereitete er sich fast so gründlich vor wie einstmals auf die Stelldicheins mit den Mädchen. Er war entschlossen, sich den Redakteuren im tiefsten Sinn des Wortes vorzustellen, und er versuchte sich erst einmal selbst darüber klar zu werden, wer er eigentlich war; wer er als Dichter war, wer er als Mensch war, welches Programm er hatte, wovon er ausgegangen war, was er überwunden hatte, was er liebte, was er haßte. Am Ende ergriff er Bleistift und Papier und notierte wenigstens die wichtigsten seiner Ansichten, seiner Standpunkte, seiner

Entwicklungen. Er schrieb einige Blätter voll und klopfte eines schönen Tages an die Redaktionstür und trat ein.

Hinter dem Redaktionstisch saß ein bebrilltes, verdorrtes Männchen und fragte ihn, was er wünsche. Jaromil nannte seinen Namen. Der Redakteur fragte noch einmal, was er wünsche. Jaromil wiederholte (diesmal deutlicher und lauter) seinen Namen. Der Redakteur sagte, er sei erfreut, er kenne Jaromil, würde jedoch nichtsdestoweniger gern wissen, was er wünsche. Jaromil sagte, er habe der Redaktion seine Verse eingeschickt und sei brieflich zu einem Besuch aufgefordert worden. Der Redakteur sagte, mit Gedichten beschäftige sich sein Kollege, der aber sei zur Zeit nicht anwesend. Jaromil sagte, das sei schade, weil er gern gewußt hätte, wann seine Gedichte abgedruckt würden.

Der Redakteur verlor die Geduld, stand auf, hakte Jaromil unter und führte ihn zu einem großen Schrank. Diesen öffnete er und zeigte auf die hohen Papierstöße in den Fächern: »Lieber Genosse, wir bekommen tagtäglich Verse von durchschnittlich zwölf neuen Autoren. Was macht das im Jahr?«

»Das kann ich im Kopf nicht ausrechnen«, antwortete Jaromil verlegen, als der Redakteur auf einer Antwort bestand.

»Das macht im Jahr dreitausenddreihundertachtzig neue Dichter. Würdest du gern mal ins Ausland reisen?«

»Warum nicht«, sagte Jaromil.

»Dann hör nicht auf zu schreiben«, empfahl der Redakteur: »Ich bin sicher, daß wir früher oder später Lyriker exportieren werden. Andere Länder exportieren Monteure, Ingenieure oder Getreide oder Kohle, unseren größten Reichtum aber stellen die Lyriker dar. Die tschechischen Lyriker werden die Fundamente zur Lyrik der Entwicklungsländer legen. Unsere Wirtschaft wird für die Lyriker teure Meßinstrumente und Bananen erhalten.«

Einige Tage darauf sagte Mama zu Jaromil, der Schuldienersohn habe ihn gesucht. »Er hat gesagt, du sollst ihn in der Polizei besuchen. Außerdem soll ich dir ausrichten, daß er dir zu deinen Gedichten gratuliert.«

Jaromil bekam vor Freude einen roten Kopf: »Das hat er wirklich gesagt?«

»Ja. Als er gegangen ist, hat er ausdrücklich gesagt: Sagen Sie ihm, daß ich ihm zu seinen Gedichten gratuliere. Vergessen Sie nicht, es ihm auszurichten.«

»Das freut mich sehr, ja, sehr«, sagte Jaromil mit sonderbarem Nachdruck, »denn ich schreibe diese Verse ja gerade für Leute wie ihn. Ich schreibe sie nicht für irgendwelche Redakteure. Der Tischler macht seine Tische auch nicht für die Tischler, sondern für die Leute.«

Und so betrat Jaromil eines Tages das große Gebäude der Staatssicherheit, meldete sich beim pistolenbewaffneten Pförtner an, wartete in der Halle und reichte dann dem alten Kameraden, der die Treppe heruntergekommen war und ihn fröhlich begrüßte, die Hand. Sie gingen in sein Büro, und der Schuldienersohn beteuerte da zum viertenmal: »Mensch, ich ahnte ja gar nicht, daß ich einen so berühmten Schulkameraden habe. Immerfort habe ich mich gefragt, ist er es, ist er es nicht, und am Ende habe ich mir gesagt, dieser Name ist doch nicht so häufig.«

Er führte Jaromil auf den Gang zum großen Aushängekasten, wo einige Photographien klebten (Polizistenübungen mit Hunden, mit Waffen, mit Fallschirmen), zwei Zirkulare und zwischen alldem ein Zeitungsausschnitt mit einem Gedicht Jaromils prangte; der Ausschnitt war schön mit roter Tusche umrahmt und stach ins Auge.

»Was sagst du dazu?« fragte der Schuldienersohn, und Jaromil sagte nichts, war jedoch glücklich; zum erstenmal sah er eines seiner Gedichte, wie es unabhängig von seinem persönlichen Leben lebte.

Der Schuldienersohn hakte ihn unter und führte ihn in sein Büro zurück. »Siehst du, bestimmt hast du nicht geglaubt, Polizisten würden Gedichte lesen.« Er lachte.

»Warum nicht«, sagte Jaromil, dem gerade der Umstand imponierte, daß seine Verse nicht von alten Jungfern gelesen wurden, sondern von Männern mit Pistole an der Seite.

»Warum nicht, der heutige Polizist ist nicht das, was die Söldner der bourgeoisen Republik gewesen sind.«

»Du meinst sicher, zu einem Polizisten würden keine Verse passen, aber dem ist nicht so«, führte der Schuldienersohn seinen Gedanken weiter aus.

Desgleichen führte Jaromil seinen Gedanken weiter aus: »Die heutigen Dichter sind ja auch nicht mehr das, was sie einmal gewesen sind. Sie sind keine verwöhnten Püppchen mehr.«

Der Schuldienersohn spann seinen Gedanken noch immer weiter: »Gerade deshalb, weil wir ein so hartes Handwerk betreiben (Junge, du weißt gar nicht, wie hart das ist), kommt uns mal etwas Zartes zupaß. Unsereiner würde sonst nicht aushalten, was er tun muß.«

Dann lud er Jaromil (weil sein Dienst endete) zu einem Bier in die Kneipe gegenüber ein. »Mensch, da gibt's nichts zu lachen«, fuhr er fort, als er das Halbliterglas in der Hand hielt. »Erinnerst du dich, was ich dir neulich über den Juden gesagt habe? Der ist schon im Knast. Eine schöne Sau ist der.«

Jaromil hatte selbstverständlich nicht gewußt, daß der schwarzhaarige Mann, der den Zirkel junger Marxisten geleitet hatte, verhaftet worden war; er hatte zwar eine dunkle Ahnung von den Verhaftungen, wußte aber nicht, daß sie in die Zehntausende gingen, daß sich auch Kommunisten darunter befanden, daß die Festgenommenen gefoltert wurden und daß ihre Schuld zumeist fiktiv war; darum konnte er nur mit bloßer Überraschung reagieren, ohne Stellungnahme und Urteil, allerdings mit einiger Bestürzung und einigem Mitleid, was den Schuldienersohn zu der energischen Bemerkung veranlaßte: »Hier ist keine Sentimentalität am Platze.«

Jaromil erschrak, wieder ließ sich der Schuldienersohn nicht fassen, wieder war er ihm ein Stück voraus. »Sei nicht verwundert, daß es mir leid tut. Man kann sich dessen nicht erwehren. Aber du hast recht, Sentimentalität könnte uns teuer zu stehen kommen.«

»Schrecklich teuer«, bekräftigte der Schuldienersohn.

»Niemand von uns will grausam sein«, meinte Jaromil.

»Sicher nicht«, pflichtete der Schuldienersohn bei.

»Die größte Grausamkeit jedoch würden wir begehen, wenn wir nicht den Mut hätten, grausam zu den Grausamen zu sein«, sagte Jaromil.

»Versteht sich«, stimmte der Schuldienersohn zu.

»Keine Freiheit den Feinden der Freiheit. Das ist grausam, ich weiß, aber es muß sein.«

»Jawohl«, bestätigte der Schuldienersohn. »Ich könnte dir eine Menge darüber erzählen, doch ich kann dir nichts darüber erzählen, weil ich dir nichts darüber erzählen darf. Kamerad, das sind lauter Geheimsachen, nicht einmal mit meiner Frau kann ich mich darüber unterhalten, was ich mache.«

»Ich weiß«, sagte Jaromil, »das begreife ich«, und wieder beneidete er den Schulkameraden um seinen männlichen Beruf, um die Geheimhaltung und um die Ehefrau, auch darum, daß er Geheimnisse vor ihr haben durfte und daß sie damit einverstanden sein mußte; er beneidete ihn um das *wirkliche Leben*, dessen grausame Schönheit (und schöne Grausamkeit) Jaromil weiterhin überragte (er verstand nicht, warum der schwarzhaarige Mann verhaftet worden war, er wußte nur, daß es hatte so sein müssen), er beneidete ihn um das wirkliche Leben, in das er (angesichts des alten Schulkameraden wurde es ihm wieder peinlich bewußt) noch immer nicht eingetreten war.

Während Jaromil neidvoll sinnierte, schaute ihm der Schuldienersohn tief in die Augen (sein Mund verzog sich zu einem stupiden Lächeln) und begann die Verse zu rezitieren, die er im Aushängekasten angeheftet hatte; er kannte das ganze Gedicht auswendig, verwechselte kein einziges Wort. Jaromil wußte nicht, wie er dreinschauen sollte (der Schulkamerad ließ ihn keinen Moment aus den Augen), er errötete (denn des Kameraden Vortrag war peinlich naiv), doch sein glücklicher Stolz war um ein Mehrfaches stärker als sein Unbehagen: der Schuldienersohn kannte und liebte seine Verse! Seine Gedichte waren also statt seiner in die Welt der

Männer eingegangen, vor ihm, als seine Sendboten und Vor-
posten! Tränen seliger Selbsttrunkenheit traten ihm in die
Augen, er schämte sich ihrer und senkte den Kopf.

Der Schuldienersohn hatte zu Ende rezitiert und blickte
Jaromil noch immer in die Augen; dann erklärte er, daß in
einer prächtigen Villa hinter Prag das ganze Jahr über junge
Polizisten geschult würden und daß man sich dort von Zeit
zu Zeit interessante Leute für einen Abend einlade. »An
einem Sonntag möchten wir auch tschechische Dichter hin-
holen. Einen großen Abend der Poesie veranstalten.«

Sie bestellten beide noch ein Bier, und Jaromil sagte: »Das
ist aber schön, daß ausgerechnet Polizisten einen Dichterabend veranstalten.«

»Warum nicht Polizisten, warum denn die nicht?«

»Natürlich, warum nicht die«, sagte Jaromil. »Polizei,
Poesie, die passen möglicherweise besser zusammen, als man
gemeinhin annimmt.«

»Warum sollten die nicht zusammenpassen?« sagte der
Schuldienersohn.

»Warum nicht?« sagte Jaromil.

»Versteht sich, warum nicht«, sagte der Schuldienersohn
und tat kund, daß er unter den geladenen Dichtern auch Jaromil sehen wolle.

Jaromil wehrte sich, war aber am Ende gern einverstanden. Wenn die Literatur zögerte, seinen Versen ihre zerbrechliche (sieche) Hand zu reichen, reichte ihnen eben das Leben
selbst seine (rauhe und harte) Hand.

6

Man stelle sich ihn noch eine Weile vor, wie er, dem Schuldienersohn gegenüber, beim Bier sitzt; hinter ihm, in der Ferne, die abgeschlossene Welt seiner Kindheit, und vor ihm, in Gestalt seines ehemaligen Mitschülers, die Welt der Tat, eine fremde Welt, die er fürchtet und dennoch verzweifelt herbeisehnt.

Dieses Bild enthält die Grundsituation der Unreife; der Lyrismus ist einer der Auswege aus dieser Situation; ein Mensch, vertrieben aus dem sicheren Hag der Kindheit, will in die Welt treten, aber weil er sie gleichzeitig fürchtet, erschafft er sich eine künstliche Welt, eine *Ersatzwelt*. Er läßt sich von seinen Gedichten umkreisen wie die Sonne von den Planeten; er wird zum Mittelpunkt eines kleinen Alls, in dem nichts Fremdes ist, in dem er sich zu Hause fühlt wie das Kind in der Mutter, denn hier ist alles aus der einzigen Materie seiner Seele erschaffen. Hier kann er alles verwirklichen, was *drauß*en sich als so schwierig erweist; hier kann er als Student Wolker mit den Proletariermassen in die Revolution ziehen und als unerfahrener Jüngling Rimbaud seine *kleinen Geliebten* peitschen; aber auch die Massen und die Geliebten bestehen nicht aus der feindlichen Masse der Fremdwelt, sondern aus der Masse seiner Traumwelt, sie sind also er selber und stören die Einheit des Alls nicht, das er sich erbaut hat.

In einem überaus schönen Gedicht spricht Orten von einem Kind, das im Mutterleib glücklich war und seine Geburt als schrecklichen Tod empfindet, *Tod voll von Licht und beängstigenden Gesichtern,* so daß es zurückkehren will, zurück in die Mutter, zurück *in den übersüßen Dunstkreis.*

Im unerwachsenen Mann verbleibt noch lange das Heimweh nach der Geborgenheit und der Einheit jenes Alls, das er allein in der Mutter ausgefüllt hat, und es verbleibt in ihm auch die Angst (oder der Zorn) angesichts der Erwachsenenwelt der Relativität, in der er sich verliert wie ein Tropfen im Meer der Fremdheit. Darum sind junge Leute leidenschaftliche Monisten, Verkünder des Absoluten; darum bosseln sich Lyriker ihr privates All der Verse zusammen; darum wünscht der junge Revolutionär eine absolut neue, nur aus Gedanken geschmiedete Welt; darum ertragen sie keinen Kompromiß, weder in der Liebe noch in der Politik; der aufständische Student schreit sein *alles oder nichts* durch die Geschichte, und der zwanzigjährige Victor Hugo tobte, als Adèle Foucher, seine Verlobte, auf dem kotigen Bürgersteig den Rock so hoch hob, daß man ihre Knöchel sah. *Mir scheint, Schamhaftigkeit ist wichtiger als ein Kleid*, ermahnte er sie in einem strengen Brief und drohte: *beachte, was ich sage, wenn du nicht willst, daß ich den erstbesten Frechling ohrfeige, der dich anzusehen wagt.*

Die Erwachsenenwelt lacht über eine solche pathetische Drohung. Der Dichter aber ist verletzt durch den Verrat des Knöchels der Geliebten und durch das Lachen der Menge, und das Drama zwischen Lyrik und Welt beginnt.

Die Erwachsenenwelt weiß, daß das Absolute Trug ist, daß nichts Menschliches groß oder ewig ist und daß nichts dabei ist, wenn Bruder und Schwester gemeinsam in einem Raum schlafen; aber Jaromil quälte sich deswegen! Die Rothaarige hatte ihm mitgeteilt, daß ihr Bruder nach Prag kommen und eine Woche bei ihr wohnen werde; sie hatte Jaromil sogar gebeten, sie in dieser Zeit nicht zu besuchen. Das war ihm zuviel, er ereiferte sich lautstark: er könne doch nicht zugeben, wegen irgendeines Menschen (das sagte er mit hochmütigem Stolz) eine ganze Woche auf sein Mädchen verzichten zu sollen!

»Warum wirfst du mir das vor?« wehrte sich die Rothaarige: »Ich bin jünger als du, und trotzdem treffen wir uns immer bei mir. Bei dir können wir uns nie treffen!«

Jaromil wußte, daß die Rothaarige recht hatte, und seine Erbitterung wuchs noch mehr; wieder wurde ihm seine schändliche Unselbständigkeit bewußt, und blind vor Wut verkündete er Mama am gleichen Tag (mit nie gekannter Härte), daß er seine Freundin zu sich einladen werde, weil er nirgends sonst mit ihr allein sein könne.

Irgendwo steht zu lesen, das Mittelalter sei die orientalische Epoche des Westens, und wir sind versucht (weil es uns gefällt, die Geschichte des einzelnen mit der Menschheitsgeschichte zu vergleichen), analog dazu die Jugend als die *weibliche Epoche des Mannes* zu bezeichnen: wie ähnlich sie einander doch waren, Mutter und Sohn. Beide waren beherrscht von der Sehnsucht nach einem monistischen Paradies der Einheit und Harmonie: er wollte den übersüßen Dunstkreis der mütterlichen Tiefen wiederfinden, und sie wollte dieser übersüße Dunstkreis (noch immer und auf immer) *sein*. Als der Sohn heranwuchs, trachtete sie ihn einzuhüllen wie in eine luftige Umarmung; sie nahm alle seine Ansichten an; sie trat für moderne Kunst ein, sie bekannte sich zum Kommunismus, sie glaubte an den Ruhm des Sohnes, sie entrüstete sich über die Doppelzüngigkeit von Professoren, die heute etwas anderes sagten als gestern; sie wollte ihn ständig umgeben wie der Himmel, wollte ständig aus derselben Materie sein wie er.

Wie aber hätte sie, eine Verkünderin der harmonischen Einheit, die fremdgeborene Materie der fremden Frau annehmen können?

Jaromil sah die Ablehnung in ihrem Gesicht und wurde störrisch. Jawohl, er wollte zwar zurückkehren in den süßen Dunstkreis, er suchte das alte mütterliche All, aber er suchte es längst nicht mehr in der Mutter; bei der Suche nach der verlorenen Mutter war ihm Mama am meisten im Wege.

Sie begriff, daß der Sohn nicht nachgeben würde, und fügte sich; die Rothaarige war zum erstenmal mit Jaromil in seinem Zimmer allein, was hätte schön sein können, wären nicht beide so nervös gewesen. Mama war zwar im Kino, im Grunde aber war sie bei ihnen; es kam ihnen vor, als würden sie von ihr gehört; sie sprachen leiser als gewohnt; Jaromil wollte die Rothaarige umarmen, fand ihren Körper jedoch kalt und sagte sich, daß es besser sein würde, sie nicht zu drängen; statt die Freuden einer solchen Gelegenheit zu genießen, unterhielten sie sich nur verlegen, ständig die Uhr im Blick, deren Zeiger ihnen die baldige Rückkehr der Mutter ankündigten; der einzige Weg aus Jaromils Zimmer führte nämlich durch das Zimmer von Mama, und die Rothaarige wollte ihr um keinen Preis begegnen; sie ging bereits eine volle halbe Stunde vor Mamas Rückkehr und ließ Jaromil in schlechtester Stimmung zurück.

Aber das verhärtete ihn eher, als daß es ihn zum Aufgeben bewegt hätte. Ihm wurde klar, daß seine Stellung in dem Haus, worin er lebte, unerträglich geworden war; es war nicht sein Zuhause, es war das Zuhause der Mutter, und er wohnte nur bei ihr. Diese Einsicht machte ihn starrköpfig. Er lud die Rothaarige ein zweitesmal zu sich und hieß sie diesmal mit ausgelassenem Gerede willkommen, um die Angst zu verscheuchen, die ihn neulich gehemmt hatte. Auf dem Tisch stand sogar schon eine Flasche Wein, und weil beide Alkohol nicht gewöhnt waren, gerieten sie bald in einen Zustand, in dem sie den allgegenwärtigen Schatten der Mutter vergaßen.

Eine ganze Woche über kam Mama erst spät abends nach Hause, wie Jaromil es sich gewünscht hatte, ja mehr noch: sie blieb auch an jenen Tagen außer Haus, an denen er sie nicht darum gebeten hatte. Was ihrerseits weder aus gutem Willen geschah noch kluges Nachgeben war; es war eine Demonstration. Ihre späten Heimkünfte sollten anschaulich des Sohnes Rohheit beweisen, sollten zeigen, daß er sich wie der Herr im Haus gebärdete und sie nur duldete und daß sie sich nicht einmal mit einem Buch im eigenen Zimmer niederlassen konnte, wenn sie müde von der Arbeit nach Hause kam.

An den außer Haus verbrachten langen Nachmittagen und Abenden konnte sie leider auch keinen Mann besuchen, denn der Direktor, der ihr früher den Hof gemacht hatte, war der vergeblichen Belagerung längst müde geworden. Und so ging sie ins Kino, ins Theater oder versuchte (mit wenig Erfolg), wieder Verbindung mit halb vergessenen

Freundinnen aufzunehmen; mit abartigem Genuß schlüpfte sie in die Rolle der verbitterten Frau, die Eltern und Mann verloren hat und vom eigenen Sohn aus dem Haus getrieben wurde. Sie saß im verdunkelten Saal, vor ihr auf der Leinwand küßten sich zwei unbekannte Leute, und ihr liefen Tränen über die Wangen.

Eines Tages kehrte sie früher als gewöhnlich heim, entschlossen, mit gekränkter Miene des Sohnes Gruß unbeantwortet zu lassen. Als sie ihr Zimmer betrat – sie hatte die Tür noch nicht geschlossen –, schoß ihr das Blut in den Kopf; aus Jaromils Zimmer, also von einer kaum ein paar Meter entfernten Stelle, hörte sie das beschleunigte laute Atmen ihres Sohnes und weibliches Stöhnen. Sie konnte sich nicht von der Stelle rühren, zugleich jedoch war ihr klar, daß sie hier nicht regungslos verharren und die Liebesgeräusche hören dürfe, denn das wäre gewesen, als stünde sie neben ihnen, als schaute sie ihnen zu (sie sah sie in diesem Augenblick tatsächlich ganz deutlich vor sich), und das war unerträglich. Eine unsinnige Wut erfaßte sie, die um so wilder wurde, je stärker sie ihre Machtlosigkeit empfand, denn sie konnte weder aufstampfen noch schreien, noch etwas zertrümmern, noch hineingehen und dreinschlagen, sie konnte gar nichts tun, außer bewegungslos dazustehen und zuzuhören.

Unversehens aber verband sich in ihr die blinde Wut mit dem letzten Rest wachen Verstandes zu einem plötzlichen, tollen Einfall: als die Rothaarige nebenan wieder aufstöhnte, rief sie mit einer Stimme ängstlicher Besorgnis: »Jaromil, um Gottes willen, was fehlt dem Fräulein?!«

Das Gestöhn erstarb, und Mama lief zur Hausapotheke; der entnahm sie ein Fläschchen und lief zurück zu Jaromils Zimmertür; sie drückte die Klinke nieder; die Tür war verschlossen. »Um Himmels willen, macht mich nicht wahnsinnig, was ist los? Ist dem Fräulein etwas passiert?«

Jaromil hielt die Rothaarige umfangen, die vor Angst zitterte, und sagte: »Nein, nichts . . .«

»Hat das Fräulein einen Anfall?«

»Ja . . .« antwortete er.

»Mach auf, ich hab Tropfen für sie«, sagte Mama und drückte erneut die Klinke nieder.

»Warte«, sagte der Sohn und erhob sich schnell von seinem Mädchen.

»Solche Krämpfe sind furchtbar!« rief Mama.

»Einen Augenblick«, rief Jaromil zurück und streifte rasch Hose und Hemd über; über sein Mädchen warf er eine Decke.

»Das kommt wohl vom Magen?« fragte Mama durch die Tür.

»Ja«, sagte Jaromil und öffnete die Tür einen Spalt breit, um das Fläschchen mit den Tropfen entgegenzunehmen.

»Du wirst mich doch reinlassen«, meinte die Mutter. Eine Art Raserei trieb sie weiter und weiter; sie ließ sich nicht abweisen und trat ein; das erste, was sie sah, waren der Büstenhalter und die übrige Unterwäsche des Mädchens auf dem Stuhl; dann sah sie das Mädchen; die Rothaarige kauerte unter der Decke und war wirklich bleich, als hätte sie einen Anfall.

Jetzt gab es für Mama kein Zurück; sie setzte sich zu dem Mädchen: »Was ist Ihnen? Ich komme nach Hause und höre Ihr Stöhnen, arme Kleine...« Sie zählte zwanzig Tropfen auf ein Zuckerstückchen. »Ich kenne diese Magenkrämpfe, nehmen Sie das, es wird Ihnen gleich besser sein...«

Sie führte den Zucker zum Mund des Mädchens, und das Mädchen öffnete ihn gehorsam dem Zucker, wie es ihn vorher den Lippen Jaromils geöffnet hatte.

War Mama von elender Bosheit in Jaromils Zimmer getrieben worden, so blieb jetzt nur noch die Elendigkeit: sie sah den kleinen, zärtlich sich öffnenden Mund, und es überkam sie furchtbare Lust, die Decke von der Rothaarigen zu reißen, um sie nackt vor sich zu haben; die Abgeschlossenheit jener kleinen Welt zu zerstören, die Jaromil und die Rothaarige bildeten; das zu berühren, was er berührte; es als ihr Eigentum zu erklären; es zu okkupieren; die beiden Leiber in ihre luftige Umarmung zu schließen; zwischen beider so unzulänglich bedeckte Nacktheit zu treten (ihr war nicht entgangen, daß die Turnhose auf dem Boden lag, die Jar⌐ mil statt einer Unterhose trug); frech und unschuldig zwischen die beiden zu treten, als handle es sich tatsächlich um einen Magenkrampf; mit ihnen beiden zu sein, wie sie mit Jaromil gewesen war, als sie ihn noch hatte aus ihrer nackten Brust trinken lassen; über den schmalen Steg doppelsinniger Unschuld in das Spiel und die Liebschaft der zwei einzudringen; wie der Himmel ständig ihre nackten Körper zu umgeben, mit ihnen zu sein ...

Dann erschrak sie vor ihrer eigenen Erregung. Sie riet dem Mädchen, tief durchzuatmen, und ging rasch in ihr Zimmer.

7

Vor dem Polizeigebäude stand ein verschlossener kleiner Autobus, um den sich die Dichter geschart hatten; man wartete auf den Chauffeur. Mit den Dichtern warteten zwei Männer von der Polizei, die Organisatoren des Dichterabends; natürlich war auch Jaromil da, der zwar einige der Dichter vom Sehen kannte (zum Beispiel den Sechzigjährigen, der vor einiger Zeit bei dem Meeting an seiner Fakultät aufgetreten war und das Gedicht von der Jugend vorgetragen hatte), aber es nicht wagte, einen anzusprechen. Seine innere Unsicherheit wurde etwas von dem Umstand gemildert, daß vor zehn Tagen endlich fünf seiner Gedichte in der Literaturzeitschrift erschienen waren; er erachtete dies als amtliche Bestätigung dafür, daß er sich Dichter nennen durfte; er hatte sicherheitshalber ein Exemplar in der Brusttasche seines Sakkos stecken, so daß es aussah, als habe er eine flache männliche und eine gewölbte weibliche Brustseite.

Der Chauffeur kam, und die Dichter, mit Jaromil waren es ihrer elf, drängten in den Bus. Nach einstündiger Fahrt hielten sie in einer erfreulichen Ausflugslandschaft, die Dichter stiegen aus, die Veranstalter zeigten ihnen den Fluß, den Garten, die Villa, ließen sie das ganze Gebäude samt den Unterrichtsräumen und dem großen Saal (wo wenig später der Festabend eröffnet werden sollte) besichtigen, ja sie zwangen sie sogar, in die Dreibettzimmer hineinzuschauen, wo die Frequentanten wohnten (diese erhoben sich überrascht, standen stramm und bewillkommneten so die Dichter mit der gleichen sorgfältig beobachteten Disziplin wie eine dienstliche Zimmerkontrolle), und am Ende landete man im Büro des Kommandeurs. Dort warteten schon belegte Brötchen, zwei Flaschen Wein, der Kommandeur in Uniform sowie eine außergewöhnlich schöne junge Dame. Als sie einer nach dem anderen dem Kommandeur die Hand gereicht und ihren Namen gemurmelt hatten, deutete der Komman-

deur auf die junge Dame: »Das ist die Leiterin unseres Film-
kreises«, und er erklärte den elf Dichtern (die einer nach dem
anderen der Schönen die Hand reichten), daß die Polizei des
Volkes einen Betriebsklub habe, wo ein reiches Kulturleben
gepflogen werde; man habe da eine Theatergruppe, eine Ge-
sangsgruppe und neuerdings also auch einen Filmkreis, den
eben diese junge Dame leitete, die Studentin der Filmfach-
schule und so freundlich sei, den jungen Polizisten zu helfen; übrigens stünden ihr hier die besten Möglichkeiten zur
Verfügung, eine ausgezeichnete Kamera, eine Beleuchtungs-
anlage und vor allem begeisterte Jungmannen, von denen
er, der Kommandeur, nicht wisse, ob ihr Interesse dem Film
oder der Instruktorin gelte.

Nachdem sie mit allen Dichtern einen Händedruck ge-
tauscht hatte, gab die Filmerin den zwei Burschen an den
Jupiterlampen ein Zeichen, und schon kauten die Dichter
mit dem Kommandeur ihre Brötchen im Glast der scharfen
Beleuchtung. Das Gespräch, dem der Kommandeur möglichst viel Ungezwungenheit zu geben versuchte, wurde von
den Befehlen der jungen Dame unterbrochen, worauf jedesmal Umgruppierung der Jupiterlampen erfolgte und endlich
auch die Kamera leise zu surren begann. Der Kommandeur
dankte sodann den Dichtern für ihr Kommen, warf einen
Blick auf die Uhr und sagte: »Das Publikum wartet bereits
ungeduldig.«

»Alsdann, Genossen Dichter, ich bitte, Aufstellung zu
nehmen«, sagte einer der Veranstalter und las die Namen
von einem Blatt ab; die Dichter bildeten eine Reihe und traten auf das Zeichen des Veranstalters den Marsch zum Podium an; dort wartete ein langer Tisch, an dem für jeden
Dichter ein Stuhl stand und ein Platz mit Namensschild bezeichnet war. Die Dichter setzten sich, und im vollen Saal
erscholl Klatschen.

Es war das erstemal, daß Jaromil unter dem Blick der
Menge schritt; er wurde sich dessen jedoch nicht bewußt, denn
ihn ergriff eine Trunkenheit, die ihn den ganzen Abend über
nicht mehr verlassen sollte. Alles gelang aufs Beste; nachdem

jeder Dichter auf dem für ihn bereitgestellten Stuhl Platz genommen hatte, trat einer der Veranstalter an das Rednerpult am Tischende, hieß die elf Dichter willkommen und stellte sie vor. Jedesmal, wenn er einen Namen nannte, erhob sich der Aufgerufene halb, verneigte sich, und der Saal applaudierte stürmisch. Auch Jaromil stand auf, machte eine Verbeugung, und schon war er so benommen von dem Beifall, so daß er erst später den Schuldienersohn in der ersten Reihe sitzen und ihm kurz zuwinken sah; er winkte zurück, und diese unter den Augen aller auf dem Podium vollführte Geste ließ ihn den Zauber gespielter Unbefangenheit verkosten, weswegen er im Verlauf des Abends seinem Schulkameraden noch einigemal von oben zunickte wie einer, der sich auf Podien daheim fühlt.

Die Dichter saßen in alphabetischer Reihenfolge, und Jaromil fand sich neben dem Sechzigjährigen: »Mein Lieber, ist das eine Überraschung, ich habe gar nicht gewußt, daß Sie das sind! Sie hatten neulich Gedichte in der Literaturzeitschrift!« Jaromil lächelte höflich, und der Dichter fuhr fort: »Ich habe mir Ihren Namen gemerkt, es sind ausgezeichnete Gedichte, ich habe mich riesig darüber gefreut!« Doch da forderte der Veranstalter die Dichter schon auf, dem Alphabet nach zum Mikrophon zu treten und einige ihrer letzten Gedichte zu rezitieren.

Einer nach dem anderen trat vor, las, erhielt Applaus und nahm seinen Platz wieder ein. Jaromil schauderte vor seinem Auftritt; er fürchtete, ins Stottern zu geraten, fürchtete, nicht die nötige Stimmkraft aufzubringen, fürchtete überhaupt alles; doch dann erhob er sich und schritt mit traumwandlerischer Sicherheit nach vorn. Er hatte keine Zeit, an etwas zu denken. Er begann zu lesen, und gleich nach den ersten Versen wurde er ruhig. Und – der Applaus, den der Saal spendete, war der bisher längste.

Das Klatschen machte Jaromil kühn, so daß er das zweite Gedicht mit noch größerer Sicherheit las und es ihm gar nichts ausmachte, als in seiner Nähe plötzlich zwei große Scheinwerfer aufflammten, ihn anstrahlten und zehn Meter weiter eine Kamera lossurrte. Er tat, als merke er es nicht, stockte nicht im geringsten bei der Rezitation, brachte es sogar fertig, den Blick vom Blatt zu heben und nicht nur in den unbestimmten Raum des Saales zu schauen, sondern auf die sehr bestimmte Stelle, wo (einige Schritte von der Kamera entfernt) die anmutige Filmerin stand; und wieder rauschte Beifall auf, und Jaromil las noch zwei Gedichte, hörte das Surren der Kamera, sah das Gesicht der Filmerin, verneigte sich und kehrte auf seinen Platz zurück, da erhob sich der Sechziger von seinem Stuhl, reckte feierlich den Kopf, breitete die Arme aus und umfing Jaromil: »Freund, Sie sind ein Dichter! Sie sind ein Dichter!« Und weil der Beifall nicht abbrach, drehte er sich selbst zum Saal, winkte und verneigte sich.

Als der elfte Dichter zu Ende rezitiert hatte, betrat wieder der Veranstalter das Podium, dankte sämtlichen Dichtern und verkündete, daß Interessierte nach einer kurzen Pause wiederkommen und mit den Dichtern eine Gesprächsrunde abhalten könnten. »Die Teilnahme ist nicht mehr Pflicht; lediglich die Interessenten sind dazu aufgefordert.«

Jaromil war selig; man umringte ihn, man drückte ihm die Hand; einer der Dichter gab sich als Verlagslektor zu erkennen, verlieh seiner Verwunderung darüber Ausdruck, daß von Jaromil noch keine Gedichtsammlung erschienen war und bat ihn um das Manuskript; ein anderer lud ihn herzlich zur Teilnahme an einem Meeting ein, das der Studentenverband veranstaltete; natürlich trat auch der Schuldienersohn zu ihm, der dann nicht mehr von seiner Seite wich und allen zeigte, daß sie einander schon von Kindheit an kannten; und es kam sogar der Kommandeur und konstatierte: »Mir scheint, den Dichterkranz trägt heute der Jüngste davon!«

Anschließend wandte sich der Kommandeur an die anderen Dichter und vermeldete, zu seinem großen Bedauern könne er an der Gesprächsrunde nicht mehr teilnehmen, weil er bei dem Tanzabend anwesend sein müsse, den die Frequentanten der Schule gleich nach Beendigung des literarischen

Programms in einem anderen Saal abhielten. Schließlich seien, wie er mit einem schalkhaften Lächeln bemerkte, aus den umliegenden Dörfern viele Mädchen gekommen, denn die Männer von der Polizei würden allgemein als berühmte Herzensbrecher gelten. »Nichts für ungut, Genossen, ich danke Ihnen für Ihre herrlichen Verse und hoffe, wir haben uns nicht zum letztenmal gesehen!« Danach reichte er allen die Hand und ging in den anderen Saal, aus dem man bereits eine Blaskapelle zum Tanz aufspielen hörte.

Unterdessen war in dem Saal, den vor einer Weile noch stürmischer Applaus durchbraust hatte, das erregte Grüppchen der vor dem Podium stehenden Dichter vereinsamt; einer der Veranstalter trat aufs Podium und verkündete: »Verehrte Genossen, ich beende die Pause und erteile wieder unseren Gästen das Wort. Ich bitte jene, die an unserer Gesprächsrunde mit den Genossen Dichtern teilnehmen wollen, sich zu setzen.«

Die Dichter nahmen ihre Plätze auf dem Podium ein, während sich unter ihnen in der ersten Reihe des nun gähnend leeren Saales ungefähr zehn Leute placierten: darunter der Schuldienersohn, die beiden Organisatoren, welche die Dichter im Autobus begleitet hatten, ein alter Herr mit Holzbein und Krücke und außer einigen Unauffälligeren auch zwei Frauen: eine näherte sich der Fünfzig (vermutlich eine Bürokraft), die zweite war die Filmerin, die ihre Aufnahme inzwischen beendet hatte und nun ihre großen, ruhigen Augen den Dichtern zuwandte; die Anwesenheit der schönen Frau wurde um so bedeutungsvoller und für die Dichter ermunternder, je lauter und verlockender die Blasmusik und der wachsende Tanzlärm durch die Wände klangen.

Die beiden einander gegenübersitzenden Reihen waren etwa gleich stark, man hätte an zwei Fußballmannschaften denken können; Jaromil hatte das Gefühl, das sich ausbreitende Schweigen sei eine Art Ruhe vor dem Sturm; und weil es fast schon eine halbe Minute währte, glaubte er, die Dichterelf sei am Verlieren.

Doch Jaromil unterschätzte seine Kollegen; schließlich

absolvierten einige von ihnen im Laufe eines Jahres an die hundert derartige Veranstaltungen, so daß Gesprächsrunden für sie Haupttätigkeit, Fachgebiet und Kunst geworden waren. Ein Zeitumstand sei in Erinnerung gebracht: man lebte in der Zeit der Gesprächsrunden und Meetings; die unterschiedlichsten Institutionen, Betriebsklubs, Partei- und Jugendorganisationen veranstalteten Abende, zu denen sie die verschiedensten Maler, Dichter, Astronomen beziehungsweise Ökonomen einluden; die Veranstalter solcher Abende wurden für ihre Veranstalterei gebührend gewürdigt und belohnt, weil die Zeit revolutionäre Aktivität verlangte, diese aber sich nicht auf Barrikaden ausleben konnte, sondern in Sitzungen und Gesprächsrunden ihre Krönung finden mußte. Und die verschiedenen Maler, Dichter, Astronomen beziehungsweise Ökonomen stellten sich gern zur Verfügung, weil sie dergestalt zu dokumentieren vermochten, daß sie keine Fachidioten, sondern revolutionäre Fachleute und mit dem Volk verbunden waren.

Die Dichter kannten daher alle Fragen, die sie aus dem Publikum zu gewärtigen hatten, sie wußten, daß diese mit der erdrückenden Regelmäßigkeit statistischer Wahrscheinlichkeit wiederkehrten. Ganz bestimmt würde man von ihnen wissen wollen: Wie sind Sie, Genosse, zum Schreiben gekommen? dann: In welchem Lebensjahr haben Sie Ihr erstes Gedicht geschrieben? dann: Welchen Autor haben Sie am liebsten? sodann würde sich jemand mit seiner marxistischen Bildung brüsten wollen und die Fangfrage stellen: Wie definierst du, Genosse, den sozialistischen Realismus? Und sie wußten, daß ihnen außer diesen Fragen noch die Ermahnungen blühten, mehr Verse 1. über die Professionen derjenigen, mit welchen die Gesprächsrunde stattfand, 2. über die Jugend, 3. über die Härte des Lebens zur Zeit des Kapitalismus, 4. über die Liebe zu schreiben.

Die halbe Einleitungsminute des Schweigens war somit nicht von Verlegenheit verursacht; sie war eher Schlamperei, zu der übermäßige Routine die Dichter verführte; oder es war mangelnde Koordination, denn sie hatten in dieser Aufstellung noch nie zusammengespielt, und jeder wollte dem anderen den Vortritt beim Anstoß lassen. Schließlich ergriff der sechzigjährige Dichter das Wort, er sprach erhebend und schön und forderte nach zehnminütiger Improvisation die Reihe gegenüber auf, ungeniert zu fragen. Nunmehr konnten die Dichter ihre ganze Beredsamkeit und Begabung im Stegreifspiel unter Beweis stellen: einer löste den anderen ab, einer ergänzte den anderen, sie sprachen ernste Kommentare oder gaben flotte Anekdoten zum besten. Selbstverständlich tauchten alle Normfragen auf und wurden auch mit den einschlägigen Normantworten bedacht; (wer wäre unbeeindruckt geblieben von der Auskunft des sechzigjährigen Dichters auf die Stereotypfrage, wann und wo er sein erstes Gedicht geschrieben habe, nämlich daß er ohne den Hund Pedro II. vom Leitenfeld niemals Dichter geworden wäre, weil er sein erstes Gedicht im zarten Alter von fünf Jahren eben über diesen geschrieben habe; er rezitierte das Gedicht, und weil die Reihe gegenüber nicht wußte, ob sie es ernst oder heiter nehmen sollte, lachte er schnell selber, worauf alle, die Dichter und die Frager, in fröhliches, anhaltendes Lachen ausbrachen).

Und es kam natürlich auch zu den Ermahnungen. Jaromils Schulkamerad war es, der als erster aufstand und bedächtig darüber zu sprechen begann. Jawohl, der Dichterabend sei hervorragend und alle Gedichte seien erstklassig gewesen. Aber sei auch jemandem zu Bewußtsein gekommen, daß hier zumindest dreiunddreißig Gedichte rezitiert wurden (rechnete man durchschnittlich drei Gedichte pro Dichter), unter denen sich jedoch kein einziges in irgendeiner Form auch nur im Entferntesten mit dem Nationalen Sicherheitskorps beschäftigt hätte? Lasse sich denn behaupten, daß das für die nationale Sicherheit sorgende Korps in unserem Leben einen kleineren Platz als ein Dreiunddreißigstel einnehme?

Danach stand die Fünfzigerin auf und sagte, sie pflichte dem von Jaromils Schulkamerad Gesagten ganz bei, wolle aber eine völlig andere Frage stellen: Warum werde heutzutage so wenig über die Liebe geschrieben? In der Fragerreihe erklang unterdrücktes Lachen, während die Fünfzigerin fortfuhr: Es würden sich doch auch im Sozialismus die Leute lieben und gern mal etwas über die Liebe lesen. Der sechzigjährige Dichter stand halb auf, senkte den Kopf und meinte, die Genossin habe absolut recht. Warum sollte sich der Mensch im Sozialismus schämen zu lieben? Sei denn das etwas Schlechtes? Er sei ein alter Mann, scheue sich aber dennoch nicht, einzugestehen, daß er sich auf der Straße umdrehe, wenn eine Frau im leichten Sommerfähnchen daherkomme, unter dem man den jungen, anmutigen Körper so köstlich wahrnehme. Die Fragerreihe ließ sich mit zustimmendem Sünderlachen vernehmen, so daß der Dichter, solchermaßen ermuntert, weiterreden konnte: Was solle er diesen schönen jungen Frauen anbieten? Solle er ihnen einen Hammer mit Spargelgrün geben? Oder solle er, wenn er sie in die Wohnung einlade, eine Sichel in die Vase stecken? Nie und nimmer, er müsse ihnen Rosen überreichen; Liebespoesie gleiche den Rosen, die wir den Frauen schenken.

Jawohl, ja, pflichtete die Fünfzigerin dem Dichter eifrig bei, so daß dieser, noch mehr ermuntert, ein Blatt aus der Brusttasche zog und ein längeres Liebesgedicht vorlas.

Jawohl, ja, das ist herrlich, rief die Fünfzigerin, fast zerfließend vor Ergriffenheit, aber sogleich stand einer der Veranstalter auf und wandte ein, diese Verse seien zwar schön, doch man müsse auch bei Liebespoesie erkennen, daß ein sozialistischer Dichter sie geschrieben habe.

Woran aber solle man dies erkennen? fragte die Fünfzigjährige, noch immer pathostrunken, das gesenkte Haupt des alten Dichters.

Jaromil hatte die ganze Zeit geschwiegen, obwohl alle schon an der Reihe gewesen waren zu sprechen, und ihm war klar, daß nun auch er etwas sagen mußte; und tatsächlich, ihm schien, sein Moment sei gekommen; denn diese Frage hatte er längst durchdacht; längst; und zwar zu jener Zeit schon, da er noch zum Maler gegangen war und hingebungsvoll dessen Reden über die neue Kunst und die neue Welt gelauscht hatte. Ach, wehe, wieder spricht der Maler aus

273

ihm, wieder sind es dessen Worte und Stimme, die Jaromils Mund entströmen!

Was hatte der gesagt? Die Liebe sei in der alten Gesellschaft so weit durch pekuniäre Interessen, durch gesellschaftliche Rücksichtnahmen, durch Vorurteile deformiert gewesen, daß sie eigentlich nie sie selbst habe sein können, sondern immer nur der Schatten ihrer selbst gewesen sei. Erst die neue Zeit, welche die Macht des Geldes und den Einfluß der Vorurteile hinwegfege, erlaube es den Menschen, wieder ganz Mensch zu sein, so daß die Liebe größer sein werde denn je. Die sozialistische Liebespoesie sei die Stimme dieses befreiten und großen Gefühls.

Jaromil war zufrieden mit dem, was er gesagt hatte, und registrierte zwei große schwarze, unbeweglich blickende Augen; ihm schien, seine Worte »große Liebe« und »befreites Gefühl« würden aus seinem Mund wie bewimpelte Segelboote in den Hafen dieser Augen schwimmen.

Doch nach seiner Rede grinste einer der Dichter anzüglich und sagte: »Du glaubst wirklich, daß in deinen Gedichten mehr Liebesgefühl ist als in den Gedichten Heinrich Heines? Oder sind dir die Lieben Victor Hugos zu gering? Máchas und Nerudas Liebe soll durch Geld und Vorurteile verkrüppelt gewesen sein?«

Das hätte nicht passieren dürfen; Jaromil wußte keine Antwort; er errötete und sah vor sich wieder die zwei großen schwarzen Augen, nun als Zeugen seiner Schmach.

Die Fünfzigerin nahm die Fragen von Jaromils Kollegen mit Genugtuung auf und sprach: »Was wollt ihr an der Liebe verändern, Genossen? Die wird bis ans Ende aller Zeiten immer die gleiche bleiben.«

Der Veranstalter erhob seine Stimme: »Das nicht, Genossin, das bestimmt nicht!«

»Nein, das wollte ich auch nicht sagen«, erklärte rasch der Dichter: »Aber der Unterschied zwischen der Liebespoesie von gestern und der von heute beruht auf etwas anderem als der Größe der Gefühle.«

»Worauf also dann?« fragte die Fünfzigerin.

»Darauf, daß die Liebe der verflossenen Zeiten, auch die größte, immer eine Art Flucht des Menschen aus dem ihn anwidernden gesellschaftlichen Leben war. Die Liebe des heutigen Menschen hingegen ist mit unseren Bürgerpflichten verquickt, mit unserer Arbeit, mit unserem Kampf für das eine Ganze: darin beruht ihre *neue* Schönheit.«

Die Reihe der Fragesteller pflichtete Jaromils Kollegen bei, doch Jaromil brach in böses Lachen aus: »Diese Schönheit ist nicht sonderlich neu, teurer Freund. Lebten denn die Klassiker kein Leben, in dem die Liebe mit ihrem gesellschaftlichen Kampf vermählt war? Die Liebenden in dem berühmten Gedicht Shelleys waren beide Revolutionäre und starben gemeinsam auf dem Scheiterhaufen. Ist das deiner Ansicht nach etwa eine vom gesellschaftlichen Leben isolierte Liebe?«

Damit war es zum Schlimmsten gekommen, denn diesmal wußte Jaromils Kollege nichts zu erwidern, so daß der Eindruck zu entstehen drohte (der unzulässige Eindruck), es existiere zwischen dem Gestern und dem Heute kein Unterschied und somit auch keine neue Welt. Und schon erhob sich die Fünfzigerin wieder und fragte lächelnd und begierig: »Dann sagt mir endlich, worin liegt der Unterschied zwischen heutiger und gestriger Liebe?«

In diesem entscheidenden Augenblick, wo alle verlegen schwiegen, griff der Mann mit dem Holzbein und der Krücke ein; er hatte die ganze Zeit aufmerksam, nichtsdestoweniger mit merklicher Ungeduld die Diskussion verfolgt; jetzt stand er auf und stützte sich fest auf die Stuhllehne: »Erlaubt, Genossen und Genossinnen, daß ich mich vorstelle«, hob er an, doch die Leute in der Fragerreihe riefen ihm zu, das sei nicht nötig, man kenne ihn gut genug. »Ich stelle mich nicht euch vor, sondern den Genossen, die wir zur Gesprächsrunde geladen haben«, entgegnete er scharf, und weil er wußte, daß sein Name den Dichtern nichts sagte, schilderte er ihnen kurz seinen Lebenslauf; er sei in dieser Villa bereits seit dreißig Jahren angestellt; er sei hier schon zur Zeit des Fabrikanten Kočvara gewesen, dem sie als Sommersitz gedient habe; er sei auch während des Krieges hier gewesen, als man den Fabrikanten eingesperrt und die Gestapo die Villa als Erholungsheim benützt habe; nach dem Krieg sei sie von den Nationalen Sozialisten kassiert worden, und jetzt sei die Polizei da. »Nach allem, was ich hier gesehen habe, kann ich bezeugen, daß sich keine Regierung so sehr um das arbeitende Volk gekümmert hat wie die kommunistische.« Aber auch heute finde er nicht alles in Ordnung: »Sowohl zur Zeit des Fabrikanten Kočvara als auch zur Zeit der Gestapo, als auch zur Zeit der Nationalen Sozialisten ist die Bushaltestelle immer gegenüber der Villa gewesen.« Jawohl, das sei sehr günstig gewesen, beispielsweise habe er aus seiner Souterrainwohnung in der Villa nur zehn Schritte bis zur Haltestelle machen müssen. Und auf einmal sei die Haltestelle um zweihundert Meter verlegt worden. Er habe schon überall protestiert, wo sich protestieren lasse. Doch immer vergebens. »Sagt mir« – er schlug mit der Krücke auf den Boden – »warum muß gerade heute, wo die Villa dem arbeitenden Volk gehört, die Haltestelle so weit weg sein?«

Die Leute in der Fragerreihe warfen ein (teils ungeduldig, teils mit einer gewissen Erheiterung), man habe ihm schon hundertmal erklärt, daß der Autobus jetzt vor der Fabrik halte, die inzwischen erbaut worden sei.

Der Mann mit dem Holzbein antwortete, dies sei ihm bekannt, aber er habe doch vorgeschlagen, der Autobus solle an beiden Stellen halten.

Die Leute aus seiner Reihe riefen, es sei Unsinn, den Autobus auf zweihundert Metern zweimal halten zu lassen.

Das Wort Unsinn beleidigte den Mann mit dem Holzbein; er gab bekannt, ein solches Wort dürfe man ihm gegenüber nicht gebrauchen; und er schlug ein zweitesmal mit der Krücke auf den Boden und wurde puterrot. Im übrigen stimme es gar nicht, daß man auf eine Entfernung von zweihundert Metern keine zwei Haltestellen haben könne. Er wisse genau, daß auf anderen Strecken die Busse in so kurzen Entfernungen hielten.

Einer der Veranstalter erhob sich halb und wiederholte

dem Mann mit dem Holzbein wörtlich (offenbar hatte er das schon mehrmals tun müssen), was ein Erlaß der tschechoslowakischen Busunternehmen verfügte, nämlich daß ausdrücklich verboten war, Haltestellen in so kurzen Entfernungen anzulegen.

Der Mann mit dem Holzbein hielt dem entgegen, er habe ja eine Kompromißlösung vorgeschlagen: es wäre möglich, die Haltestelle genau in die Mitte zwischen Villa und Fabrik zu legen.

Dann aber hätten es die Arbeiter ebenso weit zum Bus wie die Polizisten, wurde eingeworfen.

Der Streit währte bereits zwanzig Minuten, und die Dichter versuchten vergeblich, einzugreifen; ihre Gesprächspartner waren ganz in dem Thema befangen, in welchem sie sich so glänzend auskannten, und ließen sie nicht zu Worte kommen. Erst als der Widerstand seiner Arbeitskollegen den Mann mit dem Holzbein so mißmutig gemacht hatte, daß er sich beleidigt hinsetzte, trat Stille ein, in die sich aber sogleich lärmend die Blasmusik aus dem anderen Saal drängte.

Lange sprach niemand, bis endlich einer der Veranstalter aufstand und den Dichtern für ihren Besuch und ihre interessanten Diskussionsbeiträge dankte. Im Namen der Gäste sagte der sechzigjährige Dichter, die Gesprächsrunde sei (übrigens wie immer) für sie, die Dichter, weit anregender gewesen, so daß sie, die Dichter, es seien, die zu danken hätten.

Aus dem anderen Saal klang jetzt Gesang; die Fragesteller gruppierten sich um den Mann mit dem Holzbein, um seinen Zorn zu dämpfen; die Dichter blieben allein. Erst nach geraumer Zeit trat der Schuldienersohn mit den beiden Veranstaltern zu ihnen und führte sie zum Kleinbus.

8

In dem Autobus, mit dem sie in das spätabendliche Prag
zurückkehrten, saß unter den Dichtern auch die schöne Filmerin. Die Dichter umringten sie, und ein jeder versuchte sie
so stark wie möglich für sich einzunehmen. Ein unglücklicher
Zufall hatte Jaromil auf einen entfernteren Sitz verschlagen,
so daß er sich an der Unterhaltung nicht beteiligen konnte;
er dachte an seine Rothaarige, und ihm wurde endgültig klar,
daß sie unverbesserlich häßlich war.

Irgendwo in der Innenstadt Prags hielt das Fahrzeug, und
einige der Dichter beschlossen, noch eine Weinstube aufzusuchen. Jaromil und die Filmerin gingen mit; man saß an
einem großen Tisch, sprach und trank; als man die Weinstube
verließ, schlug die Filmerin vor, zu ihr nach Hause zu gehen.
Von den Dichtern war da allerdings nur noch eine Handvoll
übrig: Jaromil, der Sechziger und der Verlagslektor. Sie
machten es sich in den Sesseln des Zimmers bequem, das die
Schöne als Untermieterin im ersten Stock eines modernen
Einfamilienhauses bewohnte, und tranken weiter.

Mit einer Glut, mit der niemand konkurrieren konnte,
umwarb der alte Dichter die Filmerin. Er saß neben ihr,
pries ihre Schönheit, rezitierte für sie Gedichte, improvisierte
Oden auf ihren Liebreiz, kniete vor sie hin und faßte ihre
Hände. Auf nicht unähnliche Weise widmete sich der Verlagslektor dem jungen Dichter Jaromil; er pries zwar nicht
dessen Schönheit, wiederholte aber immer wieder: *du bist
ein Dichter, du bist ein Dichter*! (Es ist, wohlgemerkt, etwas
anderes, wenn ein Dichter jemanden Dichter nennt, als wenn
unsereiner einen Ingenieur Ingenieur oder einen Bauern
Bauer nennt, weil Bauer ist, wer Felder bestellt, aber nicht
Dichter, wer Verse schreibt, sondern nur derjenige, welcher
– erinnern wir uns des Wortes! – *auserwählt* ist, solche zu
schreiben, und weil nur ein Dichter imstande ist, diese Berührung durch die Gnade an einem anderen sicher zu erken-

nen; denn – denken wir an den Rimbaud-Brief: *alle Dichter sind Brüder* – nur ein Bruder ist fähig, am Bruder das geheime Zeichen der Verwandtschaft zu erkennen.)

Die Filmerin, vor welcher der Sechziger kniete und deren Hände Opfer seiner fleißigen Berührungen waren, schaute ununterbrochen zu Jaromil. Jaromil merkte es alsbald, er war davon über die Maßen bezaubert und schaute ununterbrochen zurück. Man bildete ein herrliches offenes Viereck! Der alte Dichter war in die Filmerin vergafft, der Lektor in Jaromil, und Jaromil und die Filmerin hatten sich ineinander verguckt.

Nur einmal wurde diese Geometrie der Blicke unterbrochen, nämlich als der Lektor den Jaromil unterfaßte und ihn auf den Balkon führte; er bat ihn, mit ihm übers Geländer in den Hof zu pissen. Jaromil tat ihm den Gefallen, zumal er wünschte, daß der Lektor sein Versprechen nicht vergaß, einen Band seiner Gedichte herauszugeben.

Als die beiden vom Balkon zurückkamen, erhob sich der alte Dichter von den Knien und sagte, es sei Zeit zu gehen; er bemerke wohl, daß die junge Dame nicht nach ihm verlange. Er forderte den Lektor auf (der weit weniger aufmerksam und rücksichtsvoll war), mitzukommen und die beiden alleinzulassen, die es sich wünschten und es auch verdienten, seien sie doch (wie sich der alte Dichter ausdrückte) der Prinz und die Prinzessin dieses Abends.

Der Lektor begriff endlich, was gespielt wurde, er machte sich fertig, schon hatte ihn der alte Dichter am Arm gefaßt, um ihn zur Tür zu ziehen, und Jaromil erkannte, daß er gleich allein sein würde mit der Schönen, die mit untergeschlagenen Beinen auf dem ausladenden Sessel saß, das Haar aufgelöst und die Augen unverwandt auf ihn gerichtet...

Die Geschichte zweier Menschen, die gerade Geliebte werden sollen, ist so ewig, daß man darüber die Zeit vergessen könnte, in der sie sich abspielt. Wie angenehm wäre es, solche Begebenheiten zeitlos erzählen zu können! Wie beseligend wäre es, dabei jene vergessen zu können, die den Saft unserer kurzen Leben aussaugt, um ihn für ihre eitlen Werke zu benützen – wie schön wäre es, die Historie vergessen zu können!

Aber wie ein Spuk klopft sie an die Tür und tritt in die Begebenheit ein. Sie kommt weder in Form der Geheimpolizei noch in Form eines plötzlichen Umsturzes; die Historie schreitet nicht nur über dramatische Höhepunkte des Lebens, sondern sickert wie schmutziges Wasser auch in den Alltag ein; in unsere Begebenheit tritt sie in Form von Unterhosen.

Zu der Zeit, von der hier erzählt wird, galt in Jaromils Heimatland Eleganz als politische Versündigung; die Kleider, die man trug (der Krieg lag erst ein paar Jahre zurück, und noch herrschte Not), waren abscheulich, und elegante Unterwäsche erachtete die strenge Zeit als eine geradezu strafwürdige Ausschweifung! Männern, die sich trotzdem an der Abscheulichkeit der damals erhältlichen Unterhosen stießen (sie waren breit, reichten bis zu den Knien und hatten einen komischen Schlitz auf dem Bauch), trugen statt dessen Turnhosen. Es wirkte komisch, wenn im seinerzeitigen Böhmen die Männer wie Fußballspieler in die Betten der Geliebten stiegen, wenn sie zu den Freundinnen wie auf den Fußballplatz gingen; vom Standpunkt der Eleganz freilich war es nicht das Schlimmste: die Turnhosen hatten einen gewissen sportlichen Schick und lustige Farben, sie waren blau, grün, rot, gelb.

Jaromil kümmerte sich nicht um seine Kleidung, da er in der Obhut der Mutter stand; sie wählte seine Anzüge und seine Unterwäsche aus, wobei sie vor allem dafür sorgte, daß er sich nicht erkältete und immer warme Unterhosen anhatte. Sie wußte genau, wie viele Unterhosen in seinem Schrank liegen mußten und konnte mit einem einzigen Blick feststellen, welche er gerade trug. Sah sie, daß keine fehlte, so ärgerte sie sich: sie mochte es nicht, daß Jaromil Turnhosen anzog, weil sie meinte, diese seien keine Unterziehhosen und gehörten einzig in die Turnhalle. Brachte Jaromil vor, die Unterhosen seien häßlich, so antwortete sie mit unterdrückter Gereiztheit, er zeige sich ja niemandem darin. Wenn Jaromil zu der Rothaarigen ging, nahm er deshalb jedesmal eine Unterhose aus dem Wäscheschrank, versteckte sie in der Schreibtischschublade und zog heimlich Turnhosen an.

Diesmal aber hatte er nicht gewußt, was ihm am Abend begegnen würde; er hatte darum eine abscheuliche Unterhose an, eine dicke, ausgeweitete, schmutziggraue!

Man könnte einwenden, das sei keine ernstliche Komplikation, er hätte doch nur das Licht zu löschen brauchen. Aber im Zimmer brannte ein Lämpchen mit rosa Schirm, und das brannte schon darauf, den beiden bei der Liebe zu leuchten, und Jaromil fiel nichts ein, womit er das Mädchen hätte bewegen können, das Lämpchen zu löschen.

Man könnte ferner einwenden, es wäre ein leichtes für ihn gewesen, die häßliche Unterhose zusammen mit der Anzughose auszuziehen. Aber das fiel Jaromil nicht ein, weil er es nie getan hatte; plötzlicher Sprung in die Nacktheit schreckte ihn; er zog sich immer nur stückweise aus und gab sich dem Einleitungsspiel mit der Rothaarigen in Turnhosen hin, die er erst im Schutz der Erregung abstreifte.

Entsetzt stand er vor den großen schwarzen Augen und erklärte, er müsse ebenfalls gehen. Gebrochenen Herzens wich er zur Tür zurück.

Der alte Dichter wurde fast böse; er sagte, Jaromil dürfe die junge Dame nicht beleidigen, und flüsterte ihm etwas von Wonnen ins Ohr, die ihn erwarteten; das machte Jaromil die Peinlichkeit seiner Unterhose aber nur noch mehr bewußt.

Kaum war er auf der Straße, überkam ihn bittere Reue; er konnte sich von dem Bild der herrlichen Frau nicht lösen. Und der alte Dichter (sie hatten sich an der Straßenbahnhaltestelle vom Lektor verabschiedet und gingen jetzt zu zweit durch das nächtliche Prag) quälte ihn noch, indem er ihm immer wieder von neuem vorwarf, eine Dame beleidigt und dumm gehandelt zu haben.

Jaromil erklärte dem Dichter, er habe die Dame nicht beleidigen wollen, sondern sei in sein Mädchen verliebt, das ihn unsterblich liebe.

»Sie sind einfältig«, meinte der alte Dichter. »Sie sind

doch Dichter, sind Liebhaber des Lebens, und Sie tun Ihrem Mädchen nichts Schlimmes an mit einem Seitensprung; das Leben ist kurz, und verpaßte Gelegenheiten kehren nicht wieder.«

Es war eine Marter, so etwas hören zu müssen. Jaromil antwortete dem alten Dichter, daß seiner Meinung nach eine große Liebe, in die man alles hineinlege, mehr sei als tausend kurze Lieben; daß er in seinem einen Mädchen alle Frauen besitze; daß sein Mädchen unendlich wandelbar, unausliebbar sei und er mit ihr darum mehr unerwartete Abenteuer erleben könne als Don Juan mit tausend und einer Frau.

Der alte Dichter blieb stehen; Jaromils Worte hatten ihn offenbar getroffen: »Vielleicht haben Sie recht«, sagte er, »aber ich bin ein alter Mann und gehöre der alten Welt an. Ich gebe zu, daß ich, obwohl verheiratet, schrecklich gern an Ihrer Statt bei der Frau geblieben wäre.«

Als Jaromil seine Betrachtungen über die Größe monogamer Liebe fortsetzte, senkte der alte Dichter halb den Kopf: »Ach Freund, das mag stimmen, es stimmt sicherlich. Habe nicht auch ich von der großen Liebe geträumt? Von der einen einzigen Liebe? Von einer Liebe unendlich wie das All? Aber ich habe sie vergeudet, Kamerad, zumal in der alten Welt, dieser Welt des Geldes und der Dirnen, die große Liebe keinen guten Nährboden hatte.«

Beide waren betrunken, und der alte Dichter nahm den jungen Dichter um die Schulter und blieb mit ihm mitten auf der Fahrbahn stehen. Er reckte die freie Hand zum Himmel und rief aus: »Es sterbe die alte Welt, es lebe die große Liebe!«

Das erschien Jaromil grandios, bohemehaft und literaturgemäß, so daß gleich darauf beide begeistert und lange in die Dunkelheit Prags riefen: »Es sterbe die alte Welt, es lebe die große Liebe!«

Unvermittelt kniete der alte Dichter vor Jaromil nieder und küßte ihm die Hand: »Freund, ich verneige mich vor deiner Jugend! Mein Alter verneigt sich vor deiner Jugend, weil nur Jugend die Welt erlösen kann!«

Dann verstummte er und berührte mit dem kahlen Schädel Jaromils Knie; mit sehr melancholischer Stimme trug er nach: »Und auch vor deiner großen Liebe verneige ich mich.«

Schließlich trennten sie sich, und Jaromil war wieder in seinem Kinderzimmer. Hier erstand von neuem das Bild der schönen und verpaßten Frau vor ihm. Getrieben vom Verlangen nach Selbstbestrafung, trat er vor den Spiegel. Er zog die Hose aus, um sich in seiner abscheulichen, ausgeweiteten Unterhose zu betrachten; lange blickte er haßerfüllt auf seine komische Häßlichkeit.

Und dann wurde ihm bewußt, daß nicht er es war, an den er voll Haß dachte. Er dachte an die Mutter; an die Mutter, die ihm die Unterwäsche zuteilte, an die Mutter, deretwegen er die Turnhose heimlich anziehen und die Unterhose in die Schreibtischschublade stecken mußte, an die Mutter, die über jeden seiner Socken und jedes seiner Hemden Bescheid wußte. Er dachte voll Haß an die Mutter, die ihn an einer langen, unsichtbaren, ihm in den Hals schneidenden Leine führte.

9

Von da an war er zu der kleinen Rothaarigen noch grausamer; freilich ging diese Grausamkeit im festlichen Habit der Liebe einher: Wie kam es, daß sie nicht begriff, was er jetzt gerade dachte? Wie kam es, daß sie nicht wußte, in welcher Stimmung er jetzt gerade war? War er ihr so fremd, daß sie nicht ahnte, was in ihm vorging? Hätte sie ihn geliebt, wie er sie liebte, dann hätte sie es doch erspüren müssen! Wie kam es, daß sie für Dinge eingenommen war, die er nicht mochte? Wie kam es, daß sie immerzu von ihrem Bruder und einem weiteren Bruder und von ihrer Schwester und einer weiteren Schwester schwatzte? Spürte sie denn nicht, daß er gerade jetzt ernste Sorgen hatte und ihre Anteilnahme und ihr Verständnis brauchte und nicht das ewige egozentrische Gerede?

Das Mädchen wehrte sich natürlich. Warum hätte sie nicht über ihre Familie reden sollen? Redete denn Jaromil nicht auch über die seine? Und war denn ihre Mutter schlechter als die Jaromils? Sie erinnerte ihn auch daran (zum erstenmal seit dem Vorfall), daß Mama zu ihnen ins Zimmer gestürzt war und ihr Zucker mit Tropfen in den Mund gesteckt hatte.

Jaromil haßte und liebte die Mutter gleichermaßen; der Rothaarigen gegenüber verteidigte er sie sogleich: Was war schlimm daran, daß Mama sie hatte verarzten wollen? Zeugte denn das nicht davon, daß Mama sie gut leiden mochte, daß Mama sie als zur Familie gehörig betrachtete?

Die Rostrote lachte: Seine Mama sei doch nicht so dumm, daß sie nicht zwischen dem Liebesgestöhn und dem Ächzen bei Magenkrämpfen unterscheiden könne! Jaromil war beleidigt, er verstummte, und das Mädchen mußte Abbitte leisten.

Einmal gingen sie auf der Straße spazieren, die Rostrote hatte sich bei ihm eingehakt, und beide schwiegen wieder einmal verbissen (denn machten sie einander nicht gerade Vorwürfe, so schwiegen sie, und schwiegen sie nicht, so machten sie einander Vorwürfe); plötzlich sah Jaromil, daß ihnen zwei gutaussehende Frauen entgegenkamen. Die eine war jung, die andere älter; die jüngere war eleganter und hübscher, aber auch die ältere war (erstaunlicherweise) recht elegant und überraschend hübsch. Jaromil kannte die beiden Damen: die jüngere war die Filmerin und die ältere seine Mama.

Er errötete und grüßte. Die beiden Frauen erwiderten den Gruß, Mama übertrieben fröhlich, und Jaromil fühlte sich mit dem unschönen Mädchen am Arm, als hätte ihn die schöne Filmerin in der schäbigen Unterhose gesehen.

Zu Hause fragte er Mama, woher sie die Filmerin kenne. Mama antwortete kokett-kapriziös, sie kenne sie schon länger. Jaromil fragte weiter, aber Mama wich aus; es war, als frage der Liebende die Geliebte nach einem intimen Detail und sie lasse sich mit der Antwort aufreizend viel Zeit; schließlich sagte Mama es ihm: Die sympathische junge Frau habe sie vor vierzehn Tagen zum erstenmal besucht; sie bewundere ihn als Dichter und wolle einen kurzen Streifen über ihn drehen; es werde zwar eine Amateurarbeit sein, produziert mit Förderung durch den Betriebsklub des Nationalen Sicherheitskorps, doch sei ihr darum ein beachtlicher Zuschauerkreis garantiert.

»Warum ist sie damit zu dir gekommen? Warum hat sie sich nicht direkt an mich gewandt?« fragte Jaromil verwundert.

Sie habe ihn nicht belästigen und von ihr, Mama, möglichst viel über ihn erfahren wollen. Denn wer wisse mehr über einen Sohn als die Mutter? Übrigens sei die junge Dame so nett gewesen, sie, Mama, um echte Mitarbeit am Drehbuch zu bitten; und zusammen hätten sie sich das Drehbuch über den jungen Dichter bereits ausgedacht, es bisher jedoch vor Jaromil verheimlicht.

»Warum habt ihr mir nichts gesagt?« fragte Jaromil, den der Kontakt zwischen Mutter und Filmerin instinktiv störte.

»Es war Pech, daß wir dir begegnet sind; es sollte eine Überraschung werden. Eines Tages wärst du nach Hause gekommen, die Filmleute und die Kamera wären da gewesen, und es wäre nur noch gedreht worden.«

Was sollte Jaromil tun? Eines Tages kam er nach Hause und reichte der jungen Frau die Hand, in deren Wohnung er vor einigen Wochen gesessen hatte; er fühlte sich ebenso elend wie damals, obwohl er diesmal unter der Hose rote Turnhosen trug (seit dem Dichterabend bei den Polizisten zog er keine der häßlichen Unterhosen mehr an). Nur übernahm, wenn er sich der schönen Filmerin gegenübersah, immer irgend etwas die Funktion der häßlichen Unterhosen: als er ihr und der Mutter auf der Straße begegnet war, hatte er vermeint, die rostroten Haare seines Mädchens würden ihn als abscheuliche Unterzieher umwinden, und diesmal verwandelten sich ihm das kokette Gerede und die krampfhafte Geschwätzigkeit der Mutter in Clownsunterhosen.

Die Filmerin erklärte (niemand fragte ihn nach seiner Meinung), man werde heute das dokumentarische Material aufnehmen, die Photos aus seiner Kindheit, zu denen die Mutter den Kommentar spreche, weil, wie man ihm ganz nebenbei mitteilte, der gesamte Film als Erzählung der Mutter über den dichtenden Sohn konzipiert sei. Er hätte fragen wollen, was die Mutter denn erzählen werde, fürchtete sich jedoch davor, es zu vernehmen; langsam stieg ihm das Blut in den Kopf. Im Raum befanden sich außer ihm und den zwei Frauen noch drei Männer, die bei der Kamera und den beiden Jupiterlampen standen; ihm schien, sie beobachteten ihn und grinsten hämisch; er riskierte also kein Wort.

»Von Ihnen gibt es herrliche Kinderbilder. Am liebsten würde ich sie alle nehmen«, sagte die Filmerin, während sie im Familienalbum blätterte.

»Kommen die auch auf die Leinwand?« erkundigte sich die Mutter mit fachmännischem Interesse, und die Filmerin versicherte ihr, sie brauche keine Bedenken zu haben; dann erläuterte sie Jaromil, die erste Sequenz des Films werde lediglich aus einer Montage seiner Photos bestehen, zu denen die Mutter ungesehen ihre dazugehörigen Erinnerungen erzähle. Dann erst werde die Mutter ins Bild kommen und zuletzt allerdings der Dichter selber; der Dichter im Geburtshaus, der Dichter schreibend, der Dichter im Garten bei den Blumen und schließlich der Dichter in der Natur, an dem Fleckchen, wo er sich am liebsten aufhalte; dort an seinem Lieblingsplatz rezitiere er das Gedicht, mit dem der Film ende. (»Und welches ist mein Lieblingsplatz?« fragte er trotzig; er erfuhr, am liebsten sei ihm eine romantische Gegend ein Stückchen hinter Prag mit welligem Boden und aufragenden Felsblöcken. »Wie das? Die mag ich überhaupt nicht«, sagte er abweisend, aber niemand nahm ihn ernst.)

Jaromil mißfiel dieses Drehbuch sehr, und er schlug vor, es selbst zu überarbeiten; vor allem wandte er ein, es enthalte zu viel Konventionelles (Photos eines einjährigen Kindes zu zeigen, sei lächerlich!); und er behauptete, interessantere Probleme zu kennen, die man ins Visier nehmen könnte. Als die Frauen fragten, welche er denn im Sinn habe, antwortete er, das könne er nicht druckreif sagen, weshalb er ja eben empfehle, mit den Dreharbeiten noch zu warten.

Unbedingt wollte er die Filmerei hinausschieben, setzte sich jedoch nicht durch. Die Mutter nahm ihn um die Schulter und bemerkte zu ihrer schwarzhaarigen Mitarbeiterin: »Er ist halt mein ewig Unzufriedener! Nie ist er mit etwas zufrieden ...« Und nachdem sie ihr Gesicht dem seinen zugeneigt hatte: »Nicht wahr, du bist mein kleiner Unzufriedener, gib es zu!«

Die Filmerin meinte, bei Autoren sei Unzufriedenheit eine Tugend, aber diesmal sei nicht er der Autor, sondern sie beide, und sie wollten jedes Risiko auf sich nehmen; er möge sie nur den Film machen lassen, wie sie es sich vorstellten, wie ja auch sie ihn seine Verse schreiben ließen, wie es ihm beliebe.

Die Mutter fügte hinzu, Jaromil brauche nicht zu fürchten, daß ihm der Film zum Nachteil gereichen werde, denn sie beide, die Mutter und die Filmerin, würden den Streifen mit größter Sympathie für Jaromil machen; sie sagte es sehr kokett, wobei allerdings nicht klar war, ob sie mehr mit ihm oder mit ihrer unverhofften Freundin kokettierte.

Auf jeden Fall aber kokettierte sie. Jaromil hatte sie so noch nie gesehen; sie war am Vormittag beim Friseur gewesen und mit auffallend jugendlicher Frisur wiedergekommen; sie sprach lauter als sonst, lachte dauernd, gebrauchte alle witzigen Wendungen, die sie in ihrem Leben gelernt hatte, und spielte mit großem Genuß die Rolle der Gastgeberin, die den Männern an den Jupiterlampen Kaffee servierte. Die Schwarzhaarige redete sie betont vertraulich als Freundin an (wodurch sie sich ihrer Altersgruppe zuteilte), sie nahm Jaromil immer wieder nachsichtig um die Schulter und nannte ihn weiterhin ihren kleinen Unzufriedenen (wodurch sie ihn in sein Jünglingtum, in seine Kindheit, in seine Windeln zurückversetzte). (Ach, bieten Mutter und Sohn einen herrlichen Anblick, da sie einander gegenüberstehen und zurückzudrängen suchen: sie schiebt ihn in die Windeln und er sie ins Grab; wahrlich ein herrlicher Anblick ...)

Jaromil resignierte; er sah, daß die beiden Frauen im Schwung waren wie Lokomotiven und daß er gegen ihre Beredsamkeit nicht ankam; die drei Männer an den Jupiterlampen und der Kamera empfand er als spottfreudiges Publikum, von dem er, sofern er sich eine Blöße gäbe, ausgepfiffen wurde; er sprach fast mit Flüsterstimme, während die beiden Frauen ihm laut antworteten, damit das Publikum sie hörte, war doch dessen Gegenwart ihr Vorteil, während sie Jaromil zum Nachteil gereichte. Er sagte darum, daß er sich unterwerfe, und wollte gehen; sie protestierten jedoch (wiederum kokett) und sagten, er solle bleiben; es werde sie freuen, wenn er sie bei der Arbeit beobachte; deshalb schaute er eine Zeitlang zu, wie der Kameramann die einzelnen Photos aus dem Album nahm, und dann erst ging er in sein Zimmer, unter dem Vorwand, lesen oder arbeiten zu müssen. Wirre Gedanken wanderten ihm durch den Kopf; er bemühte sich, etwas Gutes an der so unguten Situation zu finden, und kam darauf, daß sich die Filmerin die ganze Filmerei hier habe einfallen lassen, um mit ihm wieder zusammenzukommen; er kombinierte, die Mutter stelle dabei vielleicht nur ein Hindernis dar, das es geduldig zu umgehen gelte; er suchte sich zu beruhigen und überlegte, wie er jetzt die lächerliche Dreherei zu seinem Vorteil nutzen könnte, und zwar zur Korrektur des Mißerfolges, der ihn seit jener Nacht quälte, da er überstürzt die Wohnung der schönen Frau verlassen hatte; er überwand seine Scheu und schaute von Zeit zu Zeit nach, welche Fortschritte die Dreharbeiten machten, auf daß sich wenigstens einmal seines und der Schönen gegenseitiges Anschauen wiederholte, der lange, starre Blick, der ihn in ihrer Wohnung bezaubert hatte; doch die Filmerin blieb diesmal gleichgültig, sie war von der Arbeit völlig ausgefüllt, so daß sich ihrer beider Blicke nur selten und flüchtig trafen; er gab deshalb seine Versuche auf, entschlossen, die junge Frau nach getaner Arbeit heimzubegleiten.

Als die drei jungen Männer die Kamera und die Jupiterlampen zum Lieferwagen trugen, trat er aus seinem Zimmer. Da hörte er die Mutter zur Filmerin sagen: »Komm, ich begleite dich. Wir können auch noch irgendwo einkehren.«

Im Lauf dieses Arbeitsnachmittags, während er in seinem Zimmer gewesen war, hatten die beiden Frauen einander also zu duzen begonnen! Ihm war, als habe ihm einer seine Frau gestohlen. Er verabschiedete sich kühl von der Filmerin, und nachdem die beiden Frauen gegangen waren, machte auch er sich auf den Weg – er ging wütend zum Mietshaus, wo der Rotschopf wohnte; sie war nicht daheim; eine halbe Stunde spazierte er in zunehmend schlechterer Laune vor dem Haus auf und ab, bevor er sie endlich kommen sah... Ihr Gesicht verkündete glückliche Überraschung, seines hingegen böse Vorwürfe: Wieso war sie nicht daheim gewesen? wieso hatte ihr nicht einfallen können, daß er möglicherweise kommen werde? wo war sie gewesen, daß sie so spät zurückkehrte?

Sie hatte die Tür noch nicht geschlossen, als er ihr schon die Kleider vom Leib riß; und dann liebte er sie und stellte sich vor, unter ihm liege die Frau mit den schwarzen Augen;

er hörte das Stöhnen der Rothaarigen, und weil er die schwarzen Augen sah, meinte er, das Stöhnen gehörte zu ihnen; er war so erregt, daß er sie gleich mehrmals hintereinander liebte, aber jedesmal nicht länger als einige Sekunden. Für das rothaarige Mädchen war das so ungewohnt, daß sie lachen mußte; Jaromil, an diesem Tag besonders empfindlich gegen Spott, merkte nicht, daß im Lachen des Rotschopfs freundschaftliche Nachsicht lag; er fühlte sich beleidigt und schlug ihr ins Gesicht; sie begann zu weinen, und das beglückte Jaromil; sie weinte weiter, und er schlug sie noch einigemal; die Tränen eines Mädchens, die für uns vergossen werden, sind wie die Erlösung; sie sind Jesus Christus, der für uns am Kreuz stirbt; Jaromil labte sich eine Weile an den Tränen der Rothaarigen, dann küßte er sie, beschwichtigte sie und ging einigermaßen ruhig nach Hause.

Ein paar Tage später wurden die Dreharbeiten fortgesetzt; wieder kam der Lieferwagen, wieder stiegen die drei jungen Männer aus (das spottfreudige Publikum), und dann erschien auch die Schöne, deren Stöhnen er in der Wohnung der Rothaarigen gehört hatte; und natürlich war die Mutter da, noch jünger als neulich und wie ein Musikinstrument wirkend, das tönte, brauste, lachte, aus dem Orchester lief und ein Solo spielen wollte.

Diesmal sollte sich das Auge der Kamera auf Jaromil direkt richten; er mußte in seiner häuslichen Umgebung gezeigt werden, an seinem Schreibtisch, im Garten (denn Jaromil liebte angeblich Beete, Rasen, Blumen); er mußte zusammen mit der Mutter gezeigt werden, die, wie schon gesagt vor diesem langen Schnitt ihren Erzählkommentar absolviert hatte. Die Filmerin setzte beide auf die Gartenbank und zwang Jaromil, sich mit der Mutter ungezwungen zu unterhalten; die Einübung der Ungezwungenheit dauerte eine Stunde, in der Mama kein einziges Mal ihre gute Laune verlor; sie redete ununterbrochen etwas (im Film würde es nicht zu hören sein, über der stummen Unterhaltung würde der Kommentar der Mutter liegen), und wenn sie merkte daß Jaromils Ausdruck nicht liebenswürdig genug war sprach sie davon, daß man es als Mutter eines Jungen wie ihm nicht leicht habe, einem so zaghaften, einzelgängerischen Jungen, der sich ständig schäme.

Danach setzte man ihn in den Lieferwagen, und ab ging es in jene romantische Gegend ein Stückchen hinter Prag, wo Jaromil nach der Mutter seinen Anfang genommen hatte. Mama war zu züchtig, um rundheraus zu sagen, warum ihr diese Gegend soviel bedeutete; sie mochte es nicht sagen und wollte es dennoch sagen und redete mit verkrampfter Zweideutigkeit vor den Versammelten davon, daß ihr persönlich diese Gegend immer wie die Landschaft der Liebe vorkomme, die Landschaft des Liebens: »Schauen Sie nur, wie wellig hier der Boden ist, er gleicht einer Frau, ihren Rundungen, ihren mütterlichen Formen! Beachten Sie die Felsblöcke, Findlinge, die hier in der Einsamkeit aufragen. Haben diese steifen, stehenden, steilen Felsblöcke nicht etwas Männliches? Ist das nicht eine Landschaft von Mann und Frau? Ist das nicht eine erotische Landschaft?«

Jaromil dachte an Aufstand; er wollte hinausschreien, daß der Film ein Blödsinn sei; in ihm empörte sich der Stolz desjenigen, der weiß, was guter Geschmack ist; vielleicht wäre er imstande gewesen, einen kleinen Skandal zu veranstalten oder doch wenigstens davonzulaufen wie damals auf dem Badestrand der Moldau, aber da leuchteten die schwarzen Augen der Filmerin, gegen die er machtlos war; er fürchtete, sie ein zweitesmal zu verlieren; ihre Augen versperrten ihm den Fluchtweg.

Schließlich wurde er neben einen der Felsblöcke gestellt, wo er sein Lieblingsgedicht rezitieren sollte. Mama war sehr aufgeregt. Wie lange war sie doch nicht mehr hier gewesen! Genau an dieser Stelle war es gewesen, wo sie sich an dem so lange zurückliegenden Sonntagvormittag dem jungen Ingenieur hingegeben hatte, und genau hier stand nun ihr Sohn, aus dem Boden geschossen wie ein Pilz (ach, ja, als könnten an der Stelle, wo die Eltern vor Jahren ihren Samen verstreut hatten, noch Kinder wie Pilze aus dem Boden schießen!); Mama war ganz hingerissen von dem Anblick dieses sonderbaren, schönen, unmöglichen Pilzes, der mit zitternder Stimme Verse rezitierte, in denen er sagte, er wolle in Flammen sterben.

Jaromil spürte, daß er schlecht sprach; aber es war nichts zu machen, es wurde nicht besser, obwohl er sich einredete, daß er kein Lampenfieber habe, daß er an jenem Abend in der Polizeivilla souverän und glänzend rezitiert habe; nein, diesmal klappte es einfach nicht; in eine unsinnige Gegend vor einen unsinnigen Felsblock gestellt, fürchtend, ein Prager könnte seinen Hund oder sein Mädchen hier ausführen (siehe, er hegte ähnliche Befürchtungen wie vor zwanzig Jahren seine Mutter!), vermochte er sich beim besten Willen nicht zu konzentrieren und sprach mühsam und unnatürlich.

Man zwang ihn, das Gedicht mehrmals zu wiederholen, gab jedoch schließlich auf. »Mein ewiger Lampenfieberling«, seufzte Mama, »schon auf dem Gymnasium hat er Angst vor jeder Prüfung gehabt; wie oft habe ich ihn buchstäblich in die Schule jagen müssen, weil er Angst hatte!«

Die Filmerin sagte, daß ein Schauspieler das Gedicht synchronisieren könne, deshalb genüge es, wenn Jaromil vor dem Felsen stehe und den Mund auf und zu mache, ohne etwas zu sagen.

Das tat er denn auch.

»Menschenskind!« rief ihm die Filmerin zu, ungeduldig diesmal. »Sie müssen den Mund richtig bewegen, so als trügen Sie Ihr Gedicht vor, nicht einfach irgendwie. Der Schauspieler wird sich beim Rezitieren nach Ihren Lippenbewegungen richten!«

Jaromil stand also vor dem Felsblock, er bewegte (gehorsam und richtig) den Mund, und endlich surrte die Kamera.

10

Vor zwei Tagen noch hatte er im Trenchcoat vor der Kamera gestanden, und heute bereits mußte er Wintermantel, Schal und Hut tragen; es war Schnee gefallen. Sie hatten sich um sechs vor ihrem Haus treffen wollen. Aber es war schon Viertel nach sechs, und die Rostrote kam nicht.

Kurze Verspätung ist zweifellos keine ernste Sache; doch Jaromil war in der letzten Zeit so oft gedemütigt worden, daß er nicht mehr die Kraft hatte, noch ein Gran weiterer Demütigung zu ertragen; er mußte in einer Straße promenieren, die um diese Stunde belebt war, und alle Vorübergehenden konnten sehen, daß er auf jemanden wartete, der es nicht eilig hatte, zu ihm zu kommen, wodurch seine Niederlage auch noch öffentlich wurde.

Er mochte nicht einmal auf die Uhr schauen, damit ihn der eindeutige Blick nicht vor der ganzen Straße als versetzten Liebhaber überführte, er schob den Ärmel seines Wintermantels ein klein wenig hoch und steckte ihn so unter die Armbanduhr, daß er unauffällig draufschauen konnte; als er sah, daß der große Zeiger bereits auf zwanzig nach sechs stand, geriet er schier außer sich: Wie kam es, daß er sich jedesmal zur festgesetzten Zeit einstellte, sie dagegen, die Dümmere und Häßlichere, stets mit Verspätung eintraf?

Endlich sah er sie kommen – und sie sah sein steinernes Gesicht. Nachdem beide in ihrem Zimmer Platz genommen hatten, entschuldigte sich das Mädchen; sie sei bei einer Freundin gewesen. Aber das war das Schlimmste, was sie sagen konnte. Es hätte sie wohl auch sonst nichts entschuldigen können, am wenigsten aber irgendeine Freundin, die er nicht kannte und die für ihn nachgerade die leibhaftige Bedeutungslosigkeit darstellen mußte. Er sagte, daß er die Wichtigkeit ihrer Unterhaltung mit der Freundin sehr gut verstehe und ihr darum vorschlage, wieder zu der Freundin zu gehen.

Das Mädchen erkannte, daß Gefahr im Verzuge war; sie erklärte, ihr Gespräch mit der Freundin sei wirklich wichtig gewesen; zwischen ihr und ihrem Geliebten sei es auseinandergegangen; es sei furchtbar traurig gewesen, die Freundin habe geweint, und sie habe sie trösten müssen und erst gehen können, als die Freundin sich etwas beruhigt hatte.

Jaromil erwiderte, es sei sehr edel von ihr, der Freundin die Tränen getrocknet zu haben. Doch wer werde ihr die Tränen trocknen, wenn es zwischen ihm und ihr auseinandergehe, weil er es ablehne, weiter mit einem Mädchen zu verkehren, dem die albernen Tränen einer albernen Göre mehr bedeuteten als er?

Das Mädchen begriff, daß sich die Lage zuspitzte; schnell sagte sie, daß sie Jaromil um Verzeihung bitte, daß es ihr leid tue, daß sie Abbitte leiste.

Doch all dies war nach den Demütigungen zu wenig für seine Unersättlichkeit; er verkündete, ihre Entschuldigungen könnten ihn nicht von der Überzeugung abbringen, daß das, was die Rothaarige Liebe nenne, keine sei; nein, verwahrte er sich im voraus, es sei nicht Kleinlichkeit von ihm, wenn er so weitreichende Schlüsse aus einer scheinbar banalen Episode ziehe; leider aber offenbare sich gerade in diesen Details das Wesen ihrer Beziehung zu ihm; diese unerträgliche Lässigkeit, die sorglose Selbstverständlichkeit, mit der sie ihn behandle, genau wie eine sogenannte Freundin, wie einen Kunden im Geschäft, wie einen Passanten auf der Straße! Sie solle bloß nicht mehr behaupten, daß sie ihn liebe! Ihre Liebe sei lediglich eine klägliche Imitation der Liebe!

Das Mädchen wurde sich bewußt, daß sie etwas Konkretes unternehmen mußte; und sie versuchte mit einem Kuß, Jaromil aus seiner haßerfüllten Betrübnis zu reißen. Fast brutal stieß er sie zurück; was sie dazu nutzte, vor ihm niederzusinken und den Kopf auf seine Knie zu legen; Jaromil schwankte einen Augenblick, dann hob er sie vom Boden auf und ersuchte sie kühl, ihn nicht anzurühren.

Der Haß, der ihm zu Kopf gestiegen war wie Alkohol, dünkte ihm schön und verzauberte ihn; um so mehr, als der

Haß vom Mädchen zurückschlug und auch ihn traf; daraus erwuchs ihm selbstquälerischer Zorn, war er sich doch dessen bewußt, daß er, wenn er das rothaarige Mädchen von sich jagte, die einzige Frau verjagte, die er hatte; er war sich durchaus im klaren, daß sein Zorn ungerechtfertigt war und er das Mädchen ungerecht behandelte; aber vielleicht machte ihn gerade das noch grausamer, denn zuinnerst zog ihn ein Abgrund an; es war der Abgrund der Vereinsamung, der Abgrund der Selbstverurteilung; er wußte, daß er ohne das Mädchen nicht glücklich sein würde (er würde allein sein) und daß er mit sich unzufrieden sein würde (er würde spüren, daß er unrecht getan hatte), doch dieses Bewußtsein vermochte nichts gegen das herrliche Berauschtsein vom Bösen. Er eröffnete dem Mädchen, daß das, was er eben gesagt habe, nicht nur für diesen Augenblick gelte, sondern für immer: er wolle nie mehr, daß ihre Hand ihn berührte.

Das Mädchen sah sich nicht zum erstenmal Jaromils winselnder Bosheit und Eifersucht gegenüber; nur hörte sie diesmal aus seiner Stimme eine beinahe irrsinnige Entschlossenheit heraus; sie ahnte, daß Jaromil zu allem fähig war, um seinen unbegreiflichen Zorn abzureagieren. In diesem letzten Moment, am äußersten Rand des Abgrunds, gestand sie: »Ich bitte dich, sei nicht böse. Ich habe dich belogen. Ich bin bei keiner Freundin gewesen.«

Das irritierte ihn: »Wo warst du dann?«

»Es wird dich ärgern, du magst ihn nicht, aber ich kann nichts dafür, ich mußte zu ihm.«

»Also – bei wem warst du?«

»Bei meinem Bruder. Bei dem, der bei mir gewohnt hat.«

Das empörte ihn: »Was hast du dauernd mit dem?«

»Verstehe mich richtig, er bedeutet mir überhaupt nichts, neben dir ist er für mich eine Null, aber du mußt begreifen, daß er nun mal mein Bruder ist, daß wir volle fünfzehn Jahre zusammen aufgewachsen sind. Er geht weg. Für lange. Ich habe Abschied von ihm nehmen müssen.«

Sentimentales Abschiednehmen vom Bruder war ihm zuwider: »Wohin geht er denn, dein Bruder, daß du dich so lange von ihm verabschieden mußtest und alles zurückstell-test? Macht er eine Woche lang Dienstreise? Oder will er gar übers Wochenende auf die Hütte?«

Nein, er fahre weder auf die Hütte noch mache er eine Dienstreise; es sei viel ernster, und sie könne es Jaromil nicht sagen, weil sie wisse, daß er sich fürchterlich darüber ärgern würde.

»Und das nennst du Liebe? Wenn du mir etwas verheim-lichst, womit ich nicht einverstanden bin?«

Ja, sie wisse wohl, Liebe bedeute, daß man einander alles sage; aber er möge doch verstehen: sie habe Angst, einfach Angst ...

»Wohin kann er fahren, daß du Angst haben mußt? Wo-hin kann der Bruder wollen, daß du Angst hast, es zu sa-gen?«

Könne er sich das denn wirklich nicht denken? Errate er wirklich nicht, worum es gehe?

Nein, Jaromil erriet es nicht (in diesem Augenblick hinkte sein Zorn hinter seiner Neugier her).

Da vertraute das Mädchen es ihm an: Ihr Bruder habe beschlossen, das Land heimlich, illegal, gesetzwidrig zu verlassen; schon übermorgen werde er jenseits der Grenze sein.

Was? Der Bruder wolle die junge sozialistische Republik verlassen? Der Bruder wolle die Revolution verraten? Der Bruder wolle Emigrant werden? Wisse er denn nicht, was es heiße, Emigrant zu sein? Wisse er nicht, daß jeder Emigrant automatisch in den Dienst ausländischer Spionageorganisa-tionen trete, die unser Vaterland vernichten wollten?

Das Mädchen nickte und stimmte zu. Ihr Instinkt sagte ihr, Jaromil werde ihr eher die verräterische Flucht des Bru-ders verzeihen als eine Viertelstunde Warten. Deshalb nickte sie und stimmte Jaromil in allem zu.

»Was nützt es, daß du mir zustimmst? Du hättest es ihm ausreden müssen! Hättest ihn zurückhalten sollen!«

Sie habe ja versucht, es dem Bruder auszureden; sie habe alles getan, um ihn davon abzuhalten; eben deshalb sei sie so

296

spät gekommen; vielleicht habe Jaromil jetzt Verständnis für ihre Verspätung; vielleicht könne er ihr jetzt verzeihen.

Und tatsächlich, Jaromil verzieh ihr die Verspätung, erklärte aber, den Weggang des Bruders könne er ihr nicht verzeihen: »Dein Bruder steht auf der anderen Seite der Barrikade. Darum ist er mein persönlicher Feind. Bricht ein Krieg aus, wird er auf mich schießen und ich auf ihn. Ist dir das klar?«

»Ja, das ist mir klar«, antwortete das rothaarige Mädchen und versicherte Jaromil, sie stehe immer nur auf seiner Seite; bei ihm und niemandem anderem.

»Wie kannst du das behaupten? Wenn du auf meiner Seite ständest, hättest du deinen Bruder nie über die Grenze gehen lassen!«

»Was konnte ich machen? Habe ich denn die Kraft, ihn aufzuhalten?«

»Du hättest sofort zu mir kommen müssen, ich hätte schon gewußt, was zu tun ist. Statt dessen hast du mich belogen! Hast dir etwas von einer Freundin ausgedacht! Hast mich täuschen wollen! Und dann gibst du vor, auf meiner Seite zu stehen!«

Sie schwor ihm, daß sie wirklich und wahrhaftig auf seiner Seite stehe und immer stehen werde, was auch kommen möge.

»Wäre dem so, hättest du die Polizei gerufen!«

Wieso die Polizei? Sie könne doch nicht ihren eigenen Bruder anzeigen! Das gehe doch nicht!

Jaromil ertrug jetzt keinen Widerspruch: »Wieso nicht? Rufst du sie nicht, rufe ich sie!«

Das Mädchen wiederholte, Bruder sei Bruder, und es sei für sie unvorstellbar, ihn anzuzeigen.

»Dir bedeutet der Bruder also mehr als ich?«

Bestimmt nicht, aber deshalb müsse sie ihn doch nicht anzeigen.

»Liebe bedeutet alles oder nichts, Liebe ist entweder ganz oder gar nicht. Ich stehe hier und nicht auf der anderen Seite. Du mußt bei mir stehen und nicht irgendwo zwischen uns.

297

Und stehst du bei mir, mußt du tun, was ich tue, mußt wollen, was ich will. Für mich ist das Schicksal der Revolution mein eigenes Schicksal. Wer gegen die Revolution handelt, handelt gegen mich. Und wenn meine Feinde nicht auch deine Feinde sind, bist du mein Feind.«

Nein, nein, sie sei nicht sein Feind; sie wolle in allem mit ihm eins sein; auch sie wisse, daß Liebe alles oder nichts bedeute.

»Jawohl, Liebe bedeutet alles oder nichts. Neben einer wirklichen Liebe verblaßt alles, ist alles andere nichts.«

Jawohl, sie sei völlig seiner Meinung, auch sie empfinde es so.

»Auch daran erkennt man die wahre Liebe, daß sie taub gegenüber dem ist, was die übrige Welt redet. Aber du hörst dauernd auf das, was dir andere sagen, nimmst dauernd auf andere Rücksicht und trampelst mit diesen Rücksichtnahmen auf mir herum.«

Um Gottes willen, sie wolle nicht auf ihm herumtrampeln, sie fürchte, dem Bruder etwas anzutun, bei dem er teuer bezahlen müsse.

»Und wenn schon? Wenn er zahlen muß, so ist das nur gerecht. Hast du vielleicht Angst vor ihm? Oder hast du Angst, dich von ihm zu trennen? Hast du Angst, dich von deiner Familie zu trennen? Willst du ständig an ihr kleben? Wenn du wüßtest, wie ich deine scheußliche Halbheit hasse, deine scheußliche Unfähigkeit zur Liebe.«

Nein, das sei nicht wahr, sie sei fähig zur Liebe; sie liebe ihn, so sehr sie könne.

»Ja, du liebst mich, so sehr du kannst«, sagte er und lachte, »nur daß du es eben nicht kannst! Du kannst gar nicht lieben!«

Wieder schwor sie ihm, das sei nicht wahr.

»Könntest du ohne mich leben?«

Sie schwor ihm: nein.

»Könntest du weiterleben, wenn ich stürbe?«

Nein, nein, nein.

»Könntest du weiterleben, wenn ich dich verließe?«

Nein, nein, nein, sie schüttelte den Kopf.

Was wollte er noch mehr? Sein Zorn verflog, verflog ganz, und zurück blieb die große Erregung; ihrer beider Tod war plötzlich bei ihnen; der süße, übersüße Tod, den sie einander geschworen hatten, sollte einer vom andern verlassen werden. Er sagte mit vor Rührung gebrochener Stimme: »Auch ich könnte ohne dich nicht leben.« Und sie wiederholte erneut, daß sie ohne ihn nicht leben könnte und nicht leben würde, und beide wiederholten diesen Satz so lange, bis große, wolkige Betörung sie in die Arme nahm; sie rissen sich die Kleider vom Leib und liebten einander; auf einmal spürte er ihre Wange unter seiner Hand naß werden; wie herrlich; es war ihm noch nie widerfahren, daß eine Frau vor Liebe zu ihm weinte; die Tränen waren für ihn die Substanz, in die sich der Mensch auflöst, wenn er nicht mehr nur Mensch sein will und es ihn danach verlangt, über seine Natur hinauszugelangen; ihm schien, daß der Mensch durch die Tränen aus seiner materiellen Natur floh, aus seinen Grenzen, sich in Ferne verwandelte und Allunermeßlichkeit wurde. Zutiefst rührte ihn die Tränennässe, und auf einmal spürte er, daß auch er weinte; sie liebten einander und waren ganz naß auf Körper und Wangen, sie schienen sich aufzulösen, und ihre Nässen flossen ineinander und vermischten sich, sie weinten und liebten einander wieder und wieder und waren in diesem Moment außerhalb der Welt, waren wie ein See, der sich von der Erde abstieß und zum Himmel schwebte.

Als sie dann ruhig nebeneinander lagen, streichelten sie einander noch lange zärtlich die Wangen; das rostrote Haar des Mädchens war verklebt und ihr Gesicht gerötet; sie sah mitgenommen aus, und Jaromil erinnerte sich an sein Gedicht, worin er geschrieben hatte, daß er alles trinken wolle, was in ihr sei, auch ihre alten Lieben und auch ihre Häßlichkeit und ihr verklebtes Rothaar und die Kotspritzer ihrer Sommersprossen; er streichelte sie und nahm liebevoll ihre rührende Jämmerlichkeit in sich auf; und er sagte immer wieder, daß er sie lieb habe, und sie sagte es ihm auch immer wieder.

Und weil er von diesem Moment absoluter Sättigung,

vom betörenden einander versprochenen Tod, nicht Abschied nehmen wollte, sagte er noch einmal: »Wahrlich, ich könnte ohne dich nicht leben; ich könnte ohne dich nicht leben.«

»Ja, ich wäre auch schrecklich traurig, wenn ich dich nicht hätte. Schrecklich traurig.«

Er merkte auf: »Du könntest dir also doch vorstellen, ohne mich zu leben?«

Das Mädchen witterte die Falle nicht: »Ich wäre fürchterlich traurig.«

»Aber du könntest leben.«

»Was soll ich denn tun, wenn du mich verläßt? Aber ich wäre fürchterlich traurig.«

Jaromil begriff, daß er Opfer eines Mißverständnisses geworden war; die Rostrote hatte ihm nicht ihren Tod versprochen, und ihr Wort, daß sie ohne ihn nicht leben könne, war nur Liebesschmeichelei gewesen, dekorative Phrase, Metapher; das arme Dummerchen, sie hatte keine Ahnung, worum es ging; sie versprach ihm ihre Trauer, ihm, der nur absolutes Maß kannte, Alles-oder-Nichts, Leben-oder-Tod. Voll bitterer Ironie fragte er: »Wie lange wärst du traurig? Einen Tag? Oder vielleicht sogar eine Woche?«

»Eine Woche?« lachte sie gequält. »Wie denn eine Woche, mein Xaverlein ...«

Sie schmiegte sich an ihn, um ihm durch die Berührung ihres Körpers zu bedeuten, daß ihre Trauer nicht nach Wochen zu zählen wäre.

Jaromil überlegte: Was wog eigentlich ihre Liebe? Ein paar Wochen Trauer, gut. Was war Trauer überhaupt! Ein bißchen schlechte Laune, ein bißchen Wehmut. Und was war eine Woche Trauer? Niemand vermochte doch ununterbrochen wehmütig zu sein. Sie wäre ein paar Minuten tagsüber ein paar Minuten abends traurig; wie viele Minuten ergäbe das insgesamt? Wie viele Minuten wog ihre Liebe? Wie viele Minuten Trauer war er wert?

Er stellte sich sein Totsein vor und stellte sich ihr Lebendigsein vor, das gleichmütige, unerschütterte, sich heiter und fremd über sein Nichtsein erhebende.

Er mochte den gereizten, eifersüchtigen Dialog nicht von neuem aufnehmen; er hörte ihre Stimme, die ihn fragte, warum er traurig sei, doch er antwortete nicht; er nahm die Zärtlichkeit ihrer Stimme als wirkungslosen Balsam hin.

Dann stand er auf und zog sich an; er war nicht mehr böse auf sie; sie fragte ihn ununterbrochen weiter, warum er traurig sei, und er streichelte statt einer Antwort nur wehmütig ihre Wange. Schließlich fragte er, ihr erwartungsvoll in die Augen sehend: »Die Polizei verständigst du selber?«

Sie hatte geglaubt, das herrliche Liebesspiel habe seinen Groll auf den Bruder ein für allemal beschwichtigt; seine Frage überraschte sie so, daß sie nichts zu antworten wußte.

Er fragte (traurig und ruhig) noch einmal: »Du verständigst also die Polizei?«

Sie stotterte etwas; einerseits wollte sie ihn von dem Vorhaben abbringen, andererseits mochte sie ihm nicht direkt zugeben; das Ausweichende ihres Stotterns war unüberhörbar, und Jaromil sagte: »Ich verstehe, daß du nicht hingehen magst. Ich erledige es selber.« Und wieder streichelte er (mitleidig, traurig, enttäuscht) ihre Wange.

Sie war verwirrt und brachte kein Wort hervor. Sie küßten sich, und er ging.

Am nächsten Morgen erwachte er erst, als Mama schon fort war. Sie hatte ihm Hemd, Krawatte, Hose, Sakko und natürlich auch die Unterhose auf dem Stuhl zurechtgelegt. Diese zwanzigjährige Gewohnheit hatte sich nicht ausmerzen lassen, und Jaromil hatte sie immer passiv hingenommen. An diesem Tag jedoch packte ihn beim Anblick der gefalteten hellbeigen Unterhose mit den langen, ausgeweiteten Hosenbeinen und dem großen Schlitz, der förmlich zum Urinieren aufforderte, feierliche Wut.

Ja, diesmal stand er auf, wie man an einem großen, entscheidenden Tag aufsteht. Er ergriff die Unterhose, hielt sie zwischen den ausgestreckten Händen und betrachtete sie; er betrachtete sie aufmerksam und mit geradezu liebevollem Haß; sodann steckte er den Rand eines Hosenbeins in den Mund und biß zu; er faßte das andere Hosenbein mit der

Rechten und riß heftig daran; er hörte das Reißen des Gewe-
bes; die zerrissene Unterhose warf er auf den Boden; mochte
sie dort liegen bleiben und von Mama gefunden werden.

Er zog gelbe Turnhosen an, dazu das bereitgelegte Hemd,
die Krawatte, die Hose, den Sakko und verließ das Haus.

11

Er hatte beim Pförtner seinen Personalausweis abgegeben (wie es für jedweden Pflicht war, der das mächtige Gebäude des Nationalen Sicherheitskorps betreten wollte) und stieg die Treppe hinauf. Wie er schritt, wie er sich jeden Schritt angelegen sein ließ! Er strebte empor, als wolle er nicht nur in das nächsthöhere Stockwerk des Gebäudes, sondern auch in das nächsthöhere Stockwerk seines Lebens, von wo er sehen würde, was er bislang nicht hatte sehen können.

Alles schien ihm gewogen zu sein; als er in das Büro trat, hob sich ihm das lächelnde Gesicht seines Mitschülers entgegen, es war das Gesicht eines Kameraden; es zeugte von angenehmer Überraschung; es war froh.

Der Schuldienersohn verlieh seiner Freude Ausdruck, daß Jaromil ihn aufsuchte, und Jaromil durchrann es wohlig. Er nahm auf dem angebotenen Stuhl Platz und hatte zum erstenmal wirklich das Gefühl, seinem Mitschüler wie ein Mann einem Mann gegenüberzusitzen; wie ein Gleicher einem Gleichen; wie ein Rauher einem Rauhen.

Sie redeten zunächst miteinander wie Kameraden, doch das war für Jaromil nur die beseligende Ouvertüre, während der er sich auf das Hochgehen des Vorhangs freute. »Ich möchte dir etwas sehr Wichtiges mitteilen«, sagte er dann mit ernster Stimme: »Ich weiß von einem Kerl, der in den nächsten Stunden über die Grenze gehen will. Wir müssen da etwas unternehmen.«

Der Schuldienersohn merkte auf und stellte Jaromil einige Fragen. Jaromil beantwortete sie rasch und präzise. »Das ist eine sehr ernste Sache«, meinte der Schuldienersohn, »das kann ich nicht selber machen.«

Er geleitete Jaromil durch einen langen Gang in ein anderes Büro, wo er ihn einem älteren Mann in Zivil vorstellte; er führte ihn als seinen Kameraden ein, worauf der ältere Mann Jaromil ebenfalls kameradschaftlich anlächelte; eine

Stenotypistin wurde gerufen, und sie setzten ein Protokoll auf; Jaromil mußte alles genau angeben; wie seine Freundin hieß; wo sie arbeitete; wie alt sie war; woher er sie kannte; was er über die Familie wußte; wo der Vater, die Brüder und die Schwestern des Mädchens tätig waren; wann sie ihm von der beabsichtigten Flucht des Bruders Mitteilung gemacht habe; was er über diesen auszusagen vermochte.

Jaromil wußte viel über ihn, das Mädchen hatte oft von ihm gesprochen; gerade dies sei der Grund, warum er die ganze Sache als so wichtig erachte und seine Genossen, seine Mitkämpfer, seine Freunde schnell und rechtzeitig habe informieren wollen. Der Bruder hasse nämlich unsere Gesellschaftsordnung; wie traurig! der Bruder stamme aus einer überaus bescheidenen, armen Familie, aber weil er früher einmal Chauffeur eines bourgeoisen Politikers gewesen sei, sei er nun auf Leben und Tod an jene Leute gekettet, die Ränke gegen unseren Staat schmiedeten; jawohl, das könne er mit absoluter Sicherheit nachweisen, weil ihm das Mädchen die Ansichten des Bruders genauestens verdolmetscht habe; der Kerl wäre bereit, auf Kommunisten zu schießen; er, Jaromil, könne sich recht gut vorstellen, was der in der Emigration machen werde; seine einzige Leidenschaft sei die Vernichtung des Sozialismus.

Mit männlicher Sachlichkeit diktierten die drei der Stenotypistin das Protokoll; als es fertig war, sagte der ältere Mann zum Schuldienersohn, er solle das Notwendige sofort veranlassen. Allein mit Jaromil, dankte der Ältere ihm für den erwiesenen Dienst. Er sagte, unser sozialistisches Vaterland würde uneinnehmbar sein, wenn das ganze Volk so wachsam wäre wie Jaromil. Er fügte hinzu, er würde sich freuen, wenn es nicht bei dieser einen Begegnung zwischen ihnen bliebe. Gewiß sei Jaromil bekannt, wieviel Feinde der Staat überall habe; Jaromil bewege sich an der Fakultät unter Studenten und kenne möglicherweise auch einige Leute aus literarischen Kreisen. »Ja, wir wissen, daß die meisten anständig sind; aber möglicherweise gibt es unter ihnen nicht wenig subversive Elemente.«

Jaromil sah den Polizisten voll Begeisterung an; dessen Gesicht erschien ihm schön; es war tief zerfurcht und kündete von einem harten Männerleben. Ja, auch er, Jaromil, würde sich freuen, wenn es nicht bei dieser einen Begegnung bliebe. Er wünsche sich nichts sehnlicher; er wisse, wo sein Platz sei.

Sie reichten einander die Hand und lächelten sich an.

Mit diesem Lächeln in der Seele (dem herrlichen Faltenlächeln des verwitterten Mannes) verließ Jaromil das Polizeigebäude. Auf der Eingangstreppe blieb er stehen, über den Dächern der Stadt schwebte der sonnige, frostige Vormittag. Er sog die kalte Luft ein und fühlte sich übervoll von Männlichkeit, die ihm aus allen Poren drang; er hätte jubeln mögen.

Ursprünglich hatte er gleich nach Hause gehen wollen, um sich an den Tisch zu setzen und ein Gedicht zu schreiben. Nach drei Schritten jedoch schlug er eine andere Richtung ein; er wollte nicht allein sein. Er hatte das Gefühl, seine Züge seien in der vergangenen Stunde härter geworden, sein Schritt fester, seine Stimme rauher, und es verlangte ihn, seine Veränderung zu zeigen. Er ging in die Fakultät und redete mit allen. Zwar sagte niemand zu ihm, er sei anders als vorher, aber die Sonne schien noch immer, und über den Schornsteinen der Stadt schwebte das ungeschriebene Gedicht. Er kehrte heim und schloß sich in seinem Zimmerchen ein. Mit den Bogen, die er vollschrieb, war er nicht zufrieden. Also legte er die Feder weg und träumte lieber; er träumte von der verborgenen Schwelle, die der Knabe überschreiten mußte, um Mann zu werden; er vermeinte, den Namen dieser Schwelle zu kennen; es war nicht der Name Liebe, die Schwelle hieß Pflicht. Über die Pflicht ließen sich schwer Gedichte schreiben; welche Bilder sollte dieses schroffe Wort hervorrufen? Jaromil war jedoch gewiß, die von diesem Wort erweckte Bildhaftigkeit werde neuartig, außergewöhnlich, überraschend sein; dachte er doch keineswegs an Pflicht im alten Wortsinn, an eine verordnete und von außen zugeteilte, sondern an eine Pflicht, die sich der

Mensch selbst aufgab, die er freiwillig erwählte, freiwillig und mit der Kühnheit und dem Stolz des besseren Menschen.

Diese Überlegungen erfüllten Jaromil mit Befriedigung, skizzierte er damit doch ein völlig neues Porträt von sich. Wieder drängte es ihn, seine Veränderung zu zeigen, und er eilte zu dem rothaarigen Mädchen. Es war fast sechs Uhr, sie mußte schon längst zu Hause sein. Doch vom Vermieter erhielt er die Auskunft, sie sei noch nicht aus dem Geschäft zurück. Vor einer halben Stunde hätten schon zwei Herren nach ihr gefragt, aber auch denen habe er sagen müssen, daß seine Untermieterin noch nicht da sei.

Jaromil hatte Zeit und spazierte auf der Straße hin und her. Nach einer Weile bemerkte er zwei Männer, die ebenfalls hin und her schlenderten; vermutlich waren es die zwei, dachte Jaromil, von denen der Vermieter gesprochen hatte; kurz darauf sah er aus der anderen Richtung das rothaarige Mädchen kommen. Plötzlich wollte er nicht, daß sie ihn gewahrte; er trat in den nächsten Hauseingang und beobachtete, wie das Mädchen mit raschem Schritt dem Mietshaus zustrebte und darin verschwand. Die zwei Männer folgten ihr. Er wurde unsicher, wagte sich nicht von der Stelle zu rühren. Eine Minute später schon verließen die drei das Haus; erst jetzt fiel ihm das Auto auf, das unweit des Hauses stand; die beiden Männer stiegen mit dem Mädchen ein und fuhren davon.

Jaromil mußte sich eingestehen, daß die beiden Polizisten waren; sein Erschrecken darüber wurde von dem Erstaunen verdrängt, daß das, was er am Morgen getan hatte, eine wirkliche Tat war, die etwas in Bewegung gesetzt hatte.

Anderntags richtete er es so ein, daß er das Mädchen gleich bei der Rückkehr von der Arbeit abfangen konnte. Vergebens; er mußte vom Vermieter hören, daß die Rothaarige seit dem Erscheinen der beiden Herren nicht wiedergekommen sei.

Er war verstört und begab sich am nächsten Morgen sofort ins Polizeigebäude. Der Schuldienersohn empfing ihn wieder kameradschaftlich, er drückte ihm die Hand, lächelte bieder, und als Jaromil fragte, warum sein Mädchen nicht wieder nach Hause gekommen sei, sagte er, der Kamerad Jaromil solle sich keine Sorgen machen. »Du hast uns einer sehr ernsten Sache auf die Spur gebracht. Wir müssen dem Mädchen gründlich auf den Zahn fühlen«, und er lächelte vieldeutig.

Und wieder trat Jaromil aus dem Polizeigebäude in den frostigen, sonnigen Vormittag, sog wieder die eisige Luft ein und fühlte sich groß und geschwellt vom Schicksal. Und doch war es anders als vor zwei Tagen. Denn erst jetzt wurde ihm bewußt, daß er durch seine Tat *in den Bereich der Tragödie getreten* war.

Ja, so sagte er zu sich, als er über die breite Eingangstreppe zur Straße hinabstieg: Ich schreite in die Tragödie. Er hörte noch immer das bieder-drohende *wir müssen dem Mädchen gründlich auf den Zahn fühlen,* und dieses Wort erregte seine Vorstellungskraft; sein Mädchen war nun in den Händen fremder Männer, war ihnen ausgeliefert, war in Gefahr, denn ein mehrtägiges Verhör überstand man nicht ohne weiteres; ihm fiel ein, wie sein Mitschüler über den schwarzhaarigen Juden und dabei über die Härte der Polizistenarbeit gesprochen hatte. Alle diese Gedanken und Vorstellungen bewirkten, daß er sich wie ein Monument der Trauer durch die Straßen bewegte.

Ihm war nun klar, warum er vor zwei Tagen einige Bogen mit Versen vollgeschrieben hatte, die nicht viel taugten. Hatte er doch vorgestern im Grunde noch nicht gewußt, was er vollbracht hatte. Erst jetzt begriff er seine Tat, sich selbst und sein Los. Vorgestern hatte er Verse über die Pflicht schreiben wollen. Und heute wußte er: die Herrlichkeit der Pflicht erblühte aus dem gespaltenen Haupt der Liebe.

Jaromil war trunken von seinem eigenen Schicksal. Er kam nach Hause und fand einen Brief vor. Sie würde sich sehr freuen, wenn er nächste Woche, dann und dann, an einer kleinen Abendgesellschaft teilnähme, wo er einige ihn vielleicht interessierende Leute vorfinden werde. Unterschrift der Filmerin. Obwohl die Einladung nichts Bestimmtes versprach, erfreute Jaromil sie über die Maßen, bewies sie doch, daß die Schöne keine verpaßte Gelegenheit war, daß die Begebenheit mit ihr nicht abgeschlossen war, daß das Spiel noch nicht ausgespielt war. Ihm drängte sich der sonderbare Gedanke auf, es müsse ein tieferer Sinn darin liegen, daß der Brief gerade an dem Tag eingetroffen war, an dem er die Tragik seiner Situation erkannt hatte; er hatte das unbestimmte, dennoch erhebende Gefühl, seine Erlebnisse der vergangenen beiden Tage befähigten ihn endlich, sich der strahlenden Schönheit der schwarzhaarigen Filmerin von Angesicht zu Angesicht zu stellen und selbstbewußt, ohne Lampenfieber, als Mann in ihre Gesellschaft zu treten.

Er fühlte sich wohl wie nie zuvor. Er fühlte sich voller Verse und setzte sich an den Tisch. Nein, man konnte Liebe und Pflicht nicht in Gegensatz zueinander bringen, das eben wäre die alte Auffassung des Problems gewesen. Liebe oder Pflicht, Geliebte oder Revolution, nein, nein, so war das nicht. Er hatte die Rostrote nicht in Gefahr gebracht, weil ihm Liebe nichts bedeutete; gerade er wünschte doch, daß die Welt von morgen eine Welt werde, in der sich Mann und Frau mehr denn je liebten. Ja, so war es: Jaromil hatte sein eigenes Mädchen in Gefahr gebracht, weil er sie mehr liebte als andere Männer ihre Frauen; weil er wußte, was Liebe ist und wie die künftige Welt der Liebe sein würde. Freilich war es schlimm, eine bestimmte Frau (rothaarig, sommersprossig, klein, geschwätzig) für die künftige Welt zu opfern, aber gerade dies war zweifellos die einzige große Tragödie unserer Tage, die großer Verse, eines großen Gedichtes würdig!

Und er saß am Tisch und schrieb und stand wieder auf und lief durch den Raum – er glaubte, daß das, was er jetzt schrieb, das Größte sei, was er bisher geschrieben hatte. Es war ein berauschender Abend, berauschender als alle Liebesabende, die er sich vorstellen konnte, der Abend war berauschend, auch wenn er ihn in seinem Kinderzimmer verbringen mußte; Mama befand sich im Zimmer nebenan, und Jaromil vergaß völlig, daß er ihr je gezürnt hatte; als sie an die

Tür klopfte, um zu fragen, was er tue, nannte er sie sogar zärtlich Mama und bat sie in friedfertigem Ton, ihm Ruhe für die Konzentration zu gönnen, denn »ich schreibe heute das größte Gedicht meines Lebens«. Mama lächelte (mütterlich, rücksichtsvoll, verständnisinnig) und gönnte ihm die Ruhe.

Als er sich später ins Bett legte, mußte er daran denken, daß sein Mädchen in diesem Augenblick von lauter Männern umgeben war: von Polizisten, Untersuchungsbeamten, Aufsehern; daß sie mit ihr machen konnten, was sie wollten; daß sie ihr zuschauten, wenn sie ihre Häftlingskleidung aus- oder anzog; daß der Aufseher sie durchs Guckloch beobachtete, wenn sie sich in der Zelle auf den Eimer setzte und urinierte. Er glaubte jedoch nicht sonderlich an diese äußersten Möglichkeiten (vielleicht ließ man sie auch bald wieder frei), aber der Phantasie konnte man keine Zügel anlegen: immer wieder stellte er sie sich vor, in der Zelle, auf dem Eimer, von einem fremden Mann beobachtet, von den Untersuchungsbeamten ihrer Kleider entledigt; eines aber machte ihn stutzig: bei all diesen Vorstellungen empfand er überhaupt keine Eifersucht!

Du mußt mein sein, um notfalls für mich durch die Folter zu sterben, wenn ich es wünsche, fliegt Keats' Aufschrei durch den Raum der Zeiten. Warum hätte Jaromil eifersüchtig sein sollen? Die Rostrote gehörte ihm jetzt mehr denn je: ihr Schicksal war sein Werk; sein Auge war es, das sie beobachtete, wenn sie in den Eimer urinierte; seine Hände waren es, die sie durch die Hände der Aufseher berührten; sein Opfer war sie, sein Werk war sie, sein war sie, sein, sein.

Jaromil eiferte nicht; er schlief ein, schlief in dieser Nacht den Schlaf der Männer.

SECHSTER TEIL
oder
DER VIERZIGER

Der erste Teil dieser Erzählung umfaßt fünfzehn Jahre von Jaromils Leben, Teil fünf dagegen, obwohl gleich lang, kaum ein Jahr. Die Zeit fließt durch dieses Buch also in umgekehrtem Tempo wie im wirklichen Leben: sie verlangsamt sich. Das rührt daher, daß Jaromils Geschichte von einer Warte aus gesehen wird, die an ihrem Endpunkt errichtet ist. Seine Kindheit erscheint deshalb als Ferne, in welcher Monate und Jahre ineinanderfließen; er schreitet von den verschwommenen Horizonten mit seiner Mutter auf die Warte zu, in deren Nähe alles bereits deutlich ist, wie im Vordergrund eines alten Gemäldes, wo auf den Bäumen jedes Blatt und auf jedem Blatt die feine Äderung zu sehen sind.

Wie das Leben eines Menschen durch die Wahl seines Berufes und seines Ehepartners bestimmt wird, so ist dieser Roman vom Blickwinkel der Warte bestimmt, von der aus man nur Jaromil und seine Mutter ganz sieht, während die übrigen Gestalten nur auszumachen sind, wenn sie bei den beiden Protagonisten auftauchen. Diese Art und Weise wurde gewählt, wie man sein Schicksal wählt, und ist ebenso unkorrigierbar.

Jedermann beklagt, daß er keine anderen Leben leben kann außer diesem einen; jedermann würde gern seine unverwirklichten Möglichkeiten, alle seine möglichen Leben durchleben. (Ach, der unerreichbare Xaver!) Dieser Roman ist wie jedermann. Auch er sehnt sich danach, andere Romane zu sein, die er hätte werden können, aber nicht ist. Deshalb träumt unsereiner von den anderen möglichen und nichterrichteten Warten. Was, wenn wir sie im Leben des Malers, im Leben des Schuldienersohns oder im Leben des Rotschopfs errichtet hätten? Was wissen wir denn von ihnen? Kaum mehr als der törichte Jaromil, der eigentlich nie über jemanden etwas wußte! Wie wäre der Roman geworden, wenn er die Karriere des Schuldienersohns nachgezeichnet hätte und den ehemaligen Mitschüler und nachmaligen Dichter nur als episodische Begebenheit ein- oder zweimal hätte auftreten lassen! Oder wenn wir die Begebenheit des Malers verfolgt und endlich erfahren hätten, was er in Wahrheit von der Geliebten hielt, der er mit der Gouache den Bauch bemalte!

Wenn der Mensch also nicht aus seinem Leben springen kann, ist nicht der Roman doch weit freier? Wie, wenn wir schnell und heimlich die Warte einrissen und sie wenigstens für eine Zeitlang anderswo wieder aufbauten? Beispielsweise weit hinter Jaromils Tod! Beispielsweise in den heutigen Tagen, wo niemand, gar niemand (die Mutter ist vor einigen Jahren gestorben) sich mehr an Jaromils Namen erinnert . . .

Ach Gott, wenn wir die Warte bis hierher beförderten! Und dann vielleicht alle zehn Dichter besuchten, die mit ihm beim Polizistenabend auf dem Podium gesessen hatten! Wo sind die Gedichte, die sie damals rezitierten? Niemand, gar niemand erinnert sich an sie, und die Dichter selber würden sie verleugnen; denn sie schämen sich ihrer, alle schämen sich ihrer ...

Was ist von jener fernen Zeit überhaupt übriggeblieben? Heute sind es für alle die Jahre der politischen Prozesse, der Verfolgungen, der Bücherverbote und der Justizmorde. Wir aber, die wir uns noch erinnern, müssen unsere Zeugenaussage machen: es war nicht nur die schreckliche, es war auch die lyrische Zeit! Henker und Dichter regierten Hand in Hand.

Die Mauer, hinter der die Menschen inhaftiert waren, bestand aus lauter Versen, und an dieser Mauer wurde getanzt. Nein, kein *dance macabre*. Hier tanzte die Unschuld! Die Unschuld mit ihrem blutigen Lächeln.

Es sei eine Zeit der schlechten Lyrik gewesen? Nicht so ganz! Die Romanciers, die damals mit blinden Augen Konformismus schrieben, schufen verlogene, bei der Geburt schon tote Werke. Die Lyriker aber, die jene Zeit ebenso blindlings rühmten, hinterließen oftmals schönste Poesie. Weil, wie bereits gesagt, im magischen Feld der Poesie jede Behauptung zur Wahrheit wird, wenn die Kraft des Pathoserlebnisses sie trägt. Und die Lyriker erlebten auf diese Weise, so daß sich ihre Gefühle in Dunst verwandelten und auf dem Himmel ein Regenbogen erschien, ein herrlicher Regenbogen über den Gefängnissen ...

Aber, nein, wir werden unsere Warte nicht in unsere Tage stellen, weil es uns nicht darum geht, jene Zeit zu schildern und ihr zu den vielen Spiegeln einen weiteren vorzuhalten. Wir haben jene Jahre nicht gewählt, weil es uns verlangt hätte, sie zu porträtieren, sondern allein deshalb, weil sie uns als einzigartige Falle für Rimbaud und Lermontow erschienen sind, als einzigartige Falle für die Lyrik und die Jugend. Was ist ein Roman anderes als Falle für den Helden? Wir pfeifen auf das Porträt der Zeit! Uns interessiert der junge Mann, der dichtet!

Dieser junge Mann, dem wir den Namen Jaromil gegeben haben, darf uns darum nie ganz aus dem Blickwinkel entschwinden. Ja, verlassen wir für eine Weile unseren Roman, transportieren wir die Warte hinter das Ende von Jaromils Leben und errichten wir sie im Denken einer Gestalt, die aus ganz anderem Holz geschnitzt ist. Doch stellen wir sie nicht weiter als drei Jahre hinter Jaromils Tod, an einen Zeitpunkt, wo Jaromil noch nicht von allen vergessen ist. Erstellen wir ein Kapitel, das sich zur übrigen Erzählung verhält wie ein Gartenhaus zu einer Villa:

Das Gartenhaus ist von der Villa einige Dutzend Meter entfernt, es ist ein selbständiges Gebäude, ohne das die Villa auszukommen vermag; der einstige Besitzer vermietet es ja auch seit langem, und die Villenbewohner benützen es nicht. Aber im Gartenhaus steht ein Fenster offen, so daß die Küchendünste und Menschenstimmen aus der Villa eindringen können.

Machen wir das Gartenhaus zur Wohnung eines Herrn: ein
Vorzimmer, darin ein Einbauschrank, nachlässig offenste-
hend; ein Bad, darin eine peinlich saubere Wanne; eine
Kleinstküche, darin herumstehendes Geschirr; ein Zimmer,
darin eine breite Couch, dieser gegenüber ein großer Spiegel,
an den Wänden ringsum Bücherborde, dazu vielleicht zwei
Bilder hinter Glas (Reproduktionen antiker Mal- und Bild-
hauerkunst), natürlich ist da ein längliches Tischchen mit
zwei Sesseln, und das eine Fenster geht zum Hof und bietet
Ausblick auf Dächer und Schornsteine.

Es war an einem Nachmittag, der Wohnungsinhaber
kehrte heim; er öffnete die Aktentasche, zog einen zerknüll-
ten Monteursanzug heraus und hängte ihn in den Schrank;
dann ging er ins Zimmer und öffnete weit das Fenster; es
war ein sonniger Frühlingstag, linder Windhauch wehte in
den Raum; der Wohnungsinhaber ging weiter ins Bad,
drehte das heiße Wasser auf und zog sich aus; er betrachtete
seinen Körper und war zufrieden; er hatte die Vierzig über-
schritten und fühlte sich, seit er körperlich arbeitete, in her-
vorragender Kondition; sein Kopf war leichter, seine Arme
waren stärker geworden.

Er stieg in die Wanne und legte ein Brett, das ihm als
Tisch diente, quer darüber; er hatte Bücher griffbereit (auch
hier die sonderbare Vorliebe für Autoren der Antike!), ließ
sich vom heißen Wasser durchwärmen und las in einem der
Bücher.

Es klingelte. Einmal kurz, zweimal lang und nach einer
kleinen Pause noch einmal kurz. Er mochte ungebetene Besucher nicht und hatte darum mit Geliebten und Freunden
Klingelzeichen vereinbart, die ihm sagten, wer kam. Aber
zu wem gehörte dieses Zeichen? Wurde er etwa alt und bekam ein schlechtes Gedächtnis?

»Augenblick!« rief er, stieg aus der Wanne, trocknete sich

ab, zog gemächlich den Bademantel an und öffnete die Wohnungstür.

Vor der Tür stand ein Mädchen im Wintermantel. Er erkannte sie sofort, war aber so überrascht, daß er nichts zu sagen wußte.

»Sie haben mich freigelassen«, sagte sie.

»Wann?«

»Heute morgen. Ich habe gewartet, bis du von der Arbeit zurück bist.«

Er half ihr aus dem Wintermantel; es war ein schweres abgewetztes braunes Kleidungsstück, das er auf einen Bügel tat und dann an die Garderobe hängte. Das Mädchen hatte ein Kleid an, das der Vierziger kannte; in diesem Kleid und diesem Wintermantel war sie das letztemal bei ihm gewesen, ja, genau in diesem Kleid und diesem Wintermantel; ihm war, als trete in den Frühlingsnachmittag ein drei Jahre alter Wintertag.

Auch das Mädchen war überrascht, daß sich im Zimmer nichts verändert hatte. »Bei dir ist noch alles, wie es war.«

»Ja, ja, es ist noch alles, wie es war«, pflichtete er bei und setzte sie in den Sessel, in dem sie immer gesessen hatte; er stellte ihr mehrere Fragen auf einmal: Hast du Hunger? hast du wirklich schon gegessen? wo hast du gegessen? und wohin soll's von mir weitergehen? kehrst du heim?

Sie sagte, eigentlich müßte sie heim fahren, sie sei auch bereits auf dem Bahnhof gewesen, habe dann aber gemeint, es wäre besser, erst einmal mit ihm zu sprechen.

»Warte, ich ziehe mich schnell an.« Er ging ins Vorzimmer und schloß die Tür hinter sich; bevor er mit dem Anziehen begann, hob er den Telefonhörer ab, wählte eine Nummer, und als sich eine Frauenstimme meldete, entschuldigte er sich und erklärte, heute leider keine Zeit zu haben.

Gegenüber dem Mädchen, das in seinem Zimmer saß, hatte er keine Verpflichtungen; dennoch wollte er nicht, daß sie sein Gespräch hörte und die Stimme. Während er sprach, schaute er auf den schweren braunen Wintermantel, der an der Garderobe hing und den Vorraum mit Rührseligkeit erfüllte.

Es war ungefähr drei Jahre her, daß er sie zum letztenmal, und ungefähr fünf Jahre, daß er sie zum erstenmal gesehen hatte. Er hatte schönere Freundinnen, aber diese Kleine zeichneten einige seltene Vorzüge aus: als er sie kennenlernte, war sie noch keine siebzehn gewesen, sie war auf eine amüsante Art direkt, erotisch begabt und anpassungsfähig: sie tat genau das, was sie ihm von den Augen ablas; nach der ersten Viertelstunde wußte sie, daß man bei ihm nicht über Gefühle sprechen durfte; und ohne daß er ihr hätte viel erklären müssen, kam sie nur (kaum einmal im Monat), wenn er sie ausdrücklich einlud.

Der Vierziger machte aus seiner Neigung für lesbische Frauen kein Hehl; eines Tages, im Liebesrausch, flüsterte die Kleine ihm ins Ohr, sie habe in der Kabine des Schwimmbades eine fremde Frau überfallen und geliebt; das hatte ihm sehr gefallen, und er war auch nachher noch, als ihm die Unwahrscheinlichkeit dieser Begebenheit aufging, von ihrem Anpassungseifer gerührt. Sie beließ es übrigens nicht bei Ausgedachtem, sondern machte ihn auch mit ihren Freundinnen bekannt und wurde für ihn so zur Inspiratorin und Organisatorin vieler netter erotischer Vergnügungen.

Sie begriff, daß der Vierziger nicht nur keine Treue verlangte, sondern daß er sich auch sicherer fühlte, wenn seine Freundinnen ernste Bekanntschaften hatten; darum erzählte sie ihm in argloser Indiskretion von ihren vergangenen und gegenwärtigen Jungen, was den Vierziger interessierte und amüsierte.

Jetzt saß sie ihm gegenüber (der Vierziger hatte eine leichte Hose und einen Pullover angezogen) und sagte: »Als ich aus dem Gefängnis trat, kamen Pferde auf mich zu.«

»Pferde? Was für Pferde?«

Sie war am Morgen aus dem Tor getreten, als gerade Sportreiter einer Vereinsabteilung vorbeiritten. Die hatten aufrecht und fest im Sattel gesessen, wie aus den Tieren herausgewachsen, mit denen sie einen hohen, übermenschlichen Körper bildeten. Das Mädchen fühlte sich tief darunter, klein und unscheinbar. Über sich hörte sie Schnauben und Lachen, und sie drückte sich an die Mauer.

»Und wohin bist du dann gegangen?«

Sie war zur Endstation der Straßenbahn gegangen. Die Sonne hatte schon wärmende Kraft, und sie trug den schweren Wintermantel und schämte sich vor den Passanten. Sie fürchtete, an der Haltestelle könnten viele Leute warten und sie anstarren. Zum Glück aber wartete dort nur eine alte Frau. Das war gut; es war wie Balsam, daß dort nur eine alte Frau wartete.

»Und du hast gleich gewußt, daß du zu mir fahren würdest?«

Die Pflicht hatte sie nach Hause gerufen, zu den Eltern. Sie war schon auf dem Bahnhof, stand in der Schlange am Fahrkartenschalter, doch als die Reihe an sie kam, lief sie davon. Sie hatte Angst vor dem Zuhause. Als sie hungrig wurde, kaufte sie sich eine Wurstsemmel. Dann saß sie im Park und wartete, bis es vier Uhr war und der Vierziger Arbeitsschluß hatte.

»Ich bin froh, daß du zuerst zu mir gekommen bist, es ist lieb von dir, daß du mich aufgesucht hast«, sagte er. Nach einer Pause fügte er hinzu: »Erinnerst du dich, daß du damals feierlich verkündet hast, nie mehr im Leben zu mir zu kommen?«

»Das stimmt nicht«, erwiderte das Mädchen.

»Das stimmt«, sagte er und lächelte.

»Nein.«

Natürlich stimmte es. Sie war damals, vor drei Jahren, zu ihm gekommen, und der Vierziger hatte sofort das Barschränkchen aufgemacht; er hatte zwei Gläser Cognac einschenken wollen, doch das Mädchen schüttelte den Kopf: »Nein, ich trinke nichts, ich werde nie mehr bei dir etwas trinken.«

Der Vierziger wunderte sich, und das Mädchen fuhr fort: »Ich werde nie mehr zu dir kommen und bin heute nur da, um es dir zu sagen.«

Weil er sich noch mehr wunderte, erklärte sie, daß sie den Jungen, über den der Vierziger ja Bescheid wisse, wirklich liebe und ihn nicht mehr betrügen wolle; sie sei den Vierziger bitten gekommen, Verständnis zu haben und ihr nicht böse zu sein.

Obwohl er ein buntes erotisches Leben führte, war der Vierziger im Grunde ein Idylliker, der Ruhe und Ordnung in seinen Abenteuern wünschte; das Mädchen kreiste am Himmel seiner Lieben zwar nur als bescheidenes, schwach blinkendes Sternchen, aber auch ein kleiner Stern vermag, wird er plötzlich von seinem Platz gerissen, die Allharmonie empfindlich zu stören.

Außerdem kränkte ihn ihre Verständnislosigkeit: er war doch immer froh gewesen, daß sie einen Jungen hatte, den sie liebte; er hatte sich von ihm berichten lassen und ihr Ratschläge erteilt, wie sie ihn behandeln solle. Der Junge hatte ihn sogar so weit interessiert, daß er die Gedichte, die das Mädchen von ihm bekam, in einer Schublade aufbewahrte; die Verse waren ihm zuwider, interessierten ihn aber trotzdem, ähnlich wie ihn die Welt interessierte, die um ihn entstand, die ihn anwiderte, und die er aus dem heißen Wasser der Badewanne beobachtete.

Er war bereit gewesen, über den beiden Liebesleuten mit einer zynischen Teilnahme zu wachen, und empfand die plötzliche Entscheidung des Mädchens darum als Undank. Er konnte sich nicht beherrschen und zeigte es. Das Mädchen sah seine Verdrießlichkeit und redete immer weiter, um ihren Entschluß zu rechtfertigen; sie beteuerte mehrfach, den Jungen zu lieben und ehrlich zu ihm sein zu wollen.

Und jetzt saß sie ihm wieder gegenüber (im selben Sessel, im selben Kleid) und behauptete, nichts Derartiges gesagt zu haben.

Sie log nicht. Sie gehörte zu jenen kostbaren Seelen, die zwischen dem, was ist, und dem, was sein sollte, nicht unterschieden und ihre moralischen Wünsche für Wirklichkeit nahmen. Selbstverständlich erinnerte sie sich an das, was sie dem Vierziger gesagt hatte; aber sie wußte auch, daß sie es nicht hätte sagen sollen, und sprach deshalb der Erinnerung das Recht auf eine wirkliche Existenz ab.

Sie erinnerte sich genau daran, wie denn nicht: Sie hatte sich beim Vierziger etwas länger als beabsichtigt aufgehalten und war zu spät zum Stelldichein gekommen. Der Junge war zu Tod beleidigt gewesen, und sie hatte gespürt, daß ihn nur eine todernste Ausrede versöhnen konnte. Sie hatte ihm erzählt, sich beim Bruder verzögert zu haben, der über die Grenze wolle, und sie hatte nicht erwartet, daß der Junge sie zwingen würde, den Bruder anzuzeigen.

Gleich am nächsten Tag war sie nach Arbeitsschluß wieder zum Vierziger gelaufen, um sich bei ihm Rat zu holen; der Vierziger verhielt sich nett und freundschaftlich; er riet ihr, bei ihrer Lüge zu bleiben und dem Jungen einzureden, daß ihr der Bruder nach dramatischer Szene geschworen habe, nicht ins Ausland zu gehen. Er hatte ihr genau gesagt, wie sie die Szene schildern und dabei dem Jungen suggerieren sollte, er sei indirekt zum Retter ihrer Familie geworden, weil ohne seine Einflußnahme und ohne sein Eingreifen der Bruder zur Stunde an der Grenze schon verhaftet, wenn nicht gar von einer Grenzwache erschossen wäre.

»Und wie ist damals dein Gespräch mit dem Jungen ausgegangen?« fragte er sie jetzt.

»Ich habe nicht mehr mit ihm gesprochen. Sie haben mich verhaftet, als ich von dir heim kam. Sie haben vorm Haus auf mich gewartet.«

»Du hast später nie mehr mit ihm gesprochen?«

»Nein.«

»Aber sicher haben sie dir gesagt, was mit ihm geschah . . .«

»Nein . . .«

»Du weißt wirklich nichts?« wunderte sich der Vierziger.

»Nichts weiß ich«, sagte das Mädchen achselzuckend, aber ohne sonderliche Neugier, fast als wollte sie gar nichts wissen.

»Er ist gestorben«, sagte der Vierziger. »Kurz nachdem sie dich abgeführt hatten . . .«

9

Das hatte das Mädchen nicht gewußt; und aus weiter Ferne drangen die pathetischen Worte des Jungen zu ihr, der Liebe und Tod so gern gleichsetzte. »Hat er sich etwas angetan?« fragte sie mit leiser, wie zu plötzlichem Verzeihen bereiter Stimme.

Der Vierziger lächelte: »Aber nein, er ist ganz einfach krank geworden und gestorben. Seine Mutter ist fortgezogen. Von den beiden würdest du in der Villa keine Spur mehr finden. Nur auf dem Friedhof steht ein großer schwarzer Grabstein. Wie auf dem Grab eines großen Schriftstellers. *Hier ruht der Dichter . . .,* hat die Mutter draufsetzen lassen. Unter dem Namen ist das Epitaph eingemeißelt, das du mir mal gegeben hast: daß er in Flammen sterben möchte.«

Die beiden schwiegen; das Mädchen dachte nach; der Junge hatte sich nicht das Leben genommen, sondern war ganz einfach gestorben; auch sein Tod hatte ihr den Rücken zugekehrt. Nein, sie hatte ihn nach ihrer Entlassung nie mehr sehen wollen, aber nicht damit gerechnet, daß es ihn nicht mehr geben würde. Wenn er nicht mehr existierte, existierte auch der Grund für ihre dreijährige Haft nicht mehr, und alles war ein böser Traum, Unsinn, etwas Unwirkliches.

»Weißt du was«, sagte er, »jetzt machen wir das Abendessen; komm, hilf mir.«

Die beiden gingen in die Küche und schnitten Brot; auf den Butteraufstrich legten sie Schinken- und Salamischeiben; sie öffneten eine Sardinenbüchse; sie fanden noch eine Flasche Wein; sie nahmen zwei Gläser aus dem Hängeschrank.

So hatten sie es immer gemacht, wenn das Mädchen beim Vierziger zu Besuch gewesen war. Wie tröstlich, daß dieses Stück stereotypen Lebens auf sie gewartet hatte, unverändert, unzerstört, und daß sie ohne Verlegenheit in es eintreten durfte; ihr schien in diesem Augenblick, es sei das schönste Stück Leben, das sie je kennengelernt hatte.

Das schönste? Weshalb?

Es war ein Stück Leben voll Sicherheit. Dieser Mann war gut zu ihr gewesen, hatte nie etwas von ihr verlangt; sie war nicht schuldig vor ihm und ihm durch nichts verpflichtet; sie fühlte sich bei ihm in Sicherheit, wie ein Mensch, der sich für ein Weilchen außer Reichweite seines eigenen Schicksals befindet; sie war hier in Sicherheit, wie die Gestalt eines Dramas in Sicherheit ist, wenn nach Aktschluß der Vorhang fällt und die Pause beginnt; auch die Mitspieler legen die Masken ab, und es kommen Menschen zum Vorschein, die sorglos zu plaudern vermögen.

Der Vierziger fühlte sich schon lange außerhalb seines Lebensdramas: Er war bei Kriegsbeginn mit seiner jungen Frau nach England geflohen, hatte in der Royal Air Force gegen die Deutschen gekämpft und die Frau bei einem Bombenangriff auf London verloren; nach Kriegsende war er zurückgekehrt, war beim Militär geblieben, aber zu jener Zeit, wo Jaromil sich zum Studium an der Hochschule für Politik entschlossen hatte, fällten die Vorgesetzten über ihn das Urteil, er habe im Krieg zu enge Beziehungen zu dem kapitalistischen England unterhalten und sei für die sozialistische Armee nicht verläßlich genug. So fand er sich in einer Fabrikhalle wieder, mit dem Rücken zur Historie und ihrer dramatischen Aufführungen, mit dem Rücken zum eigenen Schicksal, nur noch mit sich selber, seinen unverbindlichen Vergnügungen und seinen Büchern beschäftigt.

Vor drei Jahren war die Kleine gekommen, sich von ihm zu verabschieden, weil er ihr bloß eine Pause angeboten hatte, wohingegen ihr der Junge ein Leben versprach. Und jetzt saß sie ihm wieder gegenüber, kaute ein Schinkenbrot, trank Wein dazu und war unermeßlich glücklich, weil ihr der Vierziger eine Pause gönnte, und diese Pause sie allmählich mit ihrer beseligenden Stille ausfüllte.

Sie fühlte sich auf einmal freier und wurde gesprächig.

Auf den Tellern lagen nur noch Brotkrümel, die Flasche war
halb leer, und das rothaarige Mädchen redete (frei und ohne
Pathos) über das Gefängnis, über die weiblichen Mithäft-
linge und über die Gangaufseher, wobei sie sich, wie schon
früher immer, bei Details aufhielt, die ihr interessant erschienen und die sie zu einem unlogischen, aber reizenden
Geplauder verflocht.

Dennoch äußerte sich in ihrer heutigen Redseligkeit noch
etwas anderes; früher war sie im Gespräch stets naiv dem
Kern der Sache zugestrebt, wogegen ihr diesmal, so jedenfalls kam es dem Vierziger vor, die Worte dazu dienten, das
Wesentliche der Sache zu umgehen. Was für ein Wesentliches
mochte das sein? Schließlich fiel es dem Vierziger ein, und er
fragte: »Und wie steht es mit dem Bruder?«

Die Kleine antwortete: »Weiß ich nicht . . .«

»Haben sie ihn auch freigelassen?«

»Nein . . .«

Da wurde dem Vierziger klar, warum das Mädchen auf
dem Bahnhof vom Fahrkartenschalter weggelaufen war,
warum es Angst vor dem Zuhause hatte; sie war nicht nur
unschuldiges Opfer, sondern auch Schuldige, die Unglück
über den Bruder und über die gesamte Familie gebracht
hatte; er konnte sich vorstellen, auf welche Weise man ihr
das Geständnis abgepreßt hatte, wie sie sich, um sich heraus-
zuwinden, in immer neue und immer verdächtigere Lügen
verstrickt hatte; wie wollte sie heute den Eltern erklären,
daß nicht sie den Bruder durch eine phantastische Bezichti-
gung angezeigt hatte, sondern irgendein Jüngling, über den
niemand etwas wußte und den es gar nicht mehr gab.

Die Kleine schwieg, und den Vierziger erfaßte Mitleid:
»Fahre heute nicht mehr heim. Das eilt nicht. Du mußt alles
gut überdenken. Wenn du willst, kannst du heute bei mir
bleiben.«

Dann neigte er sich vor und legte ihr die Hand auf die Wange; er streichelte sie nicht, ließ nur die Hand zärtlich und lange auf ihrer Haut.

Es war so viel Gutes in seiner Geste, daß sie zu weinen anfing.

Seit dem Tod seiner Frau, die er geliebt hatte, hegte er eine Abneigung gegen Frauentränen; er fürchtete sie, wie er die Gefahr fürchtete, von Frauen zum Bestandteil ihrer Lebensdramen gemacht zu werden; in ihren Tränen sah er Fangarme, die ihn umschlingen und aus seinem idyllischen Nicht-Schicksal reißen wollten; er verabscheute sie.

Darum war er betroffen, als er das widrige Naß in der Handfläche spürte. Noch betroffener aber machte ihn, daß er sich dessen Wirkung nicht zu erwehren vermochte; glücklicherweise waren es keine Tränen der Liebe, sie galten nicht ihm, waren keine List, keine Erpressung und kein Theater; er wußte, daß sie einfach dawaren, sich selbst genügten, und daß sie aus dem Mädchen strömten, wie mitunter unsichtbar einem Menschen Trauer oder Freude entströmen. Trotzdem wurde er von ihnen in tiefster Seele getroffen, denn er besaß keinen Schild gegen ihre Unschuld.

Er mußte daran denken, daß er und das Mädchen, seit sie einander kannten, sich gegenseitig nie etwas angetan hatten, daß sie einander stets entgegengekommen waren; daß sie einander immer ein Weilchen Wohlbefinden geschenkt und darüber hinaus nichts voneinander gewollt hatten; daß sie einander nichts vorzuwerfen brauchte. Und er empfand jetzt besondere Genugtuung, weil er damals, als das Mädchen verhaftet worden war, im Rahmen seiner Möglichkeiten alles getan hatte, um sie zu retten.

Der Vierziger zog das Mädchen aus dem Sessel. Mit den Fingern wischte er ihr die Tränen von den Wangen und umschlang sie zärtlich.

Hinter den Fenstern dieses Augenblicks, irgendwo in der Ferne, drei Jahre vorher, tritt schon der Tod in jener Erzählung, die wir verlassen haben, ungeduldig von einem Fuß auf den anderen; seine Knochengestalt steht bereits auf der angestrahlten Szene und wirft ihren Schatten so weit, daß in die Wohnung, wo das Mädchen von dem Vierziger gehalten wird, die Dämmerung einfällt. Er hält sie zart um die Mitte, und sie schmiegt sich in seine Umarmung, unbewegt und regungslos.

Was bedeutete dieses Anschmiegen?

Es bedeutet, daß sie sich ihm überläßt; sie hat sich ihm in die Hände gegeben und will so bleiben.

Aber dieses Sichüberlassen ist nicht Öffnung! Sie hat sich ihm verschlossen und versperrt in die Hände gegeben; die zusammengezogenen Schultern verdecken ihren Busen, und ihr Gesicht wendet sich nicht dem seinen zu, sondern liegt an seiner Brust; sie blickt in die Dunkelheit seines Pullovers. Sie hat sich ihm versiegelt gegeben, damit er sie in seiner Umfassung verberge wie in einem Stahlsafe.

Er hob ihr nasses Gesicht und begann es zu küssen. Mitlei-
dende Sympathie drängte ihn dazu, nicht sinnliches Verlangen, doch die Situationen haben ihren Automatismus, dem
man nicht entgeht: bei einem Kuß auf die Lippen versuchte
er mit der Zunge ihren Mund zu öffnen; es gelang ihm nicht;
ihre Lippen blieben verschlossen und lehnten es ab, seinem
Mund zu antworten. Doch seltsam, je weniger es ihm gelang,
das Mädchen zu küssen, desto höher stieg in ihm das Mitleid, denn ihm kam immer klarer zu Bewußtsein, daß das
Mädchen, das er in den Armen hielt, verwünscht war, daß
man ihr die Seele herausgerissen hatte und daß sie nach dieser Amputation nur eine blutende Wunde in sich trug.

Er spürte ihren abgemagerten, knochigen, jämmerlichen
Körper unter seinen Händen, aber die warme Sympathie
verwischte mit Hilfe der hereinfallenden Dämmerung dessen Konturen und Volumina und nahm beiden die Be-
stimmtheit und Stofflichkeit. Das war der Augenblick, wo
er an seinem Körper verspürte, daß er sie würde körperlich
lieben können!

Es war ihm gänzlich unerwartet gekommen: er war sinn-
lich ohne Sinnlichkeit, er war erregt ohne Erregung! Vielleicht war es nur lautere Güte, die sich hier durch geheimnisvolle Transsubstantiation in Erregung verwandelt hatte!

Und vielleicht gerade deshalb, weil sie unerwartet und
unbegreiflich war, riß ihn die Erregung völlig hin. Er begann gierig ihren Körper zu streicheln und ihr Kleid auf-
zuknöpfen.

»Nein, nein! Ich bitte dich, nein! Nein!« wehrte sie sich.

Weil sie ihn durch Worte allein nicht aufhalten konnte, entwand sie sich ihm und floh in eine Zimmerecke.

»Was hast du? Was ist los mit dir?« fragte er.

Sie drückte sich an die Wand und schwieg.

Er trat zu ihr und streichelte ihr Gesicht: »Hab keine Angst vor mir, hab doch keine Angst. Und sag mir, was du hast. Was ist denn, was ist mit dir geschehen?«

Sie stand, schwieg und fand keine Worte. Vor ihren Augen tauchten die Pferde auf, die am Gefängnistor vorbeigekommen waren, große und stattliche Pferde, verwachsen mit den Reitern zu stolzen Doppelleibern. Sie war so weit unter ihnen und konnte sich so wenig mit ihrer tierischen Vollkommenheit vergleichen, daß sie wünschte, mit irgend etwas zu verschmelzen, das in der Nähe war; mit irgend etwas, am liebsten mit der Wand, in deren Unlebendigkeit sie sich hätte verstecken können.

»Was hast du?« drang er weiter in sie.

»Schade, daß du keine alte Frau oder kein alter Mann bist«, sprach sie endlich. Und dann: »Ich hätte nicht herkommen sollen, eben weil du keine alte Frau und kein alter Mann bist.«

Lange streichelte er schweigend ihr Gesicht, dann forderte er sie auf (im Zimmer war es schon dunkel), ihm beim Bettenmachen zu helfen; sie lagen auf der breiten Couch nebeneinander, und er sprach zu ihr mit leiser, tröstender Stimme; so hatte er seit Jahren zu niemandem mehr gesprochen.

Das Verlangen nach körperlicher Liebe war völlig verschwunden, geblieben aber war Sympathie, eine tiefe und nicht zum Schweigen zu bringende Sympathie, die Licht forderte; der Vierziger knipste das Lämpchen an und betrachtete erneut das Mädchen.

Sie lag da, ausgestreckt, verkrampft und starrte an die Zimmerdecke. Was war mit ihr geschehen? Was hatte man ihr dort angetan? Hatte man sie geschlagen? Bedroht? Mißhandelt?

Er wußte es nicht. Das Mädchen schwieg, und er streichelte ihre Haare, ihre Stirn, ihre Wangen. Er streichelte sie so lange, bis er glaubte, das Entsetzen sei aus ihren Augen gewichen, bis sich ihre Augen schlossen.

Das Fenster der Wohnung stand offen und herein strömte die Luft der Frühlingsnacht; das Lämpchen brannte nicht mehr, und der Vierziger lag regungslos neben dem Mädchen, lauschte ihrem Atem, ihrem unruhigen Einschlafen, und als er sich sicher war, daß sie schlief, streichelte er noch einmal leicht ihre Hand, glücklich, daß er imstande gewesen war, ihr den ersten Schlaf in der neuen Ära ihrer traurigen Freiheit zu schenken.

Auch das Fenster des Gartenhauses, das wir mit diesem Kapitel erbaut haben, ist ständig offen, so daß die Düfte und Töne des Romans, den wir kurz vor seinem Höhepunkt verlassen hatten, weiterhin hierher dringen. Wer hört nicht den Tod, der von fern ungeduldig stampft? Mag er warten, wir sind noch hier, in der Wohnung des Unbekannten, in einem anderen Roman versteckt, in einer anderen Geschichte.

In einer anderen Geschichte? Nein. Im Leben des Vierzigers und des Mädchens war das weniger eine Geschichte als eine Pause mitten in ihrer Geschichte. Das Zusammentreffen der beiden dürfte kaum zu einer gemeinsamen Lebenshandlung geführt haben. Es war nur ein Atemholen, das der Vierziger dem Mädchen vor der weiteren Treibjagd gewährte, die es erwartete.

SIEBENTER TEIL
oder
DER DICHTER STIRBT

Nur ein echter Dichter weiß, welche Bangigkeit im Spiegel-haus der Poesie wohnt. Hinter den Fenstern erklingt ferner Schußlärm, und das Herz zieht sich zusammen vor Verlan-gen, wegzugehen; Lermontow knöpft seine Militäruniform zu; Byron legt einen Revolver in die Nachttischschublade; Wolker marschiert in seinen Versen mit den Massen; Halas flucht in Reimen; Majakowskij tritt seinem Lied auf die Kehle; in den Spiegeln tobt eine herrliche Schlacht.

Doch Vorsicht! Wenn die Dichter irrtümlicherweise die Grenze des Spiegelhauses überschreiten, kommen sie um, denn sie können nicht schießen, und wenn sie schießen, tref-fen sie nur ihren eigenen Kopf.

Wehe, man hört sie schon! Sie kommen. Das Pferd jagt die Serpentinen ins Kaukasische Gebirge hinauf, und der Reiter ist Lermontow mit der Pistole. Und erneutes Stamp-fen der Hufe, vermischt mit dem Rattern einer Kutsche! Da fährt Puschkin, auch er mit einer Pistole in der Hand, auch er zum Duell!

Und was hört man jetzt? Eine Straßenbahn; eine lang-same, rumpelnde Prager Straßenbahn; darin Jaromil auf der Fahrt aus einer Vorstadt in die andere; dunkler Anzug, Krawatte, Wintermantel, Hut.

Welcher Dichter träumt nicht von seinem Tod? Welcher Dichter hat sich ihn nicht in seinen Vorstellungen ausgemalt? *Ach, wenn sterben, dann mit dir, Geliebte, und in Flammen nur, verwandelt in Licht, in Licht . . .* Kein zufälliges Spiel der Phantasie, daß Jaromil sich seinen Tod in den Flammen vorstellte. Denn der Tod ist eine Botschaft; der Tod spricht; der Todesakt hat seine Semantik, und es ist nicht gleichgültig, auf welche Weise der Mensch verscheidet und in welchem Element.

Jan Masaryk beendete sein Leben im Jahr achtundvierzig, er stürzte sich auf den Hof eines Prager Palais, nachdem er vorher gesehen hatte, wie sein Schicksal am harten Kiel der Geschichte zersplitterte. Drei Jahre später sprang der Dichter Konstantin Biebl, verfolgt von jenen, die er für seine Genossen gehalten hatte, aus dem fünften Stock auf das Pflaster derselben Stadt (dieser Stadt der Fensterstürze), um wie Ikaros durch das Element der Erde zu sterben und mit seinem Tod dem tragischen Hader zwischen Raum und Gewicht, zwischen Traum und Erwachen Gestalt zu verleihen.

Magister Jan Hus und Giordano Bruno konnten nicht durch den Strang oder durch das Schwert sterben, sondern einzig auf dem Scheiterhaufen. Ihr Leben verwandelte sich auf diese Weise in Signalfeuer, in Leuchtturmlicht, in eine Fackel, die weit in die Epochen hinein strahlt; denn der Leib ist zeitlich und der Gedanke ewiglich, und das flackernde Sein der Flamme ist Bild des Gedankens. Die Studenten, die sich zwanzig Jahre nach Jaromils Tod mit Benzin übergießen und in Brand stecken sollten, hätten als Ertrunkene wohl kaum ihren Völkern ins Gewissen geschrien.

Dagegen ist Ophelia in Flammen undenkbar, sie mußte im Wasser enden, weil die Tiefe des Wassers der Tiefe im Menschen entspricht; das Wasser ist tötendes Element all jener, die sich in sich selber verloren haben, in ihre Liebe, in ihr Gefühl, in ihren Wahn, in ihre Spiegel und in ihre Wirbel; ins Wasser gehen die Mädchen der Volkslieder, wenn der Liebste nicht aus dem Krieg zurückkommt; ins Wasser sprang Harriet Shelley, in der Seine ertränkte sich Paul Celan.

Er stieg aus der Straßenbahn und strebte dem Einfamilienhaus zu, aus dem er Hals über Kopf vor der schönen Schwarzhaarigen geflohen war.

Er dachte an Xaver:

Zuerst war nur er allein gewesen, Jaromil.

Dann hatte Jaromil Xaver erschaffen, seinen Doppelgänger, und mit diesem auch sein zweites Leben, das träumerische und abenteuerliche.

Und nun kam der Moment, wo der Gegensatz zwischen Traum und Wachen, zwischen Poesie und Leben, zwischen Tat und Gedanken aufgehoben war. Verschwunden war auch der Gegensatz zwischen Xaver und Jaromil. Beide waren zu einem einzigen Wesen verschmolzen. Der Träumer war zum Tatmensch geworden, das Abenteuer des Traums war zum Abenteuer des Lebens geworden.

Er näherte sich dem Einfamilienhaus und verspürte seine alte Unsicherheit, die noch dadurch verstärkt wurde, daß es ihn im Hals kratzte (Mama hatte ihn nicht zu dem Abend gehen lassen wollen, weil er angeblich ins Bett gehörte).

Vor der Tür zögerte Jaromil. Er ließ alle seine letzten großen Tage im Geiste Revue passieren, um sich Mut zu machen. Er dachte an die Rothaarige, dachte daran, wie sie verhört wurde, dachte an die Polizisten und an den Lauf der Dinge, die er durch eigene Kraft und eigenen Willen in Bewegung gesetzt hatte ...

»Ich bin Xaver, ich bin Xaver ...« sagte er sich und klingelte.

Die versammelte Gesellschaft bestand aus jungen Schauspielern und Schauspielerinnen, Malern und Studenten der Prager Kunstschulen; der Eigentümer des Einfamilienhauses war mit von der Partie, er hatte alle Räume zur Verfügung gestellt. Die Filmerin machte Jaromil mit einigen Leuten bekannt, drückte ihm ein Glas in die Hand, damit er sich selber aus den Weinflaschen bediene, die in ausreichender Zahl herumstanden, und dann verließ sie ihn.

Jaromil kam sich im Abendanzug mit weißem Hemd und Krawatte zu feierlich vor; alle rundherum waren leger angezogen, manche trugen sogar Pullover. Er rutschte auf dem Stuhl hin und her, und als er es gar nicht mehr aushielt, zog er die Jacke aus, hängte sie über die Stuhllehne, öffnete den Kragenknopf und lockerte die Krawatte; danach fühlte er sich wenigstens etwas freier.

Einer versuchte den anderen zu übertrumpfen, um die Aufmerksamkeit auf sich zu lenken. Die jungen Schauspieler gaben sich wie auf der Bühne, sie sprachen laut und unnatürlich, alle trachteten ihre Witzigkeit und Originalität zu demonstrieren. Auch Jaromil, der bereits einige Gläser getrunken hatte, bemühte sich, den Kopf über die Oberfläche der Unterhaltung zu bekommen; es gelang ihm auch einigemal, einen Satz anzubringen, der ihm auf übermütige Weise geistreich vorkam und für einige Sekunden die Aufmerksamkeit der anderen erregte.

Durch die Wand klang laute Tanzmusik aus einem Radio; der Nationalausschuß hatte einige Tage zuvor das dritte Zimmer des oberen Stockwerks der Familie des Mieters zugeteilt; die zwei Zimmer, in denen die Witwe mit dem Sohn wohnte, waren eine Oase der Stille, die rundum von Lärm belagert wurde.

Mama hörte die Musik, sie war allein und dachte an die Filmerin. Gleich bei der ersten Begegnung hatte sie die Gefahr einer Liebe zwischen ihr und Jaromil gewittert. Sie hatte sich mit der Filmerin anzufreunden versucht, nur um rechtzeitig eine günstige Stellung zu beziehen, von der aus sie besser um den Sohn kämpfen könnte. Und jetzt mußte sie sich beschämt eingestehen, daß sie nichts damit erreicht hatte. Die Filmerin war gar nicht auf die Idee gekommen, auch sie einzuladen. Sie wurde beiseite geschoben.

Die Filmerin hatte ihr einmal anvertraut, im Betriebsklub der Polizisten arbeite sie nur deshalb, weil sie aus einer reichen Familie stamme und politische Protektion benötige, um studieren zu können. Mama mußte nun annehmen, die berechnende Person mache alles zu ihrem Instrument; sie, die Mutter, stelle für die Filmerin nur eine Stufe dar, über die sie getreten war, um dem Sohn näher zu sein.

Der Wettkampf ging weiter: jeder wollte um jeden Preis auffallen. Einer spielte Klavier, einige tanzten, und aus den Grüppchen der Herumstehenden erscholl lautes Sprechen und Lachen; jedermann versuchte, ein Bonmot anzubringen, und jeder wollte sich mit seinem Geist über die anderen schwingen, damit man ihn sehe.

Auch Martinow war da; groß, schön, etwas operettenhaft elegant in seiner Uniform mit dem langen Degen, von Frauen umflattert. Oh, wie er Lermontow reizte! Gott ist ungerecht, er hatte dem Dummkopf ein schönes Gesicht und Lermontow kurze Beine gegeben. Hat aber ein Dichter keine langen Beine, so hat er einen sarkastischen Geist, der ihn emporhebt.

Er trat zu Martinows Gruppe und wartete auf seine Gelegenheit. Dann brachte er einen anzüglichen Witz an und beobachtete, wie die Umstehenden erstarrten.

Endlich (sie war so lange weg gewesen) erschien sie im Raum. Sie trat zu ihm: »Unterhalten Sie sich gut?« erkundigte sie sich und sah ihn mit ihren großen braunen Augen an.

Jaromil glaubte, es kehre die herrliche Stunde zurück, da sie in ihrem Zimmer gesessen und den Blick nicht hatten voneinander wenden können.

»Nicht sehr«, antwortete er und sah ihr in die Augen.

»Langweilt Sie die Gesellschaft?«

»Ich bin Ihretwegen hier, und Sie sind ständig weg. Warum haben Sie mich eingeladen, wenn ich nicht mit Ihnen zusammensein kann?«

»Es sind doch viele interessante Leute da.«

»Die sind für mich allesamt nur Vorwand, um in Ihrer Nähe sein zu können. Sie sind nur die Treppe, auf der ich zu Ihnen emporsteigen möchte.«

Er kam sich kühn vor und war mit seiner Schlagfertigkeit zufrieden.

»Heute sind es aber viele Stufen!« erwiderte sie lachend.

»Möglicherweise können Sie mir statt des Treppenhauses einen Geheimgang zeigen, durch den ich schneller zu Ihnen gelange.«

Die Filmerin lächelte: »Versuchen wir es«, sagte sie, nahm ihn bei der Hand und führte ihn aus dem Raum. Sie führte ihn über die Treppe in ihr Zimmer, und Jaromils Herz schlug schneller.

Vergebens. Im Zimmer, das er kannte, saßen mehrere Männer und Frauen.

Im Zimmer nebenan hatten sie das Radio längst ausgeschaltet, es war spät in der Nacht, Mama wartete auf ihren Sohn und dachte an ihre Niederlage. Aber sie sagte sich, daß sie weiterkämpfen müsse, auch wenn sie ein Gefecht verloren hatte. Ja, so empfand sie: sie würde kämpfen, würde sich ihn nicht nehmen lassen, würde sich nicht beiseite schieben lassen, würde ständig mit ihm gehen und ihm folgen. Sie saß im Sessel, doch ihr war, als gehe sie; als gehe sie mit ihm und für ihn durch eine lange Nacht.

Das Zimmer der Filmerin war voller Reden und voller Rauch, und durch die Rauchschwaden beobachtete ein Mann (er konnte dreißig Jahre haben) Jaromil schon lange aufmerksam: »Mir scheint, ich habe von dir gehört«, sagte er endlich zu ihm.

»Von mir?« fragte Jaromil erfreut.

Der Dreißigjährige erkundigte sich, ob er mit jenem Jungen identisch sei, der von Kindheit an den Maler besucht habe.

Jaromil war froh, daß er sich durch Vermittlung eines gemeinsamen Bekannten enger an die Gesellschaft der ihm unbekannten Leute anschließen konnte, und bejahte eifrig.

Der Dreißigjährige sagte: »Aber du bist schon lange nicht mehr bei ihm gewesen.«

»Ja, lange.«

»Und weshalb?«

Jaromil wußte nicht, was antworten, und zuckte mit den Schultern.

»Ich weiß, weshalb. Es würde deiner Karriere schaden.«

»Meiner Karriere?« Jaromil lachte gezwungen.

»Du veröffentlichst Verse, rezitierst bei Dichterabenden, unsere Gastgeberin hat einen Film über dich gedreht, um ihre politische Reputation aufzubessern. Der Maler aber hat Ausstellungsverbot. Du weißt doch, daß die Presse ihn einen Volksfeind genannt hat.«

Jaromil schwieg.

»Weißt du es, oder weißt du es nicht?!«

»Ich habe so was gehört.«

»Seine Bilder sollen bourgeoise Entartung sein.«

Jaromil schwieg.

»Weißt du überhaupt, was der Maler jetzt macht?«

Jaromil zuckte mit den Schultern.

»Er ist aus der Schule geworfen worden und macht Hilfsarbeiter am Bau. Weil er nicht gewillt ist zu widerrufen, woran er glaubt. Er malt nur noch abends bei künstlichem Licht. Aber er malt trotzdem gute Bilder, wohingegen du widerlichen Mist schreibst!«

Und noch ein anzüglicher Witz und noch einer und noch einer, bis der schöne Martinow beleidigt ist. Er ermahnt Lermontow vor der ganzen Gesellschaft.

Was? Lermontow soll sich seiner Witze enthalten? Er soll sich womöglich entschuldigen? Niemals!

Freunde warnen ihn. Es sei unsinnig, wegen Dummheiten ein Duell zu riskieren. Es sei besser, die Sache beizulegen. Dein Leben, Lermontow, ist wertvoller als das lächerliche Irrlicht der Ehre!

Was? Etwas soll wertvoller sein als die Ehre?

Jawohl, Lermontow. Dein Leben, dein Werk.

Nein, nichts ist wertvoller als die Ehre!

Die Ehre ist nur der Hunger deiner Eitelkeit, Lermontow. Die Ehre ist nur eine Illusion der Spiegel, die Ehre ist nur Theater für dieses unbedeutende Publikum, das morgen nicht mehr dasein wird!

Doch Lermontow ist jung, und die Sekunden, in denen er lebt, sind wie die Ewigkeit, und die paar Damen und Herren, die ihn anschauen, sind das Amphitheater der Welt! Entweder geht er mit dem festen Schritt des Mannes durch diese Welt, oder er verdient nicht zu leben!

Er spürte, daß ihm der Kot der Erniedrigung über die Wangen lief, und wußte, daß er mit so beschmutztem Gesicht keine Minute länger hier bleiben konnte.

Vergeblich versuchte man ihn zu beruhigen, vergeblich versuchte man ihn zu beschwichtigen.

»Es ist sinnlos, uns versöhnen zu wollen«, sagte er: »Es gibt Fälle, in denen Versöhnung unmöglich ist.« Dann stand er auf und wandte sich erregt an den Dreißigjährigen: »Persönlich tut es mir leid, daß der Maler Hilfsarbeiter sein muß und bei schlechtem Licht malt. Objektiv gesehen aber ist es völlig gleichgültig, ob er bei Kerzenlicht oder überhaupt nicht malt. Es macht keinen Unterschied. Die Welt seiner Bilder ist nämlich längst tot. Das wirkliche Leben ist anderswo! Anderswo! Und das ist der Grund, weshalb ich den Maler nicht mehr besuche. Es macht mir keinen Spaß, mich über Probleme zu streiten, die nicht mehr existieren. Es soll ihm so gut gehen, wie nur möglich. Ich habe nichts gegen Tote. Die Erde sei ihm leicht. Und auch dir sage ich« – er streckte den Finger gegen den Dreißigjährigen aus – »die Erde sei dir leicht. Du bist tot und weißt es nicht einmal.«

Der Dreißigjährige erhob sich ebenfalls und sagte: »Vielleicht wäre es interessant zu sehen, wie ein Kampf zwischen einer Leiche und einem Dichter ausginge.«

Jaromil stieg das Blut zu Kopf. »Bitte, das können wir probieren«, rief er und schlug mit der Faust nach dem Dreißigjährigen, der sie jedoch abfing, ihm mit einem Ruck den Arm auf den Rücken drehte, ihn dann mit der Rechten am Kragen und mit der Linken an der Hose packte und ihn hochhob.

»Wo hinaus soll ich den Herrn Dichter befördern?« fragte er.

Die Anwesenden, die kurz zuvor die beiden Rivalen noch hatten versöhnen wollen, konnten sich das Lachen nicht ver-

beißen; der Dreißigjährige marschierte mit Jaromil, der wie
ein verzweifeltes Fischlein in der Luft zappelte, durch das
Zimmer. Schließlich trug er ihn zur Balkontür. Er öffnete
sie, stellte den Dichter auf die Schwelle und holte mit dem
Fuß aus ...

Der Schuß krachte, Lermontow faßte sich ans Herz, und Jaromil stürzte auf den frostigen Beton des Balkons.

O Böhmen, der Ruhm deiner Schüsse verwandelt sich dir so oft in das Gaudium der Fußtritte!

Aber sollen wir Jaromil vielleicht verlachen, weil er eine Parodie auf Lermontow war? Sollen wir den Maler vielleicht verlachen, weil er André Breton nachahmte, indem er gleich diesem einen Ledermantel trug und einen Wolfshund hielt? War denn nicht auch André Breton eine Imitation von irgend etwas Erhabenem, dem er ähnlich sein wollte? Ist die Parodie nicht das ewige Los des Menschen? Im übrigen scheint nichts einfacher, als die Situation zu verändern:

Der Schuß krachte, Jaromil faßte sich ans Herz, und Lermontow stürzte auf den frostigen Beton des Balkons.

Er trägt die Paradeuniform eines zaristischen Offiziers und richtet sich mühsam auf. Er ist katastrophal verlassen. Es ist keine Literaturgeschichtsschreibung mit ihrem Balsam da, der seinem Sturz einen höheren Sinn verliehe. Es ist keine Pistole da, in deren Krachen er seine kindliche Erniedrigung verhallen lassen könnte. Es ist nur das Lachen da, das durch die Fenstertür dringt und ihn für immer entehrt.

Er stützt sich aufs Geländer und schaut hinab. O Jammer, der Balkon ist nicht hoch genug, um zu gewährleisten, daß man umkommt, wenn man hinabspringt. Es ist Winter, ihn friert an den Ohren, ihn friert an den Füßen, er tritt auf der Stelle und weiß nicht, was tun. Er hat Angst, die Balkontür könnte aufgehen, und lachende Gesichter könnten erscheinen. Er sitzt in der Falle, ist in der Posse gefangen.

Lermontow fürchtet den Tod nicht, die Lächerlichkeit aber fürchtet er. Er möchte hinabspringen, tut es aber nicht, weil er weiß: so tragisch Selbstmord ist, so lächerlich wirkt mißlungener Selbstmord.

(Wie das? Was für ein wunderlicher Satz? Ob ein Selbstmord gelingt oder mißlingt, es bleibt dieselbe Tat, zu welcher dieselben Beweggründe und derselbe Mut geführt haben! Was also unterscheidet das Tragische vom Lächerlichen? Nur der Zufall des Gelingens? Was unterscheidet eigentlich Kleinheit von Größe? Sag schon, Lermontow! Einzig die Requisiten? Die Pistole oder der Fußtritt? Nur die Kulisse welche die Historie der menschlichen Begebenheit unterschiebt?)

Genug! Auf dem Balkon stand Jaromil in weißem Hemd und mit gelockerter Krawatte und bebte vor Kälte.

Alle Revolutionäre lieben die Flammen. Auch Percy Byssche Shelley träumte von einem Tod in Flammen. Die Liebenden seines großen Gedichtes kamen gemeinsam auf dem Scheiterhaufen um. Shelley hatte sich und seine Frau in ihr Bild projiziert, starb aber trotzdem in den Fluten. Seine Freunde errichteten denn auch, als wollten sie diesen semantischen Irrtum des Todes korrigieren, am Meeresufer einen mächtigen Scheiterhaufen und ließen seinen von Fischen angenagten Leib verbrennen.

Lachte der Tod auch über Jaromil, da er ihm Frost schickte statt Glut?

Denn Jaromil wollte sterben; der Gedanke an Selbstmord lockte ihn wie das Schlagen der Nachtigall. Er wußte, daß er erkältet hergekommen war, wußte, daß er krank werden würde, kehrte aber nicht in das Zimmer zurück, da er keine Demütigung mehr ertragen hätte. Er wußte, daß er nur noch in den Armen des Todes Trost finden konnte, in jener Umarmung, die er mit seinem Körper und seiner Seele ganz ausfüllen und in der er unendlich groß sein würde; er wußte, daß nur der Tod ihn noch rächen und jene des Mordes anklagen konnte, die da lachten.

Ihm kam der Gedanke, sich vor die Tür zu legen und sich durch die Kälte von unten rösten zu lassen, um dem Tod die Arbeit zu erleichtern, sie zu beschleunigen. Er setzte sich auf den Boden; der Beton war eisig, und bald spürte Jaromil sein Gesäß nicht mehr; er wollte sich hinlegen, brachte es aber nicht fertig, den Rücken auf den frostigen Boden zu betten, und darum stand er wieder auf. Der Frost hielt ihn ganz umfaßt, er war in seinen Halbschuhen, unter seiner Hose und Turnhose, und er hatte ihm die Hand unters Hemd geschoben. Jaromil klapperte mit den Zähnen, er hatte Halsschmerzen, konnte kaum mehr schlucken, nieste und mußte urinieren. Mit klammen Fingern knöpfte er die

Hose auf, dann urinierte er auf den Balkonboden und sah, daß seine Hand, mit der er das Geschlechtsteil hielt, vor Kälte zitterte.

Er trat auf dem Beton vor Schmerzen von einem Fuß auf den anderen, aber um keinen Preis der Welt hätte er die Tür zu denen geöffnet, die gelacht hatten. Und die drinnen? Warum holten sie ihn nicht? Waren sie so bösartig? Waren sie so betrunken? Und wie lange befand er sich schon in der Kälte?

Im Raum erlosch unvermittelt die Deckenlampe, und nur gedämpftes Licht blieb.

Jaromil trat ans Fenster und sah, daß über der Couch ein Lämpchen mit rosa Schirm brannte; er schaute lange hin und erblickte dann zwei nackte Körper in der Umarmung.

Er klapperte mit den Zähnen, bebte und schaute; der dichte Store erlaubte ihm nicht, mit Sicherheit zu erkennen, ob der vom Männerkörper zugedeckte Frauenkörper der Filmerin gehörte, aber alles sprach dafür: das Haar der Frau war schwarz und lang.

Und wer war der Mann? Gott, Jaromil wußte doch, wer es war! Er hatte das alles doch schon einmal gesehen! Winter, Schnee, Gebirgslandschaft und im erleuchteten Fenster Xaver mit einer Frau! Von heute an hatten Xaver und Jaromil ein und dasselbe Wesen sein sollen! Wie konnte ihn Xaver verraten! Gott, wie konnte er vor seinen Augen sein Mädchen lieben?!

Im Zimmer war es jetzt finster. Es war weder etwas zu hören noch zu sehen. Und auch in seinem Gemüt war nichts mehr, kein Zorn, kein Bedauern, keine Demütigung; in seinem Gemüt war lediglich furchtbare Kälte.

Da hielt er es nicht mehr aus; er öffnete die Fenstertür und trat ein; er wollte nichts sehen, schaute weder rechts noch links und durchquerte rasch das Zimmer.

Im Gang brannte das Licht. Er eilte die Treppe hinab und öffnete die Tür des Raumes, wo er seine Jacke gelassen hatte; es war finster darin, nur schwacher Schein drang aus dem Vorzimmer herein und ließ einige Schlafende erkennen, die schwer atmeten. Er bebte noch immer vor Kälte. Mit den Händen fuhr er über die Stuhllehnen, um die Jacke zu ertasten, konnte sie aber nicht finden. Er nieste; einer der Schläfer erwachte und raunzte ihn an. Er tappte ins Vorzimmer. Hier hing sein Wintermantel. Er zog ihn übers Hemd, setzte den Hut auf und verließ schnellstens das Haus.

Der Trauerzug hat sich in Bewegung gesetzt. An der Spitze das Pferdegefährt mit dem Sarg. Dahinter Frau Wolkerová, die sieht, daß ein Zipfel des weißen Kissens unterm Sargdeckel hervorlugt; der eingeklemmte Zipfel wirkt wie der Vorwurf, das letzte Bett ihres Jungen (ach, er war erst vierundzwanzig Jahre alt) sei schlecht gemacht; sie hat das unbezähmbare Verlangen, ihm das Kissen unter dem Kopf zurechtzurücken.

Dann steht der Sarg in der Kirche, von Kränzen umstellt. Die Großmutter hat gerade einen Schlaganfall hinter sich und muß mit dem Finger ihr Augenlid heben, um zu sehen. Sie mustert den Sarg, mustert die Kränze; an einem Kranz hängt eine Schleife mit dem Namen Martinow; »Werft ihn hinaus«, befiehlt sie. Ihr altes Auge, über dem der Finger das gelähmte Lid hält, wacht getreu über dem letzten Weg Lermontows, der sechsundzwanzig war.

Jaromil (ach, er war noch nicht zwanzig) lag in seinem Zimmer und hatte hohes Fieber. Der Arzt diagnostizierte Lungenentzündung.

Durch die Wand klang lauter Streit der Mieter, und die zwei Zimmer, in denen die Witwe mit dem Sohn wohnte, waren eine belagerte Oase der Stille. Aber Mama hörte den Radau im Raum nebenan nicht. Sie dachte an Medikamente, heißen Tee und feuchte Umschäge. Als er klein gewesen war, hatte sie schon einmal ununterbrochen mehrere Tage bei ihm gesessen, um ihn, der rot und heiß war, aus dem Totenreich zurückzuholen. Jetzt würde sie wieder ähnlich leidenschaftlich, lang und treu bei ihm sitzen. Jaromil schlief, phantasierte, erwachte und phantasierte wieder; die Flammen des Fiebers leckten seinen Körper.

Also doch Flammen? Würde er doch in Licht, in Licht verwandelt werden?

Vor Mama stand ein fremder Mann, der mit Jaromil sprechen wollte. Mama lehnte ab. Der Mann nannte den Namen
des rothaarigen Mädchens. »Ihr Sohn hat den Bruder des
Mädchens angezeigt, jetzt sind beide verhaftet. Ich muß mit
ihm sprechen.«

Sie standen einander in Mamas Zimmer gegenüber, aber
für Mama war dieser Raum jetzt nur noch Vorzimmer zum
Zimmer des Sohnes; sie hielt davor Wache, wie der bewaff-
nete Erzengel das Tor zum Paradies bewacht. Die Stimme des
Besuchers war schroff und machte sie zornig. Sie öffnete die
Tür zum Zimmerchen des Sohnes: »Nun gut, sprechen Sie
mit ihm.«

Der Mann gewahrte das hochrote Gesicht des im Fieber
phantasierenden Jungen, und Mama sagte mit leiser, aber
fester Stimme: »Ich weiß zwar nicht, wovon Sie reden, aber
ich versichere Ihnen, daß mein Sohn gewußt hat, was er tat.
Alles, was er tut, geschieht im Interesse der Arbeiterklasse.«

Nach diesen Worten, die sie vom Sohn so oft gehört hatte,
die ihr aber fremd geblieben waren, spürte sie, wie ein Gefühl unermeßlicher Kraft sie erfüllte; stärker denn je war sie
mit ihrem Sohn verbunden; ein Herz und eine Seele war sie
jetzt mit ihm; bildete ein All mit ihm, erschaffen aus einem
einzigen, wesensgleichen Stoff.

Xaver hielt die Aktentasche in der Hand, in der das Tschechisch-Heft und das Biologie-Lehrbuch waren.

»Wohin willst du?«

Xaver lächelte und deutete durchs Fenster. Das Fenster war offen, die Sonne stand darin, und aus der Ferne klangen die Stimmen der abenteuererfüllten Stadt.

»Du hast gesagt, daß du mich mitnehmen wirst . . .«

»Das ist lange her«, sagte Xaver.

»Du willst mich verraten?«

»Ja. Ich verrate dich.«

Jaromil rang nach Luft. Er fühlte, wie unermeßlich er Xaver haßte. Unlängst noch hatte er geglaubt, er und Xaver seien ein einziges Wesen in zweierlei Gestalt, aber jetzt begriff er, daß Xaver ein ganz anderer und sein Todfeind war.

Und Xaver neigte sich zu ihm und streichelte seine Wange: »Du bist schön, du bist wunderschön . . .«

»Was redest du mit mir wie mit einer Frau! Bist du verrückt geworden?« schrie Jaromil.

Aber Xaver ließ sich nicht unterbrechen: »Du bist wunderschön, aber ich muß dich verraten.« Dann wandte er sich um und ging auf das Fenster zu.

»Ich bin keine Frau! Ich bin doch keine Frau!« schrie Jaromil ihm nach.

Das Fieber sank für eine Weile, und Jaromil blickte um sich; die Wände waren leer; die gerahmte Photographie des Mannes in Offiziersuniform war verschwunden. »Wo ist Papa?«

»Papa ist nicht mehr da«, sagte Mama mit zärtlicher Stimme.

»Wieso? Wer hat ihn abgenommen?«

»Ich, Liebling. Ich möchte nicht, daß er uns zuschaut. Ich möchte nicht, daß jemand zwischen uns tritt. Es wäre sinnlos, würden wir uns jetzt noch etwas vorlügen. Du mußt es erfahren. Dein Vater hat nie gewollt, daß du geboren wirst. Er hat nie gewollt, daß du lebst. Er wollte mich zwingen, dich nicht auf die Welt zu bringen.«

Jaromil war vom Fieber erschöpft und hatte weder die Kraft zu fragen noch zu streiten.

»Mein schöner Junge«, sagte Mama, und ihre Stimme zitterte.

Jaromil wurde bewußt, daß die Frau, die zu ihm sprach, ihn immer geliebt hatte und ihm nie entschwunden war, daß er nie hatte um sie bangen und auf sie eifersüchtig sein müssen.

»Ich bin nicht schön, Mama. Du bist schön. Du siehst so jung aus.«

Mama hörte, was der Sohn sagte, und hätte vor Glück weinen mögen: »Erscheine ich dir schön? Du siehst mir ähnlich. Du hast zwar nie hören wollen, daß du mir ähnlich siehst. Aber es ist so, und ich bin glücklich, daß es so ist.« Und sie streichelte sein Haar, das gelb und fein wie Flaum war, und sie küßte es: »Du hast das Haar eines Engels, Liebling.«

Jaromil spürte, wie erschöpft er war. Er hätte nicht mehr die Kraft gehabt, zu einer anderen Frau zu gehen, alle waren so weit weg, und der Weg zu ihnen war endlos: »Eigentlich hat mir nie eine Frau gefallen«, sagte er, »nur du, Mama. Du bist die schönste von allen.«

Mama weinte und küßte ihn. »Erinnerst du dich an das Badestädtchen?«

»Ja, Mama, dich hatte ich am liebsten von allen.«

Mama sah die Welt durch eine große Träne des Glücks; alles ringsum war verschwommen; die Gegenstände streiften die Fesseln der Form ab und tanzten und freuten sich: »Wirklich, Liebling?«

»Ja«, sagte Jaromil, der Mamas Hand in seinen heißen Fingern hielt und müde war, unermeßlich müde.

Schon häuft sich Erde auf Wolkers Sarg. Schon kehrt Frau Wolkerová vom Friedhof heim. Schon deckt ein Stein Rimbauds Sarg, doch seine Mutter ließ, wie bekannt, die Familiengruft in Charleville nochmals öffnen. Wir sehen die strenge Dame in ihren schwarzen Kleidern. Prüfend blickt sie in die dunkle, feuchte Stätte, um sich zu vergewissern, daß der Sarg noch auf seinem Platz steht und verschlossen ist. Ja, es ist alles in Ordnung. Arthur liegt da und läuft nicht davon. Arthur wird nie mehr davonlaufen. Es ist alles in Ordnung.

Also doch nur Wasser? Keine Flammen?

Er schlug die Augen auf und sah das Gesicht mit dem leicht fliehenden Kinn und dem feinen, gelben Flaumhaar über sich gebeugt. Das Gesicht war so nahe, daß ihm schien, er liege über einem Brunnen und sehe darin sein eigenes Bild.

Nein, keine Flammen. Er würde im Wasser untergehen.

Er schaute auf das Gesicht auf der Wasserfläche. Dann sah er in dem Gesicht ein großes Erschrecken. Es war das Letzte, was er sah.

Von Milan Kundera
erschienen im Suhrkamp Verlag

Abschiedswalzer. Roman. Aus dem Tschechischen von Franz
Peter Künzel. 1977. Ln. und *suhrkamp taschenbuch* Band 591,
1980
Das Leben ist anderswo. Roman. Aus dem Tschechischen von
Franz Peter Künzel. 1974. Ln. und *suhrkamp taschenbuch* Band
377, 1977
Der Scherz. Roman. Aus dem Tschechischen von Erich Bertleff.
Mit einem Nachwort von Louis Aragon. 1979. *suhrkamp taschenbuch* Band 514
Das Buch vom Lachen und vom Vergessen. Aus dem Tschechischen von Franz Peter Künzel. 1980. Ln. und *suhrkamp taschenbuch* Band 868, 1983

Alphabetisches Gesamtverzeichnis
der suhrkamp taschenbücher